DUAS COROAS RETORCIDAS

DUAS COROAS RETORCIDAS

O Rei Pastor — Livro 2

RACHEL GILLIG

Tradução
Sofia Soter

Copyright © 2023 by Rachel Gillig
Copyright da tradução © 2024 by Editora Globo S.A.

Publicado mediante acordo com a autora, c/o BAROR INTERNATIONAL, INC., Armonk, New York, U.S.A.

Os direitos morais do autor foram assegurados. Todos os direitos reservados. Nenhuma parte desta edição pode ser utilizada ou reproduzida — em qualquer meio ou forma, seja mecânico ou eletrônico, fotocópia, gravação etc. — nem apropriada ou estocada em sistema de banco de dados sem a expressa autorização da editora.

Título original: *Two Twisted Crowns*

Editora responsável **Paula Drummond**
Editora de produção **Agatha Machado**
Assistentes editoriais **Giselle Brito e Mariana Gonçalves**
Preparação de texto **Fernanda Lizardo**
Revisão **Ana Sara Holandino**
Diagramação e Adaptação de capa **Carolinne de Oliveira**
Projeto gráfico original **Laboratório Secreto**
Imagens de capa **Trevillion e Shutterstock**
Design de capa original **Lisa Marie Pompilio**
Capa © **2023 by Hachette Book Group, Inc.**

Texto fixado conforme as regras do Acordo Ortográfico da Língua Portuguesa (Decreto Legislativo nº 54, de 1995)

CIP-BRASIL. CATALOGAÇÃO NA PUBLICAÇÃO
SINDICATO NACIONAL DOS EDITORES DE LIVROS, RJ

G397d
    Gillig, Rachel
        Duas coroas retorcidas / Rachel Gillig ; tradução Sofia Soter. - 1. ed. - Rio de Janeiro : Globo Alt, 2024.

    Tradução de: Two twisted crowns
    Sequência de: Uma janela sombria
    ISBN 978-65-5226-012-3

    1. Ficção americana. I. Soter, Sofia. II. Título.

24-94623
                                CDD: 813
                                CDU: 82-3(73)

Gabriela Faray Ferreira Lopes - Bibliotecária - CRB-7/6643

1ª edição, 2024 — 1ª reimpressão, 2025

Direitos de edição em língua portuguesa para o Brasil
adquiridos por Editora Globo S.A.
R. Marquês de Pombal, 25
20.230-240 – Rio de Janeiro – RJ – Brasil
www.globolivros.com.br

*Para todas as pessoas que já se sentiram perdidas no bosque.
Há um estranho encontro na perda.*

Os Amieiros Gêmeos se escondem além do tempo. Em um lugar de tristeza, sangue e muito tormento. Entre árvores antigas, onde a bruma atravessa o osso, se encontra a última Carta, à espera e em repouso. Não há estrada no bosque, e a saída nunca lhe ocorreu. Sei encontrar esta Carta...

    Pois quem a pôs lá fui eu.

PRÓLOGO
ELSPETH

A escuridão se alastrava em si — sem começo, sem fim. Eu flutuava, boiando na maré de água salgada. Acima de mim, o céu noturno se apagara — lua e estrelas cobertas por nuvens carregadas que insistiam em não recuar.

Eu balançava sem dor, músculos relaxados e mente quieta. Não sabia o que era meu corpo e o que era água. Apenas me entregava às trevas, perdida no vaivém das ondas e no som do mar que me lavava.

O tempo passava sem demarcação. Se havia presença de sol, não me alcançou ao amanhecer. Passei minutos, horas, dias à deriva na maré de nada, com a cabeça vazia, exceto por um pensamento.

Me tire daqui.

Mais tempo se passou. O pensamento persistiu. *Me tire daqui.*

Eu estava plena, engolida pelo conforto da água. Sem dor nem memória, sem medo nem esperança. Eu era a escuridão e a escuridão era eu, e, juntas, acompanhávamos a maré, no fluxo da orla que eu não via ou escutava. Era tudo água — era tudo sal.

Mas o pensamento não cessava. *Me tire daqui.*

Experimentei pronunciar as palavras. Minha voz tinha o som de papel rasgando.

— Me tire daqui — repeti e repeti, com a boca cheia de água salgada. — Me tire daqui.

Minutos. Horas. Dias. *Me. Tire. Daqui.*

Então, de repente, uma praia preta e extensa surgiu. Tinha algo se mexendo nela. Pisquei os olhos, embaçados por uma camada de sal.

Um homem de armadura dourada me observava, de pé na orla sombria, logo além do alcance da maré.

As ondas me puxaram, me levaram para perto. O homem era velho. Ele suportava o peso da armadura sem vacilar, com uma força profunda e enraizada — como uma árvore antiga.

Tentei chamá-lo, mas eu só conhecia três palavras.

— Me tire daqui! — gritei.

Tomei consciência do meu vestido de lã, do tecido pesado. A roupa me afundou e eu imergi da superfície, interrompendo as palavras.

— Me tire...

Com as mãos frias, ele me arrancou da água.

Ele me carregou até a areia preta. Quando tentou me botar de pé, minhas pernas bambearam como as de um filhotinho recém-nascido.

Eu não reconheci o rosto dele. Ele reconheceu o meu.

— Elspeth Spindle — disse em voz baixa, e seus olhos, tão estranhos e amarelos, me capturaram. — Eu estava à sua espera.

PARTE I

Sangrar

CAPÍTULO UM
RAVYN

As mãos de Ravyn estavam sangrando.
Ele só reparou quando viu o sangue escorrendo. Com três toques na borda aveludada do Espelho, a Carta da Providência roxa, Ravyn sumiu de vista. Agora estava totalmente invisível. Com os dedos, as juntas e as palmas das mãos, cavava o solo endurecido no fundo do cômodo antigo no limite do campo.

Não era importante. Que diferença fazia mais um corte, mais uma cicatriz? As mãos de Ravyn eram meras ferramentas. Não eram os instrumentos de um cavalheiro, mas de um guerreiro — capitão dos Corcéis. Bandoleiro.

Traidor.

A bruma invadia o cômodo pela janela. Espalhava-se pelas rachaduras do teto apodrecido, arranhando os olhos de Ravyn. Um alerta, talvez, de que aquilo que ele buscava no sopé do rochedo alto e largo não desejava ser encontrado.

Ravyn procurou ignorar a bruma. Ele também era feito de sal. De suor, de sangue e magia. Mesmo assim, suas mãos calejadas não eram páreo para a terra no piso da sala. O solo era implacável, endurecido pelo tempo, e arrancava as unhas de Ravyn, rasgava a pele já rachada das mãos. Ainda assim, ele continuava a cavar, envolvido pelo frio da Carta do Espelho, e o cômodo onde ele tanto brincara quando menino virou, a seus olhos, algo grotesco — um local de tradição, de morte.

De monstros.

Ele despertara horas antes, o sono pontuado por acessos de tremor e pela lembrança de um olhar amarelo penetrante, a voz de Elspeth Spindle ecoando dissonante em sua mente.

Era o castelo dele... o das ruínas, dissera ela, com os olhos escuros marejados de lágrimas ao falar do Rei Pastor, da voz em sua cabeça. *Ele está enterrado sob a pedra na câmara do Castelo Yew.*

Ravyn pulara da cama e partira a cavalo até Stone como um espectro no vento para chegar à câmara. Estava irrequieto, frenético, desesperado pela verdade. Porque nada parecia real. O Rei Pastor, de olhos amarelos e voz sinistra e manhosa, preso na cabeça de uma donzela. O Rei Pastor, que prometera ajudá-los a encontrar os Amieiros Gêmeos perdidos.

O Rei Pastor, morto há quinhentos anos.

Ravyn conhecia a morte — fora seu carrasco. Ele vira a luz se apagar dos olhos de homens. Escutara os últimos estertores do fôlego. Não havia nada além de fantasmas do outro lado do véu, vida alguma após a morte. Para nenhum homem, assaltante ou bandoleiro — nem mesmo para o Rei Pastor.

E ainda assim.

Nem todo o solo ao sopé da rocha estava duro. Havia partes soltas, reviradas. Alguém estivera ali antes dele... recentemente. Elspeth, quem sabe, procurando por respostas, assim como ele. Ali, na base da pedra, escondido a um palmo da superfície de terra seca, havia um entalhe. Uma única palavra, que o tempo tornara indecifrável. Uma lápide.

Ravyn continuou a cavar. Quando uma unha caiu e a ponta em carne viva do dedo bateu em algo afiado, ele praguejou e recuou. Seu corpo era invisível, mas seu sangue, não, e escorria, vermelho-carmim, aparecendo assim que saía da mão e se espalhava pelo buraco, pela terra sedenta.

Tinha algo escondido na terra, à espera. Quando Ravyn tocou de novo, era mais liso do que pedra — mais frio do que a terra.

Aço.

Com o coração na boca, ele escavou até desenterrar uma espada. A arma estava torta, imunda. Porém, sua qualidade era inegável — aço forjado, com um punho intrincado, ornamentado demais para se tratar de uma espada de soldado.

Fez menção de pegá-la, o ar salgado queimando os pulmões em sua respiração encurtada e febril. Porém, antes de conseguir desalojar a espada, notou algo mais enterrado logo abaixo.

Em repouso perfeito de séculos imperturbados. Um objeto pálido, nodoso. Humano. Esquelético.

Uma coluna vertebral.

Os músculos de Ravyn travaram. A boca secou, e o enjoo subiu do estômago até a garganta. Sangue ainda pingava da mão e, a cada gota entregue, ele ganhava um fragmento de clareza sagaz: Blunder era repleta de magia. Magia terrível, maravilhosa. Aquele era o corpo do Rei Pastor. Ele estava morto de fato.

Sua alma, porém, perdurava, arraigada em Elspeth Spindle, a única mulher que Ravyn já amara.

Ele saiu da câmara em disparada, levando a espada.

Curvado debaixo do teixo lá fora, danou a tossir, fazendo o possível para conter a vontade de vomitar. A árvore era antiga, com galhos descuidados e copa ampla o suficiente para proteger seu rosto da chuva matinal. Ele ficou um tempo ali, o coração relutante a se acalmar.

— Que direito tem de cavar, corvinho?

Ravyn se virou, empunhando o cabo de marfim da adaga. Porém, estava sozinho. O descampado vazio, exceto pela grama murcha, e a trilha estreita que levava ao Castelo Yew seguia desocupada.

A voz voltou a falar, ainda mais alto:

— Escutou, corvinho?

Empoleirada em um galho velho no teixo, acima de Ravyn, uma menina balançava as pernas. Era bem jovem — mais nova do que o irmão dele, Emory —, não devia ter mais do que uns doze anos. O cabelo caía em tranças escuras pelos ombros, e alguns cachos soltos emolduravam o rosto. A capa dela era de lã cinzenta, sem tingimento, com um bordado na gola. Ravyn procurou um brasão de família, mas não encontrou.

Ele não a reconheceu. Certamente se lembraria de um rosto tão distinto — de um nariz tão marcante. De olhos amarelos tão vívidos.

Amarelos.

— Quem é você? — perguntou Ravyn, a voz arranhando a garganta.

Ela o fitou com os olhos amarelos e inclinou a cabeça para o lado.

— Tilly.

— O que está fazendo aqui, Tilly?

— O que sempre fiz — disse ela, e, por um momento breve, lembrou Jespyr quando criança. — Esperando.

A chuva apertou, trazida pelo vento rápido. Gotas fustigaram a bochecha de Ravyn, e o vento lhe puxou o capuz até afastá-lo do rosto. Ele ergueu a mão para proteger os olhos.

A menina da árvore nem se mexeu, muito embora o galho tremulasse e as folhas do teixo assobiassem ao vento. A capa dela não se agitava, e nem um fio sequer do cabelo. A água e o ar pareciam atravessá-la inteiramente, como se ela fosse feita de bruma, de fumaça.

De nada.

Foi só então que Ravyn se lembrou de que ainda usava o Espelho.

Era aquele seu propósito — o motivo para, em vez de dormir, ir até aquela câmara. Ele cavara com os dedos fortes, enfrentara osso com sangue, e encontrara o corpo do Rei Pastor. Contudo, era a Carta do Espelho que continha as respostas que tanto buscava.

Ele já usara o Espelho mil vezes para recorrer à invisibilidade. Porém, Ravyn sempre tomara o cuidado de não usar a Carta por tempo demais. Ele não desejava sofrer seus efeitos adversos: enxergar o mundo dos espíritos do outro lado do véu. Jamais tivera vontade de falar com fantasmas.

Até então.

Ravyn pigarreou. Não entendia nada de espíritos e do temperamento deles. Seriam como eram em vida? Ou o além era capaz de... transformá-los?

Ele ergueu a voz no vento.

— Por quem espera, Tilly?

A menina olhou para a espada na mão dele, e depois para a câmara.

— Você conhece o homem enterrado ali? — perguntou Ravyn.

Ela riu, mordaz.

— Tão bem quanto conheço esta terra, corvinho. Quanto conheço esta árvore e todos os rostos que se abrigaram sob seus galhos. — Ela enroscou o dedo na ponta da trança. — Você deve ter ouvido falar dele. — Ela curvou a boca em um sorriso. — Meu pai é um homem estranho. Cauteloso. Astuto. Bom.

A respiração de Ravyn falhou.

— O Rei Pastor é seu pai?

Ela fechou a cara, o olhar amarelo distante.

— Não o enterraram como rei. Talvez seja por isso que ele não... — disse ela, e voltou a olhar para Ravyn. — Você não o viu com sua Carta do Espelho, viu? Ele prometeu que encontraria a gente quando passasse pelo véu. Mas ele não veio.

— A gente?

A menina se virou, o olhar mirando o bosque do outro lado do descampado.

— Minha mãe está por ali, em algum lugar. Ela não vem com a frequência de antes. Ilyc e Afton ficam perto das esculturas. Fenly e Lenor se atêm ao seu castelo — respondeu ela, franzindo a testa. — Bennett, em geral, fica por aí. Ele não morreu aqui. Diferentemente de nós.

Morreu. Ravyn sentiu um aperto na garganta.

— Eles são... seus parentes? A família do Rei Pastor?

— Estamos esperando — disse ela, cruzando os braços. — Pelo meu pai.

— Por que ele não volta?

A menina não respondeu. Desviou o olhar do descampado para as ruínas.

— Imaginei ter ouvido a voz dele — murmurou ela. — Era o cair da noite. Eu estava só, aqui em minha árvore predileta. — Ela olhou de relance para Ravyn. — Eu vi você, corvinho. Você veio como sempre, de capa preta, olhos cinzentos e astutos, expressão contida. Mas, desta vez, não estava só. Tinha uma mulher com você. Uma mulher estranha, com olhos que brilhavam como ouro amarelo. Como os meus. E os do meu pai.

Ravyn sentiu as entranhas se retorcerem.

— Vi vocês dois partirem, mas a donzela voltou — continuou Tilly, e esticou o dedo para apontar a janela da câmara. — Ela entrou. Foi então que escutei: as canções que meu pai cantarolava ao escrever seu livro. Quando entrei, contudo, ele não estava lá. Era a mulher quem cantarolava, afundando as mãos na terra sobre o túmulo do meu pai.

— Elspeth — sussurrou Ravyn, o nome roubando alguma coisa dele. — Ela se chama Elspeth.

Tilly sequer pareceu ouvi-lo.

— A donzela visitou duas vezes e cavou a sepultura dele. Vagou pelo descampado, pelas ruínas — disse ela, e repuxou a boca em uma linha tensa. — Mas, ao amanhecer, os olhos amarelos dela mudaram para um tom de carvão. Então voltei para cá, para o túmulo. Para vigiar. Para esperar.

Ravyn não disse nada, a cabeça em busca de perguntas que sequer existiam. Ele se lembrou da noite em que levara Elspeth àquela câmara. Ainda sentia o cheiro dos cabelos dela — o contato do rosto dela em sua mão. Ele a beijara com fervor, e ela retribuíra o beijo. Ele a desejara inteira, por inteiro.

Porém, ela se afastara, de olhos arregalados, voz trêmula. Sentira medo de algo ali. Na época, Ravyn tivera certeza de que era dele. Mas finalmente entendeu que era outra coisa — algo muito maior do que ele, e que ela carregava sempre consigo.

Ele voltou a olhar para a menina no teixo.

— O que aconteceu com seu pai?

Tilly não respondeu.

— Como ele morreu? — insistiu Ravyn.

Ela desviou o olhar, os dedos dançando em um ritmo silencioso no galho.

— Não sei. Me pegaram primeiro — disse ela, e baixou a voz. — Eu passei pelo véu antes do meu pai e dos meus irmãos.

Ravyn sentia frio, mas não vinha da Carta do Espelho. Era outra coisa. Uma pergunta cuja resposta, no fundo, ele já sabia.

— Quem matou você?

Os olhos amarelos se acenderam. Ela os voltou para Ravyn.

— Você sabe o nome dele — disse a menina, baixando a voz até um sussurro grave e rouco. — Rowan.

O brasão do rei veio à mente de Ravyn. A bandeira do tio: a sorveira inflexível. A Carta da Foice vermelha, olhos verdes. Caçadores, brutos.

Família.

As mãos ensanguentadas de Ravyn tremeram.

— Esperamos pelo meu pai durante muito tempo — disse Tilly, voltando o olhar para cima, como se falasse apenas com o teixo. Ela firmou a voz e encolheu os dedos no colo, como garras. — Continuamos a esperar, até ele concluir sua tarefa.

Um calafrio subiu pelo pescoço de Ravyn. Ele pensou na criatura no corpo de Elspeth Spindle — nos olhos amarelos, nas palavras sedosas e sinuosas pronunciadas nas masmorras. A promessa de encontrar a Carta dos Amieiros Gêmeos perdida.

Ravyn não era bobo. Nenhuma promessa vinha sem pagamento. Blunder era um lugar de magia — de negócios e barganha. Nada de graça vinha.

— O que o Rei Pastor deseja? — perguntou à menina-espírito. — O que ele procura?

— Equilíbrio — respondeu ela, inclinando a cabeça como uma ave de rapina. — Corrigir erros terríveis. Livrar Blunder dos Rowan.

Ela semicerrou os olhos amarelos, vil e absoluta, e declarou:

— Cobrar o que lhe devem.

CAPÍTULO DOIS
ELM

O príncipe cavalgou mais rápido do que os outros dois Corcéis. Ao apear na velha casa de tijolos, Elm Rowan ficou impressionado com a quietude do mundo quando não estava a cavalo. Chegava a ser irritante.

Uma rolinha arrulhou. Elm tirou as luvas e afundou a mão no bolso da túnica, sentindo o conforto familiar do veludo nas bordas da Carta da Foice.

Ele se aproximou da porta e cerrou o punho. A porta era velha e restos de líquen se abrigavam nas ranhuras. O lado norte inteiro da construção era coberto de musgo e hera, como se a floresta tentasse engolir o Paço Hawthorn em suas profundezas, enroscando na chaminé cipós serpenteantes da grossura de um braço.

Não tinha ninguém em casa. O alerta chegara dias antes. Ainda assim, Elm encostou a orelha na porta para escutar.

Nada. Nenhum grito abafado de criança, nenhum tilintar das panelas de ferro na cozinha. Nenhum latido de cachorro. A casa estava quieta, como se suspensa pelos fios verdes que vinham correndo da bruma.

Os Corcéis chegaram atrás dele e desceram dos cavalos.

— Senhor? — chamou Wicker.

Elm abriu os olhos e suspirou. Não tinha vontade alguma de comandá-los. Porém, Ravyn dera chá de sumiço, e Jespyr ficara em Stone para cuidar de Emory, deixando Elm — petulante até os ossos — cumprir as ordens do rei e procurar a família desaparecida de Elspeth Spindle.

— Está vazia — resmungou ele, rangendo os dentes. — Opal Hawthorn não é boba. Ela e os filhos não teriam voltado para cá.

— O marido dela pareceu acreditar que eles estariam aqui — reclamou Gorse, o outro Corcel.

Elm girou a maçaneta de latão e puxou a porta do Paço Spindle, fazendo ranger as dobradiças enferrujadas.

— Tyrn Hawthorn diria qualquer coisa para se livrar das masmorras.

— Ele tem Cartas — disse Wicker, enfaticamente. — Pelo tanto que se gaba, parece até que o velho Tyrn conseguiu o Baralho inteiro.

— Então o mínimo que podemos fazer é aliviá-lo do peso de seus maiores tesouros. Vasculhem a casa — disse Elm, e olhou de relance para o céu. — Rápido. Eu gostaria de escapar dessas nuvens.

Eles foram primeiro para a biblioteca, esvaziando as estantes e sacudindo livros velhos até a casa cheirar a couro e pó.

— Encontrei um Profeta! — comemorou Gorse, do outro lado de uma fileira de prateleiras de mogno.

Elm passou o dedo pelo balcão irregular da lareira. As pedras estavam rachadas, mas a construção era firme, sem esconderijos para uma Carta. Ele saiu da biblioteca e subiu a escada. Nichos ovais continham velas derretidas, e toda pedra da casa abrigava uma sombra.

O primeiro quarto perto da escadaria estava revirado, roupas, mantas e um ou outro pé de meia aqui e ali. Duas camas estreitas, duas espadas de madeira. Elm supunha ser o quarto dos primos pequenos de Elspeth.

O quarto seguinte era nitidamente mais feminino. Elm se demorou à porta, inspirando o ar frio cheirando a lã e lavanda. Uma colcha cobria a cama, e os lençóis estavam perfeitamente arrumados, sem sequer um amarrotado. Uma mesinha pintada de verde descascado era base para uma vela e, ao lado, um espelho oval. Logo abaixo do espelho havia um pente fino.

Entre os dentes de madeira do pente estavam vários fios de cabelo preto e comprido.

— Não tem mais nada dela aqui — chamou uma voz de trás de Elm. — O que quer que Elspeth tenha tirado daqui, ela carrega consigo.

Elm se sobressaltou e levou a mão ao cinto. O tilintar de aço cortou o silêncio e ele girou, rasgando o ar com a faca em direção à voz.

Parou com a lâmina logo antes de arranhar o pescoço de Ione Hawthorn.

Ela estava de pé diante dele, vestida de branco, como uma noiva. O vestido longo e esvoaçante descia até o chão. O cabelo loiro balançava à brisa do corredor e, ao encarar Elm, ela contorcia a boca rosada, formando uma pergunta implícita.

Ela abaixou o olhar para a faca.

— Príncipe Renelm.

Ele estava com a cabeça a mil, uma discordância rítmica do peito que inflava lentamente.

— Que raios você está fazendo aqui?

— É minha casa. Por que eu não estaria aqui?

Elm tensionou o maxilar. Recuou a faca e a embainhou no cinto.

— Pelo amor das árvores, Hawthorn, eu podia ter matado você.

A voz dela era afiada como a ponta de uma agulha.

— Duvido muito.

Elm revirou o bolso em busca do conforto da Foice. Ele não usava a Carta vermelha havia quatro dias — desde aquela noite no Paço Spindle.

Após chamar os Corcéis, que levaram Hauth embora, ensanguentado e destruído, Ravyn acorrentara Erik Spindle e Tyrn Hawthorn. Jespyr fora a cavalo até o Paço Hawthorn para alertar Opal Hawthorn, a tia de Elspeth, de que os Corcéis estavam a caminho. E Elm... Elm dera três toquezinhos na Foice e obrigara o que restava da família de Elspeth a fugir. A madrasta, Nerium, as meias-irmãs, Nya e Dimia...

E a prima, Ione Hawthorn. Todas desapareceram noite adentro sem deixar rastros.

Até então.

Ione estava bem na frente de Elm, e o encarava com olhos cor de mel aguçados. Ela lembrava um pergaminho limpo. Imaculada, repleta de potencial. A Carta da Donzela tinha aquele efeito — fazia a proprietária parecer insuportavelmente *nova*. Elm estranhou ela estar usando a Carta cor-de-rosa da beleza ali, sozinha no Paço Hawthorn, tão distante da atenção da corte de Stone.

Ele se aproximou, sua sombra a engolindo inteira.

— Não é seguro ficar aqui.

Ione arregalou os olhos. Antes que pudesse falar, contudo, passos soaram atrás dela.

Gorse parou de supetão no alto da escada, olhando fixamente para Ione.

— Se estão procurando meu pai, sinto decepcioná-los — disse ela, olhando o outro Corcel sem interesse. — Estou sozinha. Minha família foi embora, sem nem deixar recado.

Gorse franziu a testa e se virou para Elm.

— Senhor?

Mais passos soaram na escada.

— Puta merda.

Wicker parou logo atrás de Gorse, pousando a mão no punho da espada.

Ione repuxou a boca em uma linha firme.

— Pelo visto perdi alguma coisa. Por que vocês estão aqui? — perguntou ela, e seu olhar ficou mais sombrio. — Hauth veio também?

— O grão-príncipe está em Stone, por um fio — retrucou Gorse, irritado. — Foi atacado por sua prima. Tudo isso porque sua família não teve coragem de queimá-la quando teve oportunidade.

Ione olhou para a mão de Wicker, que esganava o punho da espada.

— Minha prima — murmurou, forçando a voz, e o som de agulha afiada voltou. — O que Hauth fez com ela?

— Nada que ela não merecesse — respondeu Gorse.

Ione era pouco expressiva, mas seus olhos davam sinais. Elm conseguiria analisar melhor os sentimentos dela se Wicker não estivesse agarrado à espada.

— Não se mexa, Corcel — disse ele.

Gorse levou a mão à própria espada.

— O Rei vai querer vê-la imediatamente.

— Pelo amor das árvores — suspirou Elm, e procurou a Foice no bolso outra vez, batendo na Carta ao encontrar o veludo. — Ignorem ela — ordenou aos Corcéis. — Continuem a busca pelas Cartas.

Eles relaxaram as mãos nas espadas. Gorse e Wicker pestanejaram e deram meia-volta, os olhos vidrados.

Elm avançou abruptamente, empunhando o braço de Ione.

— Não diga mais uma palavra — advertiu, e pôs-se a arrastá-la, passando pelos Corcéis e descendo a escada com pressa.

O som dos pés descalços de Ione batendo no piso de pedra ecoou pela casa vazia. Quando chegaram à sala de estar, ela se desvencilhou.

— O que está acontecendo?

Elm sentiu um nó na garganta, e falou com a voz rouca:

— Sua prima Elspeth...

Não, não é mais Elspeth. Ele rangeu os dentes.

— Ela desceu o cacete em Hauth no Paço Spindle. Quebrou a coluna nele. Ele sobreviveu por pouco. Meu pai está com sede de sangue. A investigação... — disse ele, e olhou para Ione, sentindo um calafrio lento. — Tenho que levar você para Stone.

Ione não reagiu. Mal pestanejou.

— Então leve.

— Você não... — começou ele, e respirou fundo. — Você nitidamente não entendeu.

— Entendo, sim, príncipe. Se você não tivesse vindo se oferecer como escolta, eu daria meu próprio jeito de voltar para Stone.

— Não sou escolta nenhuma, cacete — soltou Elm. — Estou *prendendo* você.

Ione se virou para encará-lo, mas a expressão permanecia igual — inteiramente neutra. Ela deveria estar chorando. Gritando, talvez. Era o que a maioria das pessoas fazia quando era investigada. Ela, contudo, estava... calma. Chegava a assustar.

Elm a olhou de cima a baixo, com um gosto amargo na boca.

— Você tem usado essa Carta da Donzela um pouco demais, não tem? Onde ela está?

— Por quê? Quer tomá-la emprestada, príncipe? — perguntou Ione, fitando o rosto de Elm. — Vai ajudar com essas olheiras.

Ela nem esperou que ele providenciasse uma resposta; abriu a porta da casa sob o clamor barulhento da chuva no telhado de palha do Paço Hawthorn. O suspiro de Elm encontrou o ar frio; sua paciência para o clima difícil — e para mulheres difíceis — já era escassa mesmo nos dias mais simples.

— Então deixe a Donzela para lá — disse ele, e passou por ela, agitando o vestido branco com o movimento. — Você pelo menos está com o amuleto?

Ione puxou uma corrente de ouro escondida no decote do vestido. O pingente era um amuleto, que parecia ser um dente de cavalo. Um objeto para proteger sua mente e corpo da bruma. Ela olhou para o Paço Hawthorn.

— O que aconteceu com a minha família?

— Seu pai está em Stone, com Erik Spindle. Sua mãe e seus irmãos escaparam... sumiram. Nerium e as filhas também — disse ele, e desviou o olhar. — Sua prima está acorrentada no fundo das masmorras.

Ione saiu da casa. Puxou uma folha molhada de um pilriteiro e esfregou os dedos. Gotas pingaram do galho para a ponta do nariz dela, descendo pela curva da boca. Quando ela disse o nome da prima, saiu em um sussurro, delicado como uma criança contando um segredo.

— Elspeth.

Ela voltou a olhar para Elm.

— Ela escondia tanta coisa, até de mim. Eu escutava seus passos no corredor à noite, depois que nos recolhíamos para dormir. Ouvia as canções que ela entoava. Ela estava sempre falando como se conversasse com alguém, mesmo que vivesse sozinha. E os olhos — murmurou. — Pretos. E de repente amarelos como ouro de dragão.

A mentira escapou de Elm antes que ele pudesse pensar:

— Não tenho conhecimento de nada disso.

— Não? — perguntou Ione, ajeitando o cabelo molhado atrás da orelha. — Achei que tivesse, visto que passou um tempo com ela no Castelo Yew depois do Equinócio. Você, Jespyr e, é claro, o capitão dos Corcéis.

Mil preocupações alfinetaram Elm. O rei sabia que Elspeth Spindle via as Cartas da Providência. O que ele *não* sabia era que tinha sido exatamente por isso que Ravyn a recrutara. Que Ravyn, Jespyr e Elm, a guarda escolhida a dedo pelo rei, tinham acolhido uma mulher infectada para roubar Cartas da Providência. Para reunir o Baralho. Para dissipar a bruma e curar a infecção.

Para salvar Emory, irmão de Ravyn.

Para cometer lesa-majestade.

Ele sentiu uma pontada na cabeça, como se tivesse sido cortada por vidro. A Foice. Tinha se esquecido de que ainda estava comandando Gorse e Wicker. Elm meteu a mão no bolso, bateu três vezes no veludo, e a dor cessou.

Ione notou a mão dele na túnica.

Um trovão retumbou. Elm olhou para o céu e estremeceu.

— Vai cair uma tempestade — disse ele, e conduziu Ione até o cavalo. — A viagem não vai ser tranquila.

Ela não disse nada. Quando Elm a colocou no cavalo, ela arregaçou o vestido até os joelhos e montou. Ele subiu atrás dela, enrijecendo o maxilar quando ela se acomodou na sela, a curva do quadril fazendo pressão no corpo dele. O cabelo exalava um cheiro doce.

Ele atiçou o cavalo. O Paço Spindle desapareceu em meio ao bosque, sua última moradora arrancada de sua porta em um turbilhão de chuva e lama.

Ione se recostou no peito dele, o olhar perdido na estrada. Elm olhou para ela, se perguntando se ela entendia o destino que a aguardava em Stone. Se sabia que provavelmente era a última vez que ela sairia da casa da família e viajaria por aquela estrada. Se ela olharia para trás.

Ela não olhou.

CAPÍTULO TRÊS
ELSPETH

A armadura dourada reluzia e rangia enquanto o homem que me resgatara da água se sentava ao meu lado na areia preta. Juntos, observávamos a água subir até nossos tornozelos e voltar, a maré constante, o fluxo de ondas desmedidas sem variação alguma.

— Taxus — disse ele, enfim, erguendo a voz acima do som das ondas.

A água salgada secou na minha boca. Lambi os lábios e minha voz falhou.

— Quê?

— Aemmory Percyval Taxus — disse ele, arrastando as manoplas pela areia. — É meu nome.

Pisquei, com areia nos cílios.

— Você... você é...

Quando ele se virou para mim, seus olhos amarelos agitaram minha memória perdida.

— Você logo vai se lembrar — disse ele, olhando de volta para o horizonte escuro. — Não há muito o que se fazer aqui, senão se lembrar.

Eu me chamava Elspeth Spindle, e só o sabia porque ele, *Taxus*, me chamava assim. Pronunciei meu nome, experimentando na língua. O que veio foi um sibilo arrastado.

— Elspeth Spindle.

Taxus sumiu, mas não percebi quando ele saiu. Fiquei virando a cabeça para os dois lados, à procura dele, mas ele sequer deixara pegadas na areia.

Olhei para a água e esfreguei as mãos na areia até a pele ficar em carne viva. Meu cabelo comprido estava grudento de mar. Puxei um fio da cabeça e enrosquei com tanta força no dedo que arroxeou. Eu estava sem comer... sem dormir.

O tempo não me encontrou. Nada me encontrou. E o nada era cavernoso. Quando Taxus voltou, me olhando como se me conhecesse, eu franzi a testa.

— Você está enganado. Não me lembro de quem você é. Não... — falei, e voltei a olhar a água. — Não me lembro de nada.

— Devo contar a história?

— Que história?

— A nossa, querida.

Eu me empertiguei.

— Era uma vez uma garota — disse ele, a voz manhosa — reverente e atenta, que se embrenhou nas sombras da mata profunda e benta. Era uma vez também um Rei, determinado a pastorear, que reinava a magia e compôs o velho exemplar. Os dois se uniram, um do outro igual:

"A garota, o Rei... e o monstro que viraram ao final."

CAPÍTULO QUATRO
RAVYN

O frio da Carta do Espelho já se esvaíra da pele de Ravyn. E mesmo estando de volta a Stone, ele ainda não se sentia aquecido. O gelo das masmorras subia à força a escadaria sombria, se embrenhando em seu peito.

Ele levava duas chaves-mestras. Quando parou no topo da escada e olhou para baixo, apertou as chaves com força. Não escutou quando sua irmã se aproximou. Mas que tipo de Corcel ela seria se ele pudesse ouvi-la?

— Ravyn.

Ele se virou e escondeu a surpresa com uma carranca.

— Jes.

Jespyr se encostou na parede do corredor, tão disfarçada nas sombras que faria uma Carta do Espelho tornar-se desnecessária. Ela abaixou o olhar para as chaves na mão de Ravyn.

— Vai precisar de outro par de mãos para abrir esta porta.

— Eu ia procurar um guarda.

Algo mudou nos olhos castanhos dela.

— Eu dou conta.

Havia certa acusação nas notas firmes da voz de Jespyr. Ravyn a ignorou.

— O rei quer falar com Els... — começou ele, e fez uma careta. — Quer saber da Carta dos Amieiros Gêmeos. Em particular.

Jespyr cruzou as mãos.

— E é sensato ir lá falar com ele?

— Provavelmente não.

O som do gongo ecoou pelo castelo, anunciando a tarde. Meio-dia, meia-noite — a hora era irrelevante para Ravyn. Tudo o que ele entendia do tempo era que o tempo lhe vivia em falta.

Jespyr esfregou a bota em um pedaço enrugado do tapete do corredor.

— Você está bem para fazer isso? Mal falou do que aconteceu. De Elspeth.

Os músculos da mandíbula de Ravyn se enrijeceram.

— Estou bem.

Ela abanou a cabeça.

— Sempre sei quando você está mentindo. Seus olhos ficam meio vazios.

— Talvez eles *sejam* vazios.

— Você adoraria que acreditassem nisso, né? — perguntou Jespyr, e chegou mais perto para pegar uma das chaves da mão dele. — Pode conversar comigo, sabe? Estou sempre aqui, Ravyn. — Ela sorriu discretamente. — Estou sempre no seu encalço.

Eles chegaram ao fim da escada sem escorregar no gelo. Na antessala, a porta das masmorras os aguardava. Tinha o dobro da largura de Ravyn. Forjada de madeira de sorveira e reforçada com ferro, só era aberta com as duas chaves em simultâneo.

Cada um diante de uma fechadura, em pontas opostas da porta, Ravyn e Jespyr encaixaram as chaves. Ravyn fez questão de dar as costas à irmã, para que ela não visse o tremor em sua mão.

Os mecanismos embutidos na parede de pedra soltaram os trincos. Ravyn apertou a abertura e empurrou a porta apenas o bastante para passar, pois o peso da madeira antiga era exagerado.

— Deixe aberta — disse ele, pegando as duas chaves de volta. — Os Corcéis vão chegar logo para buscar Erik Spindle e Tyrn Hawthorn para o interrogatório.

Ele passou pela porta.

— Quer que eu vá junto?

— Não. Pegue uma Carta do Cálice no arsenal e me encontre nos aposentos do rei.

— Tem certeza de que está bem com isso? — insistiu Jespyr.

Ravyn sempre mentira por necessidade, e nunca por gostar do ofício. Era uma de suas muitas máscaras. Ele a usava fazia tanto tempo que, às vezes, não sabia tirá-la nem quando deveria.

Ele adentrou as sombras.

— Estou bem.

O ar ia ficando mais rarefeito conforme ele avançava para o norte. As masmorras eram inclinadas, afundavam na terra. Ravyn embrulhou bem os braços na capa e manteve o olhar reto, com medo de olhar demais para as celas vazias e os fantasmas de todas as crianças infectadas e mortas ali saírem das trevas para pegá-lo.

O corredor estava cheio de tochas apagadas, pois aquela área raramente entrava na patrulha. Ravyn continuou até chegar ao fim — à última cela.

O monstro aguardava ali.

Estatelado no chão, de olhos para o teto, como se admirasse as estrelas, o corpo que um dia fora de Elspeth Spindle estava inerte. O ar lhe escapava da boca — da boca do Rei Pastor — como baforadas de um dragão. Quando os passos de Ravyn pararam diante da cela, o Rei Pastor nem se virou, e o único cumprimento oferecido foi o som de seus dentes rangendo.

Um nó subiu na garganta de Ravyn. Antes que conseguisse se conter, ele olhou o corpo de Elspeth de cima a baixo.

Para o corpo que um dia fora dela.

— Está acordado?

Não houve resposta.

Ravyn avançou e agarrou a grade de ferro da cela, fria como gelo.

— Sei que está me ouvindo.

Uma gargalhada ecoou na escuridão. O corpo na cela sentou-se devagar e se virou. Ravyn precisou de todas as forças para não se encolher. Os olhos pretos de Elspeth tinham sumido. Em seu lugar estavam íris felinas, vívidas e amarelas, iluminadas por um homem morto havia quinhentos anos.

O Rei Pastor mexeu apenas os olhos.

— Você está sozinho, capitão — disse ele. Ainda era a voz de Elspeth. No entanto, soava manhosa, bajuladora. *Errada*. — Isto é sábio da sua parte?

Ravyn se retesou.

— Você seria capaz de me machucar?

A resposta dele foi um sorriso torto e cruel.

— Seria mentira dizer que nunca cogitei a ideia.

Não havia ninguém ali para ouvi-los. Ainda assim, Ravyn sacou a Carta do Pesadelo no bolso e bateu três vezes nela.

O sal subiu pela sua garganta, pelo nariz, até arder. Ravyn fechou os olhos, permitiu que aquele sal o engolisse, e então o expeliu, até penetrar a mente do Rei Pastor. Começou a revirar as trevas, em busca de qualquer sinal de Elspeth.

Não a encontrou.

Quando Ravyn abriu os olhos, o Rei Pastor o observava. Uma voz, masculina, traiçoeira — venenosa — falou em seus pensamentos. *O que você quer, Ravyn Yew?*

Ravyn passou a mão na boca, escondendo o incômodo. Ele ainda olhava o corpo de Elspeth. Era a pele *dela*, a boca, as mãos *dela*. O cabelo dela, comprido, preto e embaraçado, descendo pelos ombros. O peito dela que subia e descia no ritmo dos pulmões.

Assim como a voz, contudo, havia algo nitidamente *errado* com o corpo de Elspeth. Os dedos estavam rígidos, encolhidos como garras, e a postura, contorcida — os ombros eretos demais, as costas, curvadas demais.

— O rei deseja vê-lo — disse Ravyn. — Mas antes de levá-lo, quero duas coisas.

O Rei Pastor se desencolheu do chão e ficou de pé no meio da cela. E então, rápido demais, se esgueirou até a grade.

— Estou ouvindo.

Ravyn apertou as barras de ferro com mais força.

— Quero a verdade. Sem enigmas, sem joguinhos. Você é mesmo o Rei Pastor?

O olhar amarelo percorreu suas mãos — as unhas quebradas, a terra ainda agarrada nas rachaduras secas da pele. O corpo de Elspeth se curvou, fazendo lembrar um abutre.

— Um dia já fui chamado assim.

— Como *ela* o chamava?

Por um momento, não houve nada. Movimento algum. Nem o ar virou vapor ao sair das narinas do Rei Pastor. Por fim, depois de parecer ter congelado inteiramente, ele começou a tremelicar os dedos pálidos, como se dedilhasse as cordas de uma harpa invisível.

— Ela via quem eu sou de verdade.

Ele prolongou a palavra, que sussurrou no pensamento de Ravyn: *Pesadelo*.

— E você sabe onde está a Carta dos Amieiros Gêmeos, Pesadelo?

— Sei.

— Você me levará até lá?

A voz dele soou ao mesmo tempo próxima e distante.

— Levarei.

— Quão longa é a viagem?

O Pesadelo abaixou a cabeça e sorriu.

— Não é longe. Mas é mais longe do que você já esteve.

Ravyn bateu as mãos na grade com força.

— Eu falei para parar com esses joguinhos.

— Você pediu a verdade. A verdade é flexível, Ravyn Yew. Temos todos que nos adaptar a ela. Senão, bem... — disse ele, os olhos amarelos brilhando. — Senão quebramos.

Ele falou outra vez com a própria voz nos pensamentos de Ravyn. *Antes de sua época, antes da história da menina, do rei e do monstro, eu contava uma narrativa mais antiga. De magia, bruma e Cartas da Providência. E infecção e degeneração.* O sorriso dele se fechou. *De acordos feitos.*

— Eu conheço *O velho livro dos amieiros*.

— Que bom. Pois você está prestes a entrar nele.

Ravyn inspirou fundo, o gelo do ar se instalando nos pulmões.

— Os Amieiros Gêmeos são uma Carta única — continuou o Pesadelo. — Ela dá ao usuário o poder de falar com nossa divindade, a Alma do Bosque. E é *ela* quem a protege. Ela dará seu preço para a última Carta do Baralho. Nada vem de graça.

— Estou disposto a pagar o preço que ela pedir — disse Ravyn, e se encostou na grade, baixando a voz. — E, quando eu pagar, Pesadelo, os Amieiros Gêmeos serão meus. Não do rei, nem seus. *Meus.*

Algo mudou naqueles olhos amarelos.

— Qual é o segundo desejo que tem a fazer, Ravyn Yew? — murmurou o Pesadelo.

Mesmo envolto em geada, Ravyn sentia o cheiro de sangue na roupa de Elspeth. Ele recuou um passo, mas já era tarde. Um leve tremor já havia se iniciado em sua mão esquerda. Ele cerrou o punho.

— Quando eu levá-lo aos aposentos do rei, você não deve feri-lo. Não deve fazer nada que possa me impedir de levá-lo embora de Stone em busca dos Amieiros Gêmeos.

— Então Rowan aceitou minha oferta? Trocar minha vida pela do jovem Emory?

— Não inteiramente. Por isso, preciso que você se comporte.

O Pesadelo riu. O som se espalhou pelas masmorras, como se transportado por asas sombrias.

— Me comportar — disse ele, e encolheu os dedos. — À vontade. Leve-me a seu rei Rowan.

***

Ao longo da parede das masmorras ficavam ganchos com armas e amarras variadas. Ravyn pegou um par de algemas de ferro atadas a uma corrente e abriu a porta da cela. O Pesadelo estendeu os braços.

A pele pálida e machucada aparecia sob as mangas puídas da roupa.

Ravyn mordeu o lábio.

— Puxe mais as mangas para o ferro não encostar diretamente na pele. Não quero machucar Elspeth ainda mais.

— Ela nem vai sentir.

Tensionando os músculos da mandíbula, Ravyn tomou o cuidado de não encostar na pele do Pesadelo ao fechar as algemas.

— Vamos.

Mesmo acorrentado, o Pesadelo se deslocava em um silêncio horripilante. Ravyn precisou de todo o controle para não olhar para trás. A certeza de que o monstro vinha em seu encalço só existia porque ele *sentia* sua presença, como uma presença fantasmagórica, saindo de fininho das profundezas congeladas de Stone.

Eles subiram a escadaria. Ravyn sacudiu as mãos, que, dormentes do frio, estavam começando a formigar na ponta dos dedos. Ainda estava usando a Carta do Pesadelo, e tentou chamar por Elm. O primo não respondeu.

Outra voz, porém, soou.

Ela morreu, seu idiota, disse aquele conhecido tom de desdém das profundezas da mente. *Por que se agarrar a qualquer esperança? Mesmo que reúna o Baralho, dissipe a bruma e cure a infecção, ela não voltará. Ela morreu no quarto no Paço Spindle, quatro noites atrás.* Uma gargalhada grave, retumbante. *Tudo porque você se atrasou dez minutos na volta da patrulha.*

Ravyn arrancou a Carta cor de vinho do bolso e bateu nela três vezes, interrompendo a magia. O sangue latejava em seus ouvidos. Não era a voz do Pesadelo. Era outra: a voz que zombava dele, que pronunciava seus piores medos toda vez que ele usava a Carta por muito tempo.

A própria voz.

O som de dentes trincando ricocheteou pelas paredes de pedra.

— Não havia necessidade nenhuma de usar a Carta do Pesadelo, Ravyn Yew. Estou sozinho nestas cem celas — disse ele, e fez uma pausa. — A não ser que você esperasse escutar outra voz ao vasculhar minha cabeça.

Ravyn parou de andar.

— Você estava lá — começou, mantendo o olhar reto e forçando a voz aguda soar gélida — quando Elspeth e eu estávamos a sós?

— O que houve, bandoleiro? Suas lembranças cor-de-rosa estão apodrecendo?

Ravyn se virou e empurrou o Pesadelo contra a parede, fechando a mão ao redor do pescoço alvo do monstro.

Mas era parecido demais com o pescoço dela. *Era* o pescoço dela.

Ele puxou a mão de volta.

— Foi tudo mentira.

Ele não se permitira pensar naquilo até então. Mas agora...

Já levara facadas menos doloridas.

— Todos os olhares. Todas as palavras. Você morou por onze anos na cabeça de Elspeth. Não dá para saber o que era ela, o que era você.

Um sorriso repuxou a boca do Pesadelo.

— Não dá para saber.

Ravyn queria vomitar.

— Caso sirva de consolo, a admiração dela por você foi totalmente particular. Acho sua pose fria insuportavelmente entediante.

De olhos fechados, Ravyn virou o rosto.

— Mas você estava lá. Quando eu estava com ela.

Fez-se uma pausa demorada. Então, mais baixo do que antes, o Pesadelo respondeu:

— Há um lugar na escuridão que eu compartilho com ela. Imagine uma praia isolada, uma orla de águas sombrias. Um lugar que construí para esconder o que preferia esquecer. Em nossos onze anos juntos, vez ou outra eu ia para lá. Para dar um descanso para Elspeth. E, mais recentemente — acrescentou, tamborilando as unhas na parede —, para me poupar dos detalhes do apego incompreensível que ela nutria por você.

Ravyn abriu os olhos.

— Existe esse lugar na sua cabeça?

Silêncio. E então:

— Por quinhentos anos, eu me fraturei nas sombras. Um homem, se contorcendo devagar até se tornar algo horrível. Não vi sol, nem lua. Só conseguia me lembrar das coisas horríveis que tinham acontecido. Sendo assim, construí um lugar para guardar o rei que um dia viveu, a dor dele, a memória. Um lugar de repouso.

Ravyn se virou. Quando encontrou o olhar amarelo do Pesadelo, se deu conta.

— É lá que ela está. É por isso que não a escuto com a Carta do Pesadelo. Você escondeu Elspeth — disse ele, a garganta ardendo. — Sozinha, no escuro.

O Pesadelo inclinou a cabeça.

— Não sou nenhum dragão defendendo um tesouro. Assim que Elspeth encostou naquela Carta do Pesadelo e eu invadi a mente dela, seus dias estavam contados. *Eu* fui a sua degeneração.

Não. Ravyn não ia aceitar aquilo.

— Diga como encontrá-la.

— Por que eu faria isso, se é tamanho prazer ver você desmoronar?

Ravyn levou a mão ao cinto e consequentemente ao punho de marfim na bainha.

— Você me dirá. Quando sairmos deste castelo miserável, você me dirá como encontrar Elspeth.

O sorriso do Pesadelo foi uma ameaça nada sutil.

— O que sei só eu sei. São segredos profundos. Eu os escondo há tempos, e os esconderei deste mundo.

O rei Rowan não estava em seus aposentos.

Ravyn praguejou baixinho.

— Espere aqui — pediu ao Pesadelo.

Ele deixou o monstro, acorrentado e ensanguentado, no meio dos tapetes de pele do rei, e seguiu pelo corredor real que levava ao quarto de Hauth. Quando entrou, precisou de todas as forças, e da pura sorte de ter comido pouco no almoço, para não vomitar com o fedor.

O quarto do grão-príncipe estava calorento, amplificando os odores pútridos de sangue e corpo doente. Filick Willow formava uma fila com outros três Clínicos perto da cama de Hauth. O rei também estava lá, perto da lareira com Jespyr. Ele estava bêbado. Fazia três dias *já* que estava bêbado, no quarto de Hauth, mexendo na própria Carta do Pesadelo e tentando alcançar os pensamentos do filho.

Porém, onde quer que Hauth remanescesse, se é que remanescia, o rei não o alcançava. Nem a Carta da Foice conseguia comandar a vida de volta aos olhos verdes e apagados. A pele que aparecia entre ataduras e cobertores estava rasgada e cicatrizada. E sob as ataduras...

Hauth estava estilhaçado. De um modo que Ravyn, em vinte e seis anos de vida, nunca vira. Nem lobos destroçavam assim sua caça. Animais raramente matavam por esporte. E aquilo — o que fora feito com Hauth, arrebentando, despedaçando, arrancando — ia muito além do esporte.

De repente, pareceu uma ideia horrível fazer o rei enfrentar o monstro que acabara com seu filho.

Jespyr encontrou o olhar de Ravyn. Ela tensionou o maxilar e cochichou ao pé do ouvido do tio. O rei levou um momento para se concentrar. Quando finalmente fixou o olhar em Ravyn, foi com olhos escuros e sobrancelhas franzidas.

— E então? — soltou ele, quando voltaram ao corredor. — Cadê ela?

Ravyn respirou fundo o ar fresco.

— Em seus aposentos, senhor.

O rei cerrou o punho grosseiro ao redor do gargalo de vidro de um decantador.

— Um Cálice?

— Tenho aqui — disse Jespyr, com uma Carta da Providência verde-água na mão.

— Quero ver essa vadia tentar mentir sobre os Amieiros Gêmeos agora.

Quando o rei escancarou a porta, o Pesadelo estava empoleirado em uma cadeira de espaldar alto e ornamentado, tal qual uma gárgula. Eles se encararam, dois reis de olhares homicidas. O de Rowan, verde, o do Pesadelo, amarelo — e quinhentos anos de desequilíbrio entre os dois.

O Pesadelo abriu a mão, que mais lembrava uma garra, para cumprimentá-lo. Na outra mão, segurava um cálice de prata, já cheio de vinho.

— Muito bem — disse ele. — Que comece o inquérito.

Jespyr olhou, desconfiada, para as algemas nos punhos dele. Ela suspirou e deu três toques na Carta do Cálice.

O rei Rowan manteve distância da cadeira do Pesadelo, um espaço tão grande que daria para passar uma carruagem. Ele podia estar bêbado, mas não era burro. Vira em detalhes horrendos o que aquele monstro era capaz de fazer quando provocado.

— Diga, Elspeth Spindle, como você sabe onde a Carta dos Amieiros Gêmeos está escondida?

O Pesadelo enroscou o dedo na ponta do cabelo preto de Elspeth. Ravyn o fitou, maculado pelas lembranças. Ele já afundara a mão naquele cabelo. Passara os dedos nas mechas, suspirara junto a ele.

Ele desviou o olhar para a parede.

— É simples — murmurou o Pesadelo. — Eu estava lá quando a Carta desapareceu.

O rei voltou o olhar para o Cálice nas mãos de Jespyr, e então de volta para o Pesadelo, como se não conseguisse decidir do que desconfiar: do olhar ou de sua audição.

— É impossível.

O Pesadelo só fez sorrir.

— É? A magia é estranha e volúvel.

— Então é a magia que dá esse... esse — disse o rei, as palavras embolando na língua. — Esse seu conhecimento antigo dos Amieiros Gêmeos?

O Pesadelo deu um sorrisinho.

— Pode-se dizer que sim.

— Onde exatamente a Carta está escondida? — interveio Jespyr, encolhendo os ombros.

O Pesadelo dirigiu a ela um olhar indiferente.

— No fundo de um bosque. Um bosque sem estrada. Mas aqueles que cheiram sal... — disse ele, mostrando os dentes por um instante. — São convocados.

O rei se recompôs, respirando fundo, arquejante. Ele olhou de relance para Ravyn.

— Meu sobrinho estava ciente de sua infecção?

Ravyn ficou paralisado, mil alarmes retinindo nos ouvidos.

O timbre pegajoso do Pesadelo cortou o som.

— Seu Capitão não é a ave onisciente que você imagina. Ele só soube da minha magia quando já era tarde.

Era a verdade — ainda que um pouco distorcida.

Uma ruga na testa quebrou a máscara de pedra da expressão de Ravyn. O Pesadelo percebeu e sorriu, como se soubesse o que Ravyn acabara de perceber.

As Cartas da Providência não afetavam o Rei Pastor. Estava escrito no *Velho livro dos amieiros*.

Pois seu preço era final, e cessou nosso compromisso. As doze Cartas criei... Mas não posso usar nem isso.

Contudo, elas afetavam Elspeth. Hauth usara o Cálice contra ela. Ravyn conversara em pensamentos com ela ao usar a Carta do Pesadelo.

E o monstro diante dele era ao mesmo tempo Elspeth e o Rei Pastor. O Pesadelo podia sucumbir às Cartas... e também apagar sua magia.

Não era tão diferente da magia de Ravyn. Ele podia usar apenas as Cartas da Providência do Espelho, do Pesadelo e, supostamente, dos Amieiros Gêmeos. As outras Cartas, não, mas elas também não podiam ser usadas contra ele. Ele conseguia barrar a compulsão da Foice, mentir diante do Cálice.

Exatamente como o Pesadelo estava fazendo.

— Quem sabia da sua infecção? — rebateu o rei, irritado, quando o silêncio se estendeu demais.

— Minha magia sempre foi segredo.

— Até do seu pai?

O Pesadelo mexeu a mandíbula.

— Esta é uma pergunta que deve ser feita a ele. Eu não assumo nada que Erik Spindle, em sua fria indiferença, jamais tenha feito.

— Você enxerga as Cartas da Providência com sua magia?

— Enxergo.

— E usará esse poder para encontrar a última Carta para mim?

A expressão do Pesadelo continuou indecifrável.

— Usarei. Contanto que você honre seu lado do acordo, Rowan. Já devolveu Emory Yew para os pais?

O rei cerrou os punhos.

— Me diga onde está a Carta dos Amieiros Gêmeos, e eu o libertarei ainda hoje.

O Pesadelo ergueu uma sobrancelha.

— Está certo — disse, e inspirou pelo nariz. — Escute atentamente. A jornada da Carta doze três acordos reclama. O primeiro é na água, em um lago espelhado sem lama. O segundo começa na entrada do mato, e mesmo querendo voltar, é aqui seu ultimato.

O Pesadelo voltou o olhar para Ravyn. As palavras saíram contundentes, como se para arrancar sangue.

— O terceiro e último acordo é em um lugar sem tempo. Um lugar de tristeza, sangue, crime e tormento. Espada alguma o salva, máscara alguma o esconde. Com os Amieiros você voltará...

"Mas nunca sairá de lá."

CAPÍTULO CINCO
ELM

A estrada estava escura, e a mata, carregada de água. Quando um relâmpago rasgou o céu, Elm cobriu a cabeça com o capuz e forçou a vista contra a chuva pungente.

Ione não estava de capa. Nem de sapato. Os pés e tornozelos apareciam por baixo da barra do vestido branco, cujo tecido diáfano estava salpicado de lama. Ela devia estar com frio, mas não reclamou.

A voz de Ione vibrava ao longo de suas costas, um zumbido delicado no peito de Elm. Ele não conseguiu distinguir as palavras em meio ao galope do cavalo.

— Quê?

— Ela está bem? — perguntou Ione, desta vez um pouco mais alto. — Elspeth.

Dizer que Elspeth Spindle estava viva não era bem uma verdade.

— Não sei — disse Elm, e rangeu os dentes. — Não lhe incomoda o fato de ela ter dilacerado seu noivo?

Ione continuou a olhar para a frente.

— Tanto quanto você se incomoda, imagino.

Hauth. Sangue no chão, nas roupas, no rosto inteiro. Elm se incomodava, sim. Pelos motivos errados.

— Considere-se sortuda por não ter visto o que sobrou dele quando ela acabou.

Eles chegaram à encruzilhada, onde a estrada divergia. Elm direcionou o cavalo para o leste, para o lugar que ele mais odiava. Stone.

— Quando começa a investigação? — perguntou Ione.
— Está ansiosa pelo Cálice, é?
— Eu não tenho medo da verdade.

Elm se abaixou e murmurou ao pé do ouvido dela:
— Pois deveria.
— Sim. Imagino que sim.

Ele olhou para baixo. Nunca tinha conversado muito com Ione Hawthorn até então. Quase tudo o que sabia dela, Elm aprendera com breves olhadelas — quase todas muito sorrateiras.

A expressão dela sempre fora fácil de interpretar, mesmo do outro lado do salão de Stone. Tinha uma cara sincera, sorrisos tão irrestritos que Elm quase sentia pena. Aquele tipo de honestidade pura não cabia na corte do rei.

Ele sempre a achara linda. Mas a Donzela — aquela Carta cor-de-rosa inútil — apurara sua beleza até alcançar uma perfeição de outro mundo. Não havia o menor defeito no cabelo, nem na pele. Os dentes da frente, antes separados, estavam alinhados. O nariz ficara menor. A Donzela não a deixara mais alta, e nem diminuíra — graças às árvores — suas curvas impressionantes. Porém, ela era diferente da moça de cabelo loiro que ele via sorrir em Stone. Mais recatada.

Mais fria.

Ele a percorreu com o olhar. Se Elm não notasse a curva do pescoço, o volume dos seios ao respirar, as coxas marcadas pelo vestido, talvez tivesse ficado de olho na estrada. Se tivesse ficado de olho na estrada...

Talvez tivesse visto os bandoleiros.

Eles estavam enfileirados, de capa e máscara, bloqueando o caminho. Elm puxou as rédeas abruptamente, fazendo o cavalo parar. O animal relinchou e cabreou. Ione foi jogada contra o peito de Elm e ele a agarrou pela cintura para impedir que caísse.

O primeiro bandoleiro tinha um florete e várias facas no cinto de couro gasto. O seguinte empunhava um arco, a flecha apontada para a cabeça de Ione. O terceiro, mais alto e largo do que os outros dois, trazia uma espada.

— Mãos ao alto, príncipe Renelm — clamou o homem do arco. — Se pegar a Foice, atiro nos dois.

Elm bufou. Devagar, soltou Ione e levantou as mãos.

— Que ousadia — disse ele, analisando o grupo. — Três é pouco para abordar um príncipe e uma escolta de Corcéis.

— Não vejo escolta alguma — disse o bandoleiro da espada, que, sem soltar o punho da arma, se aproximou do cavalo de Elm e pegou o animal pelo freio. — Você parece estar sozinho, príncipe.

Elm se xingou em silêncio por ter deixado Gorse e Wicker no Paço Hawthorn.

Ione permanecia calada, com as costas firmes no peito dele. Elm tentou recuar, com medo de ela sentir a velocidade do seu coração, mas não tinha para onde fugir. Com a destreza de uma cobra, Ione passou a mão por trás do corpo e tateou a barra da túnica dele, perto do cinto.

Elm ficou paralisado.

Ione puxou o tecido, vasculhando com os dedos gelados, que roçavam no baixo-ventre dele, chegando no bolso na altura do quadril.

O bolso onde ele guardava a Foice.

— Nem *ouse*, Hawthorn — murmurou ele junto ao cabelo dela.

A ameaça em sua voz não teve efeito. Com uma manobra ágil, Ione afundou os dedos no bolso e pegou a Carta.

Elm manteve o olhar nos bandoleiros e as mãos ao alto, com a cabeça a mil e uma vulnerabilidade desagradável lhe contorcendo as entranhas. Ele não queria que Ione Hawthorn mexesse na sua Foice. Não queria que *ninguém* mexesse na sua Foice.

Os bandoleiros avançaram.

— Ele não está sozinho — corrigiu o bandoleiro das facas, chegando bem perto. Soltou o punho do florete e pegou a perna de Ione, arregaçando a barra do vestido com as mãos grosseiras. — Está com esta criatura maravilhosa. — Ele subiu o dedo pela panturrilha exposta de Ione, deixando um rastro da luva enlameada. — Pelas árvores, que pele fria.

Ione ficou inteiramente paralisada, retesando a perna sob o toque do bandoleiro. A voz de Elm emergiu do fundo da garganta.

— Tire suas mãos imundas dela.

— Então nos dê o que queremos, príncipe.

— E o que seria?

— Suas Cartas — disse o homem da espada, que olhava a perna de Ione. — Nos dê a Foice e o Cavalo Preto. Se der ainda a Donzela, e a mulher que vem junto, deixamos você ficar com seu cavalo.

A raiva queimou a boca de Elm feito bile, e ele cerrou os punhos.

— Mantenha essas mãos ao alto, príncipe — disse o bandoleiro do arco. — É só se mexer, que solto essa flecha bem no coração da moça.

A voz de Ione escapou da boca:

— Então me mate. Se conseguir.

Ela ergueu os olhos cor de mel para fitar o bandoleiro do arco. Ione respirou fundo... e tocou três vezes na Foice escondida às costas.

— Solte a flecha.

O bandoleiro parecia ter engolido a língua. O arco deu um tranco e a ponta da flecha mudou de direção. Com uma tosse engasgada, ele fechou os olhos e soltou a arma.

Elm jogou Ione para a frente, quase esmagando-a contra o cavalo, mas nenhuma flecha voou por cima deles. Ele escutou um som nauseante e ergueu o rosto, de cara para o bandoleiro que tocava a perna de Ione.

A ponta da flecha, vermelha-carmim, saía da garganta do homem. O bandoleiro engasgava, sangue escorrendo da boca e do pescoço. Ele flexionou os dedos para tentar se segurar quando tombou ao chão, e conseguiu pegar o vestido de Ione, puxando-a, junto a Elm, do cavalo.

Elm caiu na estrada lamacenta, protegendo Ione em seus braços. Ela tossiu, com a Foice no punho, tremendo inteira enquanto tentava se desvencilhar do bandoleiro com a flecha no pescoço.

Elm se levantou com impulso e deu um chute para afastar o desgramado, então avançou para o segundo bandoleiro — o da espada. Elm não tinha levado a própria espada. Como o Corcel teimoso que era, deixara a arma em Stone. Só estava paramentado com duas facas de arremesso no cinto, que carregava principalmente por pose.

A primeira faca errou o alvo. A segunda acertou de raspão a parte interna da coxa do bandoleiro. Elm meteu a mão no bolso. A Foice não estava lá, mas ele levava outra Carta. Um poder bruto que quase nunca usava, herdado com a capa de Corcel.

O Cavalo Preto.

Elm deu três toques na Carta, empunhando aquela arma antiga que andava sempre com ele. Ele podia até ser menos poderoso sem Ravyn e Jespyr, mas tinha fúria suficiente pelos três juntos.

Ele se esquivou de uma flecha que assobiou pelo ar, e a seguir de um golpe de espada. Aproximou-se do bandoleiro, impedindo o alcance da espada, e afundou um soco na cara do homem.

Socou de novo e de novo, o punho acertando a bochecha, o nariz e o queixo do sujeito. O mundo ao redor de Elm desmoronou e, de repente, ele não estava espancando um desconhecido mascarado, e sim o próprio irmão, o pai — Ravyn, até.

O bandoleiro caiu de costas na estrada, inerte. Elm parou junto ao bandido, as mãos urrando de dor. Então se virou para procurar Ione...

E deu de cara com o arco.

— Renda-se — disse o terceiro bandoleiro, apontando a flecha para o peito de Elm. — Não quero matá-lo. É só me dar a Foice — ordenou, tremendo — e eu o deixo partir.

Elm levantou as mãos de novo. Desta vez, porém, elas estavam cobertas de sangue.

— Adoraria. Mas não está comigo.

A audácia do bandoleiro, se ainda existia, nitidamente estava por um fio. Os olhos dele estavam desvairados, e a respiração curta, como um animal encurralado.

— Está, sim. Você me fez atirar nele. Você me forçou!

Elm não tinha talento para apaziguar. Ainda assim, ele baixou a voz, engolindo a raiva a contragosto.

— Abaixe o arco — disse ele. — Se você me ferir, não há escapatória. Minha família o perseguirá, e quando encontrá-lo... — Ele encarou o bandoleiro bem nos olhos. — Fuja enquanto é tempo.

O bandoleiro não respondeu. Deixou o arco cair e segurou apenas a flecha. Sem pestanejar, encostou a ponta na pele macia logo abaixo do próprio palato.

O olhar dele estava tão vazio que parecia morto.

Ione apareceu de trás do cavalo de Elm, atravessando a estrada lamacenta com passos descalços silenciosos. Ela não parecia uma noiva mais. O vestido branco estava manchado de sangue e terra. A boca rosada firme estava comprimida, a Foice de Elm girava entre os dedos. Ela fixou o olhar cor de mel no bandoleiro.

— Faça — disse ela, sem emoção.

Um calafrio subiu pela espinha de Elm. Ele se virou de volta para o bandoleiro.

— Espere — soltou. — Não...

O bandoleiro enfiou a ponta da flecha na pele abaixo do queixo. Daí soltou um som esganiçado horrível e desabou, a máscara preta absorvendo o sangue antes de derramá-lo na estrada.

**

O sal na bruma estava forte, como se a Alma do Bosque farejasse o sangue e tivesse ido assistir ao massacre na estrada. Elm confirmou que o amuleto de crina de cavalo estava bem preso em seu pulso e arrastou os corpos para a mata. Dois dos bandoleiros estavam mortos. O outro — o que ele esmurrara — estava desacordado.

Elm revirou os bolsos deles e depois tirou suas máscaras. Não reconheceu nenhum. Mas mesmo assim os odiava — odiava sua arrogância. Jogaram a própria vida fora por Cartas da Providência.

Ele voltou à estrada e desfez o transe do Cavalo Preto, o qual guardou de volta no bolso.

— Você se machucou?

Ione estava ao lado do cavalo, cabeça abaixada, revirando algo na mão.

A Carta da Foice.

— Hawthorn — chamou Elm, mais alto do que o som da chuva.

Ele se aproximou, com o cuidado de não pisar em sangue.

— Nunca segurei uma Foice — disse ela, virando a Carta entre os dedos finos. — Hauth nunca me deixou mexer na dele.

— Não é uma Carta para brincadeira. A dor é insuportável para quem exagera no uso. Devolva antes que você se machuque.

Ione recuou um passo.

— E ainda assim você me conduz até o rei, que certamente me fará mal, embora eu não soubesse nada da magia de Elspeth — disse ela, um tremor erguendo o canto da boca. — Nem tivesse envolvimento nas circunstâncias *infelizes* de Hauth.

— Seu destino não é minha culpa — disse Elm, respirando com dificuldade e secando os dedos ensanguentados na túnica, cujo tecido escuro absorveu a mancha depressa. — Me dê a Foice.

Ione estendeu a Carta vermelha. Porém, assim que Elm foi pegá-la, ela a puxou de volta e a escondeu atrás das costas.

— O que você me dará em troca?

Elm fechou a cara. Não tinha nenhuma experiência com os efeitos negativos da Donzela. O que sabia vinha do *Velho livro dos amieiros*, que declarava que quem usasse a Carta cor-de-rosa por tempo excessivo sofreria de frieza. Ele imaginava negligência, indiferença, até desdém. Porém, ao fitar o rosto de Ione Hawthorn, não foi nada disso que captou em sua expressão.

Na realidade, não viu nada. As feições dela estavam protegidas demais. Ficou preocupado por não conseguir decifrá-la — uma mulher que afundara uma flecha no pescoço de um homem sem pensar duas vezes.

Elm escarrou em um arbusto, cuspindo catarro e sangue.

— A Carta é *minha*. Não devo nada a você.

— Eu salvei sua vida.

— Eu teria me virado sem a sua ajuda — disse ele, e apontou as poças de sangue na estrada. — Você só fez bagunça.

— Eu poderia ter deixado ele atirar em você. Poderia fugir com a Foice. Mas não fiz isso.

— Por pura bondade — disse Elm, e avançou outro passo. — Se é que você ainda tem isso.

— Eu salvei sua vida — repetiu Ione, desta vez mais firme. — Tudo tem seu preço.

Elm estava tão perto que seu corpo a protegia da chuva. Ele sentia o hálito dela no rosto.

— Me dê a Foice. Já.

— Não chegue mais perto. Na verdade, não ouse se mexer.

O cheiro de sal fez arder os olhos de Elm. Antes que ele pudesse agir — torcer o braço de Ione, arrancar a Carta dela —, sentiu os músculos se retesarem. O suor encharcou suas mãos, sua nuca. Ele tentou se movimentar, mas não conseguia se mexer. Estava paralisado, enraizado no chão.

— Hawthorn — advertiu, forçando a mandíbula. — Pare.

— Primeiro o pagamento.

O calor subiu pelo pescoço de Elm. Os músculos dele — as articulações, os ossos — não obedeciam ao comando, por mais que ele tentasse mexê-los. Era aquele o poder da Foice. Ione poderia fazê-lo saltitar em uma perna só até quebrar o tornozelo. Poderia fazê-lo jogar o amuleto no chão e sair correndo, irrefreável, pela bruma. Podia até fazê-lo puxar a faca do cinto e afundar no próprio peito.

Um pânico antigo, enterrado no fundo de Elm, se remexeu. Fazia muito tempo que ninguém usava uma Foice contra ele.

— O que você quer?

Ione olhou o corpo dele de cima a baixo.

— Sua palavra — disse ela. — Sua honra.

— Com que fim?

— Você deve convencer o rei a me deixar circular livremente no castelo.

— Talvez não seja possível.

Ione passou a borda da Foice no lábio.

— Dizem que você é o príncipe esperto. Com certeza dará um jeito.

Elm não conseguia se mexer. O pânico ia subindo pelo peito, se enroscando nos pulmões. Se ele não se livrasse da Carta vermelha logo, ia gritar até a garganta arrebentar.

— Pelas árvores... está bom! Como você quiser. Só me dê logo essa Foice maldita.

Ione deu três toques na Carta e o libertou. Ela esticou a mão para a frente. Uma gota única de sangue pingou de seu nariz.

Elm arrancou a Foice da sua mão.

— Nunca — arfou ele, se curvando até ficarem cara a cara — mais faça isso.

O sangue do nariz de Ione diluiu, lavado pela chuva.

— Nem você, nem sua Carta vermelha têm qualquer importância para mim, príncipe. Eu só quero equilíbrio. Salvei sua vida — disse ela, os olhos cor de mel fulminantes nos dele —, agora é a sua vez de salvar a minha.

CAPÍTULO SEIS
ELSPETH

Eu me lembrei de um par de íris na sala de estar. Uma árvore de folhas vermelhas plantada no pátio, sob a sombra de uma casa alta e estreita. Um bosque. Cabelos loiros e soltos. Gargalhadas no jardim. Mãos finas e enrugadas trabalhando no pilão.

Uma biblioteca. O toque do veludo.

Vestes brancas. Sangue na laje. Arranhões na terra. Uma voz tecida em seda, nas paredes da minha cabeça. *Levante, Elspeth.*

Levei as mãos ao pescoço, escavando os pensamentos em busca da voz. Ela não estava lá. Senti sua ausência, a escuridão da lembrança oca, como um túmulo vazio. *Pesadelo?*

Taxus estava de pé na minha frente. Não sei quanto tempo ele passara ali, me observando.

— Você está lembrando — disse ele, devagar. — Vou lhe dar espaço. Aqui, estará segura.

Olhei para a água escura, para a orla inquieta e infinita.

— Onde é *aqui*?

— Um lugar para descansar. Para se recuperar.

— Não quero descansar — sussurrei. — Quero que você me solte.

Os olhos amarelos dele ficaram mais suaves.

— Em breve, meu bem.

Ele foi embora, sem deixar pegadas. Fiquei vendo o ouro da armadura desaparecer nas sombras, então me levantei, de pernas bambas, tentando segui-lo.

— Taxus... espere.

Ele se fora.

Na ausência dele, tentei encaixar as peças estilhaçadas do espelho da memória. Eu me lembrava de impressões — cores, cheiros e sons. Já os nomes eram mais difíceis de rememorar, era como exercitar um músculo atrofiado.

Com esforço, eles voltaram. Opal. Nya. Dimia. Erik. Tyrn. Tia. Meias-irmãs. Pai. Tio.

Então, em um dia ou noite comum, me lembrei de uma caminhada no bosque. Um aniversário. Uma rima antiga. *Menina amarela, suave, leviana. Menina amarela, simples, tão humana. Menina amarela, ignorada. Menina amarela, não será soberana.*

Ione. Eu tinha encontrado minha prima Ione no centro. Fui com ela à casa do meu pai. Fui embora cedo...

E enfrentei dois bandoleiros na estrada.

CAPÍTULO SETE
ELM

Stone se erguia firme e forte contra a tempestade. Irrompia da névoa, com torres alaranjadas devido à luz das tochas. Ao chegarem à ponte levadiça, o gibão de Elm estava ensopado.

Um trovão retumbou pelas nuvens de carvão, a noite no encalço de ambos. Quando o guarda abriu o portão, Elm conduziu o cavalo para o lado oeste do pátio.

Dois lacaios vieram correndo e arregalaram os olhos ao notar Ione.

Elm desceu do cavalo e avançou pelo pátio. Andou dez passos antes de perceber que Ione ainda estava montada. O cabelo loiro estava escurecido devido à umidade, grudado no corpo em mechas compridas e pesadas. Calafrios subiam pelas pernas dela, pela coluna, sacudindo o corpo inteiro. Os lábios estavam azuis, e o vestido — manchado de terra e sangue — colara na pele. Ela parecia uma sereia de contos de fadas, arrastada à orla pela tempestade.

— Pelo amor das árvores — resmungou Elm.

Ele esticou a mão para ajudar Ione a descer, mas ela estava tão rígida que ele foi obrigado a pegá-la pela cintura para tirá-la da sela.

Quando ela se apoiou no ombro dele, seu hálito foi como o sopro do vento de inverno no pescoço de Elm.

— Da próxima vez que cavalgarmos — grunhiu ele, a colocando de pé, mesmo descalça —, vista uma porcaria de uma capa.

Ela o fitou através das pestanas molhadas.

— Du... duvido que ha... haja uma pró... próxima vez, príncipe.

Quando eles chegaram à porta fortificada de Stone, os guardas a abriram sem questionar. Elm entrou no castelo pisando duro, pingando água de chuva pelos tapetes de lã e pisos de pedra. Atrás de si, escutava Ione trincando os dentes, deixando-o irritado ao limite.

Ele meneou a cabeça para a escadaria.

— Cinco minutos para se esquentar, Hawthorn — comandou, e olhou para os pés descalços de Ione. — A não ser que prefira perder os dedos nas masmorras.

Eles tinham subido apenas dez degraus quando uma voz o chamou do patamar.

— Renelm.

Elm soltou um palavrão e ergueu o olhar. Tentou sorrir para o Corcel.

— Linden. Cada vez melhor, né?

Se Hauth fosse capaz de conexão genuína, Royce Linden seria o mais próximo que ele teria de um amigo. Eles se portavam com o mesmo prazer intimidador, dois touros sempre prestes a atacar. Com seus olhos castanhos sombreados pela penugem grosseira das sobrancelhas, Linden vestia a capa de Corcel como uma ameaça.

A capa, contudo, não tinha como esconder as cicatrizes praticamente abertas. Cicatrizes que Elspeth Spindle fizera nele, involuntariamente, semanas antes, no Dia da Feira.

Elm acompanhou com o olhar as lesões que iam de trás da orelha de Linden à curva do pescoço.

— Você nunca vai ficar de fato bonito — comentou. — Mas já não era previsto nas Cartas, era?

Linden manteve a boca comprimida. Então parou no degrau logo acima de Elm, igualando suas estaturas.

— Você não veio visitar seu irmão.

Elm parou de sorrir. Era exaustivo pagar de bonzinho.

— Ando ocupado.

Linden olhou para Ione atrás dele.

— Então finalmente pegamos alguma parente da piranha — disse ele, e franziu a testa. — Ela não deveria estar a caminho das masmorras?

Elm mudou de posição, para esconder Ione e impedir que Linden notasse o vestido ensanguentado. Ele esticou a mão para trás e a pegou pelo braço.

— Daqui a pouco — declarou, e começou a subir os degraus de dois em dois, arrastando Ione escadaria acima. — Deseje melhoras a Hauth, caso ele acorde.

O olhar contundente de Linden os acompanhou por todo o trajeto.

— F... foi bur... burrice — disse Ione, tiritante. — Vo... você de... devia só me le... levar às mas... masmorras. Ele vai a... achar que...

— Royce Linden é o menor dos seus problemas.

No quinto patamar, Elm os guiou pelo corredor até a ala onde morava a família, toda decorada de veludo. De tempos em tempos ele parava para prestar atenção aos sons, na expectativa de que o timbre grave da voz de Ravyn invadisse sua mente.

Porém, os únicos ruídos que chegavam a Elm eram o redemoinho agitado dos próprios pensamentos e o estrépito dos dentes de Ione, que não paravam de bater. Se Ravyn estivesse no castelo — se estivesse usando a Carta do Pesadelo —, Elm certamente vinha sendo excluído da conversa.

— Corra — disse ele, e investiu para a porta com uma raposa esculpida no batente de mogno. Atrapalhou-se com o trinco, por causa dos dedos inchados. Quando enfim conseguiu abrir a porta, empurrou Ione para dentro.

— Que...

— Quieta — disse ele, e fechou a porta bruscamente. — Este corredor vive cheio de Clínicos.

Ione correu até a lareira, cujo fogo estava intenso. Um gemido baixo lhe escapou quando ela se encolheu diante das chamas, a luz do fogo dançando em sua pele. Esticou as mãos para se aproximar do calor até onde sua ousadia permitia.

— Ele vai so... sobreviver? — perguntou ela. — Seu ir... irmão?

Elm não tinha como trancar a porta. As chaves do castelo estavam sempre no cinto de Ravyn, e Elm perdera a própria chave fazia séculos. Ele puxou a cadeira de nogueira que estava naquele quarto desde que ele era menino, e a encostou na parede, as pernas do móvel rangendo baixinho como uma espécie de reclamação.

— Não consultei nenhum Profeta — disse ele, se atrapalhando com as roupas.

O cinto caiu com um estrépito. Depois, foi a capa encharcada. O gibão e a túnica foram mais difíceis de tirar, porém deram menos trabalho do que a camisa que ele usava por baixo, a seda colando-se nos músculos esguios da barriga e das costas. Quando enfim se livrou da peça, acabou apenas com a calça de lã.

Largou as roupas molhadas empilhadas no chão e tirou as botas aos chutes antes de pegar um jarro de vinho da mesa.

— Aqui — disse ele, ao se agachar perto da lareira e de Ione. — Vai ajudar a espantar o frio. Beba.

Ione olhou para a pele de Elm, para os ombros e peito, antes de pousar no jarro. Repuxou os lábios azulados numa linha fina.

— Está vendo algum veneno escondido na minha manga? — zombou Elm, apontando para o próprio corpo exposto. — É só vinho.

Como Ione não bebeu, Elm levou o jarro à boca e tomou um gole caprichado.

O vinho escorreu pela garganta, queimando a caminho do estômago.

— Viu? Ainda estou respirando — disse ele, e ofereceu o jarro outra vez. — Agora beba.

Ione aceitou e levou o jarro à boca. Elm pôs-se a admirar a curva do pescoço dela, o lábio envolvendo a borda do jarro.

Então virou-se e colocou mais lenha na lareira.

Ione alongou os dedos dos pés debaixo do vestido para aproximá-los do fogo e comentou:

— Algo me diz que não seria muito complicado me envenenar, caso você quisesse. Você me parece o tipo que recorreria a veneno.

Elm pegou o jarro de volta para dar mais um gole.

— Você não sabe nada de mim, Hawthorn.

Ione se esticou e ficou de pé. Olhou para o vestido, o tecido antes muito alvo, e agora escuro e manchado. Ela tateou as próprias costas, atrapalhada com os laços.

— Preciso de ajuda, príncipe. Os nós ficaram mais apertados quando molharam.

— E você acha que tenho cara de aia?

— Não me diga que fica desconfortável em despir uma mulher.

Elm sentiu um puxão nas entranhas. E então não mexeu um dedo, encarando os olhos indecifráveis de Ione Hawthorn, tentando concluir se ela ficaria mais irritada com sua ajuda ou com sua recusa em auxiliá-la. Porque na verdade queria muito enfurecê-la. Queria ver até onde a Donzela lhe permitiria sentir alguma coisa.

Quando ele se empertigou, acabou por mergulhá-la nas sombras com sua figura imponente.

Ione olhou rapidamente para o peito dele nu antes de lhe dar as costas e apresentar a parte de trás do vestido, os ombros subindo e descendo enquanto aguardava.

A amarração da roupa era complexa, e os dedos de Elm estavam machucados e inchados. Teria que cortar. Ele pegou uma das facas cerimoniais da pilha de roupas no chão e se voltou para as costas de Ione. Quando passou a mão esquerda por baixo dos cabelos molhados dela, roçou os dedos na nuca macia.

Os cabelos dela eram surpreendentemente pesados. Densos. Longos o suficiente para se enroscar na mão e puxar.

Elm afastou o pensamento e ajeitou o cabelo loiro-dourado por cima do ombro de Ione. Com a mão direita, empunhou a faca.

— Não se mexa.

Ele rasgou a amarração do vestido com a ponta da lâmina. Quando a saia caiu no chão, seguida do corpete, Elm mordeu a bochecha.

— Espero que este não seja um dos seus prediletos.

Ione saiu de dentro do vestido empoçado.

— Seu pai me deu no Equinócio, após anunciar meu noivado com Hauth — disse ela, e olhou para o vestido com desinteresse explícito. — Agora vai para o fogo.

A única luz do quarto vinha da lareira. Ainda assim, não era difícil distinguir o desenho do corpo de Ione, todas as curvas indo e vindo sob a roupa íntima de seda, também encharcada.

Elm se forçou a olhar para a lareira.

— E a Carta da Donzela que meu pai lhe deu? Achei que estivesse escondida *nisto* — disse ele, torcendo o nariz para a pilha de pano danificado.

Ione torceu o cabelo para secar o acúmulo de água.

— Você poderia ter me revistado. É o que Hauth teria feito.

Elm tensionou a boca em uma linha rígida ao ouvir o nome do irmão.

— Nossas metodologias são muito *distintas* — disse, e olhou discretamente para Ione antes de voltar o rosto para a lareira. — Tem um baú aos pés da cama. Pode pegar o que quiser.

A dobradiça de ferro rangeu. Ione revirou as roupas ali, parando vez ou outra para afagar os tecidos.

— Você usa muito preto — murmurou —, para um príncipe.

Elm não disse nada. Quando se virou, flagrou Ione usando uma túnica de lã escura que ia até abaixo dos joelhos, afogando a silhueta no excesso de tecido.

Era uma das roupas que ele usava quando fazia as vezes de bandoleiro.

— Aqui — disse Ione, jogando para ele uma blusa limpa e um gibão de veludo do mesmo tom profundo de preto. — Combina com você.

Elm vestiu a blusa pela cabeça, bagunçando os cabelos, e enfiou a Carta da Foice no bolso lateral. Em seguida, pôs o gibão. Porém, na hora de amarrar, a corda de seda ficava escorregando entre os dedos inchados.

Ele praguejou.

— Minha vez — disse Ione, avançando e fazendo menção de pegar as cordinhas, porém recuando segundos antes. — Quero dizer, se você quiser minha ajuda.

Elm olhou com irritação para ela.

— E pensar que nem precisei matar ninguém para você me dever um favor.

Ione deu um sorriso muito, muito fugaz. Então enroscou os dedos nas cordas e amarrou o gibão com gestos precisos. Laço pronto, ela puxou a ponta do fio com força para fechar completamente a roupa, fazendo Elm cambalear.

— Cuidado aí — grunhiu ele. — Sou delicado.

Os cílios de Ione roçaram na bochecha quando ela baixou os olhos para dar um laço apertado logo acima do umbigo de Elm. Ela cheirava ao mundo lá fora — à chuva, aos campos. Um cheiro estonteante, melancólico. Deixava Elm tonto.

Ele recuou. No movimento, o sal atingiu seu nariz, como se alguém tivesse espirrado água salgada em seu rosto. Invadiu os ouvidos, os olhos, as narinas. Ele tossiu, e o som da voz do primo ocupou os recônditos mais sombrios de sua mente.

Elm, chamou Ravyn. *Cadê você?*

Ele respirou fundo, trêmulo, e deu as costas a Ione. *EU? E você, que anda sumido? Tive de trabalhar de Corcel sem você.*

Logo explico tudo. Você está no quarto?

Estou, mas... espere, Ravyn, eu...

E então ele se foi. O sal se esvaiu dos sentidos de Elm como uma onda. Quando ele se virou para Ione, ela o observava.

Ele se abaixou para revirar o baú de roupas.

— Pegue isto aqui — disse, jogando na cara dela um par de meias de lã. — Faz frio aonde você vai.

Ione aparou as meias logo antes que acertassem seu rosto. Ela as aproximou da luz e franziu a testa.

— São de tamanho masculino.

— Bem, por acaso eu sou homem. — Elm encontrou um par de botas secas debaixo da cama e meteu o pé em uma delas, o couro duro pela falta de uso. — Quando falei que você não sabia nada de mim, Hawthorn, ainda supus certo grau de compreensão...

— Só estou surpresa. Não tem nenhuma roupa de mulher no seu quarto.

— E por que teria?

— Vi montes de pares de meias femininas pelo quarto de Hauth quando o visitei — disse Ione, e fechou o baú para sentar-se nele e esticar os pés, vestindo as meias. — Supus que todos os príncipes tivessem seu quinhão de mulheres.

Elm olhou com irritação para as botas, que não conseguia amarrar com os dedos inchados.

— Eu até teria, mas me falta tempo — disse ele, e se levantou para vasculhar o chão bagunçado. — Você precisa de uma capa.

— Estou bem assim.

— Vai acabar perdendo os dedos dos pés, e depois das mãos. Talvez a ponta do nariz. Ou essa boca atrevida.

— O que você tem com minha boca?

— Nada — disse Elm, e um suspiro lhe escapou, esvoaçando o cabelo caído na testa. — Mas pode ser difícil cumprir meu lado do acordo se você virar picadinho.

Ione não pareceu escutar. Desviou o rosto e endireitou as costas, de olho na porta. Elm também escutou o som de passos pesados. Antes que pudesse falar, que pudesse sequer se mexer, o trinco se soltou.

A cadeira caiu com um estrondo e a porta de Elm foi escancarada.

Quando Ravyn entrou no quarto, de ombros encolhidos, ficou paralisado diante de Ione. Ele a fitou com os olhos aguçados, indo do cabelo molhado para a túnica preta, e, enfim, para o vestido ensanguentado e esfarrapado no chão.

— Ione Hawthorn — disse ele, por fim olhando para Elm. — Que surpresa encontrá-la aqui.

CAPÍTULO OITO
RAVYN

As palavras de Ravyn tinham gosto de cinzas. Ele encarou Ione Hawthorn e ela retribuiu, os olhos cor de mel mascarados pela indiferença. O nó no peito de Ravyn apertou. A prima de Elspeth. A prima *predileta* de Elspeth. Era para Ione estar muito longe de Stone. E agora que estava ali...

Certamente morreria.

Ele nem sabia para onde olhar. Para Ione Hawthorn — cabelo encharcado, olhos frios, usando uma das túnicas de Elm. Ou para o primo, que parecia quase afogado.

— Ela estava no Paço Hawthorn — disse Elm, já na defensiva. — Gorse e Wicker a viram. Eles já devem chegar. Fui obrigado a trazê-la.

Ravyn voltou a atenção para o vestido no chão. Mesmo à luz fraca do quarto, as manchas de sangue eram inconfundíveis. Ele olhou de volta para Elm, para a mão vermelha dele, os dedos inchados e cheios de hematomas.

— O que aconteceu?

— Bandoleiros nos atacaram na estrada. Três.

Quando Ione falou, foi com um tom vazio, quase entediado:

— Pode ficar tranquilo, capitão. O sangue não é nosso.

Ravyn manteve o olhar em Elm.

— Então está tudo bem?

O rosto do outro estava sisudo.

— Jamais estive melhor. Onde é que você se meteu?

— Estive no Castelo Yew.
— Por quê?
— Para cavar debaixo de uma pedra.
Elm se retesou.
— E?
— É verdade. É tudo verdade.
Ione estava perfeitamente imóvel, à escuta. Por algum motivo que não entendia direito, Ravyn queria gritar com ela.
— O rei começou a investigação. Ele acabou de falar com... — disse, mas engasgou no nome. — A prisioneira. Agora interrogará os outros.
Elm empalideceu.
— Capitão — chamou uma voz da porta aberta.
Royce Linden era uma sombra no corredor, a luz da lareira de Elm chegando apenas à beira de seu nariz e supercílio.
— O rei pediu que eu use o Cálice no interrogatório.
Elm cruzou os braços.
— É serviço de Jespyr.
— Ela foi jogar a piranha de volta nas masmorras.
Ravyn rangeu os dentes. Com força.
Linden se encolheu sob seu olhar, baixando os olhos para as botas.
— Vi o príncipe e a srta. Hawthorn chegarem há pouco e me ofereci para chamá-los. Não sabia que já viera fazer o mesmo, capitão.
Elm abaixou a voz e perguntou:
— O rei mandou chamar a srta. Hawthorn especificamente? Ou você só estava muito empolgado?
Linden abriu a boca, mas Ravyn o interrompeu:
— Ela é parente de uma infectada — declarou, forçando a frieza na voz. — A srta. Hawthorn se submeterá ao Cálice, assim como o pai e o tio dela.
Ele sentia o olhar de Elm queimar suas costas. Ravyn o ignorou. Elm não era o único que tinha direito a estar com raiva

ali. Ione Hawthorn devia ter ido embora, desaparecido noite afora com a mãe, os irmãos, os primos.

Ravyn não tinha mais opção. Para convencer o rei a confiar nele, apesar do apego óbvio por Elspeth Spindle, ele precisava se mostrar incorruptível. Teria de usar a máscara de capitão dos Corcéis, o líder frio e insensível dos soldados implacáveis de Blunder, só mais um pouquinho.

— Vá na frente — disse Ravyn a Linden.

Ninguém dizia sequer uma palavra, os corredores altos e escuros de Stone ecoando os passos. As tochas estavam acesas, iluminando as tapeçarias antigas que forravam as paredes do castelo.

Linden seguia na dianteira. Ione vinha logo atrás, os passos silenciosos nas meias de lã. Ravyn se perguntava o que acontecera com os sapatos dela.

Elm andava ao lado dele. Quando Ravyn tocou a Carta do Pesadelo e chamou pelo primo, Elm deu um pulo.

Que foi?, perguntou ele, brusco.

Por que Ione Hawthorn não fugiu com os outros?

Não sei. Elm continuava a olhar para a frente. *Ela não devia estar no Paço Spindle quando estimulei os outros a fugir.*

Então por que não usou a Foice com ela hoje?

Na frente de Gorse e Wicker, não tive como, né?

O joelho esquerdo de Ravyn estalou assim que começaram a subir pela escadaria. *O que aconteceu na estrada?*

Já falei. Bandoleiros.

Ravyn era quatro anos mais velho do que o primo, mas a diferença sempre parecera mínima. Principalmente porque Elm era mais alto do que Ravyn desde os dezessete anos. Como a raposa esculpida na porta do quarto, Elm era astuto e desconfiado. Com meros olhares, era capaz de analisar a linguagem corporal, escutar as nuances da respiração pouco antes de uma mentira, pressentir a energia de alguém sem precisar dizer nada.

Porém, Ravyn ignorara os talentos, os alertas, do primo. Elm praticamente implorara para ele ficar de olho em Elspeth Spindle. Ravyn não lhe dera ouvidos. Se desse, poderia ter pressentido o que Elm notara desde o começo, escondido atrás de dois olhos de carvão que cintilavam amarelo.

Perigo.

Talvez, se Ravyn tivesse dado ouvidos a Elm, agora eles não estariam a caminho de um interrogatório. Talvez Hauth nunca mais fosse ter a oportunidade de ficar a sós com Elspeth.

E o Rei Pastor provavelmente estaria controlado.

Ione olhou de relance para trás. Elm se remexeu, tensionando os ombros, um incômodo se passando no silêncio entre eles.

Eles chegaram ao segundo andar. Porém, antes que pudessem descer à sala do trono, Ravyn pegou o primo pelo braço e interrompeu a caminhada.

O que aconteceu, Elm?

Ela salvou minha vida, tá bom? Elm se desvencilhou de Ravyn com brusquidão. *Não tive nem tempo de pegar minha Foice. Ela furtou a carta do meu bolso.* Ele fitou a escada e passou a mão pelo cabelo castanho-avermelhado todo embaraçado. *O resto aconteceu... rápido.*

Ravyn encarou o primo. *Foi ELA quem matou eles?*

— O rei nos aguarda, capitão — chamou Linden lá de baixo, apertando o braço de Ione.

Ravyn ergueu um dedo ameaçador para Linden e manteve o olhar fixado em Elm.

— Não tem nada que você possa fazer por ela agora — murmurou ele. — Ela fez por onde ao aceitar se casar com Hauth.

A expressão de Elm se enregelou.

— Você acha mesmo que ela sabia o que estava aceitando?

— Ela sabia da infecção de Elspeth. E eu... — disse Ravyn, coçando a mandíbula. — Já que vou atrás da Carta dos Amieiros Gêmeos, não posso arriscar mais desconfiança do seu pai. Não posso mentir por Ione Hawthorn.

Algo brilhou naqueles olhos verdes cintilantes.

— Então eu vou mentir.

Ravyn balançou a cabeça.

— Não, Elm.

— Eu devo isso a ela.

— Ela não merece sua bondade.

— Não é bondade — cuspiu ele. — É equilíbrio.

Ravyn respirou fundo, tentando se recompor. *Ela nunca mais sairá daqui, Elm. Seja pelo frio das masmorras ou por comando do rei, ela morrerá.* Ele tocou o ombro do primo. *Não se distraia com a beleza dela. Já temos preocupações demais.*

O sorriso de Elm não chegou aos olhos. Ele endireitou o ombro, deixando a mão de Ravyn cair. *Afinal de contas você nunca se distraiu com nenhuma mulher bonita, não é, capitão?*

CAPÍTULO NOVE
ELM

O salão estava tomado de luz, repleto do aroma de ervas e manteiga, perfumes e vinho. Gargalhadas ecoavam pelas paredes antigas, e a música se emaranhava nas tapeçarias, dava piruetas nos pilares e se enroscava nas saias. Porém, atrás de uma parede, de portas altas de ferro, outro salão aguardava. Um salão sem cor, inodoro, mudo, adornado apenas por uma cadeira imensa feita da madeira rígida de sorveira. Depois das masmorras, era a parte do castelo da qual Elm menos gostava.

A sala do trono.

— Abram — ordenou Ravyn aos sentinelas que protegiam a porta.

As dobradiças guincharam tal qual feras sendo acordadas. Elm manteve o olhar reto, rangendo os dentes, os passos ecoando pela sala cavernosa.

Havia duas lareiras idênticas ali, uma de cada lado. Estavam ambas acesas, crepitando de lenha em brasa, as chamas lançando sombras extensas e agitadas pelo piso de pedra. Entre as lareiras ficava um estrado. Nele, o rei Rowan acomodado no trono, o rosto sombreado pelo supercílio pronunciado. Ele usava a coroa — de ouro, forjada na semelhança de galhos de sorveira entrelaçados — e uma capa dourada com colarinho de pele de raposa. Não havia nenhum outro assento no estrado ao lado do trono — ninguém à altura do rei. Os únicos companheiros do rei Rowan eram três cães enormes, cujos olhos escuros e vidrados encaravam a sala.

O rei ficou observando enquanto eles se aproximavam. Na mão direita, segurava um cálice de prata. Na esquerda, uma Carta da Foice.

Corcéis enfileirados se perdiam nas sombras da parede. Entre eles, Wicker e Gorse.

A dez passos do estrado, Linden soltou o braço de Ione. Ela parou no cerne da sala do trono, ombros eretos, os cabelos refletindo fiapos luminosos do fogo.

Ravyn e Elm se postaram atrás dela.

O rei se recostou no trono.

— Venha — grunhiu, chamando Ravyn para o lugar de costume, à esquerda do trono.

Ravyn subiu no estrado, de braços bem cruzados às costas. O rei o fitou com a vista forçada, antes de voltar-se para Elm.

— E você.

Elm pestanejou e não se mexeu. Não era o grão-príncipe. Seu lugar sempre fora na periferia, perdido nas sombras da lareira com o restante dos Corcéis.

— Como é que é?

— Há um espaço vago ao meu lado — disse o rei. — Ocupe-o. A não ser que também queira se submeter ao Cálice.

Elm avançou aos tropeços. Então se posicionou à direita do trono e tentou não pensar nas centenas de vezes em que as botas de Hauth gastaram a pedra a seus pés. Olhou de relance, para além do pai, para Ravyn, que estava imóvel.

Elm endireitou os ombros e tensionou a boca firmemente. Porém, sua tolerância para a imobilidade era menos evoluída do que a de Ravyn. Pensava estar parado, mas estava mexendo a bota. Quando se forçou a cessar o pé, começou a retorcer os dedos na manga da camisa. Então cerrou os punhos, mas sua cabeça foi tomada pelo ruído incômodo do ranger de seus molares.

Do alto, o rei olhou para Ione.

— Vejo que Renelm não a acorrentou.

Ione olhou de relance para Elm.

— A metodologia dele é *distinta* da de seu outro filho, Majestade.

— Estou vendo — disse o rei, e olhou para os Corcéis. — Algemem-na.

Um Corcel ao lado de Gorse avançou, com uma corrente tilintando nas mãos. Agarrou os punhos de Ione, um depois do outro, e travou as algemas com brutalidade. Quando a largou, o peso da corrente de ferro foi tal que fez Ione curvar os ombros.

Elm sentiu um aperto no peito.

Um guarda trouxe uma bandeja contendo um cálice de cristal cheio de vinho.

Linden pegou o cálice. Com a outra mão, sacou do bolso uma Carta do Cálice.

— Tragam eles — ralhou o rei, fazendo Elm se sobressaltar.

A porta da sala foi aberta outra vez, em meio ao estrépito abundante de correntes. Jespyr e três outros Corcéis entraram, arrastando dois homens. Um era alto, de cabelo escuro grisalho e olhos azuis penetrantes, os quais se recusava a abaixar. O incansável Erik Spindle.

O outro prisioneiro era mais baixo. Estava ficando calvo e usava roupas puídas. Seu rosto estava machucado, e ele mancava ao andar. Tyrn Hawthorn não olhou para a filha, nem para o rei. Manteve o olhar no chão. Elm fez uma careta ao vê-lo, ao constatar sua derrota — sua dor e vergonha — emanando fétida e empesteando a sala.

Os Corcéis posicionaram Erik e Tyrn, um de cada lado de Ione, e se postaram atrás do trio, enfileirados. Jespyr olhou para Elm de trás de Erik. O rosto dela estava sério, a mandíbula, tensa. Ainda assim, ela dirigiu a ele uma piscadela — um conforto breve.

A voz do rei Rowan atravessou a sala.

— Elspeth Spindle é acusada de lesa-majestade por portar a infecção. — O trono rangeu quando o rei apertou os braços do móvel até os dedos ficarem pálidos. — Ademais, ela é acusada do assassinato do Clínico Orithe Willow e da tentativa de assassinato de meu filho, o grão-príncipe Hauth Rowan. Eu a declaro irrevogavelmente culpada desses crimes, e a condeno à morte. — Ele soltou um suspiro lento, venenoso. — É minha intenção, por meio desta investigação, determinar o quanto dos supracitados crimes devo atribuir a vocês, familiares dela.

Tyrn soltou um gemido baixo, atraindo olhares de nojo dos Corcéis junto à parede.

O rei continuou, mal disfarçando a má vontade:

— Tyrn Hawthorn, Erik Spindle, Ione Hawthorn. Vocês foram trazidos a Stone e acusados de traição por cumplicidade com Elspeth Spindle. Vocês cometeram traição com conhecimento de causa, e compreensão plena da lei, que determina que todas as crianças infectadas sejam apresentadas aos meus Clínicos, em prol da segurança do reino. — O rei se ajeitou no trono e abaixou a voz. — Vocês serão submetidos a um interrogatório, e a gravidade de seus crimes será avaliada por mim, por meu capitão, por seu príncipe e pelos Corcéis. Quando suas esposas e filhos forem descobertos, passarão pelo mesmo. — Ele bateu na Foice. — Bebam.

Linden apresentou o cálice de cristal. Tyrn Hawthorn tentava resistir à magia da Foice, com as mãos tremendo enquanto tentava recusar o cálice. Quando enfim sucumbiu e bebeu, dois Corcéis precisaram fechar sua boca à força para impedir que cuspisse o vinho.

Linden virou a carta azul-turquesa do Cálice na mão e a tocou três vezes.

O cálice foi passado a Ione, que o pegou com as duas mãos. Ela fechou os olhos e o levou à boca, mechas do cabelo loiro caindo de trás das orelhas e cobrindo seu rosto como um véu. Ela então baixou o cálice, uma gota de vinho ainda molhando o lábio inferior. Ao abrir os olhos cor de mel, sua expressão era aguçada, concentrada.

A qual ela dirigiu diretamente a Elm.

Elm nem precisava de um Pesadelo para saber o que ela estava pensando: *Eu salvei sua vida. É sua vez de salvar a minha.*

Erik olhou para a frente e bebeu do cálice, a expressão rígida.

O rei bateu mais três vezes na Foice e guardou a carta no bolso.

— Comecemos — disse, voltando os olhos verdes para Tyrn. — Você sempre esteve ciente da infecção de sua sobrinha?

Um soluço baixo e feio escapou da boca de Tyrn.

— N... n... n... — engasgou na palavra, a língua embolando a mentira. — N... n... n... n... n... n...

O rei fez sinal para um Corcel, que se aproximou e estapeou o rosto de Tyrn com o dorso da mão.

Tyrn gemia, sangue escorrendo pelo canto da boca. Ainda assim, tentava resistir ao Cálice e mentir.

— N... n... n... n... n...

O Corcel o estapeou outra vez. Quando a verdade pareceu sufocá-lo, Tyrn respirou fundo, derrotado.

— Sim, Sua Graça.

O olhar que o rei dirigiu a Erik foi de ódio. De todas as traições sofridas até então, aquela nitidamente era a mais insuportável. Seu antigo capitão dos Corcéis, escondendo uma filha infectada.

— Você sabia sobre a magia dela, Erik? Dessa *habilidade* que ela tem para com as Cartas da Providência?

Erik tinha postura de soltado, ombros eretos, pernas firmes. Ele não tentou mentir.

— Não, senhor.

O rei virou o olhar para o lado.

— E você, srta. Hawthorn? Sabia sobre a magia dela?

Ione encarou o trono.

— Não.

— Não, *Majestade* — corrigiu Linden, soando igualzinho a Hauth.

— Babaca — resmungou Elm, alto o suficiente para receber um olhar mordaz de Ravyn e uma carranca assassina familiar do pai.

O rei voltou a atenção para Erik Spindle.

— Hauth andava sempre com uma Foice e um Cavalo Preto. E Orithe Willow não era nenhum tolo fracote. Você treinou sua filha em combate?

— Não, senhor.

— Então como... — começou o rei, um fio de baba branca se formando no lábio inferior. — Como uma menina do tamanho dela conseguiu derrotá-los?

— Eu nunca testemunhei nenhuma habilidade diferenciada de Elspeth. Eu a via muito pouco — disse, e se virou para o lado, fulminando Tyrn com os olhos azuis. — Ela morava com o tio.

A fúria do rei se voltou para Tyrn.

— Entendo que sua esposa e seus filhos estivessem convenientemente ausentes dos Paços Spindle e Hawthorn quando meus Corcéis foram buscá-los. Onde estão eles?

Os ombros de Tyrn começaram a tremer.

— Não sei, Sua Graça.

O rei se recostou no trono.

— Não sabe. Talvez eu não precise deles. Afinal, sua filha está aqui, em minhas mãos — disse o rei, olhando para ela, altivo. — Você é incrivelmente atrevida, srta. Hawthorn, por continuar a usar a Carta da Donzela que lhe dei de presente.

Ione não disse nada.

O rei cruzou as mãos no colo.

— Onde estão sua mãe e seus irmãos, sua tia e seus primos?

Ione manteve o olhar erguido, inabalável.

— Não sei, senhor.

— Mas você sabia que Elspeth Spindle tinha a febre. Sabia disso quando meu filho prometeu a sua mão em casamento.

— Sim. — Linden fez menção de interpelá-la, mas Ione o interrompeu: — Sim, *Majestade*.

Os olhos do rei ardiam.

— Você aceitou casar-se com Hauth, sabendo que o prenderia a uma família que carrega a doença? Você me dá nojo.

— O nojo — disse Ione, com o tom calmo — é mútuo.

Silêncio atravessou a sala. Até os cães ficaram imóveis. Linden avançou, com a mão espalmada, e deu um tapa no rosto de Ione.

Elm ficou rígido, cerrando os punhos com tanta força que abriu as feridas nos dedos. Sentiu o sal subir pelo nariz, invadindo sua mente. *Não se mexa*, advertiu Ravyn. *Fique aí.*

O rei acabou de beber seu cálice.

— Tente outra vez, srta. Hawthorn.

O rosto de Ione ficou avermelhado apenas por um instante, com a marca do tapa de Linden. Então, devagarzinho, o rubor se esvaiu e sua pele retomou a perfeição.

— Nunca menti para Hauth sobre Elspeth. Ele não perguntou sobre a minha família. Ele nunca me perguntou muita coisa.

O trono rangeu sob o peso do rei.

— Você estava presente quando ela o atacou?

— Não.

— Como ela acabou a sós com ele?

Alguém tremeu na fileira, atraindo o olhar do rei. Tyrn.

— Então? — soltou o rei.

Tyrn cobriu os olhos, secando as lágrimas. Ou talvez estivesse apenas tentando esconder sua expressão de Erik Spindle.

— Eu... Príncipe Hauth queria falar... — Ele inspirou, trêmulo. — Eu levei Elspeth ao príncipe, Majestade.

Até aquele momento, Erik Spindle parecia feito de vidro: liso, inerte. Mas de repente virou o corpo todo para o cunhado, e seus olhos azuis foram tomados por fogo.

O sangue de Elm zunia nos ouvidos. Os pelos em seus braços se eriçaram, a tensão no ambiente a ponto de rebentar. Ele afundou a mão no bolso, tocando a Foice e seu aveludado reconforto.

Mas a dívida o incomodava. *Eu salvei sua vida. É sua vez de salvar a minha.*

Tinha que ser naquele instante, quando ela estava sob efeito do Cálice, para que o rei acreditasse. Porém, Ione Hawthorn não lhe dera instruções exatas, somente o pedido de liberdade suficiente para andar desimpedida pelo castelo.

Na vasta experiência de Elm, havia muito pouco que a Foice não pudesse obrigar alguém a fazer. Mesmo sob o poder do Cálice, ele poderia obrigar Ione a mentir para se salvar.

Porém, haveria um preço. Mentira era mentira, e o Cálice retribuiria com uma força dez vezes maior. Há não muito tempo ele vira Elspeth Spindle vomitar sangue denso feito lama durante sua tentativa de mentir para o Cálice.

Não, ele não tinha como obrigar Ione a mentir; era arriscado demais. Teria de absolvê-la de outro modo. A mentira teria de vir de outra pessoa. Alguém que ele toleraria sacrificar ao veneno do Cálice.

Você, pensou, olhando para Tyrn Hawthorn, que ainda escondia o rosto nas mãos. Então bateu três vezes na Foice. *Você dará para o gasto.*

Quando Elm sentiu o sal arder no nariz, ignorou a sensação, forçando os olhos verdes a concentrarem-se inteiramente em Tyrn Hawthorn. No que Tyrn *queria*.

E Tyrn, tão ávido para esconder o rosto abatido, acabou por esconder sob as mãos o olhar morto e vidrado da Foice. Tyrn *queria* proteger a filha. *Queria* absolvê-la.

A voz de Tyrn soou alta, mesmo abafada pelas mãos:

— Minha lealdade é para Sua Graça e sua família, meu rei — disse. — Quanto ao príncipe Hauth... eu jamais tramaria contra ele.

Ele engasgou por um momento. Elm manteve o foco. *Conte o que aconteceu*, murmurou no sal.

— Entreguei Elspeth a ele porque o príncipe Hauth prometeu que lidaria rapidamente com a infecção dela, sem desonra à família. Disse que era o único jeito de salvar a reputação de Ione.

A parte complicada viria a seguir. Não era uma mentira em si, mas uma mistura de verdades. Para proteger Ione da forca. Para penetrar as brechas do rei e fazê-lo hesitar.

Por sorte, Elm tinha anos de prática em identificação das brechas do rei.

Tyrn tossiu. Quando pronunciou as palavras que Elm o obrigou a dizer, foi com a voz tensa:

— Por favor, meu senhor. Se ferir minha filha, todos saberão. Ela é bela, é amada. Minha família se foi… haverá boatos. Porém, se permitir que Ione permaneça aqui, ela apaziguará a corte. Impedirá o falatório. Protegerá do povo a verdade do que aconteceu com o príncipe Hauth.

A voz do rei era gélida.

— E por que eu deveria esconder o que aconteceu com meu filho?

Tyrn abaixou as mãos, revelando os olhos marejados.

— Porque foi culpa sua. Foi o senhor quem preparou um contrato de casamento com uma família que portava a infecção. Foi o *senhor* que deu valor a uma Carta do Pesadelo acima de tudo — declarou, e baixou a voz a um tom assustador. — E é tão culpado pelo que aconteceu com Hauth quanto minha filha.

Nem o ar se mexia no salão cavernoso. O rei estava boquiaberto, com os olhos injetados. Do outro lado, Ravyn observava o rosto de Tyrn Hawthorn, tentando analisá-lo. Os Corcéis se olharam de soslaio, se remexeram desconfortavelmente, as sombras dançando no chão.

Ione, de queixo caído, encarou o pai.

A agonia tão familiar — aquela Elm sentia com tanta frequência — por usar a Foice por muito tempo começou. Uma pontada de dor, fina como uma agulha, atravessou sua cabeça, iniciando na têmpora e afundando a cada segundo. Ele danou a piscar para conter a angústia, mas não teria como esconder um sangramento no nariz.

Ele rezava para que aquilo bastasse para manter Ione viva; para que o rei temesse os rumores e a discórdia o bastante para poupá-la, pelo menos até Elm formular um plano melhor. Ele deu três toques na Foice e soltou um suspiro longo e sôfrego.

Todos ainda estavam concentrados em Tyrn, por isso só notaram Erik Spindle se mexer quando ele empurrou Linden e Ione e enroscou as correntes no pescoço do cunhado.

As feições de evônimo incansável de Spindle se despedaçaram em farpas mil.

— Foi você quem fez isso? — perguntou Erik, a voz falhando.
— Você entregou Elspeth?

O rosto de Tyrn estava ficando vermelho.

— Não mais do que você.

Linden sacou uma adaga.

— Recue, Spindle.

Quando ele se aproximou, Erik se desvencilhou, muito mais rápido do que se esperaria de qualquer homem daquela idade. Então pegou o pulso de Linden, torceu e arrancou a adaga de sua mão.

— Cadê ela? — questionou, apontando a adaga para o pescoço de Linden. — Cadê minha filha?

Deu-se início a uma correria desvairada para o centro da sala. Elm saltou do estrado no mesmo segundo que Ravyn. Corcéis investiram, abafando a luz das lareiras e afundando a sala do trono em sombras.

Jespyr foi a primeira a alcançar Erik. Ela afundou os punhos na túnica dele e o puxou para trás. Erik soltou um grito disforme e sacudiu a adaga pelo ar, sem alvo. A lâmina não acertou nenhum Corcel.

Acertou Ione.

Tão afiada que sequer fez barulho, a adaga cortou as mãos dela, rasgando a pele das palmas.

O rei começou a vociferar ordens, mas Elm não lhe deu ouvidos. Estava empurrando Corcéis, acotovelando o mar de capas pretas, abrindo caminho em meio ao tumulto.

O piso do salão estava manchado de vermelho. Ione caiu, encurralada entre Tyrn e os dois Corcéis que lutavam para contê-lo. Eles iam esmagá-la. Elm gritou o nome dela, e gritou de novo, mais alto, com pontadas de pânico.

— Hawthorn!

Quando ela ergueu o rosto, seu olhar atingiu o de Elm em cheio. Ela conseguiu se afastar do pai. Quando esticou a mão, seus dedos escorregaram dos de Elm, pegajosos de sangue.

— Venha! — gritou ele.

Os músculos dele se retesaram, os ombros ardendo de dor, cada gota da força gasta na tentativa de alcançá-la, de...

Ele pegou a corrente que prendia os punhos de Ione. Era fria, pesada. Elm enroscou os dedos inchados no ferro e puxou, forçando Ione a passar entre Corcéis, até libertá-la da algazarra.

Ela caiu no peito dele, encostou a cabeça em seu esterno, que subia e descia com uma respiração tórrida. Quando ele tentou pegar as mãos dela, estremeceu. Erik Spindle cortara de palma a palma, um horrendo vale vermelho feito de carne e músculo.

Elm apertou as mãos dela junto ao peito para conter o sangramento, então enfiou a outra mão no bolso. Assim que os dedos encontraram veludo e o sal invadiu seu nariz, o mundo ao redor parou.

Ele imaginou uma brisa fresca invernal, um jardim de esculturas congeladas. Tudo quieto, tudo parado. As esculturas eram uma representação perfeita da sala do trono; porém, na imaginação dele, o salão e todos os presentes estavam envoltos por gelo, congelados.

O cheiro de sal ficou mais forte, mordiscando seu pensamento. Ele ignorou, girando a Foice entre os dedos. Gelo. Pedra. Inércia. Silêncio.

— Parem — disse baixinho. — Parem.

Ele repetia a palavra, desejando que o mundo a seu redor cedesse à força da Foice. *Parem, parem.*

PAREM.

Quando abriu os olhos, a sala do trono estava paralisada. Erik, Tyrn, Ione, os Corcéis, o rei — todos congelados, de olhos arregalados e vidrados. Todos, exceto por Ravyn, que se virou para Elm. Tinha sangue no rosto.

O caos cessara. Estava tudo quieto, imóvel.

Exceto pelo sangue escorrendo do nariz de Elm.

CAPÍTULO DEZ
ELSPETH

A água subia pelas minhas pernas, uma maré incessante, nunca alta, nem baixa. Eu não sentia fome, sede, nem cansaço. Havia um nome novo que me fazia refletir. Como todos os outros, começara como uma imagem na memória. Porém, enquanto o de Ione era uma flor amarela-viva e o de meu pai, uma folha vermelha-carmim, a nova imagem era escura, difícil de discernir. Quase como se não quisesse ser vista.

Um pássaro de asas pretas. Sombrio, atento, esperto.

Algo estourou em meu peito e o ar se foi de meus pulmões. Novas lembranças me inundaram. Eram diferentes das outras, suavizadas pela infância ou ancoradas pela família. Estas eram frescas, forjadas quando eu já era mulher. Um homem de capa escura e máscara que exibia apenas os olhos. Luzes roxas e bordô. Correndo na bruma. A mão áspera de calos na minha perna, montada na sela. A mesma mão calejada no meu cabelo. O coração batendo no meu ouvido — uma promessa falsa da eternidade.

O nome dele escapou de minha boca.

— Ravyn.

Uma risadinha soou no meu ouvido.

Abri os olhos de repente. Quando me virei para o lado, havia uma menina sentada na areia. Uma criança. Seu cabelo estava arrumado em duas tranças perfeitas, como se uma mulher que a amava tivesse tido o cuidado de penteá-la com carinho.

Porém, mais do que o cabelo, mais do que a cabeça inclinada, o que notei foram seus olhos. Seus olhos amarelos, brilhantes.

— Quem é você?

Um sorriso se abriu em sua pequenina boca.

— Você sabe quem eu sou. Sou sua Tilly.

Meu nome se desenrolou da boca como um fio comprido.

— Eu me chamo Elspeth Spindle.

Ela riu e o som percorreu a praia inteira.

— Podemos balançar no teixo que nem você prometeu?

Olhei para o vazio infindável.

— Não estou vendo nenhuma árvore, Tilly.

O sorriso dela murchou.

— Está bem.

Ela levantou a barra da saia e soltou um suspiro, então acrescentou:

— Vou esperar na campina, caso você mude de ideia.

Ela foi embora na ponta dos pés, mas não deixou nenhuma pegada na areia. Eu a vi partir, com arrepios dançando na minha nuca.

Mais vozes soaram na escuridão, suaves como as ondas na orla.

Ergui o rosto. Do outro lado da praia, surgiram crianças. Meninos, todos de olhos amarelos, exceto pelo mais alto, que tinha olhos cinzentos.

Nenhum deles deixava pegadas na areia.

O menino de olhos cinzentos se ajoelhou. Fitou meu rosto. Suspirou.

— Você está conosco, mas nunca está aqui de verdade, está, pai?

CAPÍTULO ONZE
RAVYN

— **Fique quieto!** — ralhou Filick Willow, apertando a pele na testa de Ravyn com os dedos frios. — Não dá para costurar direito se você ficar se mexendo assim.

Ravyn parou de balançar o pé e se endireitou, quieto, no banco nos aposentos do rei. A lareira enorme ardia, alimentada por lenha de pinheiro. Filick estava curvado sobre ele com o fio e a agulha, fechando meticulosamente o corte no supercílio esquerdo.

Estava tarde. Os Corcéis tinham ido embora para dormir. Olheiras pesavam o rosto do rei enquanto ele andava em círculos diante da lareira, bebendo goles demorados de um cálice de prata. Vez ou outra, a voz dele falhava, engasgada de raiva.

— Capitão dos Corcéis de uma figa — resmungou. — Imune à magia das Cartas. Incomparável no combate. — Olhou com raiva para Ravyn. — Derrubado por Erik Spindle, um homem que acabou de passar três dias congelando nas masmorras.

Ravyn abanou a cabeça, um galo já crescendo na têmpora, onde levara uma pancada das correntes de Erik.

— Não foi nada.

— Já não mandei você ficar quieto? — disse Filick, puxando a agulha e unindo as bordas do corte. — Vai ficar parecendo um bandoleiro se este corte não fechar direito.

De perto da lareira, Elm soltou uma risada debochada.

— E você — disse o rei, se virando para o filho. — Até um morto teria pegado a Foice mais rápido do que você.

Elm limpava o sangue seco das unhas.

— Você também tem uma Carta vermelha no seu bolso, que eu saiba.

O rosto do rei ruborizou.

— Você estava à direita do trono. A Foice, e a dor que ela traz, é de sua responsabilidade — disse ele, e abaixou a voz. — Hauth entendia isso.

Elm franziu as sobrancelhas ao ouvir o nome do irmão. Porém, antes que pudesse responder, a porta dos aposentos foi escancarada. Jespyr estava na entrada, de expressão austera, cabelo ondulado desgrenhado, sangue seco sujando o rosto.

— E então? — questionou o rei.

— Spindle e Hawthorn foram levados de volta às masmorras, senhor.

— Espero que estejam em celas separadas — resmungou Filick.

O rei suspirou. No momento seguinte, a bandeja inteira de cálices de prata foi ao chão com um estrépito, vinho escorrendo pela pedra a seus pés.

— Hauth nem se mexe. Orithe está morto. Erik, Tyrn, homens da minha intimidade, passaram mais de uma década em conluio, escondendo a infecção de Elspeth Spindle. Ainda assim, até os Amieiros Gêmeos estarem em minhas mãos, parece que sou eu quem precisa ceder — disse ele, e voltou o olhar para Ravyn, bufando pelas narinas largas. — É tudo culpa sua.

Ravyn conhecia a ira do tio, então manteve a mandíbula cerrada e não disse nada.

Elm não tinha a mesma compostura.

— E por que você acha isso?

O rei começou a gritar:

— Ela não estava no Castelo Yew? Aninhada que nem um cuco bem debaixo do nariz do meu capitão?

— Em defesa dele — disse Elm —, é um nariz bem grande.

Os olhos do rei ficaram vermelhos. Por um momento, parecia prestes a esganar o filho com seus dedos brutos.

— Eu deveria expulsar vocês três da minha guarda por essa incompetência tão desprezível.

Depois de uma pausa sufocante, Jespyr se pronunciou, com a voz calma:

— Cometemos certos deslizes, tio. Fomos incansáveis nas patrulhas, ávidos para cuidar bem de seu reino. Assim, não vimos o que estava bem à nossa frente. Elspeth era uma presença quieta e gentil sob o teto de nosso pai.

— A astúcia de uma mentirosa.

A pancada na cabeça de Ravyn o deixara zonzo. Mesmo sentado no quarto para lá de aquecido do rei, uma parte doentia dele preferiria estar nas masmorras.

Dez minutos, pensou ele, pela centésima vez em quatro dias. *Tudo seria diferente se eu tivesse chegado ao Paço Spindle dez minutos antes.* Ele ergueu o olhar para o rei.

— Não fomos nós que ensinamos Elspeth Spindle a mentir. No momento em que a infecção tocou seu sangue, ela foi obrigada a mentir. É assim que funciona Blunder.

O rei tropeçou. E então se virou, fulminando Ravyn com o olhar. O silêncio engoliu todo o ar do cômodo. Até Filick parou de mexer as mãos. Estavam todos observando. Esperando.

— Saiam todos — disse o rei. — Eu gostaria de conversar a sós com meu sobrinho.

Ravyn sentiu o olhar fixo de Jespyr, mas não o retribuiu. Estava concentrado no olhar do rei. Filick amarrou o último ponto na testa e se afastou, seguindo Jespyr porta afora, sem dizer nada.

Elm se demorou perto da lareira.

— Vá, Renelm — ordenou o rei.

Elm dirigiu a Ravyn um olhar cheio de significado, deu meia-volta e bateu a porta ao sair.

O rei esperou o silêncio se assentar.

— Você valoriza sua posição aqui, sobrinho?

Ravyn sustentou o olhar de rei.

— Não sei o que valorizo, tio.

— Você não deseja ser meu capitão?

— O que desejo não é importante.

O único frasco que não fora estilhaçado ou jogado no chão era um jarro de prata.

— Finalmente concordamos em alguma coisa. — O rei tomou um gole demorado. Quando afastou o jarro da boca, estava com os olhos embaçados. — Permitirei que Ione Hawthorn permaneça no castelo — continuou. — Pelo menos para dissuadir boatos na corte sobre a traição de Erik e Tyrn. Ainda assim, as pessoas questionarão a ausência de Hauth. Haverá intriga e incômodo. Blunder precisa de controle, não de violência e deslealdade dissimulada.

Ele focou o olhar na lareira por um momento mais, então cruzou o quarto a caminho da cama com cortinas de veludo. O móvel rangeu sob o peso do rei.

— Deixe, então, Elspeth Spindle cumprir a promessa — resmungou. — Vá atrás dela quando ela sair do castelo e a siga pela bruma, deixe que ela encontre a Carta dos Amieiros Gêmeos por mim. Depois, a arraste de volta para cá. Se vocês tentarem algum ardil, mandarei buscar Emory no Castelo Yew e, desta vez, ele não terá um quarto confortável e uma lareira quente — continuou o rei, antes de bocejar. — Terá uma cela.

A fúria de Ravyn veio como uma onda torrencial. Ele a sentiu em todos os músculos tesos, palavras quentes de malícia presas na garganta. Porém, manteve o rosto neutro.

— Quando voltarem, farei o que diz o *Velho Livro* — disse o rei, e fechou os olhos. — Derramarei o sangue infectado de Elspeth Spindle no Solstício. Juntarei o Baralho. Após quinhentos anos, serei o Rowan a enfim dissipar a bruma. — A voz dele começou a murchar. — É isso que as pessoas dirão ao falar do meu reino.

— Como queira, tio. Partiremos imediatamente.

Ravyn se dirigiu à porta.

— Elm fica aqui.

Ele parou à saída.

— Ele é meu braço direito.

— E *meu* segundo herdeiro — disse o rei, afundando na cama. — Não pode correr o mesmo risco que destruiu Hauth.

— O Pe... Elspeth... Ela não o machucaria.

O rei soltou uma gargalhada.

— Nem você acredita nisso.

Ravyn revirou os pensamentos em busca de uma mentira para reverter a decisão do rei. Porém, nenhuma palavra lhe ocorreu. Sua cabeça estava inundada de névoa, entregue à exaustão, latejando de cansaço.

Ele apertou os olhos com a palma das mãos.

— Elm não gostará de ficar para trás.

— Ele é um príncipe de Blunder. O gosto dele não importa.

Ravyn não ia mergulhar de cabeça na bruma — no desconhecido — acompanhado apenas de um monstro de quinhentos anos desesperado para corrigir seus erros. Ele precisava de alguém para lhe dar cobertura.

Alguém que *sempre* lhe dera cobertura.

— Jespyr — disse, inflexível. — Precisarei de minha irmã.

— Mesmo a contragosto, Ravyn abaixou a cabeça e acrescentou: — Por favor.

O rei fez um instante de silêncio. Quando por fim consentiu, foi em um grunhido baixo.

— Está bem. Leve também outro Corcel. Gorse.

Ravyn não discutiu. Respondeu com um aceno seco e abriu a porta.

— Você terá o que deseja — acrescentou o rei, da cama. — Quando tudo isto acabar, revogarei seu título da guarda. —

As palavras transbordavam de desdém. — Você se provou uma decepção vil, Ravyn.

Ravyn se curvou na porta em uma reverência derradeira.

— Vindo do senhor, tio, este é um elogio e tanto.

CAPÍTULO DOZE
ELM

Elm alcançou Filick antes de o Clínico chegar à escadaria. Precisou se segurar no corrimão para não desabar, pois seus joelhos bambeavam de cansaço.

Filick respirou fundo.

— O rei está de péssimo humor.

— Já vi pior — respondeu Elm, e passou a mão no rosto. — Você sabe onde enfiaram Hawthorn? Não me diga que aqueles idiotas a levaram às masmorras.

O Clínico bocejou.

— Acho que ela está na ala dos criados.

— Você mandou um Clínico tratá-la?

— Por quê?

— Erik arrebentou as mãos dela.

Filick pestanejou, fez que não com a cabeça.

— Você se enganou — disse o Clínico, e soltou uma risada seca quando Elm ficou boquiaberto. — Garanto-lhe que as mãos dela estavam perfeitamente intactas quando a examinei.

— E *eu* garanto que tinha um corte. Muito feio.

— Devia ser sangue de outra pessoa — disse Filick, e tocou o ombro de Elm. — Vá dormir, príncipe. Prometo que a srta. Hawthorn está segura e ilesa.

Elm viu Filick desaparecer nas sombras escadaria abaixo, seus pensamentos agitados em meio à fadiga. Não podia ser imaginação — o tato frio da corrente de ferro de Ione, o pavor nauseante que sentiu ao ver as palmas destruídas.

O toque das mãos dela em seu peito.

Elm olhou para o gibão. Meio que esperava não ver nada. Porém, ao analisá-lo, achou o que procurava. Mesmo no tecido preto, restava uma mancha.

Duas marcas de mãos ensanguentadas.

Os guardas do castelo postados ao lado da quinta porta da ala dos criados ajudou a discernir onde os Corcéis tinham enfiado Ione. Quando Elm se aproximou, os vigias entraram nas sombras e abaixaram o olhar.

Ele esmurrou a porta e xingou por causa dos próprios dedos machucados.

— Abra, Hawthorn.

Quando ninguém respondeu, ele deu um tapão no pinho nodoso.

— Hawthorn!

— Ela está trancada, senhor — disse o guarda à esquerda, e ofereceu uma pequena chave de latão.

Elm pesou a chave na mão. Sempre dissera a Ravyn que ele parecia um carcereiro com aquele chaveiro. Sendo que, na verdade, era dever de Elm, o segundo príncipe, andar com as chaves do castelo. E era Ravyn, entre tantas funções, quem carregava as chaves, só para poupar Elm.

— Sumam daqui — ordenou aos guardas e os esperou partir a passos rápidos antes de encaixar a chave na fechadura.

A porta se abriu com um rangido, revelando o quarto iluminado por uma única lamparina de vidro. O cheiro de lã e lenha fresca invadiu o nariz de Elm. Ele fechou a porta e algo se mexeu em sua visão periférica.

— Pelo amor das árvores — falou, girando —, o que você...

Ione Hawthorn surgiu das sombras e se aproximou de Elm com tanto afinco que ele bateu as costas na porta. Ela estendeu um dedo e o cutucou no peito com força impressionante, enfatizando cada palavra.

— O. Que. Foi. Aquilo?

A intensidade nos olhos dela o assustou. Ela não passava da altura de seu ombro — da clavícula, até —, mas nem por isso era menos aterrorizante. Havia uma fúria contida em Ione Hawthorn. A Donzela ajudava a mascará-la, ou atenuá-la, mas ainda estava presente.

Talvez nem a magia pudesse apagar certas coisas.

— Cuidado com este dedo, Hawthorn. Já falei que sou delicado.

— Você é um idiota completo, isso sim — disse ela, e recuou. — Meu pai... o que ele disse no interrogatório. Foi você, não foi? Você e sua Foice.

O cabelo de Elm caiu no rosto, e ele o afastou com um sopro cálido.

— Admito que não foi meu melhor desempenho — disse ele, um pouco defensivo. — Por outro lado, normalmente não tenho que combater um Cálice para fazer alguém me obedecer.

— E aquela foi sua melhor ideia? Fazer meu pai *ameaçar* o rei?

Elm se recostou na porta.

— Eu só fiz ele utilizar as palavras corretas — disse, e franziu a testa. — De nada, por sinal. Agora o rei não vai mais matá-la. Pelo menos por enquanto, com medo do falatório do povo. Ele sempre teve medo disso. De o povo *falar*. Ele vai odiar cada segundo da sua existência pelo que Elspeth fez com seu filho predileto — comentou, e fez um gesto para indicar o quarto —, mas eu lhe salvei das masmorras. Você será vigiada, mas ainda bem-vinda na corte. Posso providenciar uma escolta quando você precisar circular pelo castelo. E se o rei mudar de ideia... — acrescentou, mordendo a bochecha. — Darei um jeito de tirar você de Stone sem ser notada.

Ione não disse nada, torcendo o nariz como se um bicho imundo tivesse morrido ali. Elm tensionou os ombros.

— Era o que você queria, não era? Uma vida por outra? — perguntou, e a encarou severamente. — Estamos quites, Hawthorn.

— Eu não queria ser exibida pela corte e me esquivar da fofoca sobre o que aconteceu com o desgraçado do seu irmão. Eu *queria* pegar o necessário no castelo e desaparecer. Pelas árvores, achei que você fosse esperto o suficiente para entender.

As palavras dela atingiram Elm em cheio. Fundo.

— Você teve sua oportunidade de desaparecer na estrada — disse, com ira equivalente à dela. — E não aproveitou. — Ele se afastou da porta, sua sombra se assomando diante de Ione. — Do que é que você tanto precisa em Stone, a ponto de não poder simplesmente deixar para trás?

Ione não disse nada, mas seus olhos queimavam. A cor vibrante era do tom de um campo verde pontuado por folhas de outono. Seiva âmbar escorrendo no musgo. Calor, vida e raiva — tanta raiva que brilhava mesmo sob a sombra do corpo de Elm.

Ainda assim, ela não disse nada.

Elm avançou tão rápido que a chama da lamparina bruxuleou atrás do vidro. Ele pegou a mão de Ione e a ergueu, se deleitando com a surpresa que tomou o rosto dela — as sobrancelhas arqueadas, o suspiro que lhe escapou da boca.

— Mostre sua mão, Hawthorn — disse ele, a voz perigosamente baixa.

Ela encolheu os dedos, sem chegar a cerrar o punho, mas fechando o bastante para esconder a palma. Bastaria a Elm apertar, com a pressão correta, para abrir os dedos dela.

Mas ele não o fez. Se ela estivesse machucada, doeria à beça. E mesmo se não estivesse...

— Por favor — pediu ele, mais gentil do que antes. — Me mostre?

Ione não se mexeu. A postura inteira estava rígida, e ela arregalou os olhos cor de mel ao ouvir o *por favor*. Quase como se esperasse que ele a forçasse a abrir a mão.

Elm não gostou da reação. Sentiu-se imundo. Então largou a mão dela.

Ione notou o rubor no rosto dele. Devagar, abriu os dedos, um de cada vez. Quando estendeu a palma exposta, Elm perdeu o fôlego.

O sangue fora lavado. Restava só pele lisa, com traços finos. Sem o menor sinal de ferimento.

Ele passou o polegar na palma, apertou a carne, em busca de algo que não encontraria.

— Você não enlouqueceu — murmurou Ione. — O corte foi fundo.

A vontade de arranhar a palma dela com os dentes, de apertar a pele como argila e testar a resistência, era sufocante.

— Como?

— Você não adivinhou?

Elm se lembrou do contato da porta de madeira antiga do Paço Hawthorn sob sua orelha. Da chuva no rosto. Do vento gelado. Do cabelo loiro de Ione, molhado e desgrenhado ao cavalgar. Da mão do bandoleiro na perna dela. Do gelo em sua voz, decidido e implacável.

Então me mate. Se conseguir.

A visão dele começou a girar, tudo entrando num foco dolorido, o labirinto se endireitando devagar. Ele fitou o rosto dela, as feições impecáveis. A pele lisa demais, o rosto simétrico demais, a voz firme demais. Ele sabia desde o começo que aquela não era a Ione Hawthorn verdadeira. Era como a Carta da Donzela a refizera, a mascarara numa beleza irreal. Estava presa. Protegida.

Curada.

— A Donzela — saíram as palavras, arranhando a boca.

Em um gesto tão mínimo que Elm quase não notou, Ione ergueu a pontinha da sobrancelha.

— Até que você é esperto. De vez em quando.

Elm avançou no quarto, zonzo, exaltado, um pouco enjoado.

— Pelo amor das árvores, preciso me sentar — disse, e se largou na beira da cama, com uma careta para o colchão fino. — Quinhentos anos — murmurou baixinho. — Há quinhentos anos, as Cartas da Donzela têm sido usadas apenas como presentes para filhas de homens ricos.

— Quinhentos anos sendo desperdiçadas com mulheres, é isso mesmo, príncipe?

— Não é... — disse ele, e mordeu o lábio. — Não deturpe o que falei. Se a Donzela é capaz de curar, obviamente ocorreram equívocos enormes.

Ione sentou-se ao lado dele na cama. Não parecia cansada, mas curvou os ombros e falou com a voz inexpressiva:

— Homens não têm interesse na Donzela. O que é a beleza diante do poder de verdade? Meu pai nunca me deixou mexer nas Cartas da Providência. Mas a Donzela? A Donzela me foi dada de bom grado, como se dá um torrão de açúcar para um cavalo. Um docinho para me distrair da brida que enfiaram na minha boca.

Ela abaixou o queixo, o cabelo caindo pelos ombros.

— Você fica surpreso com o fato de as mulheres terem guardado segredo ao descobrir o verdadeiro potencial da Donzela, seu poder de cura? — perguntou ela.

Elm ficou quieto. Porém, em pensamento, estava gritando. O legado dos Rowan era formado por um bando de idiotas, além de brutamontes? Alguém deveria ter descoberto aquilo.

Ele pinçou com os dedos a ponte do nariz.

— Onde está? Sua Carta?

— Por que eu diria para você?

— Ainda não confia em mim, Hawthorn?

— Você é um Rowan.

Ela falou sem grosseria, mas a acusação estava implícita na melodia da voz — uma aversão discreta. Cravou em Elm até acertar as partes mais doloridas e vulneráveis.

— Está aqui, né? Sua Donzela. Por isso você queria voltar para Stone, para recuperá-la — disse ele, e esquadrinhou o rosto dela. — Onde está, Ione?

Mas aquele rosto, aquele rosto lindo, desprovido de emoção, não revelava nada. Elm soube, antes de ouvi-la falar, que ela não responderia à pergunta.

— Agora que você sabe o que a Carta da Donzela faz — disse Ione, ajeitando o cabelo atrás da orelha —, vai usá-la para curar seu irmão?

Elm nem tinha pensado nisso. Ele grunhiu e esfregou os olhos.

— Não existem palavrões suficientes em todas as línguas do mundo — resmungou — para responder a essa pergunta.

— Porque se você curá-lo, ele vai...

— A lista de coisas horríveis que meu irmão fará se acordar é maior do que você imagina.

Elm fechou os olhos e respirou fundo, sofrido. Dias antes, nas masmorras geladas com Ravyn e o pai diante da cela de Elspeth Spindle, ele seria incapaz de imaginar uma situação mais periclitante.

Porém, a situação piorara, tudo por causa da maldita Ione Hawthorn e sua Carta da Donzela. Se um dia chegasse a tal ponto da maturidade, ele contaria essa história aos próprios filhos, com a lição firme de que *nunca* se deve fazer acordos com belas mulheres.

— Parece que a melhor opção é ocultar a magia da Donzela — disse ele. — Por enquanto.

Quando abriu os olhos, Ione o fitava. Procurava algo no rosto dele, que não pareceu encontrar. Ser olhado por ela era como esfregar lã não tratada na pele. Elm sentiu coceira, calor.

Porém, com o desconforto, veio outra sensação, bem no baixo ventre. Uma excitação zonza, como pular uma cerca a cavalo.

E, embora estivesse dolorosamente exausto, talvez valesse a pena ficar mais um tempinho acordado para a sensação perdurar.

Ele se levantou e se apoiou na cama por um momento.

— Venha comigo.

— Aonde?

— Às masmorras.

Ione enrijeceu.

— Por quê?

— Elspeth — disse Elm, enfiando as mãos nos bolsos. — Vou levar você para ver Elspeth. Ou o que sobrou dela.

CAPÍTULO TREZE
ELSPETH

Quando as lembranças voltaram, o peso dela me soterrou tão fundo que não encontrei saída. Magia. Minha infecção. As Cartas da Providência. O que Hauth Rowan fizera comigo naquela última noite no Paço Spindle.

O mostro que me salvara.

Gritei, clamando pelo Pesadelo que tomara meu lugar. Corri pela praia inteira atrás de escapatória, mas acabava voltando sempre para o ponto de partida. Nadei, mas não passei de dez passos da orla. Berrei até perder a voz e chorei até acabarem as lágrimas.

— Eu lembro, Pesadelo — urrei no escuro. — Me solte. *Me solte!*

A única resposta foi o silêncio.

As crianças iam e vinham à vontade, sem nunca deixar pegadas na areia ou ondulações na água. Aos poucos, fui aprendendo seus nomes. Tilly e os irmãos, Ilyc, Afton, Fenly, Lenor. O mais velho, de olhos cinzentos, era Bennett.

Eles não pareciam se notar, passando pela mesma praia sem jamais se olhar ou trocar palavras. Certa vez, vi até um dos meninos passar *através* do outro.

Mas comigo, eles falavam.

— Vem ver o que construí? — chamou Lenor, querendo puxar minha manga, mas sua mão atravessou meu braço.

— Eu... eu...

Ele fechou a cara, e também os olhos amarelos.

— Fica para a próxima.

— Treinei todo dia por duas semanas — declarou Fenly, no segundo seguinte, ou horas depois, eu não sabia dizer. — Tia Ayris disse que você pode vir me ver competir no torneio no Dia da Feira. — Porém, mesmo enquanto falava, notei que ele não acreditava, e baixou os olhos assim como Lenor. — Mas você está ocupada, claro.

— Não estou — respondi, mas ele sumiu água afora.

Ilyc e Afton, percebi, eram gêmeos. Senti um nó no estômago. Eles faziam lembrar minhas meias-irmãs. Porém, diferentemente de Nya e Dimia, eles não falavam aquela língua secreta e subentendida dos gêmeos. Eles não se falavam nunca. Às vezes, seus rostos se misturavam totalmente, dois meninos virando um só.

— Quero uma Carta do Ovo Dourado — disse Ilyc (ou seria Afton?). — Você deu Cartas da Providência para Bennett. Também quero.

Estiquei as mãos vazias.

— Não tenho Cartas da Providência para dar.

Eles franziram as sobrancelhas. Quando voltaram a falar, foi para gritar.

— Você guarda todas para si.

— Não guardo.

— Eu te odeio.

Cobri as orelhas com as mãos e fechei os olhos. Quando voltei a abri-los, os gêmeos tinham sumido.

A eternidade se mesclava ao desespero. Não havia nada para se fazer naquela orla comprida e vazia senão pensar — lembrar.

E até minhas lembranças mais queridas amargavam naquele lugar, até que, famintos, meus pensamentos começaram a me consumir. Minha família certamente morreria por esconder minha infecção. Nem meus priminhos, Aldrich e Lyn, seriam poupados da ira do rei. Morreriam todos.

Por minha causa.

E os Yew — eu destruíra sua esperança de curar Emory. Eles precisavam do sangue de Orithe Willow para unir o Baralho. E eu o tinha *matado*.

Meus pensamentos apodreceram até minha cabeça ser infectada.

Porém, mesmo então, uma fagulha de calor resistia no frio fatal do desespero. Uma vela de luz, de esperança. A maciez das mãos de minha tia ao pentear meus cabelos. O braço de Ione entrelaçado ao meu, nossos sapatos ecoando nas ruas de paralelepípedo no Dia da Feira.

Ravyn Yew, me abraçando com tanta força a ponto de apagar o restante de Blunder.

Meu vestido de lã preta ficou ensopado quando eu entrei nas ondas. Bennett apareceu do nada e parou ao meu lado.

— As crianças vão sentir saudade — disse ele, brincando com duas Cartas da Providência, o Espelho e o Pesadelo. — Especialmente Tilly. Venha jantar. Uma vez só, que seja.

Eu já sabia que ele não estava falando comigo. Nenhuma das crianças estava falando comigo. Aquela praia — aquele vazio de areia escura — pertencia ao Rei Pastor.

O que sei só eu sei...
É segredo profundo...
Eu os escondo há tempo, e os esconderei deste mundo.

Ali. No escuro, na praia. Onde não tinha sol, nem lua. Onde a rolinha não cantava a manhã, e a coruja não anunciava a noite. Um lugar desolado — vazio e angustiado. Era onde ele guardava seus segredos.

Entre eles, eu.

Encarei os olhos cinzentos de Bennett.

— Não posso ficar aqui com vocês e ser esquecida — falei. — Vou sair daqui.

Entrei a pé nas ondas. Nadei com todas as forças. Gritei e engoli salmoura. Bati as pernas e puxei a água até meus músculos cederem.

Caí sob as ondas...

E afundei mais além na escuridão.

CAPÍTULO CATORZE
RAVYN

Os guardas que vigiavam a porta de Emory se afastaram, mergulhando nas sombras. Ravyn destrancou o quarto do irmão e se demorou à porta. Pôs a mão no bolso. Antes de sequer tomar consciência, tinha tocado três vezes na Carta do Pesadelo.

O sal adentrou seus sentidos à força. Ele fez pressão, em busca da presença familiar e reconfortante. Que lembrava couro, fogo e as páginas de um livro bem gasto.

Jespyr.

A voz dela soou aguda de susto. *Ravyn?*

Os Amieiros Gêmeos, Jes. Partiremos ao amanhecer.

Uma pausa. E então: *O que você precisa de mim?*

A mão de Ravyn tremeu no trinco da porta do irmão. *Emory*, murmurou.

Estou indo.

O sal se esvaiu, e Jespyr desapareceu de seus pensamentos no terceiro toque. Ravyn respirou fundo e abriu a porta.

Emory estava deitado no banco, no canto do quartinho. Com a coberta puxada até o queixo e de olhos fechados, quase parecia estar dormindo. Porém, os ombros estavam tensos, e o rosto macilento, franzido demais para indicar repouso. Ele tremeu, a boca num tom horrível de cinza.

Ravyn foi até o armário do irmão e o escancarou em busca da capa mais quente que tivesse.

A voz de Emory soou irregular, desgastada.

— O que você está fazendo?

— Chegou a hora, Em — disse Ravyn, pondo uma capa de lã no colo do irmão. — Vamos embora. Já.

Emory tentou sentar-se.

— Por quê?

— Foram feitos os preparativos.

— Que preparativos?

— Cadê suas botas?

Emory indicou a ponta do banco.

Ravyn sentou-se na beira do banco e, com mãos ágeis, calçou as botas de couro de Emory por cima das meias grossas. Nesse tempo todo, ficou sentindo o olhar do irmão.

— Que preparativos? — insistiu o garoto.

Ravyn apertou bem os cadarços, apesar de ter quase certeza de que o irmão não tinha mais forças para caminhar sem apoio.

— Vou levar você para casa.

Um suspiro rouco sacudiu o corpo frágil de Emory.

— O tio...

— O rei está ciente — disse Ravyn, mais seco do que pretendia.

Ele suspirou e finalmente ergueu o rosto.

Doía olhar para o irmão. Mais do que Ravyn imaginava.

Emory, que um dia florescera como um jardim primaveril, agora estava murcho, congelado pelo frio e pela degeneração agressiva. O garoto, que até pouco tempo antes era empertigado, estava encolhido, como se a coluna — protuberante em nós rijos nas costas — pesasse mais do que o corpo inteiro. A pele bronzeada tinha empalidecido, as bochechas, fundas, e os dedos, azulados. E seus olhos, seus olhos cinzentos e brilhantes, estavam apagados, sombreados, iluminados apenas pelo presságio fatal do que estava por vir.

Ele estava degenerando. Mais rápido do que Ravyn temia. E embora a degeneração de Ravyn tornasse impossível o uso de certas Cartas, e a de Elspeth reforçasse o monstro dentro dela, a de Emory simplesmente... o matava.

Ravyn segurou o ombro do irmão.

— Tudo vai melhorar para você, Em — disse. — Prometo.

A camisa de Emory escorregou, e Ravyn roçou a palma na pele do irmão. Naquele instante, os olhos de Emory ficaram vidrados. Ele estremeceu, um calafrio que veio lá do fundo, a boca se retesando num fio pálido. Então apertou a mão de Ravyn, revirando os olhos.

Ravyn se encolheu ao perceber o que tinha feito. Sua mão... tocara Emory. Ele tentou se desvencilhar, mas agora Emory o agarrava com força, afundando as unhas em sua pele.

— O pássaro escuro tem três cabeças — disse Emory, a voz esganiçada, como se uma corda invisível o sufocasse. — Bandoleiro, Corcel, e ainda outra. Uma da idade, do berço. Diga, Ravyn Yew, após sua longa caminhada em meu bosque... finalmente sabe seu nome?

Ravyn arrancou a mão do aperto do irmão. Assim que eles se soltaram, a magia de Emory se esvaiu. O olhar dele voltou. Embaçado. Marejado.

— O que aconteceu? — perguntou.

Ravyn precisou de toda sua experiência para manter o rosto neutro.

— Nada, Emory.

— Eu... eu falei alguma coisa?

A magia de Emory nunca fora exatamente um dom. Para a família, era incômoda. Para desconhecidos, horripilante. Com um só toque, o garoto era capaz de ler os pensamentos mais profundos das pessoas, seus medos e desejos, seus segredos ocultos, seus futuros. Não importava o quão fundo estivessem escondidos, nenhum deles passaria incólume para Emory.

Usar a magia esgotava a vida dele. O pouco que ainda restava.

Ravyn passou o braço ao redor das costelas do irmão e o levantou do banco, tomando cuidado para não encostar de novo na pele. Mal precisou fazer força para erguê-lo.

A cabeça de Emory pendeu para a frente. As pálpebras semicerraram, e as palavras saíram em um sussurro rouco:

— Já esqueci... Aonde vamos mesmo?

Ravyn rangeu os dentes e chutou a porta da prisão do irmão. Se a lamparina da mesa estivesse acesa, ele a teria arremessado no chão para incendiar o quarto inteiro.

— Para casa, Emory. Vou levar você para casa.

O garoto não pesava mais do que uma sela de cavalo. Porém, as escadas eram muitas. Quando encontraram Jespyr no corredor leste, Ravyn estava sem fôlego, e uma camada de suor brilhava na testa.

Emory tinha adormecido. Jespyr arfou ao pegar o garoto no colo.

— Ele está um palito.

Ravyn deu as costas a ela. Se olhasse demais para as lágrimas da irmã, o próprio choro cairia.

— Leve ele para o Castelo Yew. Vá agora mesmo. Logo chego lá.

Jespyr não se demorou. Voltou-se para oeste e passou por uma porta da criadagem. Ravyn ficou prestando atenção a seus passos pesados até sumirem, e enfim respirou fundo e ajeitou a capa. Não voltou a olhar a escada que levava ao quarto de Emory. Nem aquele cômodo, nem lugar nenhum do castelo do rei, merecia sua despedida.

Ainda assim, Ravyn deixou seu recado:

— Vai se foder.

CAPÍTULO QUINZE
ELM

As sombras do corredor se esticavam e então sumiam, fugidias. Pareciam mais altas na madrugada, a poucas horas do alvorecer. Elm coçou os olhos e pestanejou. Precisava dormir, precisava muito. Já ia perguntar a Ione se a Donzela a impedia de sentir cansaço quando de repente passos soaram pelo corredor.

Ione o empurrou para uma porta. As costelas de Elm bateram na maçaneta de ferro, e ele arquejou abruptamente.

— Doeu — chiou ele.

Os ecos dos passos se afastaram. Quem quer que fosse, Clínico, guarda ou criado, estava a caminho de outro lugar. Ione ficou rígida, atenta. A luz da tocha capturava o nariz dela, a curva da boca tal qual um coração, o desenho suave do pescoço e a sombra da reentrância da garganta.

Elm desviou o olhar.

Só quando o corredor retomou o silêncio, Ione o respondeu.

— Perdão. Esqueci que você é *delicado*.

— Sou mesmo. Devia estar deitado para descansar meu corpo delicado — disse ele, abanando os dedos machucados na frente do rosto dela. — Nem todo mundo tem uma Carta da Donzela para tornar nossas carcaças mortais perfeitas. E o corte. Doeu? — perguntou, olhando para as mãos dela.

O rosto de Ione estava sisudo.

— Doeu. Leva um tempo para a Donzela me curar. Quando cura, é agradável, até eufórico, não sentir mais dor.

— Parece bom.

— Você poderia arranjar uma Donzela, se quisesse — disse ela, e se afastou da porta, seguindo pelo corredor a passos silenciosos. — Você é um Rowan, não consegue tudo o que deseja?

— É óbvio que não, se tudo que desejo é uma boa noite de sono.

— Foi ideia sua vir às masmorras.

— E foi uma ideia genial, considerando que Elspeth tem a útil capacidade de distinguir as Cartas da Providência por cor, até de longe.

Ione parou abruptamente.

— Tem?

— Tem, sim — confirmou Elm, cutucando a unha. — É bem interessante. Especialmente para você.

— Como assim?

Ele a olhou com repreensão.

— Você pediu para circular livremente pelo castelo, mas em diversas ocasiões se recusou a mencionar em qual lugar de Stone se encontra sua Carta. Isso me levou a uma conclusão bastante curiosa — disse ele, e inclinou a cabeça. — Você não sabe onde está sua Donzela, não é, Hawthorn?

Ione respirou fundo e seguiu pelo corredor.

— Deve ser cansativo querer que todos saibam como você é sagaz, príncipe.

Elm a alcançou em dois passos.

— Mas você ainda está usando a magia da Donzela. Se outra pessoa tocar a carta, sua conexão seria rompida — disse ele, e se curvou para mais perto dela, a voz pesando de satisfação. — Então foi *você* quem a perdeu.

Ione franziu de leve a testa. Ela não o fitou. Não daquele jeito habitual, como costumava evitá-lo — por pura indiferença. Desta vez, ela parecia dedicada a evitar seu olhar.

— O que aconteceu? Farreou um pouco demais no Equinócio? Largou a Carta em um vaso de flores e saiu valsando?

— Por aí.

Elm riu baixinho.

— Não julgo. A alma sabe que não passo um Equinócio sóbrio há... — disse, e começou a contar nos dedos — ... uns bons anos.

Ione manteve o olhar para a frente.

— Só nos leve às masmorras. Depois disso, pode voltar a ser o príncipe rabugento e transviado que você nasceu para ser. Sabem as árvores que vou adorar me livrar de você.

Elm a acompanhou pelo corredor até a escada. Ele não precisava indicar qual curva virar. Eles só tinham que descer.

— É disso que as pessoas me chamam? Transviado?

— Já ouvi a palavra *babaca* também.

— Naturalmente.

Ione ergueu os ombros, metade do esforço de um gesto.

— Dizem que você gosta demais da liberdade, que é um príncipe desobediente e podre. Excepcional com a Foice, mas um Corcel fraco. Pelo menos, é o que dizem os homens.

Podre. Elm engoliu a palavra e forçou as feições em um sorrisinho manhoso.

— E as mulheres, o que dizem de mim?

Ione manteve o olhar fixo na escada.

— Nada de notável.

— Mas imagino que seja com um tom muito menos decepcionante.

Um rubor leve subiu do pescoço para as faces dela.

— Talvez.

Elm abriu um sorrisão. Então pôs-se a admirar o rubor de Ione com tal curiosidade, mas que concluiu ser meramente científica. Era um jogo de descoberta, ver o rosto dela, identificar que traço de emoção a Donzela lhe permitia mostrar — decifrar o que a causara. Elm amava jogos. A competição, a trapaça, a vitória. Acima de tudo, gostava de analisar o oponente, desvendar suas limitações.

Porém, no momento, não sabia quem era a oponente: se Ione Hawthorn ou a Carta da Donzela.

Ele apertou o passo, acompanhando o ritmo de Ione pela escadaria leste.

— E o que você acha disso, Hawthorn? Da minha reputação com as mulheres?

— Não penso no assunto.

Ele riu, um timbre grave e ressonante, e Ione se virou na direção do som. Semicerrou os olhos.

— Você disse que não tinha tempo para mulheres.

— Quando?

— No seu quarto. Quando eu estava me vestindo.

No dito momento, ele estivera prestando atenção em outras coisas.

— Eu já tive tempo — corrigiu, e pigarreou. — Ultimamente, ando ocupado.

A voz de Ione vibrou no peito.

— Para um príncipe que não dá ouvidos ao rei, e ainda por cima um Corcel capenga, seria de imaginar que você teria todo o tempo do mundo. Porém, sempre que o vejo, você mal parece ter tempo para respirar. Daí a dúvida... — continuou ela, os olhos escuros à luz fraca. — O que, príncipe Renelm, você anda fazendo com esse tempo todo?

Trabalhando de bandoleiro secretamente. Roubando Cartas da Providência para unir o Baralho sem que o rei saiba. Usando a Foice até sangrar. Me preocupando com Emory. Discutindo com Ravyn. Implicando com a noiva do meu irmão a caminho das masmorras para visitar um monstro...

— Você deveria imaginar. Afinal, ocupou meu tempo inteiro hoje — disse Elm, e se abaixou, aproximando a boca da orelha de Ione para testar se o rubor voltaria. — E não posso dizer que não foi... interessante.

Ela recuou, com a expressão equivalente a uma muralha de pedra.

DUAS COROAS RETORCIDAS **109**

— Não faça isso.

Ali estava outra vez. Até sob a penumbra: bochechas rosadas.

— Não fazer o quê?

— Fingir me elogiar.

— Quem está fingindo?

Ione balançou a cabeça. Uma recusa rápida, seca.

— Ora, Ione Hawthorn — disse Elm, e mordeu o lábio. — Não me diga que você *sente* alguma coisa quando eu a elogio.

— Não sinto — insistiu ela, a expressão indecifrável, inalcançável. — Eu não sinto mais nada.

A escadaria das masmorras sempre fora fatal. No outono, quando a geada já vinha voltando pelos campos de Blunder, os degraus eram quase inavegáveis, de tão escorregadios. Elm precisou se apoiar na parede duas vezes. Quando Ione escorregou e trombou nele, flexionou os dedos como garras de gato, afundando nos músculos do abdômen. Elm passou o braço ao redor do ombro dela a fim de poupá-la de um tombo.

— Qual a distância disso? — perguntou ela, apoiada no peito dele.

Ele a apertou mais.

— Enorme.

Quando chegaram lá embaixo, Elm estava todo rígido. Considerando a tensão nos ombros e a boca comprimida, Ione não estava lá muito melhor. Ela o soltou, suspirando, e pisou na antessala. Foi só então que Elm, com um palavrão amargo, percebeu ter esquecido as chaves das masmorras.

Não fazia diferença. A porta já estava aberta.

Uma bocarra gigante escura os recebeu, e o vento gélido das profundezas das masmorras fustigou o rosto de ambos.

— Onde estão meu pai e meu tio?

— No lado sul. Sua prima está no norte.

Ione se empertigou, como se tentasse conter os calafrios que lhe subiam pelas costas. Adentrou as masmorras a passos silenciosos, engolida pelas trevas. Elm grunhiu e correu atrás dela para pegá-la pelo ombro e guiá-la rumo ao primeiro dos muitos corredores que davam no norte.

Eles andaram em silêncio entre as fileiras de celas vazias.

Um calafrio invadiu Elm. Aquele castelo desgraçado. Ele odiava cada milímetro de argamassa, pedra, madeira e ferro ali. Manteve o olhar reto, como Ravyn sempre fazia, determinado a não olhar as celas, ciente de que estavam vazias — mas nem sempre fora este o caso.

Só percebeu que Ione falara alguma coisa quando ela lhe tocou o braço.

Ele se sobressaltou.

— Árvores amadas… que foi?

— Está ansioso, é?

— É só frio.

— Achei que você não se incomodasse com o frio. Visto que congelou todo mundo em estátua com sua Foice lá na sala do trono.

— Que foi, Hawthorn? Doeu no seu *coração* eu ter interrompido a violência?

Ela ignorou a provocação.

— Interromper a violência não é bem típico dos Rowan, né?

Elm nem tentou esconder a irritação por ser comparado ao pai e ao irmão.

— Tento não usar a Foice para fins violentos.

— Por que não?

— Para deixar todo mundo decepcionado.

Ione, que frequentemente parecia outorgar apenas metade da atenção, o observava plenamente. E agora fitava seu rosto tal como fizera nos aposentos dele, ainda em busca de algo que não encontraria ali.

Um barulho que lembrava dentes tiritando ecoou no fim do corredor. Elm parou abruptamente e pegou o braço de Ione para detê-la. Estavam chegando à última cela. À cela de Elspeth Spindle.

Ou o que fora Elspeth Spindle um dia.

— Escute — disse ele. — É bom eu avisar...

O ruído voltou a ecoar, desta vez acompanhado das notas graves e sebentas de uma gargalhada. Elm engoliu em seco.

— Sua prima. Ela está diferente.

Ione não disse nada. Franziu as sobrancelhas e se desvencilhou de Elm, marchando em direção à cela.

— Por causa de Hauth?

— Não foi Hauth. Dessa vez, não.

Quando Ione chegou à grade de ferro, Elm parou logo atrás dela, próximo o suficiente para poder puxá-la. A iluminação era suficiente apenas para ver uma sombra se mexendo, e então o Rei Pastor apareceu, enroscando os dedos nas barras de ferro, com os olhos amarelos arregalados e a mandíbula batendo num ritmo de dar calafrios.

Clique. Clique. Clique.

Elspeth. Rei Pastor. *Pesadelo.*

Ele não estava tremendo, aparentemente intocado pelo frio opressivo da cela. Mantinha a coluna curvada, o cabelo preto caindo no rosto como cortinas. Virou o queixo de lado e olhou para cima, para Ione.

Por um momento, fez-se silêncio. Ione encarou aquilo que um dia fora sua prima. Elas pareciam espelhos — se uma das duas tivesse mergulhado em tinta.

A voz de Ione saiu dela devagar:

— Elspeth?

— Querida Ione.

Ione passou a mão pelas barras. Elm ficou tenso.

— Não — advertiu ele.

Ela não deu ouvidos. Passou os dedos na pele da outrora face de Elspeth, e arquejou.

Um sorriso se abriu no rosto do Rei Pastor.

— Finalmente está me enxergando, menina amarela?

Pela primeira vez desde que a encontrara no Paço Hawthorn, Elm discernia uma emoção inconfundível no rosto de Ione. A palidez ficou acinzentada. Os olhos se arregalaram e a boca se contraiu. Seus dedos tremeram ao acariciar a face do Rei Pastor. Quando ela falou, foi com a voz tão esganiçada que ameaçava rebentar:

— Você não é Elspeth.

O sorriso do Rei Pastor aumentou.

— Nem sou um desconhecido. Eu era a sombra que se mexia na sua visão periférica. Eu falava em murmúrios, cantarolava canções que você não conhecia. Os cães uivavam, alertando para o intruso ao seu redor. Os cavalos se escondiam e os pássaros se calavam. Mas seus pais não lhes deram atenção. E você, menina amarela, tinha medo de olhar com afinco — disse ele, fitando o rosto dela devagar. — Mas não tem mais medo, tem?

Ione se encostou na grade.

— Você... Elspeth... Ela esconderam tantos segredos de mim.

O Rei Pastor esticou o braço e pegou o queixo dela com a mão suja, manchada de sangue.

— Ela ostentava cuidado. Atenção. Reverência — disse ele, acariciando o rosto de Ione com o polegar. — Eu e você somos tudo o que resta dela.

— Quem é você?

— O acerto de contas de Blunder — disse o Rei Pastor, cujo sorriso era pior do que qualquer rosnado. — Sou a raiz *e* a árvore. Sou o equilíbrio.

Ione esticou a mão abruptamente e o agarrou pelo pulso.

— Quero falar com Elspeth.

— Você não pode vê-la. Ela está comigo. E estou deixando ela descansar.

— Não me interessa. Me devolva ela.

Os dentes do Rei Pastor roçaram o lábio. Por um momento, Elm achou que ele fosse rasgar a face macia e lisa de Ione. Porém, ele soltou o rosto dela e relaxou a testa.

— Ela será livre. Mas só depois que eu concluir meu trabalho — disse ele, e voltou o olhar para Elm — e pagar dívidas antigas.

Era a primeira vez que ele se voltava diretamente para Elm, com aqueles olhos estranhos, tão penetrantes, tão monstruosos, tão *sábios*.

— Elm — murmurou o Rei Pastor. — É um prazer revê-lo.

Elm. Não Renelm, nem príncipe, como todos os desconhecidos o chamavam. *Elm*. Como se aquele homem, aquela coisa, já o conhecesse.

Era claro que conhecia. Pois toda conversa que Elm tivera com Elspeth Spindle, toda traição que ela cometera ao seu lado, todo segredo que ela ouvira, envolvera, também, o monstro em sua cabeça. À espreita, logo atrás dos olhos. Escutando. Aprendendo.

Elm estava enjoado.

— Está pálido, principezinho.

— Não tem sido fácil limpar sua bagunça.

— Pois é. Seu primo já me deu a entender.

Ravyn não mencionara nada sobre ter ido às masmorras. Sequer mencionara o Rei Pastor, afora a escavação do túmulo. Elm ignorou a alfinetada, e olhou de relance para Ione.

— Ela perdeu uma coisa. Uma Carta da Donzela. Está aqui, em algum lugar do castelo. Você enxerga?

Ione olhou de um para o outro, e o Rei Pastor deu mais um passo à frente, a voz se esgueirando entre as barras.

— Precisa mesmo recuperá-la, meu bem? — cochichou ele. — Não é melhor assim, seu corpo protegido do perigo? Seu coração molenga e sentimental enfim resguardado?

Ione semicerrou os olhos, mas o Rei Pastor continuou:

— Elspeth invejava seu coração. A tranquilidade da sua risada, a inocência sincera em tudo o que você fazia. Mas eu sabia da verdade. Você tinha reverência, mas lhe faltava cuidado. Por isso mal pestanejou quando seu pai a aprisionou feito um canarinho engaiolado no Equinócio e a largou neste lugar frio e cavernoso — disse ele, e acariciou o cabelo dela com um dedo lentamente. — O único motivo para você não ter se perdido no desespero de viver acorrentada aos *Rowan* é que a Carta da Donzela a impediu de senti-lo.

Ione ficou quieta por um bom momento.

— Posso não sentir o desespero — disse por fim —, mas ainda me sinto perdida. Desapareci dentro da Donzela, assim como Elspeth desapareceu em você. E quero me libertar.

As palavras dela atravessaram as costelas de Elm, apertaram seu peito.

O sorriso do Rei Pastor vacilou.

— Não posso libertá-la.

— Mas pode ver a cor das Cartas da Providência — interrompeu Elm.

Ele inclinou a cabeça para o lado, com olhar predador.

— É um de meus muitos dons.

— Meu pai guarda uma Carta da Donzela no cofre, com o restante da coleção. Há outras no castelo?

O Rei Pastor fechou os olhos, fez silêncio por um bom tempo, aí caiu na gargalhada. Uma dissonância horrenda, incômoda, que ecoou pelos corredores.

— Sim, meu rapaz. Há três Cartas da Donzela em Stone.

— Onde estão?

Ele recuou, voltando às sombras.

— Isto, não sei dizer. O castelo é grande, e as Cartas cor-de-rosa estão espalhadas. Você e minha menina amarela precisam encontrar as Donzelas por conta própria.

Ione cerrou os punhos.

— Me diga onde procurar. Me *ajude*.

Mas o monstro já se fora, escondido nas sombras.

Ione deu um grito, porém sem abrir a boca, e recuou da cela com um impulso, voltando ao corredor. Elm a acompanhou, um pouco recuado.

— Mal posso esperar para nos reencontrarmos, principezinho — disse o Rei Pastor. — Ainda tenho planos para você.

Elm se virou, mas ele sumira, a despedida no mesmo ritmo sombrio do cumprimento. *Clique, clique, clique.*

A volta à antessala pareceu ainda mais fria. Quando chegaram, Elm pegou o braço de Ione. A ira que ela demonstrara na cela do Rei Pastor se fora. Não restava nada em seu rosto mais.

— É importante para você? — murmurou Elm. — Recuperar sua Carta?

Ela mal parecia escutá-lo.

— Se você acha que o problema é a beleza, que me oponho ao que a Donzela faz, está equivocado. Se eu ainda sentisse o que é gostar de alguma coisa, diria que gosto de ser bela. Gosto de ser curada pela magia, de não sentir dor. Gosto de quem eu fui, de como eu era antes da Donzela. O que quero recuperar, príncipe, é meu poder de *escolha*.

Como Elm apenas se limitou a encará-la, ela suspirou.

— Vá dormir... volte ao que faz no seu tempo livre. Não quero sua ajuda.

— Mas vai precisar, visto que o castelo é cheio de fechaduras, e quem tem o chaveiro sou eu — disse ele, e coçou o pescoço. — Na verdade, quem anda com o chaveiro é Ravyn, mas, tecnicamente, as chaves são minhas...

— Se for pelo que aconteceu na estrada, nossa dívida está quitada.

— Não está.

— Falta o que então?

Elm mordeu a bochecha.

— Eu fui um *babaca* com Elspeth. Ravyn estava apaixonado por ela, e eu... — disse ele, abaixado o olhar e contorcendo a boca de desdém. — Digamos que nunca senti nada assim. Fiquei preocupado demais com a possibilidade de perdê-lo para notar que na verdade era Elspeth quem estava se perdendo, e só reparei quando já era tarde.

Ele finalmente voltou a olhar para Ione.

— Quero ser alguém melhor. Se você estiver desaparecendo, tal como Elspeth, e estiver sem possibilidade de *escolha*, eu gostaria de ajudá-la.

Os contornos e músculos do rosto dela não entregavam nada. Porém, ela surpreendeu Elm ao subir na ponta dos pés para se alinhar ao seu olhar. Então tocou o queixo dele com o polegar e, embora as expressões de Ione Hawthorn fossem todas tão frias, seu toque o aqueceu.

— Por quê? — perguntou ela. — Por que quer ser alguém melhor?

— Porque tenho que ser — disse Elm, de uma só vez. — Não me importo com o que falam de mim na corte, mesmo que seja que sou um príncipe podre e um Corcel insignificante. — Ele se inclinou para chegar mais perto dela. — Mas quero que digam, em alto e bom som para todos ouvirem, que sou totalmente *diferente* de Hauth.

CAPÍTULO DEZESSEIS
RAVYN

Esmagado contra a parede das masmorras, no frio das garras da Carta do Espelho, Ravyn viu Elm e Ione desaparecerem pelo corredor. Não deixou de notar a tensão nos ombros do primo, nem o modo como Elm acompanhava Ione. Alerta. Atento.

Não era apenas equilíbrio. Elm estava... envolvido com ela. Indefeso na escuridão das masmorras, o rosto dele era um livro aberto. E as desconfianças de Ravyn já presentes antes mesmo da investigação o atingiram como uma pancada. Elm. Ione.

Árvores e alma.

A gargalhada do Pesadelo subiu como fumaça pelas paredes de pedra. *Não aprova, capitão?*

Ele vai ficar arrasado se o rei decidir matá-la.

Imagino que ele pense o mesmo de você e deste corpo que ocupo atualmente.

Ravyn puxou o Espelho do bolso e se soltou. Ele queria que o Pesadelo visse o ódio em seus olhos. *Ela tem nome, parasita. Diga. Ou não ouse mencioná-la.*

O olhar amarelo do Pesadelo encontrou sua fúria, avaliando. Ravyn recuou um passo. *Quanto a Elm, você não vai nem botar as mãos nele. Ele não irá conosco.*

Por que você acha que eu o machucaria?

Ravyn bufou. *Ele é um Rowan. Descendente do homem que roubou seu trono e matou sua família. Você teve quinhentos anos para elaborar sua vingança.* O estômago de Ravyn se revirou ao olhar o sangue seco nas unhas do Pesadelo. *Certamente você deseja matá-lo.*

Tive muito tempo para feri-lo, e não o fiz. *O principezinho me pressentiu, viu meus olhos estranhos e recuou. Ele entende, muito melhor do que você, capitão, que existem monstros neste mundo.* A criatura soltou um suspiro demorado. *Minhas garras não veriam sentido em pegar um Rowan já destruído.*

Como Ravyn não relaxou a mandíbula, o Pesadelo sorriu. *Acima da sorveira e do teixo, o olmo se ergue à altura. Aguarda nas margens, um soldado de armadura. Quieto e resguardado, abalado e ferido, sua casca murmura histórias de um menino-príncipe preterido.*

A voz dele na mente de Ravyn ficou assustadoramente quieta. *Então, Ravyn Yew, em seu Elm não tocarei. Sua vida escapa das minhas garras de rei. Pois o cão abandonado tem dentes, e aprende a morder. Precisarei dele um dia para retomar o poder.*

Ravyn mandara três bilhetes após a conversa com o rei. O primeiro para Gorse, o Corcel especialmente bruto que o rei escolhera para acompanhá-los na jornada em busca dos Amieiros Gêmeos. Considerando a rapidez da escolha do tio, Ravyn não tinha a menor ilusão de que Gorse fora selecionado por ser especialmente útil. O Corcel provavelmente era um espião — instruído a observar Ravyn de perto e relatar seus movimentos assim que voltassem a Stone.

Boa sorte para ele.

No segundo bilhete, dirigido a Filick Willow, Ravyn escrevera:

As chaves do castelo estão no porão. Cuide para que Erik Spindle e Tyrn Hawthorn não morram congelados.

E no terceiro, endereçado a Elm, Ravyn escrevera uma única frase trêmula:

Nos vemos em breve.

A aurora vinha chegando, a pressão nos olhos de Ravyn lembrando-o de que ele estava insone há tempo demais. Era ironicamente cruel que houvesse se passado apenas um dia desde que ele desenterrara a espada do Rei Pastor. Parecia uma semana inteira.

Ele levou o Pesadelo ao porão perto da escadaria, aquela com o cervo esculpido acima da porta, e aguardou do lado de fora enquanto o monstro tirava o vestido esfarrapado de Elspeth. Acima deles, o sino do castelo soou: cinco badaladas.

Quando o Pesadelo saiu do cômodo, estava vestido de preto da cabeça aos pés, com uma roupa que Jespyr deixara para trás. Parecia Elspeth na ocasião em que a disfarçaram de bandoleira para roubar a Carta do Portão de Ferro de Wayland Pine.

Ravyn engasgou com o nó que tomou sua garganta.

— Quem irá conosco em nossa valente missão? — perguntou a voz arrastada do Pesadelo.

— Jespyr e outro Corcel, Gorse. Mas primeiro vamos ao Castelo Yew. Preciso ver se Emory está bem — disse ele, e estalou o pescoço. — Pretendo pedir que os irmãos Ivy também nos acompanhem.

O sorriso astuto e zombeteiro que tão frequentemente brotava no canto da boca do Pesadelo esmoreceu.

— Que bom. Precisaremos de pelo menos um de sobra.

— Como assim?

Ele não respondeu.

— Esse Corcel, Gorse. É de confiança?

— Não. O rei me mandou levá-lo. Por mim, a Alma pode acabar com ele.

A palavra *rei* soava com uma nota acídia. O Pesadelo reparou. Ele passou por Ravyn.

— Cuidado, capitão. Sua máscara de pedra está ficando gasta.

Ravyn pegou o braço dele. O Pesadelo tinha prendido seus cabelos — de Elspeth, na verdade — em uma trança curta. Ravyn pestanejou, olhando para a trança uma, duas, três vezes.

— Você *cortou* o cabelo dela?

O Pesadelo se desvencilhou bruscamente.

— Estava grudado de sangue.

Ravyn olhou pela porta do porão. Havia uma tesoura na mesa de madeira velha. No chão, viu mechas de cabelo escuro.

O que quer que tenha passado por seu rosto fez o Pesadelo parar abruptamente. O monstro semicerrou os olhos e fitou as mãos cerradas de Ravyn.

— Vai crescer — disse, devagar.

Ravyn seguiu em frente sem dizer mais uma palavra. Quando passou por uma tapeçaria do Cavalo Preto, ele a arrancou da parede com um puxão violento, que fez argamassa chover em seus ombros. Jogou a tapeçaria no chão, o varão de ferro acertando a pedra com um estrondo. Se ele soubesse como arrancar o Rei Pastor de Elspeth e arremessá-lo no chão, era o que teria feito.

Os Corcéis o aguardavam perto da porta do castelo, se agitando feito cavalos nervosos ao ver o Pesadelo.

Gorse se mantinha à parte, de braços cruzados, e não parecia nada empolgado por ter sido selecionado para a viagem.

— Estou partindo sob ordens do rei — disse Ravyn, cuja voz ecoou pelas paredes, e cruzou as mãos atrás das costas, fazendo questão de encontrar o olhar de todos os Corcéis. — Atenham-se às patrulhas, ao treinamento. Façam o que fariam se eu estivesse aqui.

Um Corcel no fundo da fileira avançou um passo. Oak.

— A quem devemos obedecer em sua ausência, capitão?

— Ao Rowan que quiser comandá-los, seja Elm ou o rei.

Os Corcéis se entreolharam. Linden, cujas cicatrizes no pescoço se destacavam à luz da aurora, perguntou:

— Não levará príncipe Renelm na missão?

— Não — disse Ravyn, e respirou fundo. — Voltarei assim que puder. Cuidado, Corcéis. Atenção.

— Reverência — zombou o Pesadelo atrás dele.

Eles partiram a cavalo. O Pesadelo escolheu um palafrém preto do estábulo. Quando montou, o cavalo inflou bem as narinas e se arrepiou inteiro, a angústia perceptível. Ele empinou, mas o Pesadelo não caiu.

Eles dispararam pelo pátio e pela ponte, primeiro Gorse, e depois o Pesadelo. Ravyn foi na retaguarda e se permitiu olhar para Stone uma última vez.

Pouca gente estava no pátio, ninguém notou sua partida. Ninguém, exceto por dois homens. Um usava uma capa dourada que balançava ao vento, e o outro, uma túnica preta e simples. O rei e...

O estômago de Ravyn afundou até as botas. *Elm*.

O Pesadelo desacelerou. Quando olhou para trás, para Elm, sua voz pairou, uma mistura de óleo, mel e veneno:

— Nem Rowan, nem Yew, mas algo entre os dois. Uma árvore pálida no inverno, nem vermelha, nem dourada, nem verde depois. Preto esconde o sangue, marca da imensidão. Sozinho no castelo, príncipe da escuridão.

PARTE II

Negociar

CAPÍTULO DEZESSETE
ELSPETH

Na água, nem desperta nem adormecida, eu boiava em lembranças que não eram minhas.

Eu era um menino de roupas suntuosas e bordadas, parado no bosque. Havia outros comigo. Dávamos voltas nas árvores sem trilha, erguendo a voz ao céu, cada pessoa murmurando a própria prece.

— Dê-me saúde, Alma.

— Abençoe minha colheita.

— Assumirei a alcunha de Larch por uma bênção, grande Alma do Bosque.

O sal invadiu meu nariz, coçando. Encontrei uma árvore nodosa longe do grupo e encostei a mão nela. A dor subiu pelos meus braços. Quando olhei para baixo, minhas veias estavam pretas feito tinta.

Fechei os olhos, a magia ao meu redor — dentro de mim. Mil vozes encheram meus ouvidos. Não eram vozes humanas, e sim, outro coro. Dissonante, porém harmônico, falando apenas em rimas. Era minha magia, meu dom, escutá-las. Eu havia nascido com a febre.

Eu sempre soube conversar com as árvores.

Sua árvore é esperta, diziam, *e sua raiz oculta. Ela se dobra e não quebra, mesmo que nova e inculta. O príncipe vira rei, e o rei sobe ao trono. Ainda virá ao bosque quando de Blunder for dono?*

— Virei — murmurei.

Que bênção pede de nós, jovem Taxus?

— Que a Alma do Bosque me ajude a tornar Blunder um reino de abundância, de magia. Que ela me dê as ferramentas necessárias para pastorear a terra e seu povo.

A árvore rangeu sob minha mão, galhos se mexendo sozinhos para apontar o oeste. A árvore ao lado fez o mesmo, e a seguinte, também. Uma a uma, foram apontando o caminho de casa.

Quando cheguei à beira do prado diante do castelo de meu pai, aguardei. Então, perto da muda que eu mesma plantara em meu sétimo aniversário, algo se materializou à minha frente.

Uma pedra, alta e larga como uma mesa. Nela, uma espada. A lâmina refletia a luz do meio-dia e brilhava como um farol. Uma imagem elaborada estava esculpida na empunhadura.

Um cajado de pastor.

CAPÍTULO DEZOITO
ELM

Elm ficou vendo o grupo partir, amassando o bilhete de Ravyn na mão. *Nos vemos em breve.*

Ele afastou o cabelo dos olhos e se virou, mantendo a distância do pai.

— Foi obra sua?

O olhar do rei estava fixo na estrada, a capa esvoaçando no ar fresco do outono.

— Você é meu filho. Seu lugar é aqui.

— Você nunca se importou com meu paradeiro e nem com meus afazeres.

— Até agora, não tive motivo para tal — disse o rei, e o olhou de soslaio. — Soube que você dispensou os guardas da porta de Ione Hawthorn ontem. E que falou com ela.

Elm rangeu os dentes.

O timbre do rei lembrava o latido de um de seus cães.

— A família dela é formada por abutres vis e traiçoeiros.

— O que Tyrn disse no interrogatório tinha um fundo de verdade — disse Elm, ponderando as palavras. — Se matá-la, o povo há de falar. Irá descobrir o que aconteceu com Hauth. E com quem você o deitou em nome de uma Carta do Pesadelo. Talvez a corte olhe mais atentamente para você, pai. E veja que, para um homem que condena a infecção tão violentamente, você certamente anda com gente interessante. Orithe Willow. Ravyn. Infectados.

O desgosto aprofundou as rugas no rosto do rei.

— E o que você acha que eu deveria fazer? — questionou, com vinho no hálito amargo.

Começou a chover. Elm fez uma careta e disfarçou a voz, cobrindo-a de desinteresse.

— Mantenha Ione Hawthorn por perto. Ela pode dar seus pretextos para a ausência de Hauth. Servir de símbolo de que nada mudou. Por enquanto.

Ao longe, um trovão ressoou. O rei não usava luva na mão inchada e calejada, brutalizada pela idade e pelos anos de luta com espada. Ele tirou a coroa da cabeça e a examinou.

— Ver o estado de seu irmão me abala até os ossos — disse, em voz baixa. — Mesmo com o Cavalo Preto, com a Foice, ele foi tão facilmente destruído... — Ele se encolheu contra o vento. — A vida é frágil. A linhagem dos reis é frágil.

Elm nunca conversara assim com o pai, só os dois, trocando palavras discretas... nunca. Era de dar calafrios.

— É por isso que Ravyn foi, e eu devo permanecer? Uma fachada de força?

— Use a cabeça — ralhou o rei. — Podemos fingir, mas nada será como antes. Mesmo que Hauth desperte e volte a encarar o reino, a coluna dele foi destruída. Ele jamais poderá gerar um herdeiro, disso os Clínicos têm certeza. — Ele pegou o ombro de Elm, afundando os dedos na musculatura cansada e dolorida. — Tenho que pensar em Blunder. Em quinhentos anos de reinado.

Elm encarou o olhar do pai e as palavras arderam na garganta.

— Então você afundou a mão na merda e arrancou o segundo príncipe para trazê-lo à luz.

O rei apertou com mais força.

— O trono de Blunder é dos Rowan. É sob nosso nome que o Baralho será reunido. A bruma será dissipada, a infecção, curada. Quando morrer, serei enterrado com meu pai, meu avô e os avós deles no pomar de sorveira — disse, e abaixou o olhar para a coroa na outra mão. — E será você, Renelm, quem ocupará meu lugar.

Elm se desvencilhou do pai com um tranco. O corpo dele gritava em negação. A bile se revirava em seu estômago e chegou à boca após um golpe de refluxo.

— Não quero seu trono. Hauth ainda pode... pode...

— Não. Não pode.

O rei pôs a coroa de volta na cabeça. Parecia exausto, o vento e a chuva lavando qualquer fingimento. Era apenas um velho bêbado enlutado.

E, de algum modo, isso era ainda pior. Raiva era um sentimento que Elm já estava acostumado a esperar. O pai sempre fora um homem irascível, de temperamento abrupto e violento. Mas essa resignação... Elm não a reconhecia. Não a suportava.

Ele recuou do rei.

— Aonde você vai?

— Ver Jespyr.

— Ela partiu para o Castelo Yew hoje cedo com Emory.

Ravyn, Jespyr, Emory, todos tinham ido embora. Elm mordeu a bochecha e seguiu caminho, o granizo o fustigando na volta pelo pátio.

— Espero vê-lo hoje à noite na corte — chamou o pai ao vento.

— Não estarei lá.

— Estará, sim, Renelm. Você renunciará ao posto de Corcel. E você e Ione Hawthorn fingirão que nada mudou, até eu estar pronto para anunciar sua sucessão. E a execução dela.

Elm dormiu o dia inteiro. Poderia ter virado para o lado e dormido a noite toda também, mas o eco do clamor do jantar no salão subia pelas escadas. Ele acordou de sobressalto, com o coração a mil, suor na testa e no peito, certo de que havia algo que precisava fazer — e do qual se esquecera.

Hawthorn. Ele livrou-se das cobertas. Ravyn, Jespyr e Emory podiam até estar ausente, mas Elm não era um caso perdido. Ele não tinha desejo algum de ficar chupando o dedo, esperando o pai batizá-lo como herdeiro. Tinha uma promessa a cumprir. Uma Carta da Donzela a encontrar.

Ele se despiu e se esfregou com água fria, pensando, com um calafrio, o que aconteceria se o rei tentasse matar Ione Hawthorn antes de encontrarem a Carta da Donzela. Será que ela morreria? Ou a magia da Donzela a salvaria, mesmo de um golpe fatal?

Ele ficou enjoado só de pensar.

Elm saiu do quarto, vestido em uma túnica preta limpa, e desceu com pressa pelo corredor, rangendo os dentes contra o som da algazarra da corte que se espalhava pelo castelo. Sabia o que encontraria no salão. Homens brincando com Cartas da Providência, tagarelando ruidosamente sobre magia, dinheiro e negociatas de Cartas. Mães, prontas para jogar as filhas no colo dele. O próprio pai, grunhindo no cálice, observando a corte, como se tudo que coubesse em seus olhos verdes e impiedosos lhe fosse devido.

— Você parece prestes a se jogar da escada, príncipe — chamou uma voz atrás dele.

Elm meteu a mão no bolso e deu dois toques no veludo antes de o cérebro alcançar a velocidade dos dedos.

— Árvores e alma, Hawthorn, você precisa parar com isso.

Ione estava parcialmente na sombra.

— Perdão — disse ela, sem soar arrependida. — Achei que você tivesse me ouvido.

O cabelo dela estava preso em um coque apertado na nuca, e alguém lhe dera um vestido novo. Era de um azul-escuro, acinzentado, a cor das águas gélidas e profundas. Mal cabia nela, distorcendo as formas curvilíneas. O tecido era franzido no pescoço, preso por uma fita cinza logo abaixo do queixo, que lembrava uma coleira.

Duas figuras emergiram das sombras atrás de Ione. Não eram os mesmos sentinelas da porta dela na noite anterior. Eram altos demais — largos demais — para serem guardas do castelo. E, diferentemente dos guardas do castelo, eles não se assustaram ao se deparar com Elm.

Corcéis. Allyn Moss e, para o mais profundo desgosto de Elm, Royce Linden.

— Cavalheiros — cumprimentou Elm, com uma reverência zombeteira.

Eles abaixaram a cabeça em resposta. Moss baixou os olhos. Linden, não.

— Estou vendo que foi transferida para a ala real — disse Elm para Ione, então voltou a olhar para os Corcéis. — E vocês são...

— Os guardas da srta. Hawthorn — respondeu Linden.

— Não mais. Eu cuido disso.

Os Corcéis se entreolharam, e Linden falou com a voz mais dura:

— O rei quer que fiquemos de olho atento nela, para o caso de ela tentar fugir.

— Tenho dois olhos, e são bem atentos — disse Elm, e tirou a Foice do bolso numa ameaça silenciosa. — Estão dispensados, Corcéis. Tenham uma boa noite.

Moss saiu a passos apertados. O ritmo de Linden era mais lento. Ao passar, ele resmungou algo semelhante a *otário miserável*, franzindo a testa ao olhar de Elm para Ione.

Ione ficou observando enquanto se distanciavam. Seu rosto demonstrava pouco, mas Elm o analisou ainda assim. Quando ela notou que ele a fitava, ele forçou um sorriso lânguido e ofereceu o braço a ela.

— Devo alertar que sou um companheiro de jantar horrível.

Ione encostou a mão na manga da roupa dele. O cheiro do cabelo dela — floral, doce — invadiu seu nariz.

— Então somos dois.

Eles caminharam em silêncio até a escadaria. O valete abriu a boca para anunciá-los, mas se calou com um gesto de Elm. Ainda assim, muita gente virou a cabeça para vê-los chegar. Conversas cessaram quando Elm e Ione — que todos ainda supunham ser a futura rainha — desceram a escadaria. Foram recebidos por sorrisos, reverências. Elm não retribuiu nenhum cumprimento.

Ione tampouco.

Elm olhou para o vestido escuro e disforme.

— Ofendeu o alfaiate, foi?

— Alfaiate?

— Sua roupa — disse ele, olhando para ela de cima a baixo.

— É... é meio...

Ione respondeu com secura:

— Continue, por favor. Tudo o que quero é ouvir sua opinião sobre meu vestido, príncipe Renelm.

— Se é que pode ser chamado de vestido — zombou Elm, e puxou a fita no pescoço dela, roçando o queixo. — É a coisa mais horrenda que já vi.

— Minhas roupas todas estão no Paço Hawthorn. Seu pai mandou este para o meu quarto.

— Acompanhado pelos dois Corcéis mais tapados.

A música ia aumentando no salão, chegando ao clímax de uma giga.

— Seu estratagema no interrogatório foi um sucesso.

— Até certo ponto — disse Elm, e se curvou para falar ao pé do ouvido de Ione. — Meu pai quer controlar tudo. Você, inclusive — explicou, com uma careta. — E, mais diretamente, eu. Devemos fingir que nada aconteceu, não falar nada da sua prima, do seu tio, nem do seu pai, e, sem a menor dúvida, nada de Hauth.

Ione ergueu as sobrancelhas.

— Que desculpa devo dar para o sumiço de meu *noivo*?

— Hauth está doente, mas já em vias de recuperação.

O salão estava barulhento, a corte do rei já avançada na bebida. Alguns ficavam sentados enquanto outros, em grupos, requebravam ao ritmo da música. Vozes ecoavam pelas paredes de pedra. Rostos coravam e roupas farfalhavam da dança, o salão vibrando de sobriedade abandonada.

A mesa do rei ficava elevada, em um estrado semelhante ao da sala do trono. Dali, olhos verdes observavam tudo. Quando Elm encarou o pai, notou a exigência, a expectativa e a irritação ali. Sabia o que o rei queria. Em seu lado direito, no lugar que sempre fora apenas de Hauth, havia um espaço vazio, uma cadeira sem dono.

A cadeira do grão-príncipe.

Elm apertou a mão de Ione em seu próprio braço. De jeito nenhum que ele subiria ali sozinho.

Ela olhou feio para a mão dele.

— O que você...

— Um último acordo, Hawthorn — disse ele, sem mexer muito a boca, e dirigiu ao pai um sorriso vazio enquanto puxava Ione para o estrado. — Se quiser circular livremente pelo castelo, eu serei seu acompanhante.

Ela deu um suspiro que pareceu mais um sibilo. Quando se apresentaram diante do rei, abaixando o queixo em reverências rígidas, o olhar de Ione estava tão gelado que Elm sentiu uma pontada de culpa por tê-la arrastado até ali.

O rei mal disfarçava o desgosto. Ainda assim, cumprimentou os dois com um aceno seco, daí olhou de relance para a corte, ciente de que estava sendo observado. Voltou o rosto para Ione, com o olhar forçado, ainda que turvo, e se demorou um pouco demais no corpo dela, no vestido mal-ajambrado. O canto da boca dele tremeu.

Naquele momento, ele estava idêntico a Hauth.

Elm meteu a mão no bolso. Desta vez, o veludo da Foice não o acalmou em nada. Porém, com três toques... com três toques, poderia fazer o pai revirar tanto os olhos que deixaria de enxergar. Os dedos tremeram ao tocar o veludo da Carta, a ideia mais inebriante do que qualquer vinho.

Ione limitava-se a sustentar o olhar do rei, e pouco a pouco o gelo em seus olhos foi virando desinteresse. Ela bocejou.

— Sentem-se — ordenou o rei.

A única cadeira vazia era de Hauth. À direita dela, estava Aldys Beech, tesoureiro do rei, com a esposa e o filho.

Elm sequer os olhou.

— Cheguem para lá.

Beech arregalou os olhos, que já eram grandes demais para a cabeça.

— Mas, senhor, o rei nos deu estes lugares...

— Estou pouco me fo...

— O que o príncipe Renelm quer dizer — interveio Ione, com a voz tranquila — é que, embora ele esteja só aquecendo a cadeira desocupada do príncipe Hauth, *este* lugar — falou, com um gesto para a cadeira sob a bunda magrinha de Beech — pertence a mim, sua futura rainha.

Ela olhou de relance para Elm e acrescentou:

— A não ser que prefiram me ver sentar no colo do príncipe.

Beech arregalou ainda mais os olhos, e a esposa e o filho imitaram o gesto. Eles nem tentaram discutir. Fugindo da beleza ou da ira, a família Beech não só desocupou a cadeira de Ione, como todo o estrado.

Era impossível se acomodar. Elm estava esperando que espinhos brotassem da cadeira de Hauth para empalá-lo, a madeira sentindo a ausência do mestre, ciente de que o *sobressalente* ocupara seu lugar.

E o comentário de Ione sobre sentar em seu colo não o ajudava a relaxar.

Elm comeu rápido, na esperança de o pai se distrair e de ele e Ione poderem escapar do estrado horrendo e continuar a busca pela Carta da Donzela.

Porém, o foco do pai nunca se perdia por muito tempo. O rei Rowan falava com os cortesãos em grunhidos e gestos, o olhar fixo adiante, mas Elm tinha certeza de que ele o observava. Era como um professor que esperava o pior aluno sair da linha.

Quando o gongo soou dez vezes, Elm soltou um gemido.

— Que perda de tempo.

— Está mal-humorado, é? — murmurou Ione junto ao cálice, a boca de coração com os lábios manchados de vermelho.

— O tempo todo.

— Deve ser de família.

Isso o irritou.

— Você não é tão engraçadinha quanto imagina, Hawthorn.

Ela tomou outro gole.

— Eu nem saberia por onde começar, para fazer um Rowan rir.

Elm apertou os olhos com as palmas das mãos.

— Desculpa. Estou sendo um idiota — disse, e apontou o salão com um gesto amplo. — Fica fácil, neste lugar.

— Então seu humor horroroso não tem nada a ver com o grupo que foi embora do castelo hoje cedo? Com Elspeth e Ravyn Yew?

Elm levantou a cabeça das mãos, demorando a focar o olhar. Passou o dedo pela borda do cálice.

— Quem contou isso para você?

— O Corcel com as cicatrizes no rosto... Linden — disse ela, tocando a gola alta do vestido. — Acho que ele imaginou que fosse me chatear, saber que minha prima estava livre do castelo, e eu, não.

— E chateou?

— Em outros tempos, talvez sim. Talvez eu chorasse de solidão — disse ela, a voz frígida. — Mas eu não choro mais.

A pontada de culpa que Elm sentira por arrastá-la para o estrado virou uma punhalada. Ele esquadrinhou o salão. A maioria da corte ainda estava sentada à mesa comprida, com os cálices sempre cheios, atendidos por criados que circulavam pelo ambiente com destreza. Aqueles que se levantavam vinham em fila lenta até o estrado, ofereciam elogios ao pai e ao conselho ou perguntavam por Hauth.

Eles deveriam estar procurando a Carta da Donzela de Ione, em vez de perder tempo com ostentação.

Em outras épocas, ele já achara aquele teatro necessário. Inclusive chegara a dizê-lo para Elspeth Spindle no Dia da Feira. *É a ostentação que mantém as aparências de sermos iguais a todo mundo.*

Elm virou o cálice e pegou o de Ione, aproveitando a oportunidade para cochichar ao pé do ouvido dela.

— Tenho outra ideia para encontrar sua Carta — disse ele, e seu sopro sacudiu uma mecha solta de cabelo ao redor do rosto dela. — Mas você pode não gostar.

— Eu não gosto de mais nada, príncipe. O problema é exatamente esse.

O salão estava barulhento. Ninguém estranharia o fato de Elm estar falando tão perto do ouvido dela. O estranho mesmo foi a respiração acelerada de Ione quando ele se aproximou. O rubor em sua face. O arrepio em sua nuca.

Elm reparou em tudo aquilo. Parecia que, apesar das muitas negativas, Ione Hawthorn ainda sentia *algumas* coisas.

Ele não ouviu a aproximação dos passos. As sombras dançavam em sua visão periférica. Ele ainda estava encarando o pescoço de Ione quando uma voz feminina soou diante do estrado:

— Boa noite, príncipe Renelm.

Elm recuou, forçou o olhar para a frente. Wayland Pine, com a esposa e as três filhas, se apresentava ao rei. A filha mais velha se afastara um pouco dos demais, e fora ela quem falara.

Elm não se lembrava do nome dela de jeito nenhum.

Assim como os Pine, o rei esperava a resposta de Elm, fazendo uma carranca que dizia que não lhe custaria muito para esganar o filho bem ali diante de todos.

Ostentação.

Elm deu uma piscadela para o pai, e forçou o rosto a assumir a aparência típica do charme cortês e petulante.

— A família Pine, que alegria — disse, e se virou para Wayland. — Lamento pelo que houve com sua Carta do Portão de Ferro — comentou, flexionando a mão machucada sob a mesa. — Esses bandoleiros são um perigo.

Wayland Pine, o pobre coitado, pareceu à beira das lágrimas ao ouvir falar da Carta que Ravyn roubara dele semanas antes.

— Obrigado, meu príncipe — disse ele, e fez uma reverência antes de empurrar de leve a filha para a frente. — Deve lembrar-se de Farrah, minha mais velha.

Elm mal lembrava.

— É claro. Passará muito tempo em Stone, srta. Pine?

Farrah olhou de relance para o rei.

— Uma semana, Sua Graça. Para os banquetes.

— Cujo convite recebemos com muita gratidão — opinou Wayland, com outra reverência.

O rei ergueu a mão, transmitindo aceitação e dispensa em um só gesto.

Os Pine saíram num passo arrastado, e Farrah olhou uma última vez para Elm.

— Que banquetes? — perguntou ao pai, depois de ver os Pine sumirem pela multidão.

O rei se recostou na cadeira.

— Começando amanhã, haverá seis banquetes. No sexto, você escolherá uma esposa.

A ira de Elm veio num rompante. Como chamas lambendo a lareira, ele sentiu o calor inundá-lo. Tentou engolir, mas a dor já se fazia presente. Suas mãos latejavam. Os olhos ardiam. Os molares estavam rangendo com tanta força que pareciam prestes a se fundir. Por um instante, ele cogitou emborcar a mesa.

Se o rei sentiu sua fúria, não reagiu.

— Seu período debaixo da asa de Ravyn acabou. Eu deveria tê-lo casado há muitos anos.

Com isso, o rei cortou a discussão. Daí se levantou, e todos no estrado, exceto por Elm e Ione, se levantaram também, em reverência, enquanto Sua Majestade e os dois Corcéis que o protegiam saíram do salão.

Elm sentiu sua imprudência. Abriu a boca para gritar com o pai, jogar o veneno acumulado na língua, mas um toque em seu braço o deteve.

— Você me parece prestes a quebrar alguma coisa — disse Ione, com a voz calma.

Ele queria quebrar, mesmo. Não sabia o quê, mas estava doido para estilhaçar alguma coisa.

Ione apertou o braço dele com tanta força que, ao se levantar, acabou por puxá-lo consigo.

— Venha, príncipe. Vamos nos embebedar.

CAPÍTULO DEZENOVE
RAVYN

O trajeto a cavalo de Stone até o Castelo Yew costumava levar uma hora. Eles chegaram em quase metade do tempo. Era melhor cavalgar rápido e deixar o vento encher os ouvidos de Ravyn do que suportar mais uma palavra sequer da boca do Pesadelo.

Os Yew sempre diziam que a casa era assombrada. Que as esculturas de pedra no jardim vagavam pela noite, e que as imagens tecidas nas tapeçarias do castelo mudavam de um dia para o outro. Que as tochas bruxuleavam mesmo sem vento, e que o assoalho de madeira gemia o nome de quem pisava ali.

O castelo era fantasmagórico, mas nunca assustador. Na verdade, aquelas terras espectrais eram motivo de chacota na família de Ravyn. Eles brincavam que os fantasmas eram desassossegados de tão entediados que eram com os moradores atuais do castelo.

Porém, se os fantasmas no Castelo Yew existissem de fato, decerto não lhes faltava entretenimento mais. Quando a criatura de olhos amarelos atravessou a porta, a casa pareceu congelar, em uma inércia sobrenatural.

O Pesadelo adentrou o castelo na frente de Ravyn e Gorse. Ele cruzou os dedos, fazendo pressão até estalar as juntas. O olhar amarelo foi do salão às paredes de madeira, a seguir ao teto abobadado. Enfim, com um suspiro de desgosto, desceu um corredor até sumir.

Gorse grunhiu e se retirou para a ala leste, onde os Corcéis se hospedavam quando iam ali treinar.

Os pais de Ravyn e o mordomo, Jon Thistle, saíram apressadamente do salão. Morette, a mãe, arregalou os olhos.

— Era...

— Sim — respondeu Ravyn, tirando as luvas, que largou no chão. — O Rei Pastor em pessoa. Poupe-se da agonia de falar com ele. Ele é especialmente vil.

— Eu também seria, se vivesse por quinhentos anos — resmungou Thistle.

Ravyn olhou para a escadaria escura.

— E Jes e Emory? Chegaram bem?

— Estão descansando lá em cima.

— Então está acontecendo. — Fenir, o pai, tinha olhos iguais aos de Jespyr, de um castanho-escuro quente. Ele fitou o rosto de Ravyn. — O rei libertou Emory... de vez? Ele estará seguro no Solstício?

Ravyn confirmou com um gesto seco.

— Então o rei Rowan concluiu que o sangue de Elspeth unirá o Baralho.

A voz de Morette soou baixa. Porém, a força das palavras atingiu Ravyn com tanto impacto que ele mordeu a boca. Então ele deu as costas aos pais, se voltando para a porta do castelo.

— Emory *e* Elspeth estarão seguros no Solstício — disse, para eles e para si. — Eu cuidarei disso.

O curto trajeto até o arsenal pareceu mais demorado, mais quieto, sem a companhia de Elm.

Ele encontrou Petyr e Wik Ivy — seus bandoleiros de confiança — discutindo diante de uma pedra de amolar. Os olhos de ambos brilharam quando ele contou que no dia seguinte partiria com Jespyr, Gorse e o Rei Pastor para buscar os Amieiros

Gêmeos. Wik nem esperou o pedido; imediatamente se ofereceu para acompanhá-los.

— Tomei gosto por roubar essas Cartas da Providência — disse, com o sorriso acidentado pelos dentes perdidos em brigas.

— Vai ser diferente de espreitar a estrada e armar emboscada para caravanas — advertiu Ravyn. — O bosque em que viajaremos... faz séculos que ninguém entra lá. Não sei o que nos aguarda.

— Não se preocupe, capitão — disse Petyr, com um tapa tão forte nas costas de Ravyn que ele tossiu. — Seguraremos sua mão quando ficar com medo.

Ravyn passou o restante do dia no quarto de Emory, lendo para ele e esquentando a lareira até constatar o rubor no rosto do irmão. Foi só quando caiu o crepúsculo, e Jespyr veio ocupar seu lugar na vigília, que Ravyn foi atrás do Pesadelo.

Ele estava no prado, perto das ruínas escondidas atrás do jardim desmazelado do Castelo Yew, envolto pela bruma e pelo tom cinzento habitual do pôr do sol. Estava sentado na grama, sob a sombra de um teixo, com o olhar distante.

E segurava alguma coisa no colo.

— Você andou escavando — murmurou.

Ravyn olhou para o cômodo na beira do terreno.

— Encontrei sua espada.

E seus ossos.

— Então o ladrão de Cartas começou a saquear túmulos — disse o Pesadelo, e olhou para o colo do outro. — Podia ter pegado isto aqui também. Imagino que ainda tenha algum valor.

Ravyn se aproximou, franzindo a testa. Percebeu que o objeto cuidadosamente aninhado no colo do Pesadelo...

Era uma coroa.

Uma coroa dourada que perdera o brilho fazia muito tempo. A terra seca grudada no objeto dificultava discernir os detalhes, embora parecesse ter o mesmo estilo elaborado e entrelaçado da empunhadura da espada que Ravyn arrancara do piso da câmara.

Como se lesse seus pensamentos, o Pesadelo ergueu o rosto.

— Cadê minha espada?

— No meu quarto.

— Quero que me devolva.

Ravyn voltou ao castelo e, quando retornou a passos largos para o prado, jogou a espada do Rei Pastor na grama.

— Não sou nenhum ladrão de túmulos.

O Pesadelo esticou um único dedo e acariciou o punho da espada. O vento sussurrou pelos teixos, e Ravyn ergueu o olhar. Se tocasse a Carta do Espelho e esperasse, tinha certeza de que veria Tilly ali, de olho neles.

— Conheci sua filha. Aquela com trancinhas no cabelo e olhos iguais aos seus. Tilly.

O Pesadelo tensionou os ombros e manteve o olhar na espada.

— Seria mais sábio não usar a Carta do Espelho com tamanha imprudência, Ravyn Yew. Enxergar através do véu é muito perigoso.

— Ela me disse que você quer vingança pelos atos do primeiro rei Rowan.

Um sorriso esticou a boca dele. Ravyn odiou ver aquela expressão.

— O espírito da sua filha passou quinhentos anos à sua espera nesta árvore. Seus filhos todos estão esperando.

Quando o Pesadelo se virou, já não estava sorrindo.

— Eu também esperei.

— Para matar os Rowan?

— Meus objetivos são vastos. Há muitas verdades a se revelar no bosque. Círculos iniciados há séculos finalmente se fecharão — disse ele, e suspirou. — Embora eu tema, cercado por tantos idiotas, precisar fazer tudo sozinho.

A língua de Ravyn se embolou em uma maré de xingamentos. Ele respirou fundo para se acalmar.

— Qual é seu plano para quando voltarmos com a Carta dos Amieiros Gêmeos?

O Pesadelo cerrou a mão ao redor do punho da espada. Então inclinou a cabeça para o lado e observou Ravyn tal como um lobo olharia para um gamo doente e lamurioso.

— Falei para o seu tio que ele teria meu sangue para unir o Baralho, não falei?

— Sim, mas você é um mentiroso inveterado. Mente até sob o Cálice.

— Temos isso em comum.

— Não tenho nada em comum com você, parasita.

— Mas é claro que tem — disse o Pesadelo, sua gargalhada ecoando pelo prado. — Mais até do que imagina. — Ele olhou de relance para o rosto de Ravyn. — Embora eu esteja mais repousado, sem dúvida. Qual foi a última noite em que você dormiu bem?

Ravyn cruzou os braços para se firmar, enchendo as palavras de desdém.

— Quando estava com Elspeth — disse, e se virou. — Nós nos encontraremos aqui na aurora.

A voz do Pesadelo o deteve.

— Traga a Carta da Donzela de sua coleção. Precisaremos dela para a jornada.

— A Donzela?

— A Carta da Providência cor-de-rosa, com uma estampa de flor. Você sabe qual é. Ou talvez não saiba. Sua capacidade para observação se mostrou um pavor...

— Sei qual é a Carta... — disse Ravyn, e respirou fundo, contando até três. — Por que precisaríamos de uma Donzela?

O Pesadelo tamborilou os dedos na coroa.

— Reze para não precisarmos.

Ravyn ergueu o olhar para a câmara. E, porque toda conversa com o Rei Pastor parecia trazer o passado de volta, disse:

— Falando em Cartas da Providência... — Ele apontou a janela sombria. — Encontrei duas aqui quando era menino.

Sangrei na pedra, e ela se abriu para mim. — Ele tirou do bolso as Cartas do Espelho e do Pesadelo. — Elas estavam ali.

Os olhos amarelos ficaram distantes.

— E daí?

— Foi você quem as deixou ali?

— Não.

— Quem foi? — perguntou ele, e hesitou. — Algum dos seus filhos?

O Pesadelo não disse nada. Estava inerte. Imóvel, não piscava, encarava o vazio.

— Alô?

Nada.

Ravyn passou o dedo pela Carta do Pesadelo. Como o monstro continuou distraído, ele tocou três vezes na Carta. Veio a ardência do sal, e Ravyn emanou a magia. Não para falar com o Pesadelo, mas para vasculhar a câmara sombria de sua mente.

Elspeth. Cadê você?

A imobilidade do Pesadelo se acabou, e seu olhar entrou em foco. Ele se levantou e, com força impressionante, jogou Ravyn no chão.

O sal inundou os sentidos de Ravyn quando ele bateu a cabeça na grama. A ponta fria e embotada da espada do Pesadelo raspou seu pescoço.

— Já falei, passarinho estúpido. Você precisa ser convidado pra entrar na mente dela.

— E *eu* já falei que a encontraria quando saíssemos de Stone — disse Ravyn, cerrando os punhos na grama. — Já é injusto que os espíritos dos seus filhos fiquem à espera enquanto você, monstruoso, perdura. Mas Elspeth não é um espírito que você pode simplesmente ignorar. Ela não morreu. Deixe. Ela. Sair!

Mesmo no prado crepuscular, os olhos amarelos brilharam. Eram a única parte do Pesadelo não consumida pela sombra do teixo, como se ele fosse a árvore propriamente dita — e a sombra.

— Você já pensou em algo além de seus desejos egoístas, Ravyn Yew? — rosnou ele. — Se eu a trouxesse das trevas para minha mente terrível, *doeria* nela. Você não faz ideia do tamanho da fúria que acompanha o descontrole sobre os próprios pensamentos, sobre o próprio corpo. Você, coisinha traiçoeira, que nunca concedeu autoridade. Mentiroso, ladrão, imune ao Cálice e à Foice, você não entende nada de perda de controle.

Ele torceu a boca, o esgar se transformando em sorriso, e concluiu:

— Mas entenderá. Você aprenderá, como eu aprendi, a sensação de se perder no bosque.

CAPÍTULO VINTE
ELM

A primeira coisa que Ione fez ao chegar ao pátio foi entregar a Elm a jarra cheia de vinho que tinha roubado do salão. A segunda foi rasgar o próprio vestido.

Ela o fez usando as duas mãos, arrebentando a gola até o esterno e destruindo o colarinho sufocante. O tecido esgarçou ruidosamente, botões voando para todo lado, impotentes diante da força de seu puxão.

Elm parou de beber.

— Eu poderia ter ajudado.

Ione fez sua versão de um sorriso, que mal chegava a tremer o músculo no canto da boca. Talvez ela não conseguisse um gesto muito mais notável. Ou talvez simplesmente não quisesse dar a ele a satisfação de saber que podia fazê-la sorrir. Ela pegou o vinho.

— Desenvolveu um gosto por tirar minha roupa, foi, príncipe?

Isso o calou. Elm desviou o olhar. Estava doido para quebrar alguma coisa. E vê-la rasgar o vestido daquele jeito só fazia piorar o desejo.

— É isso que você costuma fazer — perguntou ela, ao vê-lo pegar uma lança largada no chão e estilhaçá-la contra uma coluna —, quando está bêbado e com raiva?

Elm pegou o vinho das mãos dela.

— Entre outras coisas.

— Por exemplo?

Ele olhou para ela por sobre a borda da jarra.

— Não dá para adivinhar?

Se a Donzela permitiu a Ione algum nível de rubor, foi impossível notar naquele pátio escuro. Ela fez um muxoxo.

— Espero que você não esteja pretendendo se dirigir a Farrah Pine do mesmo jeito como fala comigo. Ela é fofa.

Elm devolveu o vinho.

— Você não dá a mínima para o jeito como vou falar com Farrah Pine.

Ela suspirou.

— Não mesmo.

Outra lança estilhaçada.

— Que bom. Porque não vou falar com nenhuma das mulheres da lista do meu pai, inclusive ela.

— Você estava bem tranquilo lá no salão — disse Ione. — Por um momento, quase foi charmoso. Embora um pouco...

— Cafajeste? Totalmente irresistível?

Ela bebeu, uma gota de líquido tinto manchando o lábio.

— Furioso. Dava para sentir sua raiva implícita.

Elm se aproximou, contendo a vontade de passar o dedo no lábio dela para limpar o vinho.

— Eu estou furioso. Acho que, para ser sincero, passei a vida inteira com raiva.

Ione focou o olhar, tentando vasculhá-lo. Quando o silêncio entre eles ficou contundente, ela respirou fundo.

— Então fique furioso, príncipe — disse ela, e entregou o vinho a ele. — A raiva cai bem em você.

— Cuidado — disse Elm, passando o dedo na borda úmida da jarra, onde ela encostara a boca. — Isso pareceu até um elogio.

— Prefiro considerar um conselho.

— Aposto que prefere — disse ele, e tomou um gole. — Mas perdão por eu achar difícil aceitar conselhos *sentimentais* de uma mulher que não consegue sequer abrir um sorriso.

Ela deu de ombros de leve.

— Me dê um motivo para sorrir.

— Consigo pensar em alguns.

Então ele viu nos olhos dela o lampejo de surpresa. As pupilas dilatadas. E, embora a Donzela escondesse sua expressão, alguma coisa transparecia. Ainda havia sinais de algo ali. Ione Hawthorn conseguia sentir *alguma* coisa, disso Elm tinha certeza.

Ela ignorou o comentário e empinou o queixo com desdém.

— Eu costumava sorrir antigamente. Tinha umas ruguinhas aqui — disse, passando o dedo como um pincel macio, da dobra do nariz ao canto da boca. — De tanto sorrir. — Ela tocou então o canto do olho. — Aqui também. Agora sumiram, claro. Mas eu sorria. Eu gargalhava.

Elm manteve o olhar fixo nela, no terreno alisado da pele.

— Eu me lembro — retrucou ele, baixinho.

Ela fechou a cara e puxou o vinho de volta, o líquido escuro balançando no jarro.

— Não se lembra, não. Eu apostaria todo meu dinheiro que você sequer me reservou um mísero olhar antes do Equinócio — disse, e fez uma careta ao tomar mais um gole. — Se eu tivesse dinheiro para apostar.

Apostas, jogos, negócios. Tudo com Ione Hawthorn acabava assim. Todo olhar era um desafio, toda pergunta, um teste, uma avaliação. Para que fim, Elm não sabia. Porém, ao perceber que queria entrar nos jogos dela, ele sentia uma tensão que ia do peito à virilha. Bem, talvez fosse o vinho, ou aqueles olhos cor de mel que o faziam travar; de qualquer modo, ele não se envergonhava de admitir que seria capaz de coisas terríveis para vencer aqueles jogos.

Ele abriu um sorriso manhoso.

— Que bom que não tem dinheiro, então. Eu ganharia até a última moedinha.

Ione o observou por sobre a borda do jarro.

— Você é cheio de lorota, príncipe.

Elm avançou mais um passo para recuperar o vinho. Desta vez, porém, envolveu os dedos dela ao pegar a asa prateada da jarra. Ele se abaixou e murmurou, a voz baixa e arranhada:

— Acha mesmo que nunca notei você, Ione?

Um suspiro saiu apressado do espaço minúsculo entre os lábios dela.

— Antes da Donzela, não. Homens como você não têm prazer nenhum com flores amarelas quando há rosas no jardim.

— Eu não tenho prazer com nada disso, floricultura não é meu forte — disse ele e, quando ela revirou os olhos, apertou a mão dela com mais força. — Aposte algo que tem, então, já que está tão segura de suas convicções.

Eles estavam perto um do outro agora. Tão perto que Elm enxergava os fiapos repuxados na gola do vestido que Ione rasgara. Eles dançavam no pescoço dela, no esterno, no volume dos seios — movimentados pela maré rápida da respiração.

Ele ergueu o olhar para o rosto de Ione, que o observava. Embora ela não sorrisse, havia um brilho de satisfação, de triunfo, em seus olhos cor de mel.

— Um beijo — murmurou ela. — Se provar que se lembra de mim antes do Equinócio, você ganha um beijo meu. Caso contrário, eu ganho cinco minutos com a sua Foice.

Quando Elm encontrou a própria voz, estava rouca.

— Nenhum beijo vale cinco minutos com a Foice. Nem o seu.

— Um minuto, então.

Foi necessário um esforço considerável para conter o desejo de esticar as mãos e pegar o rosto dela, de afundar a ponta dos dedos nas bochechas e vê-la abrir os lábios para ele. Em vez disso, Elm lhe deu somente um aperto de mão para selar o acordo.

— Combinado.

Não tinha ninguém ali para testemunhá-los quando saíram do pátio rumo ao corredor da criadagem. Aquele caminho longo e sinuoso continha apenas sombras. No tempo que levaram para chegar ao porão, Elm e Ione estavam inteiramente sós, como se o castelo fosse todinho deles.

— Tomara que não esteja trancada — murmurou Elm quando chegaram à porta.

A maçaneta do portão girou.

A lareira estava apagada, e os cachorros, sabe-se lá onde. Elm foi até a estante, o espaço tão familiar que, mesmo meio bêbado, não foi difícil encontrar uma lanterna e um acendedor.

A chama brotou, primeiro forte demais, e então mais contida. Ione ficou parada à porta.

— Que lugar é este?

— Um lugar onde não seremos ouvidos — disse Elm, voltando à porta e nitidamente evitando contato físico com Ione ao passar por ela. — Acenda a lareira, por favor? Gosto de conforto quando jogo e venço em minhas apostas.

Ele se virou para a escada.

— Aonde você vai? — indagou ela.

A indignação na voz dela fez Elm dar um sorrisinho satisfeito.

— Atrás de um Cálice, srta. Hawthorn. Vou buscar uma Carta do Cálice.

O fogo estava aceso e vivo quando Elm voltou. Ione estava ajoelhada, de atiçador na mão, cuidando da lareira. Os dedos dela estavam sujos de fuligem.

— Você demorou.

Os braços de Elm estavam abarrotados de coisas. Uma Carta do Cálice, uma nova jarra de vinho, uma taça de prata, um pão de azeitona surrupiado da cozinha. O último item vinha da biblioteca: uma ampulheta que ele e Ravyn costumavam usar para jogar xadrez.

— Vim preparado.

Ele correu para a lareira, pois o frio do castelo o cobrira feito verniz. Ele sentou-se de pernas cruzadas na frente do fogo, diante de Ione, e abriu os braços. A ampulheta rolou pelo chão.

Ione a pegou.

— Para que é isto?

— Limite — disse ele, pousando o vinho e a taça entre os dois. — É perigoso usar o Cálice por tempo demais, mesmo sem mentir.

— Você gostou tanto do meu interrogatório que quer repetir a dose?

Ele franziu a testa.

— Não estamos procurando sua Donzela? Achei que seria interessante relembrar a noite do Equinócio. Revisar as lembranças que você tem da Carta. Você estava bêbada, não estava?

A voz dela soou seca:

— Sim.

— Então sua memória pode não ser confiável. Espero que o Cálice a interrompa se você enveredar por uma memória falsa. Se não tivermos sucesso, há outras Cartas no cofre do meu pai que podem nos ajudar na busca.

— Se é minha memória que você quer, por que não usar a porcaria da Carta do Pesadelo que meu pai deu ao Rei?

Elm tirou a Carta do Cálice do bolso.

— Esta aqui — disse ele, abanando a Carta na frente dela — ainda estava no arsenal, uma sobra de ontem. A Carta do Pesadelo está sendo usada pelos Clínicos no quarto de Hauth, na tentativa de revivê-lo. Quer ir lá pedir emprestada?

Ela franziu a boca.

— Nem eu — zombou ele. — Então vamos começar com essa porcaria de Cálice.

Ione passou o dedo pela curva da ampulheta e a inclinou, derramando alguns grãos de areia do outro lado.

— Visto que já passei por um interrogatório, acho injusto eu ser a única sob efeito do Cálice.

— Não será. Eu me juntarei a você — disse Elm, abrindo um sorriso ao ver o canto da boca de Ione tremelicar. — Como mais posso provar que me lembro de você e vencer nossa aposta?

— Então igualemos nossa situação. Para cada pergunta que eu responder sobre o Equinócio, você deve responder a uma pergunta também.

No fundo, Elm sabia que era uma ideia horrível. Ele tinha segredos demais, nenhum agradável. Porém, o porão estava quente, e o vinho consumido no pátio fizera seu efeito. Ele não estava mais com vontade de quebrar nada. Aquela péssima ideia parecia absurdamente boa.

— Está bem.

— Tem algum tópico que queira evitar, príncipe?

Ravyn. Emory. O Rei Pastor. A infância dele. O irmão. O pai. O horror de seu futuro, caso fosse forçado a casar-se com uma desconhecida, forçado a virar rei...

Elm engoliu em seco.

— Não tenho limite nenhum.

Ione tamborilou os dedos no piso de pedra.

— E nossa aposta? Quando terei meu minuto com sua Foice?

— Isso — disse Elm, uma gargalhada baixa vibrando no pescoço — podemos deixar por último. — Ele virou a jarra e encheu a taça de vinho. — Considere uma recompensa.

A resposta pareceu agradá-la — não que sua expressão tivesse demonstrado. Ela empinou o queixo e espreguiçou-se, relaxando. Enfim, virou a ampulheta e posicionou entre eles no chão.

A areia começou a cair. Elm pegou a Carta turquesa e manteve o olhar fixo em Ione.

— Pronta?

Ela confirmou. Ele tocou três vezes no Cálice, observando o pescoço de Ione quando ela inclinou a cabeça para trás e bebeu da taça. Depois de engolir o vinho, fazendo uma careta, entregou a taça para ele.

Elm hesitou por somente um momento, em parte porque o Cálice sempre azedava o vinho, e em parte porque aquela pontada baixa e quente no ventre lhe dizia que, depois daquilo, não haveria volta. Depois de exposto a Ione Hawthorn, ele acabaria eternamente exposto, assim como Ravyn se expusera para Elspeth.

E vejam só onde tinha dado.

Elm fez uma careta. Então, antes que Ione notasse sua hesitação, jogou a cabeça para trás e virou o resto do vinho. A bebida se espalhou pela língua, tão azeda que ele tossiu. Ele secou a boca com o dorso da mão.

— Odeio essa parte.

— Usa o Cálice frequentemente?

— Felizmente, não. E *esta* — disse, apontando o rosto dela — foi sua primeira pergunta. Agora é a minha vez. — Ele se debruçou no colo, apoiando os cotovelos nos joelhos. — Cadê sua Carta da Donzela?

O suspiro dela saiu em um chiado baixo e irritado.

— Você vai precisar se esforçar mais, príncipe. Eu simplesmente não sei.

Elm cruzou os braços, sentindo-se um menino rabugento sob o olhar arrasador dela.

— Como é possível?

— É a minha vez — disse Ione, e, encarando-o o tempo todo, encostou um dedo no lábio, avaliando, mensurando. — Por que você não foi com seu primo Ravyn e o resto do bando hoje cedo?

— Essa foi direto na jugular, né? — provocou Elm, e passou a mão no rosto. — Não fui convidado. Na verdade, fui proibido.

— Por que...

— Minha vez, Hawthorn — disse ele e, desta vez, escolheu melhor as palavras. — O *que* você se lembra do Equinócio?

A expressão de Ione continuou neutra, embora ela tensionasse os ombros.

— Lembro-me de que me sentei no estrado, assim como hoje. Todo mundo vinha dar parabéns pelo noivado com Hauth. Falaram também da Carta do Pesadelo do meu pai. Eu estava tentando conversar com Hauth, tentando conhecê-lo melhor. Mas, a cada pergunta que eu fazia, a cada toque de exuberância ou entusiasmo que mostrava, ganhava mais um pouco do desprezo dele.

Ela abaixou a voz para continuar:

— Eu vi, sem o menor pudor, que ele não sabia como conversar comigo, ele somente me olhava... e tudo isto depois de eu usar a Carta da Donzela. Ele disse, como se fosse uma surpresa desagradável: "Você é muito animada, srta. Hawthorn".

— Ele é um idiota miserável.

Ione nem pareceu ouvi-lo.

— Eu estava nervosa, e Hauth não parava de chamar criados para encher minha taça. Assim eu bebi, e o resto da noite é confuso, só me recordo de vislumbres. Lembro-me de sentir frio... da pedra rachada sob a minha mão — disse, abaixando mais a voz. — Principalmente, me lembro da sensação ardida de sal no nariz.

Elm ergueu o olhar para ela abruptamente.

— Sal da bruma? Ou de outra coisa?

Ione levou um dedo distraído à gola rasgada do vestido, tocando o pano puído. Assim como no corredor, na noite anterior, quando surgira o assunto de perder a Carta da Donzela no Equinócio, ela evitou o olhar de Elm.

Ele vinha supondo que Ione tinha perdido na farra da comemoração. Mas o sal, e aquela... aquela relutância em olhá-lo...

Tinha alguma coisa errada. Muito errada. Como se Elm tivesse aberto uma porta proibida. Uma porta que escondia coisas sombrias e tácitas.

Ele tinha uma porta igual dentro de si.

— Hauth — disse ele, com a voz perigosamente grave. — Hauth usou a Foice em você, não foi?

Ione confirmou devagar.

— Ele fez questão de me embebedar antes — disse ela, enchendo a taça para mais um gole demorado. — Acordei de manhã, no quarto dele, ainda com o vestido do Equinócio. E ainda estava sob a influência da Donzela que seu pai me deu... Mas a Carta em si — falou, abrindo a mão vazia — se fora.

Elm tensionou o queixo.

— Ele...

— Ele não me tocou. Fez questão de me dizer. Não para mostrar respeito, nem limites... apenas para indicar que poderia me tocar, se quisesse. E que o faria, sempre que desejasse — disse Ione, respirando fundo, cansada. — Ele não me disse onde me fez esconder a Carta da Donzela. Eu implorei, mas ele não cedeu. Ele disse que seria mais fácil ser noiva dele se eu não *sentisse* tanto assim.

Ela voltou o olhar para Elm.

— Seu irmão pareceu entender, melhor do que eu imaginava, que ele era cruel, e que eu, sua futura esposa, era coração aberto demais. Então ele decidiu, sem hesitar, que quem deveria mudar era eu, e não ele. Que a vida seria infinitamente melhor para nós dois se eu simplesmente não sentisse nada.

Todas as palavras saíam como um xingamento.

— Ele é um bruto — disse Elm. — Faz o que puder para brutalizar todos que encontra por aí. É disso que ele *gosta*.

Ele pensou em tocá-la, mas se conteve. Imaginou que ela não gostaria de ser consolada justamente por um Rowan.

Em vez disso, ele sustentou seu olhar, tentando enxergar através do gelo.

— Sinto muito que ele fez isso com você. Sinto por não ter havido ninguém para impedi-lo. Por você não ter sentido segurança para contar a alguém — disse ele, com a voz mais suave. — Pelas árvores, Hawthorn, eu sinto muito.

Ione arregalou os olhos. Então congelou, exceto pelo polegar, que passeava em círculos lentos pela borda da taça.

— Foi isso o que aconteceu com você? — perguntou ela, a voz quase um sussurro. — Ninguém o impediu... não tinha ninguém para contar?

E ali estava. O pedaço de carvão no fundo de Elm. O começo de seu inferno, de sua fúria. A raiva alimentada ao longo de uma vida inteira.

— Então você ouviu os boatos.

Ela confirmou.

Ele passou a mão pelo rosto e respirou fundo, trêmulo e devagar.

— Ravyn — conseguiu dizer. — Um dia, contei para Ravyn o que Hauth fazia comigo.

— E aí ele levou você embora...?

Elm fez que sim, metendo a mão no bolso e passando os dedos pelo veludo. Os olhos dele ardiam, a raiva subindo pela garganta.

— Quando minha mãe morreu, eu herdei a Foice. De repente, eu não era mais só um menino que Hauth podia espancar, destruir, dominar com a Foice. Eu podia me proteger. E foi o que eu fiz. Fiquei mais habilidoso com a Carta vermelha do que ele jamais foi — disse, com um sorriso de desdém. — E isso só serviu para ele me odiar ainda mais.

Ione tinha parado de acariciar a borda da taça. Elm se forçou a olhá-la, querendo desafiá-la a sentir pena dele.

Porém, não havia dó em seus olhos cor de mel. Ela entregou o vinho para Elm.

— Minhas fantasias infantis de me casar com um príncipe morreram logo. O charme do seu irmão era superficial. O Hauth de verdade abriu caminho pela vida a base de força e de pancadas — disse, cada palavra uma espetada. — Mais cedo ou mais tarde, alguém o espancaria de volta. E minha querida prima, ou o que restou dela, foi implacável na missão.

— Não lamento por ele ter sido massacrado, só por não ter sido eu a massacrá-lo — disse Elm, e tomou um gole demorado. — Isso me torna cruel?

— Se sim, então nós dois somos cruéis.

O nó confuso no peito de Elm afrouxou um pouco. Ele ficou surpreso ao notar que a ampulheta já estava na metade — que ele havia aproximado uma vela de sua parte mais sombria, e que sequer tentara mentir.

Ione franziu a testa.

— Por que você demorou tanto para herdar uma Foice?

— Como assim?

— Você disse que herdou a Foice da sua mãe. Mas são quatro Cartas da Foice, e todas são dos Rowan.

— É uma mentira antiga.

Ela ergueu as sobrancelhas.

— As quatro Foices não são suas?

Elm balançou a cabeça.

— Temos apenas três. Uma do rei, uma do meu irmão e a outra minha. Não sei onde está a quarta Foice, mas conosco é que não está. Fingimos que está no cofre, mas é um blefe — disse ele, e tomou um gole do vinho. — Precisei tirar o atraso quando finalmente herdei a Carta.

— Mas você tirou o atraso mesmo — disse Ione, fitando-o atentamente. — E rápido.

Uma mecha de cabelo caiu no rosto de Elm. Ele a afastou. Pigarreou.

— Esqueci de quem é a vez de perguntar.

Ione pegou o vinho da mão dele.

— Sua.

— Se Hauth estava decidido a manter você sob a magia da Donzela, provavelmente o esconderijo da Carta seria num lugar onde mais ninguém pudesse tocá-la. Lembra-se de ter ido a algum lugar isolado? No jardim, no cofre, longe da multidão?

— Não adianta, Príncipe. Só me lembro direito do sal e da pedra rachada sob minha mão — disse ela, e hesitou, passando a língua de um lado a outro da boca. — Tenho uma lembrança confusa de tochas em movimento. De estar dançando no jardim com Hauth. Tinha outras vozes masculinas nos arredores. Quando Hauth me soltou, eu caí e eles riram, tentaram me pegar.

Veneno se acumulou na boca de Elm. O que Ione viu em seu rosto bastou para fazê-la parar.

— Estou ilesa, príncipe. Inteira. Uma peça gelada inteiriça e desprovida de coração.

— Não tem graça.

— Não precisa ranger os dentes assim. Eu não esperava que a gente fosse descobrir o paradeiro da minha Carta ao longo desta hora — disse ela, e olhou para a ampulheta. — Falta pouco tempo. Vamos mudar de assunto. Parar de falar da minha Donzela.

Elm esfregou as mãos nos joelhos.

— Pergunte o que quiser.

— Quantos anos você tem?

— Vinte e dois frustrantes anos. E você?

— Mesma coisa. Embora imagine que meus anos tenham sido mais simples do que os seus.

Ela olhou para a túnica preta dele, e voltou a encarar seu rosto. Elm avaliou seus olhos cor de mel.

— Esse jeito que você me olha às vezes... parece que está me investigando. O que exatamente está procurando?

— Talvez eu o ache bonito.

Ele curvou a boca.

— Mas não é o único motivo para me olhar assim.

A expressão de Ione era lisa, esculpida em mármore, sem revelar nada.

— E eu, príncipe? Você me acha bonita?

A gargalhada de Elm arranhou a garganta.

— Não tem ninguém neste castelo que não ache.

— Foi só meia resposta.

— A sua também.

Ela semicerrou os olhos e, devagar, falou:

— A verdade é que estou procurando Hauth no seu rosto. Agressividade, crueldade ou indiferença. — Ela se empertigou para a frente. — Mas não encontro nada disso. Vejo astúcia, cansaço, medo. Raiva, mas sem o menor sinal de violência. — Ela respirou fundo. — Vocês dois são Rowan, e menos parecidos do que jamais imaginei.

Elm sentiu algo se agitar bem lá no fundo. Ele se esticou para trás, apoiando os braços no chão, pronto para afastar o assunto do irmão o máximo possível.

— Você disse que não sente mais nada. Mas já vi seu rosto corar. Você sente calor, frio. Dor. O que mais sente?

A luz no porão era fraca, mas não o suficiente para mascarar o leve rubor na face de Ione.

— Eu n... não... — começou, mas fechou a boca, daí tentou outra vez. — Na... nada...

O Cálice não a deixou mentir. O que intrigou Elm foi a tentativa de fazê-lo.

— Não adianta lutar.

Ela chupou o lábio inferior e fechou a cara. Por um momento, parecia prestes a gastar fôlego com outra mentira. Porém, tomou outro gole de vinho e respondeu:

— Desejo. Eu ainda sinto desejo.

Elm se empertigou, expirando.

— E como, srta. Hawthorn, descobriu esse fato?

— É a *minha* vez de perguntar.

Ele espalmou as mãos, se abrindo para ela.

— Você sabe onde estão minha mãe e meus irmãos?

Pergunta certa. Mas palavras erradas.

— Não.

A energia se empoçou nas mãos de Elm. Ele tamborilou os dedos no chão. Vinho. Precisava de mais vinho.

— Que tipo de desejo? — perguntou, antes de puxar a taça das mãos de Ione e enchê-la, a observando por sobre a borda enquanto bebia. — Não poupe detalhes.

Ele notou que ela olhou de relance para a ampulheta. A areia estava quase acabando. Ela poderia muito bem esperar, castigá-lo com o silêncio, deixar a pergunta sem resposta. Era o que ele merecia, óbvio, pois o tema do desejo decididamente *não* era principesco...

— Minha pele esquenta. Especialmente aqui — disse Ione, passando o polegar pelo centro da boca. — E aqui. — Desceu os dedos pelo tecido rasgado na clavícula. — Aqui. — Ela abaixou a mão e apertou o tecido do vestido, logo abaixo do ventre. Ergueu o olhar com intensidade para Elm. — Entre as pernas. Uma ânsia inquieta, vibrante. Acho que é um truque cruel da Donzela. Meu corpo é igual ao que sempre foi. Sinto todos os componentes físicos da atração. Mas meu coração permanece... trancado.

A boca de Elm secou, a visão embaçada tomando um foco abrupto. Ele ficou vendo e mão dela descer pelo corpo, e sentiu a reação do próprio corpo. Queria encontrar aquela ânsia inquieta. Tocá-la. Tomá-la na boca.

Ele engoliu em seco, as palavras tão ásperas que arranharam a boca.

— Está sentindo agora?

Quando ela manteve o olhar fixo no dele, Elm soube a resposta.

Ele abaixou o olhar para a ampulheta. Vazia. Passou a língua pelo lábio.

— Chegou a hora, Hawthorn. Nossa aposta.

Ione cruzou os braços.

— Cadê a Foice?

Elm tirou a Carta do bolso e a girou entre os dedos do meio e indicador.

— Então está bem, príncipe — disse ela, o tom mordaz voltando à voz. — Apresente seu argumento. Prove que se lembra de mim, de antes do Equinócio.

Ele sorriu.

— Vejamos... que memória de Ione Hawthorn devo relembrar?

Ele tomou um gole demorado de vinho, saboreando o momento, do mesmo jeito que fazia quando estava prestes a acabar com Ravyn no xadrez.

— Que tal quando você ainda era menina e montava o cavalo de seu pai pela estrada, descalça, o cabelo loiro ao vento, suja de lama até os tornozelos? Ou pode ser mais recente... O Equinócio de dois anos atrás. Ninguém a chamou para dançar, então você apenas dançou sozinha... e muito bem, se me permite acrescentar.

Elm abaixou o vinho e se inclinou para a frente. Mesmo sentado, ele era muito mais alto do que ela.

— Eu gostava das ruguinhas do seu sorriso — disse, passando o olhar pelo canto da boca de Ione, pelos olhos. — Seus cílios eram mais loiros. Você tinha sardas, manchinhas avermelhadas na pele. Os dentes da frente eram separados. Seus olhos são a única coisa que a Donzela não alterou tanto. A diferença é que, antes do Equinócio, eles eram felizes.

Ele abaixou o queixo. Um perfume floral forte encheu seu nariz.

— Você era a garota mais estranha que eu já vira. Porque ninguém é feliz em Stone. Todos fingem, ou bebem, mas o teatro tem seus limites. Você, não. Você era... dolorosamente sincera.

Ione estava paralisada. Elm recuou e pegou do chão a Carta do Cálice, a qual ergueu entre eles. Ele não se vangloriaria. Mesmo que fosse muito, muito fácil.

— Fim de jogo, Hawthorn. Últimas palavras?

Tudo pareceu atingi-la de uma vez. Tudo o que ele dissera. O fato de ela ter perdido a aposta.

— Vá para o inferno, príncipe.

Elm gargalhou, grave e alto ao suficiente para arrancar dele os espinhos.

— Sua boca é maravilhosa — disse ele, e tocou três vezes o Cálice, interrompendo seu poder. — E, agora, é toda minha.

Ele pegou o queixo de Ione entre o polegar e o indicador, assim como fizera nas masmorras, então se abaixou, pausando logo antes de encostar o lábio. Quando cochichou junto à boca de Ione, fez questão de tocar o lábio inferior com o polegar, bem ali onde sabia que ela sentiria calor.

— Achava mesmo que eu não me lembraria de você?

Ela achava. Ele percebeu pelo brilho no olhar dela.

— Aquela história toda de prazer, de calor, da ânsia terrível e inquieta entre suas pernas — murmurou. — Você pintou para mim um retrato tão gostoso. E não seria divertido me negar o beijo, se eu perdesse a aposta? Roubar minha Foice e me deixar indefeso? — Ele roçou o lábio no dela. — Diga, Hawthorn... Você *sente* alguma coisa ao brincar comigo assim?

Ela respirava em arquejos rápidos, penetrantes. Entreabriu a boca, e Elm passou o dedo pela umidade do lábio. Quando ela ergueu o olhar para ele, a honestidade em sua expressão foi tanta que um Cálice seria inútil ali.

— Sim.

— Então fique à vontade — murmurou ele, subindo a mão pelas costas dela. — Me use. Brinque comigo. Sinta alguma coisa, Ione.

Ela perdeu o fôlego, o qual Elm sugou na própria boca. O olhar cor de mel endureceu por um momento, frio e desconfiado, mas o que Ione viu no rosto dele bastou para aliviá-lo. Então ela fechou os olhos e se inclinou para a frente, encostando a boca na de Elm em um beijo intenso e violento.

A taça caiu na pedra. Elm avançou, deitando Ione no chão, o cabelo dela se ensopando de vinho derramado. Ele encontrou o queixo dela com a boca, e foi largando beijos arrastados pela mandíbula, depois desceu pelo pescoço, sorvendo-a em sucções resfolegantes.

Um ruído trêmulo e faminto arranhou a garganta de Ione, cujas mãos estavam frenéticas. Ela acariciava o rosto de Elm, o cabelo, os músculos dos braços. Agarrou o punho dele ao mesmo tempo que inalou, daí parou por um segundo, e puxou a mão dele para tocar-lhe o peito.

Elm gemeu, enchendo a palma preenchida pelo seio. Ele a massageou sem conter os dedos, atiçado pela respiração acelerada que escapava da boca entreaberta de Ione. Ela nitidamente queria que ele fosse grosseiro com ela. E ele podia ser. Era o estilo que ele mais conhecia.

Porém, se houvesse brutalidade, não duraria tanto. E, por um motivo que ele não tinha tempo de desvendar, Elm desejou que aquilo com Ione Hawthorn durasse. E assim ele suavizou o toque e diminuiu o ritmo das mãos, descendo para a parte de baixo dos seios, sentindo seu peso.

E então, tão rápido que Ione perdeu o fôlego, ele ergueu os seios dela e os encontrou com um beijo, a pele lisa como pérola.

Ela arrastou as unhas pelos cabelos dele e arqueou as costas, impaciente. O perfume dela encheu o nariz de Elm, mais forte ainda na linha entre os seios. E aí ele foi descendo a boca devagar pelos montes generosos dela, entre os dois. Ela cheirava a magnólia e prados na primeira chuva do verão. Inebriante, doce, saudosa.

Era abrasador. Por um momento, ele perdeu a concentração, todos os pensamentos se dobrando diante de Ione, seu cheiro e sua ânsia vibrante que, desde o momento em que ele a buscara no Paço Spindle e ali agora, no chão do porão, também passara a vibrar em Elm.

Ele tentou beijar mais dela, mas o vestido — aquele ridículo vestido de merda — estava atrapalhando. Ele então agarrou o tecido com as duas mãos, a partir da gola já esfarrapada.

Eles se entreolharam, dois pares de olhos embaçados de desespero.

Ione pareceu entender.

— Pode arrancar — ordenou. — Já.

Elm sugou o lábio inferior dela. Apertou com os dentes.

— Implore.

Ela inspirou fundo, para beijá-lo ou xingá-lo...

Um barulho no cômodo desviou o foco de Ione, que voltou os olhos para a porta do porão. Que estava aberta.

Filick Willow, com os cães e os livros, estava paralisado, de olhos arregalados, na porta da sala.

Elm soltou Ione com dificuldade e encarou o Clínico com ódio assassino.

— Desaprendeu a bater na porta, Filick?

— Eu... eu bati — disse Filick, e olhou de relance para Ione. — Perdão, srta. Hawthorn, eu...

Ele saiu correndo da sala, deixando os cães para trás. Um deles se acomodou na cama de feno no canto. O outro veio abanando o rabo e lambeu a cara de Elm.

Ele procurou Ione, mas ela já havia se levantado, o cabelo sujo de vinho.

— Ele não vai contar a ninguém — disse Elm, ajeitando o aperto na calça.

Ela correu para a porta.

— Espere, Hawthorn — chamou Elm. — Ione. Espere.

Ela não esperou.

CAPÍTULO VINTE E UM
ELSPETH

O passado me inundou naquela água turva e insondável até eu me tornar parte dele.

Eu estava em um castelo, diante de uma moça. Ela era mais baixa do que eu, com cabelo escuro, pele marrom-clara e olhos amarelos penetrantes. Ela era o sol — eu sentia seu calor até no corredor frio em que andávamos juntas.

Ayris. Minha irmã caçula.

A luz atravessou as janelas arqueadas, cintilando nas partículas de pó que caíam nos tapetes de lã verde.

— Ah, não — disse Ayris, me olhando. — Seu olho está roxo.

Dei de ombros.

— Foi o treinamento.

— Com Brutus, sem dúvida. Apenas um tolo machucaria seu rosto antes da coroação — disse ela, e ergueu o olhar para minha cabeça. — Como é usar a coroa?

Passei a mão no cabelo e toquei um objeto frio, de peso firme.

— É uma providência.

Quando chegamos à porta dourada no fim do corredor, os guardas a abriram. Um era jovem, um rapaz de dezessete anos, minha idade. Ele tinha olhos verdes e um hematoma no rosto; ou melhor, dois. Ele deu uma piscadela para Ayris, e depois para mim.

— Boa sorte, Taxus.

— Otário — resmungou minha irmã baixinho.

A porta da catedral se abriu. O vitral capturava a luz, lançando um espectro intenso de cor nas pedras cinzentas. Violeta, verde, rosa, vermelho, vinho, azul. As cores dançavam diante dos meus olhos, tão brilhantes e belas que eu queria pegá-las, guardá-las no bolso.

Lordes e damas me cercavam, todos de pé, enquanto eu me sentava no trono de meu falecido pai. O trono esculpido de árvores velhas e retorcidas.

— Vida longa a Taxus — veio o clamor jubilante da minha corte. — Vida longa ao Rei Pastor.

Elspeth.
Elspeth.
Elspeth!

Abri os olhos em meio à escuridão. Alguém me chamava, uma voz manhosa. Quanto mais chamava, mais desesperado se tornava seu tom.

Tentei nadar no sentido da voz, mas a água — a rede de memórias — me travava. Eu não conseguia me mexer, nem falar.

Nem sair.

CAPÍTULO VINTE E DOIS
RAVYN

A missão para recuperar a última Carta da Providência não envolveu nenhuma despedida clamorosa. Quando Ravyn partiu do Castelo Yew, não houve aplauso, nem música — ninguém jogou pétalas de rosa, nem lencinhos.

Fazia um silêncio fantasmagórico naquela manhã. Um vento gelado passara por Blunder, deixando a geada em seu encalço. Ninguém foi despedir-se dele no amanhecer, exceto pelos pais — que o observavam da janela de Emory.

Eles lhe deram um abraço e, graciosos, aceitaram suas palavras econômicas, tal como sempre faziam. Ele se limitara a lhes oferecer a mesma despedida fraca que dirigira a Elm.

— Nos vemos em breve.

Ao adentrar o prado, os outros já aguardavam perto da câmara.

Jespyr e Gorse pareciam ter dormido tão pouco quanto Ravyn. O mesmo valia para os irmãos Ivy. Estavam todos de olhos turvos sob a luz fraca da manhã, curvados sob o peso dos alforjes de viagem. Jespyr, que agora tentava conter um bocejo, tinha pendurado nas costas um arco e uma aljava cheia de flechas com pluma de ganso.

Petyr jogava uma moeda de cobre de uma mão para a outra e deu uma cotovelada em Jespyr.

— Acorde para a vida, margarida.

— Pelo visto a moeda da sorte vai viajar com a gente — disse ela, cutucando o cabelo cacheado e escuro de Petyr. — Você sabe que essa coisa de sorte é só ideia da sua cabeça, né?

— Como se a cabeça dele tivesse alguma coisa — disse Wik, mordendo um pedaço de carne-seca de cervo.

Gorse olhou para os irmãos Ivy.

— E vocês dois são quem mesmo?

— Cortesãos, aqui presentes para tornar sua viagem mais agradável — disse Petyr, fazendo beicinho. — Que tal um beijo de bom dia, Corcel?

Ravyn coçou os olhos.

— Pedi para eles irem conosco. Recomendo ignorá-los — disse, e olhou ao redor do campo. — Alguém viu nosso *amigo*?

— Spindle? — perguntou Gorse, e apontou o oeste com a cabeça. — Ela estava no arsenal.

Ravyn resguardou o rosto sob uma pose trêmula de indiferença.

— Não é Elspeth.

O Pesadelo saiu da bruma a passos silenciosos. De olhos arregalados e decididos, era o único membro do bando que parecia inteiramente desperto. Porém, em vez ostentar o sorriso malicioso de costume, estava de boca torcida em uma careta.

— Que azedume é esse? — perguntou Jespyr.

O Pesadelo não disse nada. A espada estava visivelmente mais afiada, e fora cuidadosamente limpa, assim como a coroa que reluzia num dourado vibrante à luz cinzenta da manhã. Ravyn analisou o desenho e notou que a coroa era forjada no formato de galhos retorcidos.

Não era tão diferente da coroa do tio. A variação era que os galhos de ouro não eram de sorveira, e, sim, de outra árvore. Mais nodosos, mais tortos e curvados.

O Pesadelo apertava a coroa com a mão em garra, sem dizer nada ao abrir caminho entre o grupo até a câmara de pedra. Ele invadiu pela janela escura tal qual uma sombra. Quando voltou, não estava de coroa mais.

A voz de Ravyn soou seca:

— Não quer ir de coroa para o bosque?

O Pesadelo virou os olhos amarelos e semicerrados para ele.

— Não é mais minha para usar.

Ravyn se virou para o grupo, sentindo o sal coçar seu nariz.

— Todos com seus amuletos?

Jespyr usava um pequeno fêmur pendurado no pescoço por um barbante. Os irmãos Ivy tinham penas de falcão idênticas presas no cinto. Gorse, como a maioria dos Corcéis, usava um amuleto de crina de cavalo amarrado no punho.

— Protejam eles bem — disse Ravyn, e deu um tapinha no amuleto a mais que mantinha no bolso: a cabeça de uma víbora.

— Vamos passar um tempo na bruma.

Gorse se ajeitou.

— Quanto tempo?

— O necessário para encontrar os Amieiros Gêmeos. Se não for do seu agrado — disse Ravyn, indicando o prado —, volte para Stone. Ou o rei espera um relatório completo de meu comportamento?

Gorse fechou a boca e a cara.

Ravyn estava acostumado aos olhares irritados dos Corcéis. Ele não tinha o charme de Hauth Rowan, ou sequer de Elm — nunca soubera motivar homens com palavras. Sua frieza e sua infecção sempre fizeram dele um Capitão dos Corcéis eficiente, embora impopular.

Que fosse. Ravyn não estava nem aí para o que Gorse achava dele, contanto que tal sentimento estivesse coberto de medo. Ele sustentou o olhar do Corcel até Gorse abaixar o rosto, e aí se virou para o Pesadelo.

— Vá na frente.

Um chiado baixo escapou da boca do monstro. Ele se afastou do teixo e se virou para leste. Quando entraram no bosque, a bruma os engoliu por inteiro.

***

Não havia trilha. Mesmo se houvesse, o Pesadelo que não a tomaria, notara Ravyn ao constatar passos erráticos do monstro. Agarrado à espada, ele abria caminho entre as árvores, ágil e silencioso, só parando vez ou outra para olhar a copa de galhos emaranhados. Passaram uma hora daquele jeito, andando atrás dele em linhas tortas pelo bosque.

Naquele tempo inteiro, a ira no rosto do Pesadelo foi ficando mais marcada.

— Você por acaso sabe aonde estamos indo? — gritou Gorse, na retaguarda. — Já mudamos de direção umas cinco vezes.

O Pesadelo parou abruptamente, ajoelhado sob um teixo retorcido, e encostou os dedos nus no tronco. Fechou os olhos, murmurando palavras que Ravyn não conseguia distinguir.

O farfalhar das folhas parou. O canto das aves e o sopro do vento nos galhos se calaram. Inundado pelo silêncio, Ravyn sentiu um calafrio. Parecia que o Pesadelo falara na língua do bosque.

E que o bosque parara para escutá-lo.

Jespyr se aproximou por trás dele.

— *O velho livro dos amieiros* — murmurou, vendo o Pesadelo passar os dedos pelo tronco do teixo — fala dos acordos que o Rei Pastor fez pelas Cartas da Providência. Mas ele nasceu com magia — acrescentou, de postura rígida. — O que era seu poder?

O Pesadelo fechou os olhos e bateu três vezes a espada no tronco do teixo. *Clique, clique, clique*. Da boca dele, Ravyn distinguiu uma só palavra.

— Taxus.

A resposta à pergunta de Jespyr veio vibrando na terra. O bosque todo tremeu, sacudido desde as profundezas do solo. O chão oscilou, jogando Ravyn e Jespyr um contra o outro. Eles caíram do lado de Petyr, Wik e Gorse, que, do chão, arregalaram os olhos.

A floresta estava *se mexendo*, os teixos todos se rearranjando. Raízes se arrancavam da terra, enchendo o ar de pó. Galhos estalavam e folhas revoavam ao redor, capturadas no vendaval das árvores em movimento.

O Pesadelo se fixou no centro do tumulto, agachado e intocado por raízes ou galhos. Bateu uma última vez a espada — na terra, não na árvore —, fazendo um som distinto no estrondo do ambiente. *Clique, clique, clique.*

Os teixos pararam de se mexer. Aos pés do Pesadelo, sob os restos de terra revirada, folhas e galhos quebrados, uma trilha se formara pelo bosque.

Suor frio encharcava as mãos de Ravyn. Ele passara a vida lendo O *velho livro dos amieiros.*

Mas aquela era sua primeira vez presenciando os atos do homem que o escrevera.

O Pesadelo se ergueu, empertigado. Olhou de relance para o bando caído na terra.

— O que — perguntou Jespyr, incrédula — é *Taxus?*

— Um nome antigo, para uma árvore antiga e retorcida — disse ele e, quando notou que Ravyn olhava sua espada, passou o dedo pálido pelo punho. — Vocês não achavam que eu pastoreava ovelhas, ou achavam?

O vinco na testa do Pesadelo foi ficando mais profundo no caminho pelo bosque.

Ravyn não ousou perguntar o que o incomodava, e o monstro não ofereceu explicação. Na verdade, não dissera nada desde que as árvores se rearranjaram para abrir passagem no bosque antes impenetrável. Já fazia horas.

Que fosse. O vinco entre as sobrancelhas escuras — o esgar frio e permanente — era uma expressão que Ravyn nunca vira em Elspeth. Mas aquilo ao menos ajudava a manter o Pesadelo em suas ideias, sem ficar pensando, mil vezes a fio, que na verdade era Elspeth ali ao seu lado. Ajudava a mantê-lo firme. Triste, mas firme.

E atento o suficiente para notar os lobos.

O primeiro espreitava da margem das árvores, uma fera de pelos pretos e olhos prateados que não piscavam.

— Rápido! — exclamou Jespyr para Gorse, com uma flecha encaixada no arco.

Gorse apontou a margem com a espada.

— São dois.

— Três — corrigiu Wik. — O coitadinho não sabe contar.

— Não ensinam aritmética na escola dos Corcéis, né? — opinou Petyr.

Ravyn manteve o olhar fixo adiante. Na verdade, eram *quatro* lobos que os perseguiam pela trilha sombria. Apertou o passo até poder falar ao pé do ouvido do Pesadelo.

— Precisamos encontrar um terreno mais elevado.

O Pesadelo não disse nada.

— Pesadelo.

O monstro continuava a olhar para a frente.

Ravyn meteu a mão no bolso e tocou a Carta cor de vinho. O sal invadiu sua boca e ele o soprou em um fôlego ardente. *Estou falando com você, parasita.*

Antes de Elspeth desaparecer, entrar na mente dela era como se ver numa tempestade. Caótica, revoada. A mente do Pesadelo, por outro lado, era lisa, controlada, quieta exceto por aquela voz estranha e manhosa.

No momento, contudo, a voz estava gritando.

Cadê você, Elspeth? POR QUE NÃO ME RESPONDE?

Ravyn tropeçou e trombou no Pesadelo. O monstro se virou, os olhos amarelos brilhando. Então levou a mão ao pescoço de Ravyn e flexionou os dedos.

Era totalmente sem sentido que Hauth e Linden tivessem ficado tão feridos, tão rasgados. Elspeth jamais empunhara uma arma. Dedos não deveriam ser capazes de causar lacerações como as que ela fizera, arrebatando a pele.

Porém, ao sentir os dedos do Pesadelo apertando seu pescoço, Ravyn começou a entender. Podiam até parecer dedos, mas, sob a superfície, havia algo nitidamente afiado.

O Pesadelo pestanejou, o olhar entrando em foco. Relaxou a mão, mas não soltou o pescoço de Ravyn. *Achei que você já tivesse aprendido a não se meter na cabeça de ninguém sem ser convidado.* Ele torceu a boca. *Mas você é um passarinho teimoso e idiota, não é?*

O sangue se esvaiu do rosto de Ravyn.

— Elspeth... Você perdeu Elspeth?

O Pesadelo não disse nada. Porém, por um momento ínfimo, sua ira tornou-se uma expressão que Ravyn ainda não vira no rosto do monstro.

Desespero.

O pânico invadiu o peito de Ravyn. *Não brinque comigo, Rei Pastor. Deixe ela sair das sombras. Deixe-me falar com ela.* JÁ.

Jespyr separou os dois com um empurrão.

— Se vocês são incapazes de se concentrar, liderarei este grupo com prazer. Tem *lobos* atrás de nós.

O Pesadelo olhou para além dela. Quando flagrou o lobo de olhos prateados, a ira em seu rosto sumiu atrás de um sorriso.

— Que bom — declarou. — Estamos chegando.

A jornada da Carta doze três acordos reclama. O primeiro é na água, em um lago espelhado sem lama.

O lago parecia mesmo um espelho prateado. Refletia na superfície lisa e indiferente o céu, as árvores, o rosto deles. Gorse tocou a água e recuou com um calafrio. Jespyr firmou o arco no ombro. Os irmãos Ivy dividiam um pedaço de pão.

Ravyn vigiava os lobos, agora sete, enfileirados a cinquenta metros deles.

— Eles nos seguiram até aqui. Por quê?

O Pesadelo se agachou ao lado dele e mergulhou a ponta da espada no lago.

— Por que se arriscar, se a água nos mataria tranquilamente para eles?

Ravyn voltou a olhar o lago. Não parecia mortal.

— Veneno?

A risada do Pesadelo reverberou na garganta.

— Magia.

O lago se estendia por quilômetros. Eles levariam horas para dar a volta.

— Temos que atravessar a nado? — perguntou Ravyn.

O Pesadelo confirmou.

— Que tipo de magia?

— O tipo preferido da Alma. Um acordo — disse o Pesadelo, apertando o punho da espada. — Uma gota de sangue. Então, a água fará conosco o que quiser. Se sobrevivermos à travessia, ela nos garantirá passagem segura até a próxima barganha.

Ravyn manteve o olhar fixo na água. Assim como o Castelo Yew, assim como o bosque, o lago parecia estranhamente quieto na presença do Pesadelo. Como se o aguardasse.

Eles então tiraram sangue. Ravyn passou o fio da adaga no dedo e apertou a pele calejada sobre a superfície do lago. Viu uma, duas, três gotas caírem, manchando a superfície de carmim fugaz.

Jespyr, Gorse e os irmãos Ivy fizeram o mesmo, cortando fios finos nas mãos e pingando na água. Quando o Pesadelo aproximou a espada da mão aberta, Ravyn o deteve.

— Faça um corte superficial — disse. — Não deixe cicatriz.

Ali estava outra vez — a expressão angustiada no rosto do Pesadelo. Que lembrava desespero. Mais do que os lobos ou o lago, era aquela expressão que apavorava Ravyn. Ele se aproximou e abaixou a voz para que apenas o Pesadelo o escutasse.

— Me diga o que está acontecendo — pediu, um nó erigindo em sua garganta. — Você não está encontrando Elspeth?

O Pesadelo olhou para a água. Tão rápido que Ravyn mal notou o gesto, então passou o polegar na lâmina da espada e enfiou a mão na água.

— Nade rápido, Ravyn Yew.

Ele mergulhou de cabeça no lago, estilhaçando a face inerte do espelho.

Ravyn e Jespyr se entreolharam, tensos. Gorse olhou para os lobos, que tinham avançado uns vinte metros. Ele soltou um palavrão baixinho e mergulhou no lago, deixando para trás ondas curtas e turbulentas. Wik seguiu atrás dele. Petyr beijou a moeda da sorte e também mergulhou.

Ravyn olhou para o reflexo na água. Talvez estivesse com medo — talvez estivesse imaginando coisas. Porque o homem que o olhava de volta não era ele. Não inteiramente. Não usava as mesmas roupas — um capuz cobria a cabeça e uma máscara de pano escondia o rosto. Não era o Capitão dos Corcéis, mas o outro Ravyn. Aquele que se esgueirava pela estrada.

O bandoleiro.

— Vem comigo, Jes?

A voz da irmã soou pertinho, como sempre.

— Vou logo atrás de você.

Ravyn dobrou os joelhos. Ao som dos uivos dos lobos, ele mergulhou da margem.

Nas histórias, as sereias eram lindas mulheres cujo canto atraía homens para as profundezas. Não usavam capas pretas e máscaras cobrindo o rosto. Não eram bandoleiros.

No entanto, assim era a criatura que surgiu do fundo do lago e puxou Ravyn pelo tornozelo.

Os dedos dela eram gelados, atravessando a bota de Ravyn até esfriar a pele. Ela falava com a voz de Ravyn, com o rosto de Ravyn, os olhos cinza e brilhantes.

— Não nade mais — disse. — A liberdade que busca esteve sempre aqui, atrás da máscara. Seja quem deseja ser. Ame a mulher infectada. Roube, traia. Desdenhe das leis do rei. Fique aqui.

Era um teste, aguçado pelo sangue, um truque da Alma do Bosque. Para fortalecê-lo...

Ou afogá-lo.

Ravyn se debatia na água. Com os pulmões ardendo, mirou um chute na cara da criatura-bandoleiro e se soltou.

O peso das roupas e das facas era enorme, mas ele era forte. Nunca tivera opção senão ser forte. Ravyn irrompeu a superfície do lago e respirou fundo, arfando, numa busca desesperada pelos outros. Viu Wik dez braçadas adiante, e depois Petyr, com dificuldade para alcançá-lo.

— Porra, tem demônios nestas águas — gritou ele.

— Me solte! — berrou Gorse ali perto, a voz embargada de água.

Jespyr apareceu. Ela nadava rápido, engolindo o ar freneticamente. Mais adiante ia o Pesadelo, já quase na margem do outro lado do lago. Qualquer que fosse o monstro que o perseguisse sob a água, estava sendo facilmente sobrepujado pelo desgraçado.

A voz de Ravyn retumbou pelo lago:

— Cavalo Preto, Jes! — gritou, e água gelada entrou em sua boca. — *Nade*.

Não foi preciso que ele ordenasse duas vezes. Jespyr desapareceu sob a água por um segundo. Quando emergiu, acelerou o ritmo em dez vezes. Mais adiante, Gorse fez o mesmo. Ele bateu na Carta do Cavalo Preto e os dois formaram rastros idênticos, correntes atravessando a água prateada, chutando com velocidade surreal até alcançar a margem.

Ravyn e os irmãos Ivy ainda estavam no meio do lago. E os monstros sob a superfície estavam quase pegando os dois.

Batendo as pernas, Ravyn interrompeu o ritmo para arrancar uma faca do cinto. Desta vez, quando pegaram seu tornozelo, ele estava preparado.

O bandoleiro debaixo d'água voltou a puxá-lo.

— Fique aqui, Ravyn Yew — insistiu. — O homem sob a máscara é quem você deve ser.

Ravyn inspirou fundo e se permitiu ser puxado para o fundo até ficar cara a cara com o bandoleiro. Então, enfiou a faca no ombro do monstro. Um grito ensurdecedor agitou a água. O monstro se debateu e sumiu nas profundezas.

Ravyn voltou à superfície bem a tempo de ver Petyr afundar.

Mergulhou de novo, seguindo o rastro de bolhas que escapavam da boca aberta de Petyr. O monstro do lago tinha o corpo e o rosto de Petyr, mas usava roupas de Corcel e tinha dedos compridos, com garras nas pontas, as quais agarravam a perna de Petyr no momento. Mesmo quando Ravyn deu um pontapé no monstro, as garras se mantiveram firmes.

Ravyn então abraçou Petyr pela cintura e puxou com todas as forças para arrancá-lo das mãos do monstro. Quando emergiram, a água o cegou, o fez engasgar. Ele mal conseguia tomar fôlego, apenas o bastante para se manter consciente enquanto arrastava Petyr até a margem. Ele não enxergava, não respirava.

As pernas de Ravyn começaram a tropeçar na lama. A água foi ficando mais rasa, e ele se jogou na margem, se arrastando para sair do lago, ainda puxando Petyr — e o monstro agarrado à perna dele.

Gritos, pés chapinhando a lama. Jespyr e Wik pegaram Ravyn e Petyr pelos ombros.

Petyr urrava e se debatia. De repente, o monstro em sua perna abriu a boca e soltou um grito agudo que ecoou pelo lago. Flexionou as garras, rasgando carne e músculo.

O tinido do aço, um lampejo de luz. A espada do Rei Pastor cortou o ar.

Veio outro berro ensurdecedor. Ravyn viu o monstro cópia de Petyr recuar aos tropeços. O bicho revirou os olhos pouco antes de a cabeça cair dos ombros na margem lamacenta do lago.

Ravyn tentou se levantar...

E aí viu o sangue.

A calça de Petyr estava esfarrapada na perna esquerda. A pele também. A panturrilha estava aberta em cortes compridos e rubros no trecho onde as garras acertaram. Mesmo sob a careta de repulsa, Ravyn notou que havia algo de errado na ferida. Não sangrava como deveria. O sangue coagulava rápido demais, escorregando devagar, como se fosse lodo.

A seguir, veio o odor pútrido, como carniça apodrecendo.

— Que fedor é esse? — perguntou Gorse, indo de pálido para esverdeado.

— É a perna dele — murmurou Jespyr, cobrindo o nariz para se aproximar de Petyr.

Duas botas afundaram na lama ao lado de Ravyn. O Pesadelo se agachou e examinou a ferida, o sangue fétido e grosso.

— Que azar — disse, com um suspiro. — Tem *mesmo* veneno na água.

CAPÍTULO VINTE E TRÊS
ELSPETH

No fim, ele chegou a mim do mesmo jeito que chegara quando eu era criança, do mesmo jeito que as árvores um dia chegaram a ele.

Com uma rima.

No bosque, o evônimo é fino. Uma árvore delicada, frente a gelo, vento e destino. Mas como a árvore sustenta, como afunda a raiz. Suporta toda tempestade, mesmo do desejo divino.

Consegui me mexer. Uma onda fraca, porém indiscutível, naquela água escura. Abri a boca e o chamei pelo seu nome verdadeiro.

— Taxus.

A mão fria encontrou meu braço, me puxou à superfície. Encontrei seus olhos amarelos.

— Aí está — disse ele, e me abraçou, me aninhou na armadura do peito, como um pai com sua filha. — Um dia, você será apenas lembrança, Elspeth Spindle. Mas ainda não. — Ele ergueu os olhos amarelos para o céu preto. — Não me deixe a sós com esses tolos.

Vozes ressoavam como trovão pelo ar. Primeiro, distantes; depois, mais próximas. A voz de um homem.

— Não... *não!* Não se mexa, Petyr.

Tosse, gritos.

— Amarre acima do joelho. Jes... acenda uma fogueira. Wik... me ajude a deslocá-lo.

Eu conhecia aquela voz. Turbulenta. Profunda como as rugas da mão calejada. Opulenta, como fumaça, lã e cravo.

— Faça alguma coisa — clamava a voz. — Pesadelo! *Ravyn*.

— Se eu levá-la embora daqui, Elspeth — disse Taxus —, você verá o que vejo. Mas não terá controle do corpo que um dia foi seu. Viverá em minha mente como eu antes vivi na sua.

Ele olhou para mim, franzindo o rosto.

— Só que minha mente é monstruosa — acrescentou.

— Está tentando me assustar?

— Não, querida. Apenas alertá-la.

A voz de Ravyn soou outra vez, mais alta.

— Cacete, *ajude*.

Taxus manteve o olhar amarelo e estranho fixado em mim, esperando minha resposta.

Peguei a mão dele. Quando inspirei fundo, minhas primeiras palavras naquela orla sombria foram também as últimas:

— Me. Tire. Daqui.

CAPÍTULO VINTE E QUATRO
RAVYN

O sangue de Petyr estava para todo lado. E o cheiro, o fedor podre que emanava da ferida, era impossível de tolerar.

Gorse se afastou, vacilante, e vomitou no lago. Jespyr cobriu o nariz com a mão e começou a empilhar os galhos secos que encontrava na margem da floresta. Puxou o acendedor com a mão trêmula. Quando uma centelha formou a chama e o mato seco queimou, ela tirou uma faca do cinto e a levou ao fogo.

— Como está?

O estômago de Ravyn se revirou quando ele olhou a perna de Petyr. O sangue estava borbulhando, a pele ao redor ficando cinza e pálida.

— Rápido, Jes.

O cinto de Wik estava amarrado na perna de Petyr, servindo de torniquete, logo acima dos cortes.

— Não é uma ferida comum — comentou com Ravyn.

Petyr se debatia na lama.

— Só arranque tudo fora de uma vez e acabe com isso!

— Não vamos arrancar sua perna — retrucou Ravyn, seco, e olhou para o Pesadelo. — O que você sabe desse veneno?

O Pesadelo não disse nada, não fazia nada. Estava estranhamente imóvel, de olhar vidrado, perdido em algum lugar do lago.

Ravyn sentiu cheiro de aço quente, e Jespyr se ajoelhou ao lado de Petyr. A faca dela estava vermelha, fumegante. Quando olhou para a ferida, ela empalideceu.

— Tem certeza de que vai dar certo?

— Veneno ou não — disse Wik, abraçando o peito do irmão —, precisamos interromper o sangramento.

Jespyr olhou para Petyr e tentou sorrir.

— Não me chute. Eu gosto dos meus dentes.

O cheiro podre no ar ficou acre quando ela pressionou a perna de Petyr com a lâmina em brasa. Ele urrou, se sacudiu. A pele ficou preta e a ferida se fechou. Assim que Jespyr afastou a faca...

A ferida se abriu de novo, e o sangue começou a escorrer da perna de Petyr mais intenso do que antes.

Ravyn cobriu o corte com as mãos.

— Use o cinto! — gritou para Wik.

Porém, por mais força que ele fizesse na ferida, ou Wik no cinto, não dava para interromper o sangramento.

Petyr estava gritando, tremendo. Danou a revirar os olhos, a retesar os músculos do pescoço e do queixo. Wilk o apertava no abraço, murmurando o que parecia uma prece amarga, e os dois tremiam juntos.

Ravyn olhou para o Pesadelo.

— Faça alguma coisa — disse ele, com a voz fraca. — Por favor.

Mas os olhos amarelos estavam desfocados. O Pesadelo parecia estar a quilômetros dali.

Um grito escapou de Ravyn, feroz e desesperado.

— Cacete, *ajude*.

Essas palavras pareceram trazer o Pesadelo de volta. Ele olhou para baixo, concentrando-se em Petyr.

— A Carta da Donzela — murmurou. — Dê a Donzela para ele.

Ravyn revirou os bolsos, jogando na lama as Cartas do Pesadelo e do Espelho, até enfim encontrar a terceira Carta. Ele puxou a Donzela.

— E agora?

O Pesadelo estava resmungando baixinho.

— Não é minha culpa, meu bem, que eles sejam nadadores tão patéticos.

A pele de Petyr perdera a cor, pálida como a superfície do lago.

— *Pesadelo!*

Ele bufou e olhou a Carta da Donzela na mão de Ravyn.

— Faça ele usá-la.

Ravyn não questionou. Meteu a Carta da Donzela na mão de Petyr e curvou os dedos dele para tocá-la uma, duas, três vezes.

Petyr arregalou os olhos e escancarou a boca. Respirou fundo, arfante, uma, duas vezes.

O sangue pútrido parou.

Sob as mãos estremecidas de Jespyr, Ravyn viu a ferida de Petyr... se fechar. Petyr respirou fundo outra vez, e a cor voltou ao seu rosto. Mais um arquejo, e a tensão no corpo amenizou.

Na quinta respiração, ele abriu os olhos e se virou para Wik, depois para Ravyn.

— Eu... não estou mais com dor.

Ravyn encarou Petyr. O rosto dele nunca fora digno de ser pintado por um artista. Uma cicatriz de uma briga de faca descia da sobrancelha esquerda até o canto do nariz. As orelhas tinham a cartilagem amassada, e os dentes eram tortos. Porém, tudo aquilo se fora. As cicatrizes, as imperfeições — tudo tinha sumido. Petyr estava coberto de sangue e da lama do lago, mas nunca estivera com tão boa aparência.

Wik ficou de queixo caído.

— Pelas malditas árvores.

Petyr se endireitou, pestanejou, e virou a perna machucada de um lado para o outro. Rasgou mais a calça para analisar melhor. As marcas de garras tinham sumido, curadas. Não restava sequer uma cicatriz.

A voz de Ravyn saiu esganiçada:

— Como você está?

Petyr passou a mão no lugar onde antes estivera o corte, tateando a pele. Arregalou os olhos castanhos.

— Como se nada tivesse acontecido — disse, e olhou a Carta da Donzela em sua outra mão. — Foi *isto* que me curou?

Foi só então que o Pesadelo entrou em foco. Ainda falava sozinho, frases entrecortadas por murmúrios e chiados.

— *Estou* ajudando, meu bem — disse baixinho. — Mais do que eles imaginam.

Ravyn inclinou a cabeça para o lado.

— Com quem é que você está falando? — perguntou Jespyr, irritada.

O Pesadelo a ignorou. O olhar dele foi para o chão: as Cartas da Providência de Ravyn na lama. Espelho e Pesadelo.

Gorse, que fora totalmente inútil na tentativa de salvar Petyr, avançou.

— Estou vendo coisas ou é uma Carta do Pesade...

Ravyn saltou. Então pegou a Carta cor de vinho da lama, vigiado pelos olhos amarelos ardentes. Tocou uma... duas... três vezes.

Ravyn!, chamou uma voz feminina.

O ar foi arrancado de seu peito com um baque. Ele caiu na lama. Aquela voz. A voz dela.

Está me ouvindo, Ravyn?

Ele fechou os olhos. *Elspeth.*

Ela soltou um gemido de dor que quase esfacelou o coração dele, então veio outra voz. Masculina e monstruosa. *Dê um tempo para ela se acostumar, Ravyn Yew. Guarde sua Carta do Pesadelo.*

Se ela quiser que eu vá embora, ela própria pode me dizer. A cabeça é dela. O invasor é você.

Uma muralha de sal invisível atingiu a cara de Ravyn. Ele chamou Elspeth outra vez, mas ela sumira. O Pesadelo o expulsara.

Ravyn largou Carta do Pesadelo, se levantou de um salto...

E atacou.

Agarrou a capa do Pesadelo, encarou os olhos amarelos terríveis, e arremessou a criatura na lama.

O Pesadelo riu. E foi mais assustador do que o rosnado ou o chiado.

— Sua inflexibilidade está desmoronando, Ravyn Yew. Quem estará esperando do outro lado quando a máscara cair? Capitão? Bandoleiro? Ou uma fera ainda desconhecida?

Ravyn respirou fundo, a voz baixa e fatal.

— Se isso não fosse machucá-la, eu o esfolaria vivo.

Um sorriso torto e maléfico foi sua única resposta.

Eles pararam para comer a uns dois quilômetros do lago. Ravyn encontrou um riacho e limpou o sangue podre das mãos, da roupa, notando como os músculos estavam doloridos devido ao esforço necessário para atravessar a nado.

O Pesadelo entregou a todos cascas de choupo para servir de antídoto para a água que engoliram. Quando Jespyr perguntou como ele sabia que a casca ia ajudar, ele resmungou sobre a idiotice dos Yew, e então sumiu entre as árvores.

Ravyn o viu partir, a voz de Elspeth ecoando por sua mente.

Viva.

Ela estava viva.

Foi como entrar em casa após uma patrulha noturna no inverno — tão aconchegante que chegava a doer.

Wik preparou a fogueira e tirou a comida da bolsa, a qual distribuiu entre o grupo. Quando Ravyn sentou-se ao lado de Gorse, o Corcel se levantou e ocupou um lugar do outro lado da fogueira. E aí passeou o olhar pelas mãos de Ravyn, pelos bolsos. Ravyn sabia o que ele estava tentando ver.

A Carta do Pesadelo.

Apenas duas Cartas do Pesadelo cor de vinho tinham sido forjadas. As duas estavam desaparecidas havia décadas. Tyrn Hawthorn apresentara uma delas e a trocara com o rei Rowan no Equinócio, um dote pelo casamento da filha Ione com Hauth. Sem dúvida ainda estava sendo usada em Stone pelos Clínicos na tentativa de reviver Hauth.

Gorse não era o Corcel mais esperto. Porém, a desconfiança em seu rosto indicava que ele chegara a uma de duas conclusões. Ou Ravyn roubara a Carta do Pesadelo do rei...

Ou ele, o Capitão dos Corcéis, sempre estivera em poder da outra Carta. Juntamente a uma Carta do Espelho que, convenientemente, ele também não mencionara.

A boca de Jespyr estava cheia de comida.

— Se quiser dizer alguma coisa — soltou ela, observando Gorse enquanto esquentava carne-seca no fogo —, agora é a hora perfeita.

Gorse tensionou a boca e olhou para os bolsos de Ravyn.

— É rara essa sua coleção de Cartas, capitão.

Ravyn se recostou no tronco às suas costas.

— E?

— O Rei sabe delas?

— Por que não saberia?

Gorse deu de ombros.

— Hauth gosta de dizer que os Yew têm mão leve.

De fato Gorse não era o Corcel mais esperto. Ravyn tocou três vezes a Carta do Pesadelo, soprando a magia como uma nuvem de fumaça preta e faminta. *É isso que você acha, Corcel? Que sou ladrão?*

Gorse empalideceu, arregalando os olhos à luz do fogo.

— Pare.

Parar com o quê?

— Perdão... Eu... eu não acho que você roubou. Só... saia da minha cabeça.

Jespyr olhou de Ravyn para Gorse, dando um sorrisinho. Wik deu uma risadinha em meio à mastigação, e Petyr levantou a Carta da Donzela.

— Falando em Cartas — comentou —, essa surpresa foi bem interessante.

— Tem certeza de que não foi salvo pela moeda da sorte? — perguntou Jespyr, com uma piscadela.

Ravyn então liberou Gorse da magia do Pesadelo, voltando o olhar para a perna de Petyr, cuja ferida sumira inteiramente. Petyr já tinha parado de usar a Carta da Donzela fazia vinte minutos. E, embora o rosto tivesse retornado à expressão marota de costume, a cicatriz não retornara. Ele estava curado. Completamente.

— *Ele* parecia saber que a Donzela o curaria — disse Wik, meneando a cabeça para a mata onde o Pesadelo se recolhera.

Ravyn olhou de relance para as árvores.

— Imagino que ele saiba muitas coisas sobre as Cartas da Providência.

Jespyr riu baixinho.

— Que pena que ele não tem interesse nenhum em compartilhar essas informações.

Em algum momento partiram todos em direções diferentes para se aliviar na mata e trocar de roupa nos arbustos. Dez minutos depois, Ravyn e Jespyr se reuniram perto do fogo. Os irmãos Ivy se juntaram a eles. O Pesadelo veio por último, a passos lentos.

Jespyr chutou terra na fogueira fraca.

— Cadê Gorse?

— Fugiu faz cinco minutos — disse o Pesadelo, com uma calma preocupante. — Certamente foi denunciar a Carta do Pesadelo de Ravyn Yew para o rei. — Ele arreganhou os dentes, com um sorriso torto para Ravyn. — Acho que ele desanimou ao saber que seguiria com um mentiroso pelo bosque.

— Não só ele — disse na mão enluvada com um tom de tosse fingida.

Ravyn se virou e esquadrinhou as árvores. O Cavalo Preto ajudaria Gorse apenas até certo ponto. Ele não duvidava que seria capaz de alcançar o Corcel e calá-lo com ameaças. Ou pior. Mas a sensação de que o tempo estava acabando era um tique-taque constante em sua cabeça, e ressoava cada vez mais alto. Ele lidaria com Gorse e com o rei ao voltar para Stone. Por enquanto...

— Continuaremos nossa jornada.

Adiante. Sempre adiante.

CAPÍTULO VINTE E CINCO
ELM

— Você precisa perdoar este senhor.

A luz do meio-dia atravessava a biblioteca. Elm estava sentado de lado na poltrona de cetim, com as pernas largadas no braço acolchoado e um caderno aberto no colo. Ao seu lado estava uma pilha de livros não lidos. Ele bebeu um gole de caldo e correu a ponta da pena nas páginas em branco, irritado e desatento.

Estava desenhando um cavalo no meio da corrida — e insatisfeito com o resultado.

— Não preciso perdoar é nada — disse para Filick Willow, rasgando a folha do caderno e a amassando no punho. — Eu vivo de rancor.

A bola de papel acertou em cheio o queixo do Clínico. O bigode grisalho de Filick tremeu, escondendo o sorriso.

— Da próxima vez, bato mais alto — disse ele, antes de dirigir a Elm um olhar astuto. — E essa promessa não deve de modo algum ser tomada como incentivo.

Elm começou outro rascunho.

— Desaprova, senhor?

— Há muitas mulheres bonitas no castelo ultimamente. Seu pai fez questão disso.

— E daí?

Filick voltou a olhar para o livro de plantas, como se passasse sermão em uma delas, e não no príncipe de Blunder.

— Por que não escolher uma mulher menos... menos...

Elm manteve a mão leve ao passar a pena no papel.

— Menos parecida com Ione Hawthorn?

— Ela é noiva do seu irmão.

A linha reta da barriga do cavalo tremeu.

— Estou sabendo.

Filick grunhiu e tomou um gole de chá, desistindo.

— Se seu irmão nunca acordar, acho que o problema se resolve por si só.

Elm hesitou.

— Ele vai acordar?

— Não sei — disse Filick, e ergueu os olhos azuis. — Você já foi visitá-lo?

— Você sabe que não.

— Pois deveria. Para manter as aparências.

Aparências. Elm rasgou a folha, amassou e jogou no chão. Olhou para a página seguinte ainda em branco. O desenho começou com uma figura geométrica, dois arcos amplos.

— Quando será que eles vão voltar? — perguntou em voz baixa. — Ravyn, Jespyr e... *ele.*

Filick se recostou na cadeira.

— Difícil dizer. Acho que nem Ravyn, nem seu pai esperam uma ausência prolongada. Embora o Rei Pastor possa ter outros planos — disse, abaixando a voz. — Sei que Ravyn fará todo o possível para reunir o Baralho e curar Emory a tempo do Solstício.

Elm sentiu um aperto na garganta ao ouvir o nome de Emory.

— E o Rei Pastor? — perguntou, acrescentando ao desenho um enorme círculo sombreado entre os arcos. — Acha que ele honrará o acordo e dará o sangue para reunir o Baralho?

— O sangue não é dele — disse Filick, tão sisudamente que Elm o olhou. — É da srta. Spindle, não é?

Elspeth. Se o Rei Pastor estivesse dizendo a verdade — e bote *se* nisso —, o sangue que reuniria o Baralho seria de Elspeth.

Elm suspirou.

— Ravyn deve estar vivendo um inferno.

Não havia nada a dizer depois disso, porque a verdade era dolorosa demais. Ravyn estava apaixonado por Elspeth Spindle. E ela certamente morreria no Solstício, se não antes.

Filick se dedicou ao livro, e Elm, ao caderno, enquanto a tarde se esvaía. O desenho de Elm foi ganhando detalhes. Os arcos viraram um olho. Depois, desenhou um nariz delineado e outro olho. Um rosto. Uma boca. Sombras e luzes.

Nas profundezas do castelo, o gongo soou cinco vezes.

— Está chegando a hora do jantar — disse Filick, e olhou para a túnica preta de Elm por cima dos óculos. — Que eu saiba, a cor tradicional dos Rowan é dourado.

— É mesmo — disse Elm, sem desviar os olhos do caderno. — Mas não vou jantar.

— Tem outro encontro bêbado marcado no porão?

Ele parou a pena. Ele estivera um pouco altinho, mas não bêbado. Certamente não o suficiente para esquecer um momento sequer da noite. Sua pele — seus dedos e sua boca — guardavam a lembrança. Quando acordara pela manhã, duro, dolorido e tão *incomodado*, precisara de dez minutos no banho congelante só para controlar o corpo. E, mesmo assim, era impossível esquecer.

Ele queria ir direto para os aposentos de Ione e finalizar o que tinham começado, obedecer ao comando dela e arrancar seu vestido. Mas o orgulho o impedira. Ele expusera suas verdades mais sombrias para ela no porão, praticamente implorara para ela brincar com ele.

E agora... agora Elm não sabia o que fazer. Já Ione, fugira sem olhar para trás, deixando-o a mil. Então ele passara o dia na biblioteca, o único lugar em Stone que não odiava. O único lugar em que se veria livre de lembranças de Ione Hawthorn.

Ou não. Porque quando olhou para o caderno, Elm reparou que o rosto que desenhava meia hora atrás era o dela.

Ele flexionou os dedos ao redor da pena. Não era um retrato fiel. No papel, ela parecia muito relaxada, em vez de paralisada pela Donzela como na vida real. Porém, os olhos estavam fiéis. Límpidos e ilegíveis. Frios, e só um tiquinho cruéis.

Ele arrancou a folha com o retrato e amassou.

— Meu pai é um tolo se acha que ficar balançando as filhas de Blunder na minha cara servirá de incentivo para eu escolher uma esposa. Ocupar o lugar de Hauth já é ruim o suficiente sem a presença de uma desconhecida qualquer para azucrinar minha vida cotidiana.

Quando Elm revelara a Filick que o rei empurrara o trono para ele, o Clínico suspirara do jeito que os bem-vividos sempre costumavam fazer diante dos muito jovens.

— Conheço você o suficiente para engolir minhas opiniões, Elm.

— Que misericordioso.

— Mas, se permite a este senhor um palpite — continuou —, eu diria que você seria um bom rei... uma bênção para aqueles de nós que ainda temos esperança de um futuro melhor neste lugar frio e seco.

Elm sentiu um tranco no peito e voltou a olhar o caderno.

— Você está ficando sensível demais, Clínico.

A risada de Filick foi um ribombar grave e constante.

— Estou. E isso não muda nada do que eu disse.

Quinze minutos depois, quando Elm estava sozinho, olhando para o nada, as palavras de Filick ainda o acompanhavam. A ironia, a amarga verdade daquilo tudo, o atingia com força. Ione. A Carta da Donzela. Hauth. O trono.

Ele poderia livrar-se do casamento, de se tornar herdeiro. Ione praticamente entregara a salvação a ele. Bastaria uma Carta da Donzela para curar Hauth. A linha sucessória voltaria ao normal. Elm teria sua vida de volta.

Porém, a liberdade tinha um preço. Um preço horrível, violento. E a ira de Hauth, caso fosse curado, era uma escuridão comparável somente à do monstro de quinhentos anos que o atacara, para início de conversa.

Elm não podia correr o risco de despertar o irmão. Restava, portanto, uma alternativa das mais detestáveis. Ele, príncipe Renelm Rowan, deveria se casar e se tornar o próximo rei de Blunder.

O som do farfalhar de tecido e uma tosse baixinha o arrancaram do devaneio. Ele ergueu os olhos. Maribeth Larch, filha de Ode Larch, cuja fazenda fornecia a maior parte dos grãos de Blunder, estava na frente da poltrona de Elm, passando os dedos por uma prateleira.

— Peço perdão, Sua Alteza — disse ela. — Não pretendia incomodá-lo.

Elm fechou o caderno e fixou na boca um sorriso frio. Na verdade, o que ela mais queria era incomodá-lo. Dava para ver na posição dos pés dela — na expectativa nos olhos —, que ela já estava ali há um tempinho.

Ele não se deu ao trabalho de se levantar, não ofereceu uma reverência, nem a mão para um cumprimento. O que era considerado uma grosseria daquelas, e o oposto do que o futuro rei deveria fazer. Porém, ele estava confortável afundado na poltrona, e ela invadira um raro momento de solidão tranquila.

— Srta. Larch — disse ele. — Está perdida no castelo?

Não, ela não estava perdida. O sorrisinho engessado na boca pintada deixava perfeitamente nítido que não.

— Um príncipe de muitos talentos — disse ela, sem responder à pergunta, e olhou de relance para o caderno no colo dele. — Está desenhando o quê?

— Nada.

Elm já vira Maribeth na corte. Conhecia o pai dela, os irmãos. Ela era bonita, alta, com uma presença calorosa e cabelos castanhos volumosos, os quais frequentemente usava em uma coroa trançada. No momento, porém, o cabelo estava solto, arrumado logo acima ombro.

— Estou esperando inspiração — acrescentou ele.

Maribeth se abaixou para olhar uma outra prateleira, as curvas rotundas dos seios destacadas no decote.

— Desenha com referência ou de memória?

O cheiro de vinho. O calor da lareira. O formato da boca de Ione ao entreabrir os lábios. Os olhos, límpidos, astutos, concentrados inteiramente nele.

— Memória — disse Elm em voz baixa, passando o polegar pelo retrato amassado ainda na mão. — Por quê? Está se oferecendo para posar para mim, srta. Larch?

Ela sorriu, ajeitando uma mecha de cabelo atrás da orelha, então se aproximou. O rubor em sua face, o olhar frequentemente desviando para o chão, entregavam o jogo: ela estava nervosa. Ela acomodou-se na cadeira antes ocupada por Willow. Sem encontrar o olhar de Elm, levantou a barra do vestido até quase o joelho, revelando a pele lisa e marrom-clara.

Ela não estava de meia.

— Se quiser me desenhar, príncipe Renelm, seria um prazer posar.

Elm se acomodou na poltrona. Conhecia a vida na corte o suficiente para identificar uma proposta. Era familiar, como um livro já lido mil vezes. Por isso ele tomava o tônico contraceptivo desde os dezessete anos. Estavam a sós, e era improvável serem interrompidos. Uma cama não era necessária, mas se ela fizesse questão, havia muitos quartos vazios por ali — contanto que não fosse o dele. Se ela já não estivesse molhada, ele a deixaria no ponto antes mesmo de permitir que ela o tocasse. E, mesmo quando a deixasse tocá-lo, ele não permitiria que ela tirasse suas roupas. Ele próprio cuidaria disso. Ou poderia continuar vestido, afrouxando apenas o cinto e a calça. Desse jeito sentia-se mais seguro.

Então ele encostaria a boca na orelha dela e perguntaria do que ela gostava. Ela hesitaria em dizer — ou talvez não —, mas não o olharia de frente. Ele daria prazer a ela com os dedos ou com a boca. Talvez desse tudo de si, se esforçando até ela encontrar o clímax, e depois daria um jeito de achar o próprio no rumo, ou talvez nem isso, sempre ciente de que por trás da onda do desejo — do êxtase tenso e crescente —, haveria sempre uma sensação de vazio à sua espera. Uma sensação de solidão.

Depois disso, apesar do vazio, Elm a ajudaria a se vestir. De rosto corado, boca inchada por causa dos beijos, ela reuniria coragem para encará-lo. Quando era mais novo, Elm achava que era nesse momento que as mulheres enfim o enxergavam. Não o príncipe, não Renelm, mas Elm. O Elm que queria ser estimado, que queria ser visto. O Elm petulante e reticente.

Mas hoje em dia ele era mais cínico. E sentia-se humilhado por sequer achar que as mulheres com quem se deitara já o tinham enxergado de verdade. Não tinham. Principalmente porque ele nunca permitira. Na verdade, ele sempre procurara por si mesmo nas mulheres, quando tudo o que queria era que alguém o enxergasse. Que admitisse estar ciente do que acontecera com ele quando menino, e que ainda assim sustentassem o olhar dele sem fraquejar.

Do jeito que Ione fizera na véspera.

Ele apertou mais forte o retrato amassado na mão.

— Não precisa fazer isso, srta. Larch — disse, e apoiou o rosto na mão, mantendo o olhar fixo no rosto de Maribeth, e não na perna exposta. — Não dará em nada.

O sorriso dela murchou.

Elm poderia tê-la dispensado diretamente, mas o nervosismo no rosto dela o fez questionar se ela mesma havia elaborado aquele plano. Talvez ela tivesse uma mãe intrometida. Ou um pai ambicioso, como Tyrn Hawthorn.

— Você é muito bonita — disse, forçando a leveza na voz. — Mas deve saber que estes banquetes foram decisão do rei, e não minha.

Maribeth soltou o vestido, deixando o tecido escorrer perna abaixo. Tentou sorrir outra vez.

— E se eu só estiver querendo um retrato?

Elm sorriu também.

— E quer?

— Não, acho que não — disse ela, e pigarreou. — Uma tolice completa, pois imagino que o rei já tenha escolhido alguém para o seu casamento, assim como escolheu a srta. Hawthorn para o grão-príncipe. — Ela se despediu com uma reverência apressada e saiu da biblioteca: — Tenha uma boa tarde, Sua Alteza.

A pena escorregou da mão de Elm. Ele se empertigou rápido demais, deixando cair o caderno. Não se lembrava de ver o pai escolhendo Ione para Hauth — porque o rei *não* fizera escolha alguma. Na verdade, foi feito um acordo com Tyrn. Uma Carta do Pesadelo pelo contrato de casamento.

Uma barganha.

Elm se levantou da cadeira, enfiou o retrato de Ione no bolso e seguiu para a escada.

Elm encontrou o homem que procurava logo no primeiro patamar, anunciando as famílias a caminho do jantar no salão.

— Baldwyn.

O valete do rei deu um pulo, e os óculos redondos entortaram no rosto. Baldwyn Viburnum fazia Elm pensar num rato de cozinha, com aquele cabelo preto ressecado levemente calvo. O nariz dele era curto e fino, e os óculos em sua ponta viviam engordurados. Falso e sem um toque de humor, Baldwyn era tão agradável quanto um penico. E sempre fora cruel com Emory.

Elm o detestava.

Baldwyn ajeitou os óculos e passou a mão pelos cabelos.

— Príncipe Renelm. Vai descer para o jantar? É o primeiro banquete em sua homenagem.

— Não, escute...

Atrás deles, uma fila de famílias aguardava o anúncio. Era uma besteira sem-fim. Aqueles bobos já tinham frequentado dezenas de jantares juntos. Se ainda não soubessem os nomes uns dos outros, não era um grito de Baldwyn que resolveria o problema.

Porém, era tradição. E Elm tinha certeza de que Baldwyn preferiria se jogar da escada a ofender a tradição.

— Anunciando — declarou, retumbante — o sr. e a sra. Juniper e sua filha, srta. Isla Juniper.

Os Juniper fizeram uma reverência para Elm, a filha dirigindo a ele um olhar demorado, e desceram a escada.

— Preciso ver os contratos do rei — disse Elm para Baldwyn, em voz baixa. — Os contratos de casamento assinados no último mês.

— Por algum motivo específico, senhor?

Elm abriu um sorriso falso.

— Se esperam que eu me case, quero entender o lado burocrático da coisa.

Baldwyn começou a responder, mas outra família parou atrás deles.

— Anunciando o sr. Chestnut e seu filho, Harold.

Os Chestnut fizeram uma reverência. Elm os cumprimentou com um aceno rápido e manteve o olhar fixo em Baldwyn.

— E então, meu chapa? Onde estão esses contratos?

— Eu os mantenho na sala de registros, ao lado da biblioteca, senhor.

— Genial.

Elm se virou para partir...

— A sala está trancada, príncipe Renelm.

Elm suspirou.

— Falando nisso. O que Ravyn fez com as chaves quando foi embora?

— Com as *suas* chaves, Alteza?

— Isso. Minhas chaves.

Baldwyn pigarreou quando chegou outra família.

— Anunciando...

Elm botou um dedo na cara dele.

— As chaves.

Baldwyn pestanejou para o dedo de Elm, momentaneamente vesgo.

— Eu... o capitão deixou com o Clínico Willow. Mas não é trabalho de Clínico, e o capitão Yew não devia...

— Você está me testando, valete.

Baldwyn puxou o cinto, fazendo o metal tilintar. Elm estendeu a mão e pegou o chaveiro de ferro que continha o molho com dezenas de chaves.

— Muito agradecido.

Ele abriu caminho entre as famílias aglomeradas no patamar, sem dar atenção para os olhares que o acompanhavam. O prazer de envergonhar Baldwyn desapareceu assim que Elm chegou à sala de registros. Não lhe ocorrera perguntar *qual* era a chave.

Dez minutos depois, ainda estava trancado.

— Que esperteza — resmungou, rangendo os dentes.

Ravyn devia saber qual chave era qual. *Bom, que ótimo para Ravyn, então. Deve ser legal ter esse controle todo, sem precisar tolerar a decepção do pai, sem se fazer de otário com uma mulher no porão...*

Uma pequena chave de latão enfim coube na fechadura, e a porta se abriu. Elm beijou a chave e imediatamente se arrependeu, pois se lembrou tarde demais de que o chaveiro estivera preso no cinto de Baldwyn.

Entrou de fininho na sala. Havia vários arquivos de gavetas empilhadas repletas de pergaminhos com selo real. Ele descobriu escrituras de propriedades e títulos de cavalheiros. Históricos detalhados das Cartas da Providência e de seus donos.

Por fim, chegou aos contratos de casamento. Algo no qual Elm nunca parara para pensar, nem por cinco minutos que fosse.

Eram tantos. Centenas. O que não deveria ser surpresa alguma. O povo vivia se casando, oras. Mas um príncipe — um grão-príncipe — não fazia parte do *povo*.

Nem Hauth. Elm levou dois minutos para localizar o selo do rei na pilha. Vasculhou com dedos apressados, o cheiro de pergaminho invadindo o nariz. Arrancou o contrato, com o olhar fixo em um nome. *Ione Hawthorn.*

Leu o papel, passando o olhar pelas palavras repetidas. *Carta da Providência, Hawthorn, casamento, herdeiro.*

Ficou paralisado, e releu. E releu de novo. A cada vez que lia, os cantos de sua boca relaxavam, até enfim brotar um sorriso ali.

Em vez de guardar o contrato com o restante, ele o meteu por baixo da túnica e saiu da sala, fazendo as chaves tilintarem. E, por ser um príncipe podre e um Corcel insignificante, não fez questão de trancar a porta ao sair.

CAPÍTULO VINTE E SEIS
ELSPETH

Sua COBRA vil e traiçoeira.
Controle-se, meu bem, disse o Pesadelo, sem se abalar. *É só cabelo.*

Eu estava em uma nova escuridão. Não era mais a orla comprida e vazia, e sim uma sala — e eu estava trancafiada nela. Não sentia meu corpo; minhas mãos e pernas distantes e inertes. Eu era mera presença, e minha voz parecia a única coisa controlável.

Assim como a câmara no limite do prado, meu quarto não tinha porta, só uma janela — um buraco nas trevas. Mas bastava. Eu via o que o Pesadelo via.

E o que ele via era Ravyn.

Ele estava andando com Jespyr na frente do Pesadelo, seguindo uma trilha em um vale largo. A luz refletia em seu cabelo preto e o iluminava como um resplendor numa asa. Sua postura estava tensa, mas não inteiramente rígida. Ele mantinha a mão no punho da espada, e a outra, sem luva, passava pelo vale, afastando as caudas-de-raposa e caules de cevada do caminho.

Ele estava vivo. Lindo e vivo.

E eu não podia tocá-lo.

O Pesadelo não deixava Ravyn entrar em nossa mente compartilhada desde o dia anterior, naquele lamaçal na beira do rio. Já era meio-dia, e o bando seguia a passos lânguidos. O sol havia se escondido atrás do cinza opressivo da bruma. Para mim, porém, em comparação àquela praia solitária, sombria e desolada, o mundo parecia cheio de cor. Até a bruma, pálida e inóspita, reluzia de outro modo, o bosque me saudando com tons de verde, azul, amarelo e vermelho.

Então para você era assim, falei para o Pesadelo, em parte fascinada, em parte, horrorizada. *Preso. Forçado a ver e a ouvir tudo que eu mostrava.*

Ele soltou um murmúrio baixo. Ravyn se virou ao ouvir o som e dirigiu ao Pesadelo um olhar capaz de congelar uma fonte termal. Eu não vi a cara que o Pesadelo fez em resposta, mas senti a satisfação que percorreu seus pensamentos. Ele gostava de atiçar a ira de Ravyn. Disso, eu não tinha dúvida.

Quando Ravyn abaixou o olhar para meu cabelo por um momento, seus olhos ficaram ainda mais frios.

Bem, eu havia tido a infelicidade de notar meu reflexo em um riacho pelo qual havíamos passado de manhã, e até agora não me recuperara do choque. Além de cortar meu cabelo, o Pesadelo não vinha fazendo nada para cuidar da minha aparência. Tinha terra nas rugas do meu rosto. Sangue velho nas unhas. Meus lábios estavam secos e despelados.

Porém, nada daquilo era meu — não inteiramente. Assim como minha mente, eu não sabia como chamar meu corpo. *Meu, dele,* ou *nosso.* Por enquanto, dizer que era *dele* era o menor dos males. Assim, eu não teria de me responsabilizar por nada que ele fizesse enquanto estivesse no comando.

Podia ter pelo menos lavado minhas — suas — mãos, grunhi. *Não consigo nem imaginar o seu fedor.*

É melhor assim. O Pesadelo examinou minhas cutículas cheias de sangue seco. *Quanto menos eu me parecer com Elspeth, menos Ravyn Yew vai se assustar ao me ver. Os suspiros dele me dão nos nervos.*

Ninguém liga para os seus nervos.

Ele riu e o som aqueceu a escuridão que eu ocupava, como um covil.

— Odeio quando ele ri — disse Wik, de trás. — Me dá calafrios.

— Ignore — retrucou Ravyn.

Jespyr cutucou o ombro dele.

— Claro, porque você é ótimo em ignorar as coisas.

— Faça o que eu digo, Jes, e não o que eu faço.

Jespyr cutucou as costelas do irmão. Ravyn absorveu o ataque e beliscou a orelha da irmã até ela soltar um gritinho. Era um momento de relaxamento fraternal.

Naturalmente, o Pesadelo tentou estragá-lo.

— Elspeth está com medo de vocês não acharem ela bonita mais — declarou.

Não foi isso o que eu disse, caramba.

— Aparentemente você não é o único, capitão, que odiou o que fiz com o cabelo dela.

Ravyn parou de andar. Um instante depois, pôs a mão no bolso e o sal invadiu minha sala escura e parada.

Uma muralha invisível se fechou ao meu redor. O sal se dissipou, e então o Pesadelo riu e esticou um dedo para Ravyn.

— Você não aprende nunca.

Quero falar com ele, chiei.

O Pesadelo me ignorou. Talvez só para ver a raiva crescer nos olhos de Ravyn.

Porém, o olhar de Ravyn era esperto, contundente.

— Ela percebeu quando olhei para os cabelos dela — disse, se empertigando. — Então está me vendo agora.

Rá! Pode chamá-lo do que quiser, mas nunca de tolo.

O Pesadelo suspirou. *Mas ele é tolo, meu bem. Terrível e incessantemente estúpido.*

Retire o que disse.

Ele pigarreou.

— Ela disse que você é estúpido, Ravyn Yew.

Pesadelo!

Ravyn forçou a vista. Estava esquadrinhando os olhos amarelos do Pesadelo, procurando por mim. E eu estava disposta a implorar a ele para que encontrasse o que restava de mim. Tinha onze anos de prática nas minhas súplicas, para que o Pesadelo fosse mais tolerável.

Por favor. Deixe-me falar com ele. Por um momento apenas.

Ele inclinou a cabeça para o lado. *É vantajoso vocês ficarem afastados. Vai motivá-lo a fazer o necessário para recuperar a Carta dos Amieiros Gêmeos.*

Não sou parte do joguinho que você está fazendo com ele. Retribuí com ferro à voz sedosa dele. *O que eu tenho com ele não tem nada a ver com você. Deixe-me* FALAR *com ele.*

— O que ele está dizendo? — perguntou Jespyr, espreitando por cima do ombro do irmão.

O maxilar de Ravyn tremeu.

— Está decidindo se vai me deixar entrar.

Senti o Pesadelo se irritar sob o olhar de Ravyn. Ele queria negar. Porém, quando repeti seu nome — *Pesadelo!* —, ele estalou o maxilar três vezes e suspirou. *Um breve momento, meu bem.*

O sal voltou, me inundado. Eu me entreguei, desesperada por ele. *Ravyn?*

Ele ainda estava ali. Estava esperando. Quantas vezes, quando eu estava sozinha naquela orla escura, ele estivera esperando?

Elspeth.

A voz dele era uma carícia, tão diferente de como ele falava com o Pesadelo. Eu me estiquei para mais perto dela, me deleitando na profundidade suave do tom. *Eu sinto muito.*

Ele estremeceu, o rosto todo contorcido. *Não. Não é culpa sua, Elspeth.*

Tentei tocá-lo, sem braços, sem mãos.

Em outra época, toda vez que eu olhava para o capitão dos Corcéis, pensava que toda vez que o via, estava contemplando um homem diferente. Às vezes de máscara, outras, sem. Mas eu nunca o vira como agora: as mãos tremendo, exausto até a alma, com os olhos cinzentos marejados. *Dez minutos,* disse Ravyn, a voz vacilando. *Dez minutos, e eu teria chegado naquela escada. E Hauth... você...* Ele desviou o olhar. *Eu é que sinto muito.*

Olhe para mim, Ravyn.

Quando seu olhar me encontrou, eu me encostei na janela de minha sala sombria. *Você não tem o direito de se culpar por um segundo que seja daqueles dez minutos. Foi a magia que me fez... desaparecer. A degeneração terrível, inevitável. Não foi culpa de ninguém. Mas eu ainda sinto muito por ter acontecido. Eu teria gostado de...* Baixei a voz. *Teria gostado de mais tempo. Com você.*

Os traços do rosto de Ravyn se tensionaram, a voz grave de insistência. *Vamos recuperar esse tempo. Eu juro, Elspeth.* Ele pestanejou rápido demais, e desviou o olhar. Pois não eram meus olhos que ele via — não mais. Não havia mais uma orla escura e infinita entre nós dois.

Apenas um rei, morto havia quinhentos anos.

O tom escorregadio do Pesadelo adentrou nosso devaneio. *Por enquanto, já basta. Guarde sua Carta do Pesadelo, capitão.*

Não. A voz de Ravyn voltou a soar dura. *Preciso dela.*

Deixe ele ficar, pedi. *Por favor.*

Dentes arreganhados. *Não.*

Por que não?

Não escutei a resposta. Um ruído alto de farfalhar a abafou. Todos levantamos a cabeça.

— Flechas! — gritou Jespyr, empurrando Ravyn para se deitarem na grama, fora da trilha.

Ravyn tombou agachado, e três flechas cravaram no solo, bem onde ele estivera. Todas tinham na ponta um pequeno frasco de vidro que se estilhaçou no impacto.

Uma fumaça adocicada encheu o ar, subindo pelo nariz do Pesadelo, invadindo os pulmões. Ele tossiu, um rosnado cruel lhe escapando. Minha visão ficou embaçada e o mundo começou girar.

O Pesadelo caiu na grama. Eu não via mais Ravyn, nem Jespyr. Mas via os irmãos Ivy.

Petyr estava no gramado, revirando os olhos até fechá-los. Wik caíra ao seu lado, imóvel...

Com uma flecha afundada no crânio.

Dei um grito.

Isso, meu bem, sibilou o Pesadelo, *é o tipo de coisa que teríamos previsto se Ravyn Yew não estivesse revirando nossa cabeça.*

A última coisa que vi antes de o Pesadelo perder a consciência foram dois pares de botas de couro se aproximando pela grama.

— Ora, ora — veio uma voz do alto. — Mais dois Corcéis.

CAPÍTULO VINTE E SETE
ELM

O rei já tinha bebido cinco taças de vinho e estava enfurecido.

— Avisei para Filick onde eu estaria e quando voltaria — disse Elm, recostado na cadeira de Hauth, e se retesou quando a madeira rangeu. Ele mantinha a expressão calma ao passar os dedos pelo veludo da Foice no bolso. — Você não estava *preocupado* comigo, estava?

Sabia muito bem que não deveria cutucar a onça com vara curta... normalmente. É que no momento a onça estava bêbada demais para cutucar de volta.

— Você perdeu o primeiro banquete — disse o rei, a voz um rugido baixo.

Elm olhou para o salão. Não tinha nada naquele ambiente amplo e cheio de eco que fosse digno de ser perdido.

A cena era a mesma de sempre. Mesas repletas de comida, criados carregando bandejas apinhadas de taças de prata e cristal, jarros transbordando de vinho. Cortesãos, rindo e balançando ao ritmo do conjunto de cordas, as mandíbulas frouxas de tanto gargalhar. Galhos e caules, folhas e sementes, decorando roupas e cabelos...

Elm forçou a vista e voltou a analisar o salão.

— Por que está todo mundo vestido de *planta*?

O rei resmungou com a taça na boca.

— Foi ideia de Baldwyn.

— Não me diga que esses banquetes são à fantasia — disse Elm, e levou a mão à testa com um gemido. — Qual é o tema? Mato?

— Estão usando cortes das árvores da família, seu imbecil — retrucou o rei, que não usava adorno algum além da carranca permanente, e se serviu de mais vinho. — Você saberia se tivesse aparecido no banquete de ontem, em vez de fugir para o Castelo Yew.

— Você tirou meu título de Corcel. Eu estava entediado.

— Então escolha logo uma porcaria de noiva — cuspiu o rei e, quando algumas pessoas viraram a cabeça, fechou a boca bruscamente e abaixou a voz. — O que os Yew têm a dizer?

Elm tomou um gole.

— Nada de mais.

— E Emory?

— Melhor agora que está em casa, onde é o lugar dele.

O rei manteve o olhar fixo no salão. Fazia muito tempo que Elm não esperava remorso do pai por seus planos com o sangue de Emory. Aquele menino esperto e inocente. Um menino que Elm vira crescer. Adoecer. Morrer aos poucos em Stone.

Elm nunca pegara a infecção, mas sabia exatamente como era definhar em Stone. Então, quando foi ao Castelo Yew na noite anterior e viu uma pontinha de calor no rosto de Emory, ele só faltou dar um beijo no menino.

Mesmo sem Ravyn e Jespyr, o Castelo Yew era o verdadeiro lar de Elm. A cama onde ele dormia melhor. Onde guardava seus livros prediletos. Lá, ele falava livremente, sem fingimento.

A tia o apertara em seus braços fortes, assim como o tio. Eles não o abraçavam daquele jeito desde que ele era um menino.

— Está tudo bem — dissera ele. — Estou segurando as pontas.

E aí ele contara tudo para eles. O ocorrido na estrada. O interrogatório. Ione, a Carta da Donzela os banquetes do rei.

Os planos de torná-lo herdeiro.

Ele sacara da bolsa o contrato de casamento com o selo real.

— Preciso que guardem isto em um lugar seguro.

Fenir ficara de olhos arregalados.

— Isto é...

— É.

Morette passara o olho no pergaminho. Duas vezes. Elm sabia que ela notara o mesmo que ele.

— Bem, sobrinho — dissera o tio por fim, fitando-o com uma careta preocupada. — Espero que você saiba o que está fazendo.

— Eu também espero.

Os olhos verdes do rei, antes aguçados, estavam ficando embaçados. Perfeito. Era melhor que ele estivesse flexível, pois Elm estava prestes a fazer algo inédito.

Negociar com o rei.

— Você está de preto — cuspiu o pai de repente, num rosnado que poderia muito bem ter vindo dos cães. — Não tem nada dourado?

— Eu gosto de preto — disse Elm, mantendo o olhar no salão em busca da única pessoa que ainda não estava ali. — Combina comigo.

O rei virou a taça e, com um gesto grosseiro, chamou o criado, que correu para enchê-la. Elm cruzou as mãos sobre a mesa.

— Pensei no que você disse na ponte levadiça. Sobre eu virar herdeiro — disse Elm, e bebeu um gole de vinho. — Eu gostaria de um contrato assinado. Com seu selo.

— Já foi até escrito. Procure Baldwyn para assinar.

— Um segundo. Tenho um preço.

O rei tossiu.

— Pelo amor das árvores, Renelm.

— Essa história de banquetes ridículos. De esposa.

— Não — retrucou o rei. — Não cederei. O herdeiro se casará.

— Eu não disse que não me casaria — respondeu Elm. — Mas gostaria da sua palavra de que respeitará qualquer contrato que eu firmar.

— Já tem alguém em mente?

— Ninguém que você já não tenha aprovado.

O rei vasculhou o salão, como se procurasse uma brecha. Porém, todos os convidados tinham sido selecionados por ele, com base em suas propriedades, em sua riqueza e em tudo o que um soberano desejaria para o seu herdeiro.

O rei coçou a testa com a mão nodosa.

— Está bem.

Elm escondeu o sorriso na taça.

— Você parece até aliviado. Imagino que esperasse que eu fosse dar mais trabalho.

— Você sempre deu.

Elm abriu a boca, com uma gota de veneno na ponta da língua, mas aí o gongo soou e ele se calou. Nove dobres. Nove, e nada de Ione. Ocorreu a ele que talvez ela não fosse aparecer. Ele deveria ter avisado que estaria no Castelo Yew, e que não desistira de buscar a Carta da Donzela só porque ela o deixara sem fôlego no porão.

Ele se levantou, com um mero aceno em reverência ao rei, e saiu do salão em menos de um minuto. Subiu a escadaria pulando degraus. Quando chegou ao quarto patamar, escutou uma voz masculina ecoando de cima. Parecia até Hauth.

Linden.

Ele apertou o passo e chegou ao quinto andar, o corredor real. Royce Linden empunhara o braço de Ione e a arrastava pelo corredor. Ione disse algo que Elm não escutou, e Linden tensionou os ombros. Ele então apertou o rosto dela, afundando os dedos nas bochechas, antes de gritar na cara dela:

— Traidora.

Elm pegou a Foice em menos de um segundo.

— Parado, Corcel.

Linden ficou rígido. Ao ver Elm se aproximar, se encolheu.

Elm sentia-se poderoso por ver aquele brutamontes se assustar. Sentia-se igual a Ravyn.

— Ela não deveria estar vagando pelo castelo sem guarda — soltou Linden, rangendo os dentes. — Se eu não a pegasse a caminho do jardim, ela poderia facilmente ter saído e sumido pela bruma. — Ele tensionou a mandíbula. — Embora a fuga dela não me surpreenda, considerando que você é o guarda dela.

— Tire as mãos dela.

Os dedos de Linden no rosto de Ione ficaram pálidos de tanta força que ele depositava neles. Mas era uma força fingida, o pior tipo de ostentação, pois era impossível desobedecer à Foice. A mão dele tombou, e Ione recuou, com o olhar indecifrável.

Elm ardia de ódio, mas manteve a voz serena.

— Você não deve se aproximar dela outra vez.

— Eu obedeço ao...

— Mais uma palavra, Corcel, e acabarei o que comecei no Dia da Feira, e arrebentarei tanto sua cara que nem a Alma o reconhecerá. Se encostar na srta. Hawthorn de novo, eu juro pelas árvores que vou acabar com você — disse ele, passando o olhar pelas cicatrizes de Linden. — Está entendido?

Ódio ferveu nos olhos de Linden, saudando Elm como a um igual.

— Sim — disse ele, com a boca tesa.

— Sim, *Alteza*.

— Sim, Alteza.

Elm não tinha esgotado sua raiva. Nem um pouco. Porém, com um aceno lento, soltou a Foice. Linden se afastou e desapareceu rapidamente escada abaixo.

Foi só então que Elm ousou olhar para Ione.

— Oi, Hawthorn.

Ela o observava, inexpressiva.

— Que exagero.

— Perdão — disse ele, e revezou o peso do corpo entre os pés, acanhado, sentindo-se escancarado sob o olhar dela. — Por que você estava a caminho do jardim?

— O que você acha, príncipe *astuto*?

A espetada na voz dela acertou o peito de Elm em cheio. Ione estava com raiva, embora a Donzela mascarasse bem. Era estranho Elm gostar daquela raiva direcionada a ele. Raiva era melhor do que nada.

— Perdão por não ter ajudado na sua busca. Eu não estava em Stone. Missão de herdeiro.

Na velocidade com que surgira, a espetada na voz de Ione se foi, retornando o tom neutro:

— Achei que estivesse me evitando.

— Nada disso. Passei a noite no Castelo Yew.

— E não teve nada a ver comigo?

Negar seria mentira. *Tinha* a ver com ela. Só não era pelos motivos que ela imaginava.

— Você se acha demais, Hawthorn, para acreditar que meus dias e noites giram em torno de você.

Ela fez um "hum" sugestivo.

— Talvez só as noites...

Elm sorriu e passou a língua pela bochecha.

— Essa sua boquinha suja ainda vai colocar você em apuros.

Ione deu as costas a ele, o vestido cinza se espalhando atrás dela enquanto seguia pelo corredor.

— Se você diz.

Elm a seguiu até uma porta que tinha uma lebre esculpida na porta.

— Não vou convidar você para entrar — disse ela, ao chegar.

— Não esperava que convidasse. Eu só queria saber — disse ele, encostando o dedo na lebre — em qual porta bater amanhã.

— Para quê?

— Para continuar a busca — disse Elm e, ao encontrar o olhar dela, meteu as mãos nos bolsos para esganar o desejo de tocá-la. — O Cálice não funcionou, mas há outras Cartas que podem nos ajudar a encontrar sua Donzela.

CAPÍTULO VINTE E OITO
ELSPETH

Assim que o Pesadelo perdeu os sentidos sob o cheiro adocicado da fumaça, fui arremessada mais fundo em sua mente, envolta outra vez pelas lembranças.

Acabei sentada no prado sob o céu estrelado, escutando as árvores cochicharem.

Seu povo vem ao bosque. Pede bênçãos. A Alma está satisfeita, jovem rei.

Minhas mãos estavam ocupadas. Eu tinha arrancado galhos finos de um salgueiro próximo e os trançado em um pequeno círculo, que agora adornava com margaça e atanásia. Uma coroa de flores para minha irmã, Ayris.

— Mas as bênçãos da Alma — falei paras as árvores —, os dons da febre, sempre têm um preço.

Nada de graça vem, responderam as árvores.

— A magia que ela oferece é degenerativa. Alguns ficam atordoados, ou doentes — disse, parando o movimento com a coroa de flores. — Certamente há outro modo de o povo de Blunder conhecer sua magia. Um modo mais seguro.

Nada é seguro, nem de graça vem.

— Árvores — falei, com a voz mais firme. — A espada que a Alma me deu foi meu cajado. Movi florestas para compor um reino abundante, pastoreei esta terra. Agora é a minha vez de pastorear o povo de Blunder. Vocês são os olhos da Alma, os ouvidos e a boca. Sabem o que ela pensa. Digam-me, o que devo fazer para sua magia ser mais segura?

As árvores ao redor do prado gemeram. *Vá à pedra que ela deixou para você*, cochicharam. *Derrame sangue.*

Deixei a coroa de flores na grama e corri até a pedra perto dos teixos. Arrastei o dedo na lâmina da espada, com uma careta. Quando o sangue brotou na superfície, estiquei o dedo por cima da pedra, deixando cair gotas carmim: uma, duas, três.

Uma fenda se abriu na rocha e as vozes das árvores ecoaram mais alto.

O primeiro passo é sangrar... derramar sangue o bastante.

O seguinte é negociar... retrucar ao preço o montante.

O último é se curvar... pois a magia desarruma. Perderá quem foi antes, como se perde na bruma. A alma se dispõe a guiá-lo, mas os feitos marcará. Ela entrega o que pede...

Porém, mais você sempre desejará.

Engoli em seco.

— Quero um jeito de impedir a magia de degenerar. Curar a febre.

As árvores balançaram. *Sempre haverá um jeito. Mas há muitas barganhas a se estabelecer antes de chegar o dia.*

Hesitei.

— Então quero ser forte. Dê-me muita força.

O vento soprou mais forte, cheirando a sal. *Traga um cavalo preto de seu estábulo, jovem Taxus.*

Minha visão oscilou. Era outra noite. Eu não estava no prado, mas no bosque. Apertei a espada, o cajado de pastor marcando minhas mãos. Meus olhos sempre foram ágeis ao se adaptar à escuridão, e eu os concentrei no bosque, procurando movimento.

Quando uma sombra se mexeu sob um zimbro, um sorriso repuxou minha boca. A sombra cresceu em uma nuvem de trevas.

E eu o ataquei.

O tilintar das espadas ecoou pelas árvores. Corujas revoaram, gritando em reclamação. Não dei atenção a elas, mantendo o foco em meu oponente.

Os passos dele eram confiantes. A cada investida, meus dentes tremiam. Lutamos bosque adentro, um golpe por outro. A espada dele acertou minha armadura dourada, e eu revidei com uma cotovelada no queixo. Ele se encolheu, e foi o intervalo que eu precisava. Com um chute, o derrubei pelo tornozelo. Ele caiu com um palavrão e soltou a espada.

Parei acima dele, abrindo o sorriso.

— Você se rende?

Era difícil discernir as feições sob a nuvem de sombras. Porém, quando ele tirou do bolso a fonte da fumaça — uma Carta da Providência do Cavalo Preto — e a tocou três vezes, finalmente vi seu rosto.

Jovem, bonito, com as sobrancelhas angulosas. Mesmo no escuro, eu via o verde dos olhos.

— Você estava certa — disse ele, estudando o Cavalo Preto na mão. — Esta Carta fornece uma força incrível. Eu poderia até chegar de fininho e vencer, se você não fosse um trapaceiro tão talentoso e enxergasse a cor dela.

— Magia contra magia — disse, e o ajudei a se levantar. — Que injustiça há nisso?

Saímos juntos do bosque. Quando chegamos ao meu castelo, ele me ofereceu a Carta de volta.

— Obrigado por mais um treinamento memorável.

— Fique com a Carta — respondi. — Tenho mais. E farei outras para oferecer magia diferente. Pela graça da providência, levo jeito para negociar com a Alma do Bosque.

— E você daria uma de suas Cartas preciosas para um mero guarda?

— Não, mas daria para o capitão da *minha* guarda.

Ele arregalou os olhos verdes.

Minha gargalhada ecoou pela noite.

— A magia não é apenas para aqueles a quem a Alma oferece sua graça — falei, e cruzei os braços. — Além do mais, precisa ter algo em seu nome se for continuar a paquerar minha irmã.

Ele teve a graciosidade de demonstrar vergonha.

— Ayris contou de nós? — perguntou, coçando o queixo.

— Não. Mas eu a conheço muito bem — disse, e inclinei a cabeça para o lado, como faria um falcão. — Talvez um dia eu faça uma Carta para ler seus pensamentos também, Brutus Rowan.

As lembranças se emaranharam, me puxando pelo tempo.

Havia mais Cartas da Providência. Mais cores — ouro e branco e cinza — no meu bolso. Para cada uma, eu sangrava na pedra e negociava com a Alma do Bosque.

Até que chegou uma mulher. De rosto gentil e olhos cinzentos. Petra.

Nós nos erguemos juntos sob o mesmo vitral onde eu me tornara rei e nos beijamos diante dos cavalheiros e das damas de Blunder. Ayris e Brutus se levantaram do banco, de mãos dadas, ecoando um grito de júbilo.

Esposa. Rainha. Petra me olhou e eu a beijei na boca. A maciez de seus lábios me lembrava veludo.

Nove meses depois, Petra me olhou do mesmo jeito. Estava na cama em um quarto grande, sendo cuidada por homens de vestes brancas bordadas com salgueiros. Um bebê recém-nascido repousava em seus braços. Ele tinha olhos cinzentos.

— Bennett — murmurou ela, a testa suada do parto. — Quero chamá-lo Bennett.

Ela me estendeu o bebê e eu o ninei. Porém, mesmo enquanto o fazia, minhas mãos coçavam de vontade de pegar outra coisa. Quando devolvi Bennett para Petra, enfiei a mão no bolso e toquei as Cartas da Providência ali guardadas. Foi só então que sorri.

Levei Bennett ao bosque e pedi à Alma para abençoá-lo com sua magia. No dia seguinte, suas veias de bebê estavam pretas como tinta. A magia dele era o oposto da minha, disseram as árvores. Meu herdeiro, meu equilíbrio.

Mas era nosso segredo, meu e dele. Nosso estimado enigma tácito.

Nasceram mais filhos. Meninos, todos de olhos amarelos como os meus. Lenor. Fenly. Gêmeos, Afton e Ilyc, tão idênticos que eu raramente os diferenciava, mesmo quando fazia muito esforço. Eu visitava seus berços, seus quartos e suas lições com os tutores, mas frequentemente passava o tempo em outro cômodo, uma sala que construíra ao redor da rocha no prado.

Levei meus filhos ao bosque, pedi à Alma para abençoá-los com magia. Porém, nas quatro vezes, ela guardou para si sua dádiva.

Então, nasceu uma menininha. Tilly. Cheia de vontades e com uma astúcia que me lembrava Ayris. Porém, diferentemente de minha irmã, a Alma batizou Tilly com a febre, e ela recebeu magia estranha e maravilhosa.

Ela podia curar. Com um mero toque de sua mãozinha, Tilly acabava com qualquer ferida — e frequentemente o fazia sem intenção. Os cortes que eu causava em mim mesmo, negociando pelas Cartas da Providência, sumiam sempre que Tilly me tocava. Doía, o toque dela. Mas quando passava a dor, mal me restava cicatriz.

Porém, curar custava a Tilly. Sempre que ela o fazia, seu corpo ficava mais frágil. Portanto, para minha próxima Carta da Providência, pedi às árvores, à Alma, pela magia da cura. Magia que tornasse seu usuário belo e puro como uma rosa — a flor predileta de Tilly.

Petra passou pelo véu antes do quarto aniversário de Tilly. Eu a enterrei do lado oeste do campo, perto do salgueiro, sem saber que em breve a desenterraria para forjar a Carta do Espelho.

Antes disso, porém, fiz uma Carta diferente. Que faria os outros se dobrarem para mim, como eu me dobrava para a Alma do Bosque.

Brutus Rowan foi comigo. Ele manteve a mão no punho da espada enquanto eu retornava à câmara, cambaleante.

— Desta vez, qual foi o preço?
— Meu sono.

Ele semicerrou os olhos verdes.

— Você já se perguntou se a Alma não anda pedindo demais por essas suas Cartas, Taxus?

Com a beira da espada, rasguei um corte na palma. Gotas vermelhas pingaram na pedra.

— Cartas da Providência são um presente, Brutus. É magia calculada. Nem elas, nem quem as usa, corre o risco da degeneração.

— Presentes devem ser de graça, Taxus.

Minhas palavras saíram em um chiado:

— Nada de graça vem.

A rocha abriu uma fenda. Meu sangue caiu lá dentro. Pus a mão no bolso e toquei a Carta da Donzela. Quando o corte em minha mão começou a fechar, quatro Cartas da Providência tinham surgido dentro da pedra, vermelhas como o sangue que eu derramara. Eram todas estampadas com uma foice.

Dei uma piscadela para Brutus e entreguei uma para ele. Ele a encarou.

— O que quer que eu faça com isto?
— Que mantenha meu reino em ordem. Meu tempo é mais bem gasto aqui — disse, indicando a câmara. — Mas tenha cuidado, Brutus. Comandar esta Carta é comandar a dor.

Brutus virou a Foice entre os dedos ágeis.

— É você quem deve ter cuidado, meu amigo astuto. Com Cartas assim, as pessoas virão até você para pedir magia, e não à Alma do Bosque. Ela não ficará satisfeita.

— Você está falando como Ayris.

— Ela tem me influenciado. Por mais que eu tenha tentado evitar.

Dirigi a ele o mesmo sorriso treinado que usava para com meus filhos. Fazia pouco tempo que eu começara a usá-lo com minha irmã, sempre que surgia o tema das Cartas da Providência.

— Foi a Alma quem me deu os meios para forjar as Cartas da Providência — falei, com um tapinha na pedra. — Ela sabe que as uso paro bem.

— Ainda assim, Taxus, tenha cuidado. Tenha cuidado, atenção *e* reverência.

— Diz um Rowan, que não tem nenhuma dessas coisas.

Brutus abriu um sorriso.

— E foi precisamente por isso que sua irmã se casou comigo.

Trocamos soquinhos de brincadeira. Quando a sala sumiu, foi sob o som das gargalhadas.

Em um dia fresco de outono, a grama marrom e morta, andei pelo bosque onde tanto vagara quando menino com os devotos de Blunder — onde pedíamos bênçãos à Alma do Bosque. O bosque estava vazio. Nenhuma prece ecoava, e o ar estava estagnado, carente de sal, como se faminto.

Atrás de mim, escutei apenas os sinos do castelo. Meus filhos estavam sendo convocados para jantar, e sentariam à mesa do salão, à minha espera.

Mas eu não tinha fome de comida, nem de companhia, apenas de veludo. De *mais*.

Entrei na câmara devagar. Falei com as árvores. Pedi uma décima primeira Carta da Providência.

Que poder pede desta vez, Rei Pastor?

Passei a mão no rosto.

— Não sou um rei imponente. É enfadonho ficar sentado na corte, escutar lamentos ou elogios. Prefiro saber a verdade dos pensamentos de alguém diretamente, poupar-me do cansaço.

Dê-me uma Carta para adentrar a mente alheia — pedi, e pigarreei. — Além disso, meu capitão anda distante. Eu gostaria de saber o que ele tem pensado.

Já cogitou perguntar a Brutus Rowan o que o afasta de você?

— Sou o rei dele. Ele não é direto comigo, nem tão intrometido como vocês, árvores.

O vento agitou os galhos. *Entrar na mente de alguém é caminho arriscado. Há portas que devem ser trancadas a cadeado. Se deseja esse pesadelo, o acordo não deve ser restrito. Pela décima primeira Carta da Providência...*

A Alma exige seu espírito.

Saí da câmara com duas Cartas cor de vinho aninhadas na mão, fechando os dedos ao seu redor como garras. Os sinos do castelo soavam mais baixos, abafados. Quando ergui o rosto, a luz da noite estava embaçada pelo cinza, que envolvia a câmara como uma manta de lã, se espalhando pelo prado, cheirando a sal.

A bruma.

CAPÍTULO VINTE E NOVE
RAVYN

O coração de Ravyn batia em um ritmo brutal, cada pulsação martelando a cabeça como uma cavilha.

Ele já havia ficado de ressaca e sofrido lesões na cabeça. Duas vezes, antes de a magia torná-lo imune, se intoxicara na tentativa de mentir para uma Carta do Cálice. Mas aquilo — despertar da névoa de fumaça doce e repentina que o deixara desacordado — era pior do que essas experiências todas.

Ele perdera os sentidos por volta do meio-dia. No momento, a luz do céu era nova, o pálido alvorecer. Tinham perdido metade de um dia — e uma noite inteira.

Com uma careta, Ravyn avaliou o ambiente. Estava em um pátio de terra, cercado por um muro grosseiro de terra e madeira, de mais ou menos vinte palmos de altura. Quando tentou se virar para ver até onde chegava o muro, seu corpo não obedeceu. Sentiu um ardor nos pulsos e uma superfície rígida lhe pressionando as costas.

Percebeu que estava amarrado a um poste largo de madeira. Braços, tronco, pernas, tudo atado.

O pânico subiu que nem bile à garganta. Nunca estivera imobilizado daquele jeito. Era sempre ele a imobilizar os outros. Chamou pela irmã e imediatamente se arrependeu, pois a dor de cabeça respondeu com uma pancada.

Um gemido baixo soou atrás dele.

— Aqui — veio a voz de Jespyr.

Ela estava amarrada ao poste ao lado do dele. Ravyn não a enxergava, mas sentia seu pulso esquerdo atado ao direito dela. Do outro lado, o Pesadelo falava sozinho em sussurros lânguidos.

Ravyn fechou os olhos com força e tentou respirar mais devagar.

— Está todo mundo bem?

— Estou amarrado em um poste com uma dor de cabeça de rachar e com os Yew mais otários dos últimos cinco séculos — resmungou o Pesadelo. — Nunca estive melhor.

A voz seguinte foi de Petyr, sem vida:

— Wik morreu.

Ravyn ficou enjoado. Então fechou os olhos, soltou um suspiro trêmulo, procurou a coisa certa a dizer. Não lhe ocorreu nada.

Jespyr falou por ele, a voz tomada de dor:

— Meus pêsames, Petyr.

Eles ficaram um bom tempo quietos.

— Elspeth — disse Ravyn finalmente. — Ela está bem?

O Pesadelo estalou a língua nos dentes daquele jeito familiar.

— Está. Mas quanto mais *fala* — disse ele, com ênfase —, menos me concentro. E foi exatamente assim que nos metemos nesta encrenca.

A voz de Elspeth, o timbre agudo e feminino, intocado pela manha e pelo desdém do Pesadelo... A vontade de Ravyn era de se afogar no som. Ela soara tão verdadeira. O suficiente para fazê-lo acreditar que poderiam se reencontrar depois de fugirem do inferno.

Primeiro, porém, ele tinha que discernir onde era o *inferno*, e quem os amarrara ali.

— Achei que você tivesse dito que teríamos segurança na passagem até a próxima barganha se atravessássemos aquela porcaria de lago — disse Jespyr, rangendo os dentes.

— A Alma do Bosque não precisa de muros grosseiros, nem de cordas, sua tonta. Nossos sequestradores são incontestavelmente humanos.

Ravyn esticou o pescoço para analisar o máximo do que ele conseguia discernir do pátio.

— Alguém viu direito as pessoas que nos capturaram?

— Vi só as botas — respondeu Jespyr. — Dois pares, com solas e cadarços gastos. Botas de caça.

— Mulheres — disse o Pesadelo. — Eram mulheres.

Pensar doía, mas Ravyn tinha certeza de que estavam a quilômetros de Blunder, e que aqueles quilômetros exigiram esforço. Uma fortaleza tão distante da cidade não teria muita utilidade para o rei. E, como capitão, ele conhecia as fortalezas do reino como a própria casa.

Então quem construíra aquele lugar?

— Estou vendo nossas armas — disse Petyr, do outro lado do poste —, estão empilhadas ali perto do muro. — Ele se ajeitou, riu. — Não pegaram a faca da minha bota. — Então, como se fosse doloroso rir sem o irmão, o humor da voz se esgotou. — Não consigo alcançar.

— Tem alguém chegando — disse o Pesadelo —, alguém bem colorido. — Ele bateu os dentes. — Pegaram suas Cartas, capitão.

Uma silhueta surgiu do nada, com a Carta do Espelho de Ravyn na mão suja.

— Acordaram, finalmente — soou uma voz feminina.

Ela era alta, e usava roupas semelhantes às que Ravyn escolheria para se disfarçar de bandoleiro. Couro, lã e calça enfiada nas botas altas e gastas. A capa tinha a cor da turfa. O capuz cobria os cabelos, exceto por algumas tranças castanhas penduradas na altura das orelhas.

O rosto dela estava escondido por uma máscara. Não era máscara de bandoleiro, mas feita de osso; um crânio de carneiro.

— Vocês têm umas cartas boas, Corcéis — disse ela, virando o Espelho entre os dedos. — Esta, o Cavalo Preto e o Pesadelo cairão muito bem. Embora eu duvide que tenhamos utilidade para uma Donzela por aqui. — Ela inclinou a cabeça

e avaliou Ravyn através dos buracos ocos dos olhos de carneiro.
— Como está a cabeça? Ouvi dizer que a fumaça dá uma dor de cabeça violenta.
— Ela bem sabe disso — veio outra voz feminina, mais perto de Jespyr. — Por isso gosta tanto de fabricá-la. Desta vez, exagerou na dose, irmã... Eles ficaram um tempão desacordados. — Uma pausa. — Você é um Corcel?
— Não pareço? — retrucou Jespyr, com a voz neutra.
— Não muito. Está faltando aquela característica rude e assassina.
— Chegue mais perto que vai ver.
Quando a segunda mulher apareceu, Ravyn notou que ela usava o mesmo estilo de roupa. A máscara também era de osso, um crânio de lobo. Ela era tão alta quanto a outra, e tinha ombros igualmente largos.
— Quem são vocês?
A mulher da máscara de carneiro abriu bem os braços, num falso acolhimento.
— A praga de Blunder. Os párias mais vis. Os *infectados*. Sejam bem-vindos ao nosso reduto, Corcéis. A estadia não será longa, mas prometo que suas últimas horas nesta terra serão fascinantes.

O forte não era muito protegido. Não havia sentinelas e, embora dezenas de adultos e crianças circulassem pelo pátio, ninguém empunhava armas, exceto por alguns arcos e facas de caça. Todos, menos as duas mulheres da liderança, eram civis. A de máscara de carneiro se chamava Otho, e a irmã, de crânio de lobo, Hesis.

As irmãs circundavam o poste em círculos fechados e predadores. Não conseguiam acreditar, por um momento sequer, que Ravyn também era infectado.

— Eu sei quem você é — disse Hesis. — Sobrinho de nosso rei vil. Quer que eu acredite que um *Rowan* colocaria um homem infectado para capitanear os Corcéis?

— Acredite se quiser — sibilou Jespyr —, mas é verdade.

— Ainda assim, encontramos nele um amuleto. Uma cabeça de víbora no bolso da túnica.

Ravyn se contorceu sob as cordas.

— É por garantia.

Hesis riu. Então deu um soco na cara de Ravyn, fazendo a cabeça dele ricochetear no poste, a dor tão feroz que sua visão vacilou por um momento.

O Pesadelo soltou um chiado baixo.

— Digamos que estejamos dispostas a acreditar — comentou Otho. — Se você é infectado, qual é a sua magia?

A pergunta era fácil. Já a resposta era longa e complicada.

— Não posso usar Cartas da Providência — resmungou Ravyn.

— Mas viaja com um verdadeiro arsenal.

— Não posso usar *todas* as Cartas.

Hesis fez um muxoxo.

— Parece-me mais uma mentira, Corcel.

Ela o socou de novo.

— E a sua magia? — questionou Jespyr. — Para reconhecermos os méritos de nossas sequestradoras…

Hesis sumiu da vista de Ravyn, soando mais perto de Jespyr.

— Eu enxergo pelos olhos dos corvos. Eles falam comigo, murmúrios e ideias. Foi assim que encontramos seu bando. Vocês fizeram um escarcéu tremendo no bosque. Reviraram ninhos. Vi um grupo de caçadores de capas pretas atravessarem o Lago Murmur, vindo para cá — disse ela, com a voz cheia de humor. — Minha irmã é alquimista. Sabe essa fumaça que derrubou vocês? Essa delícia de dor de cabeça martelando o crânio? Foi ela quem fez. Com magia.

— Você já está me dando uma boa dor de cabeça sozinha — resmungou Jespyr.

Um baque soou no poste. Jespyr gemeu, então vieram mais dois baques, pancadas de Hesis.

Petyr praguejou, se debatendo entre as cordas. Ravyn mordeu o lábio, com força.

A advertência do Pesadelo foi um mero sussurro:

— Cuidado.

As mulheres se viraram, finalmente voltando o foco para o Pesadelo.

— E quem é você? — questionou Hesis. — A espada que você portava não é de Corcel.

Um sorriso se esgueirou na voz dele:

— Eu nasci com a febre, com sangue escuro feito a noite. Talvez tenham ouvido falar de mim.

— Vocês devem saber de outra fortaleza — ofereceu Ravyn, a verdade frágil na língua depois de tantos anos mentindo. — Nas profundezas da Floresta Sombria, perto de um riacho seco que segue para o nordeste. Um lugar aonde levam as crianças quando os Corcéis e Clínicos aparecem.

As mulheres se tensionaram. Hesis bufou.

— As crianças são levadas por bandoleiros, e não por Corcéis.

— Vocês só sabem que eles usam máscara.

A gargalhada de Otho mais pareceu um latido.

— Espera que eu acredite que foi *você* quem salvou crianças infectadas esses anos todos?

— E eu — disse Petyr, com a voz falhando. — E meu irmão Wik. E vocês... vocês atiraram nele. Um homem que vivia fora da lei por gente que nem vocês.

Otho hesitou, observando Ravyn pelos buracos da máscara.

— Ainda assim, seu capitão obedece à vontade do rei. Ainda prende pessoas infectadas e seus familiares. Ainda faz coisas impronunciáveis com elas.

Jespyr suspirou.

— Ele não...

Hesis deu um soco bem no nariz de Ravyn. Ele escutou um estalido que reverberou pela cabeça. Rios idênticos de sangue começaram a escorrer das narinas para a boca.

O Pesadelo estalou a mandíbula. Uma. Duas. Três vezes.

— A Carta dos Amieiros Gêmeos — conseguiu dizer Ravyn, as palavras densas de sangue. — É por isso que estamos no bosque. Queremos reunir o Baralho, curar a infecção. Não revelaremos nada sobre este lugar. — Ele acelerou a voz, perdendo o controle. — Depois do Solstício, quando a bruma se dissipar, venham ao Castelo Yew. Curaremos seus degenerados, curaremos todos que desejarem a cura. Mas vocês precisam nos soltar.

Como elas não se manifestaram, permanecendo imóveis, Jespyr interveio:

— Nosso irmão está infectado. Está degenerando... morrendo. Por favor. *Soltem a gente.*

Um tilintar de aço e, de repente, Otho e o crânio de carneiro estavam a centímetros do rosto de Ravyn, uma faca fria tocando o pescoço dele.

— Mesmo que estejam dizendo a verdade — sibilou ela —, há gente aqui que perdeu família para os Corcéis. Pais, filhos. O amuleto da nossa mãe foi destruído, e uma Foice dos Rowan a mandou morrer na bruma. Um pagamento é devido à gente deste forte. E um *Corcel* pagará — disse, e recuou para fazer sinal para a irmã. — Chegou a hora.

Hesis desapareceu forte adentro. Um clamor de vozes, cada vez mais altas. Portas foram escancaradas e o forte se esvaziou, até uma multidão se formar ali fora. Todos de máscaras de crânio, exceto um: um homem, puxado por uma corda. De rosto ensanguentado, olhos arregalados, dentes arreganhados. Mesmo atado, ele se debatia, brigava.

Como Ravyn o treinara para fazer.

Gorse.

— Receberemos nosso pagamento, capitão — disse Otho. — Já.

***

O Pesadelo continuava amarrado ao poste com Petyr, flexionando os dedos.

Os Corcéis — Ravyn, Jespyr e Gorse — foram soltos no pátio de terra, com instrumentos grosseiros nas mãos. Uma clava com pregos enferrujados para Jespyr, uma chibata com pedras presas nas pontas para Gorse.

E, para Ravyn, uma foice cega e enferrujada.

— Para um parente dos Rowan — disse Hesis, de trás da máscara. Ela o empurrou na direção dos outros, e a multidão se fechou ao redor.

O roteiro era nítido. Os três encurralados, armados com ferramentas medíocres... Era um esporte sangrento. Do tipo que não tem vencedor.

Um homem que usava um crânio de ovelha gritou para a multidão:

— Quem quer sentir cheiro de sangue de Corcel?

Um urro retumbou pelas paredes do pátio, erguendo-se da cerca para a floresta, um grito longo e devastador. Ravyn sentiu a bile na garganta. Obrigou-se a engolir.

Gorse tremia, e a pele marrom-clara de Jespyr ficou cinza. No poste, Petyr tentava forçar as amarras.

O Pesadelo se mantinha assustadoramente imóvel.

A multidão se calou quando Otho avançou, de braços expostos e veias pretas como tinta. Ela andou até Ravyn, aproximou um punho fechado da boca...

E soprou fumaça na cara dele.

O sal invadiu os sentidos de Ravyn, que tossiu, revirando os olhos. A fumaça desceu pela garganta, ardendo — não era doce como a que causara o desmaio, e, sim, quente, fria e ácida, tudo de uma vez.

Otho fez o mesmo com Jespyr, soprando fumaça no rosto dela. Ao chegar em Gorse, ele a atacou com a chibata, mas Otho se esquivou e soprou a fumaça nele. Gorse arquejou, sufocado, revirando os olhos.

— Que porcaria é essa?

Otho recuou até ficar perto da multidão, junto à irmã, e sua voz atravessou o pátio.

— Magia, alquimiada por duas coisas. Fúria e ódio. Ossos dos infectados furiosos e sua capa, Corcel odioso. É uma combinação horrenda, não acha?

Ravyn sentiu o corpo inteiro esquentar, o autocontrole tão bem treinado se esfacelando. Ele passou a mão na boca, secando o sangue do nariz, e se virou para o Pesadelo.

— Foi assim quando Hauth esmurrou a cabeça de Elspeth? Você ficou sentadinho, curtindo o espetáculo, que nem agora?

Não era sua intenção dizer aquilo. As palavras vieram espontaneamente, deixando a língua acre. Ninguém, porém, pareceu chocado ao ouvi-las. A multidão vibrava de expectativa, como se esperasse mesmo que ele dissesse algo vil. Algumas pessoas chegaram a comemorar.

Era a fumaça, ele entendeu. A fumaça de Otho, a magia dela, limpara sua mente e deixara apenas duas coisas: *fúria* e *ódio*.

Ravyn ajeitou a foice enferrujada nos dedos calejados, a dor de cabeça substituída por sede de sangue.

— Você disse que gostava de Elspeth, que a protegia. E foi o que fez... você a protegeu tão bem quanto protegeu seus filhos, ao que parece.

Os olhos amarelos do Pesadelo arderam, sua voz contundente de malícia.

— Você é, sem dúvida, a maior decepção dos últimos quinhentos anos, Ravyn Yew. Sempre que olho para você, lamento não ter passado mais cem anos na escuridão só, para me poupar da agonia dessa sua incompetência inflexível e patética.

— Mais um século seria é pouco — retrucou Ravyn. — Pelo menos talvez assim eu tivesse mais do que um mero momento com a mulher que você roubou de mim.

Do outro lado do círculo, Gorse fez um som de desdém.

Jespyr se virou para ele, flexionando os dedos na clava.

— Quer dizer alguma coisa, covarde?

O rosto ensanguentado de Gorse ficou ainda mais vermelho.

— Me chamou do quê?

— É feio *e* burro — retrucou Jespyr, levantando a voz. — Chamei de covarde, Corcel fujão.

Gorse estalou a chibata no ar, as pedras na ponta tão perto do rosto de Jespyr que bagunçaram seu cabelo.

— Antes covarde do que um ladrão mentiroso — cuspiu ele, voltando a chibata para Ravyn. — Nosso capitão vira-casaca roubou a Carta do Pesadelo do rei. Pior ainda, anda comendo uma mulher infectada...

A clava de Jespyr acertou o ombro de Gorse.

A multidão irrompeu em gritos de incentivo.

— E assim — anunciou Hesis —, começamos.

Jespyr olhou para a clava e depois para Gorse, arregalando os olhos, como se não pretendesse atacá-lo. E franziu as sobrancelhas.

— Você não merece usar a capa de Corcel — disse, e se virou para Ravyn. — Nem você.

Ele jogou-se num falatório venenoso:

— Você acha que seria melhor capitã, Jes? Pois tire o título de mim. Quer saber, eu até abro mão do desafio! Porque você não ganharia de mim, não sem seu Cavalo Preto, sua maniazinha preciosa — disse Ravyn, com a voz perigosamente baixa. — Vai, roube meu lugar. Seja o brinquedinho do tio. Curve-se, rasteje, engula o freio que ele meter na sua boca. Você sempre foi melhor nisso do que eu.

Jespyr avançou.

Ravyn se esquivou, no entanto os pregos da clava da irmã rasgaram sua capa.

— Quer falar de mania, irmão? — cuspiu ela. — Pois falemos das suas.

Ravyn escancarou os braços.

— À vontade.

Jespyr se virou para a esquerda e o círculo se mexeu. Ela, Ravyn e Gorse se movimentavam em uma rotação lenta, sem desviar os olhos uns dos outros.

— Você diz que os Corcéis lhe odeiam por ser infectado. Mas não é isso... não todos, pelo menos — cuspiu Jespyr. — Eles lhe odeiam porque você se acha melhor do que eles.

— Eu sou melhor do que eles.

Gorse abriu a boca, mas Jespyr o interrompeu.

— Ravyn Yew, tão grandão, tão forte. O capitão que nunca sorri, nunca cai, nunca recua... que mente para o rei, para seus homens e, acima de tudo, para si — disse ela, com o olhar frio. — Você não é melhor do que ninguém, irmão. E não é mais forte do que eu. Só finge ser.

— Quer saber o que eu finjo esses anos todos? Pois vou dizer — respondeu Ravyn, e parou de andar, interrompendo a rotação do círculo. — Finjo não passar todos os momentos de todos os dias me *odiando* por ser capitão dos Corcéis.

— Você é um traidor — cuspiu Gorse. — E vai sangrar por isso.

— É provável — declarou Ravyn, fixando a postura, e mirando com os olhos abertos. — Mas ainda não.

A foice voou. Sem o Cavalo Preto, os reflexos de Gorse estavam lentos. A foice o acertou no ombro, e a lâmina pegou no esterno.

Fundo. Mas, com uma arma tão velha e enferrujado, não o suficiente para matar.

A multidão rugiu. Ravyn atravessou o pátio em um instante. Cego de ódio, ele derrubou Gorse, com a mão no pescoço do Corcel. Gorse voltou para ele seus olhos arregalados e injetados. Tinha deixado cair a chibata, então acertava as costelas de Ravyn com socos, sem parar.

Ravyn começou a perder o fôlego. No entanto mantinha a mão no pescoço de Gorse e pensava em sangue, chibatas e no cheiro de fumaça, subindo languidamente pelas escadas das masmorras. Nas coisas horríveis que tivera de ver, de fazer, como capitão dos Corcéis.

Ravyn chegou perto do rosto manchado de Gorse.

— Tenha cuidado, Corcel — soltou, rangendo os dentes. — Tenha atenção. Tenha reverência.

Enfim, com um último impulso brutal...

Esmagou a traqueia de Gorse.

Um urro de vivas, lento e faminto, se espalhou pelo pátio. Queriam sangue de Corcel. E Gorse, levado pelo sono eterno e derradeiro, era uma tela em carmim. Vermelho escorria da ferida da foice, pingando na terra, alimentando o solo, penetrando as rachaduras na mão de Ravyn.

A magia da fumaça se esgotou, levando embora a *fúria* e o *ódio*. Ravyn olhou para Gorse, as mãos tremendo. Desta vez, a bile se recusou a descer. Ravyn se abaixou e vomitou no chão, as costelas urrando de dor com o movimento.

O pátio caiu em silêncio profundo.

Ravyn ergueu o rosto. Alguém abrira espaço no círculo e parara entre ele e Jespyr. Uma mulher sem máscara, acompanhada de dois meninos pequenos. Ela usava um vestido verde e uma capa da mesma cor, com uma árvore branca bordada na gola. O cabelo dourado e grisalho estava solto, e os olhos cor de mel, arregalados. Arregalados, familiares...

E concentrados no Pesadelo.

Opal Hawthorn levou a mão à boca.

— Elspeth — disse, com lágrimas nos olhos. — Você está viva.

Com alguns comandos retumbantes de Otho, o pátio se esvaziou — espectadores entravam em fila no forte, voltando para Ravyn os buracos dos olhos de suas máscaras de osso. Arrastavam consigo o corpo de Gorse, um rastro sangrento, a última marca do Corcel no reino que ele servira.

Ravyn cerrou os punhos. Mesmo assim, as mãos tremiam.

Opal parou no poste diante do Pesadelo, encarando o que antes fora sua sobrinha, de olhos marejados. Ravyn conhecia de cor aquela dor. Quando vira a moça de cabelo preto, pensara ser Elspeth, até flagrar os olhos amarelos apavorantes.

Assim como Ione fizera nas masmorras, Opal encostou a mão no rosto do Pesadelo e empalideceu.

— O que aconteceu com você? — murmurou ela. — Você está... diferente.

A expressão do Pesadelo era neutra.

— Estou.

— Você... não é a Elspeth.

O Pesadelo não disse nada. Opal baixou a mão. Então recuou e começou a chorar. Os filhos estavam junto a ela, de olhos arregalados ao encarar o Pesadelo. Quando Ravyn fez menção de se aproximar — para explicar —, Hesis puxou um florete do cinto.

— Para trás.

— Não estou entendendo — disse Opal, secando as lágrimas. — Por que eles foram presos? — Ela olhou para Jespyr.

— Foi ela quem me alertou que os Corcéis estavam a caminho.

Otho enrijeceu a postura.

Jespyr pegou a mão de Opal e perguntou, com a voz gentil:

— Como você e seus meninos vieram parar aqui?

— Eu a trouxe — disse Hesis, de trás da máscara. — A fortaleza que seu capitão mencionou está cheia. Mas aqui temos espaço, muito além do alcance do rei. Ou assim imaginávamos.

Jespyr explicava para Opal, e Otho e Hesis se aproximavam para escutar o que acontecera a Elspeth naquela noite no Paço Spindle. Que Tyrn, Erik e Ione estavam em Stone. Por que tinham viajado pelo bosque.

Ravyn voltou para o poste.

DUAS COROAS RETORCIDAS **233**

— Tudo bem aí, rapaz? — grunhiu Petyr.

Ravyn ainda sentia o pilar da garganta trêmula de Gorse no centro da palma.

— Tudo.

Petyr abaixou a voz.

— A faca que elas não acharam está na minha bota esquerda.

Quando Otho e Hesis voltaram as cavidades das máscaras para Jespyr e Opal, Ravyn pisou junto à lateral do pé de Petyr, fingiu amarrar o sapato e meteu a mão na bota dele. Quando a puxou, sentiu a bainha fina de couro.

A faca era pequena, com a empunhadura em gancho. Ravyn se levantou e deu a volta no poste até chegar perto do Pesadelo.

— Não se mexa.

Porém, quando encostou a lâmina na corda, a mão dele tremeu tanto que a corda começou a balançar junto. Ele parou. Tentou outra vez.

Se Otho e Hesis fossem soldados sob seu comando, Ravyn as teria dispensado por incompetência — ele estava se atrapalhando todo para cortar uma simples corda. Porém, elas estavam tão concentradas em Jespyr, atentas à história do Rei Pastor, que sequer notaram a corda tremelicando por um bom minuto antes de finalmente arrebentar.

O Pesadelo manteve o olhar amarelo fixo em Ravyn pelo tempo inteiro.

— Que bagunça a matança faz — disse, e o canto da boca oscilou. — Elspeth disse que você está horroroso.

Ravyn ergueu o olhar de repente.

— Não disse.

— Não, não disse, não — corrigiu o Pesadelo, e pigarreou. — Acho que lhe devo um pedido de desculpas.

— Ou seja, Elspeth pediu para você se desculpar.

— Sim, admito a contragosto — disse ele, com a boca tensa. — Por mais pateta que seja, você não é uma decepção.

Se fosse outro dia, semana ou mês, Ravyn teria rido ante o desconforto do monstro. Porém, no momento, estava exausto demais para isso.

— Custa muito demonstrar uma fração de remorso, Rei Pastor?

— Custa, e eu exijo recompensa. — Os olhos amarelos ficaram mais duros. — Estou recorrendo a séculos de autocontrole para não arrancar sua cabeça devido àquele falatório todo sobre Elspeth — disse, arreganhando os dentes — e meus filhos.

— Não era minha intenção falar aquelas coisas. A fumaça... a magia...

— Fúria e ódio. Duas coisas que conheço muito bem.

Ravyn mordeu o lábio.

— Não sei o que aconteceu com seus filhos. Mas sei que você não desejaria mal a Elspeth. Talvez seja a única coisa que eu compreenda em você.

Nenhum dos dois se desculpara, na verdade. Mas arejar a verdade, depois de tanta a malícia, era o melhor que poderiam fazer.

O Pesadelo olhou para os muros do forte.

— Cansei deste lugar horrendo. Me dê a faca.

— Não. Não quero sangue nas mãos de Elspeth.

O Pesadelo fixou o olhar no nariz de Ravyn. Era nítido que estava doendo, uma agonia quente e constante desde o soco de Hesis. Decerto estava quebrado.

Quando o Pesadelo voltou a falar, a calma em sua voz se fora.

— A faca. Já.

Ravyn encarou aqueles olhos amarelos e terríveis. Procurou por Elspeth. Não a encontrou.

— Não mate ninguém — grunhiu.

Quando Hesis se aproximou, Ravyn estava com as mãos junto ao corpo. Trêmulas, porém vazias.

— Opal Hawthorn é uma boa mulher. Embora talvez tenha perdido a sanidade, pois insiste que você e sua irmã são dotados de *honra* — disse ela, e suspirou, passando o florete de uma mão a outra. — Mesmo que fosse verdade... não podemos deixá-los partir. Vocês inevitavelmente voltariam a Stone. Ouvi falar que o rei gosta muito de interrogatórios. Mais cedo ou mais tarde, a verdade sobre o ocorrido e sobre este encontro escapará. Não posso permitir...

Houve um ruído rasgado, um lampejo de movimento na visão periférica de Ravyn. Hesis só teve um instantinho para apontar a arma de Ravyn para o Pesadelo.

Não foi suficiente.

O Pesadelo pulou do poste. Acertou o focinho da máscara de Hesis com a base da mão, e um *créc* doloroso ecoou pelo pátio. Ela gritou e deixou o florete cair.

Otho correu até a irmã, mas Ravyn investiu, atingindo-a com uma braçada e derrubando-a no chão. Quando ela tentou pegar a faca, Jespyr pisou no seu braço com a bota.

— No bolso dela — grunhiu Ravyn. — As Cartas. Rápido.

Jespyr enfiou a mão no colete de Otho e pegou as Cartas: Pesadelo, Espelho Donzela e, por fim, dois Cavalos Pretos. O dela e o de Gorse.

Otho os olhou com ódio através das cavidades da máscara.

— Se o rei usar um Cálice em vocês, condenará à morte todas as almas deste lugar. O sangue delas estará em *suas* mãos.

— Não chegará a tal ponto — disse o Pesadelo, ele e Petyr correndo para a pilha de armas. — Tenho planos para os Rowan.

Petyr entregou a Ravyn o cinto de facas, a bolsa e a espada.

Opal Hawthorn recuara para o portão do pátio, junto aos filhos, de olhos arregalados.

— O Castelo Yew — disse Ravyn, ao se aproximar. — Se este lugar não for seguro mais, vão para o Castelo Yew. Minha família protegerá vocês.

Opal assentiu, com o olhar perdido atrás dele. Ela estava chorando outra vez.

— E Elspeth?

A voz de Ravyn soou rouca.

— Vou trazê-la de volta. Custe o que custar.

O portão do forte rangeu e Petyr e Jespyr saíram, apressados. Ravyn ofereceu a mão para Opal. Não imaginava que ela fosse do tipo que se incomodaria com o tremor em seus dedos.

Ela apertou a mão dele. Com força.

— Boa sorte.

Quando Ravyn voltou a olhar para o pátio, Otho estava correndo até a irmã. Hesis, caída na terra, imóvel. A máscara dela estava quebrada, lascas de osso espalhadas a redor. Sangue escorria pelo rosto.

— Pesadelo — grunhiu Ravyn, rangendo os dentes.

O monstro riu ao sair do forte.

— Ela vai sobreviver. Só retribuí o que ela fez ao quebrar seu nariz.

— Eu não pedi por isso.

— Não. Mas Elspeth pediu.

CAPÍTULO TRINTA
ELM

Elm não visitava as catacumbas sob o castelo desde a infância. Com os dedos esbranquiçados de esforço, levava uma lamparina em uma das mãos e, na outra, o molho de chaves, cada curva do trajeto um estímulo para ele se encolher.

Diferentemente de Ione. Nada parecia assustá-la — um exemplo interessante do efeito da Donzela. Nenhuma sombra, nenhum cômodo frio era o bastante para perturbar sua expressão neutra.

O vestido dela também parecia ter sido emprestado. Era cinza-claro, com mangas bufantes até o pulso e uma gola apertada até o queixo. Uma peça disforme e horrenda. Duas vezes, ela viu Elm olhá-la. Nas duas vezes, o repreendeu fazendo cara feia.

Na terceira vez, eles estavam chegando ao cofre particular do rei.

— Pelo amor das árvores — disse ela, a voz ecoando pelas paredes. — Que *foi*?

Elm pigarreou.

— Nada.

Ione olhou para o busto do vestido.

— Pode falar. Pode dizer que odiou esta roupa. Sei que está morrendo de vontade.

Ele coçou o pescoço e fixou o olhar no trajeto adiante.

— Você está bonita.

— Bonita?

— Bonita, Hawthorn — disse ele, roendo a unha. — Está sempre bonita.

Um momento de silêncio. E então, com a voz seca:

— Qual é o seu problema?

Elm se virou para ela abruptamente. Ele pensava estar disfarçando bem — o desconforto naquele castelo frio e horroroso. Os lugares pelos quais Hauth o conduzira sob o poder da Foice para endurecê-lo quando menino. Porém, antes que ele pudesse responder, Ione acrescentou:

— Você está sendo estranhamente gentil.

Mais adiante, Elm viu as tochas amarelas. A porta reforçada. Estavam quase no cofre.

— Imagino que, enterrada aí no fundo — disse ele —, esteja uma Ione que gostaria de um pouco de gentileza da parte de um Rowan.

— Gentileza — disse ela devagar, como se para sentir o gosto da palavra. — Se ao menos eu conseguisse senti-la.

— O que você sentia? Antes da Donzela.

— Tudo. Num excesso terrível e maravilhoso. Alegria, raiva, compaixão, repulsa... — disse ela, e a voz esfriou ainda mais na palavra seguinte. — Amor. Eu conhecia tão bem essas emoções todas. Quando a Donzela começou a abafá-las, me assustei... mas também foi um alívio. Depois de uma vida sentindo com tanta acuidade, o entorpecimento foi bom. — Ela suspirou. — Mas até isso passou. E nada mais foi bom, nem ruim.

Ela olhou para o caminho e continuou:

— Mas eu penso em quem era antes da Donzela. Tento tomar as mesmas decisões que tomaria antes. Preciso ser capaz de conviver com a minha consciência quando esta máscara — disse, apontando o rosto — desmoronar.

— E quanto ao dia em que você matou os bandoleiros? Duvido que seja uma decisão que a Ione de antes tomaria.

Um músculo tremeu no queixo dela.

— Se você acredita que compreende quem eu era antes da Donzela só porque já me viu cavalgar pelo bosque com os pés enlameados, não é tão esperto quanto pensa.

Elm abaixou a voz.

— E o que aconteceu outro dia, no porão? Consegue conviver com isso?

O peito de Ione inflou, uma respiração linda, subindo e descendo de tal modo que nem o vestido horrível foi capaz de esconder.

— Depende de você, príncipe. Você é de fato diferente do seu irmão? Ou só tem muito talento para mentir?

Ele franziu a testa.

— Não menti para você.

— Não? — questionou ela, e o olhou. — Então responda outra vez. Você sabia que Elspeth estava infectada antes de ser presa?

A mentira bateu nos dentes de Elm. *Eu não sabia de nada.* Desta vez, porém, ele a engoliu. Encarou aqueles olhos brilhantes cor de mel e não se encolheu.

— Eu sei desde o Equinócio.

Ione ficou paralisada.

— Você não a denunciou.

Elm fez uma reverência profunda.

— Como você mesma comentou, srta. Hawthorn, sou um príncipe podre e um Corcel insignificante. Devo ter me esquecido.

Eles seguiram em silêncio até o cofre. Dois guardas estavam de vigia, rijos, e abaixaram a cabeça em uma deferência apressada. Elm apontou a porta.

— Abram.

A porta rangeu, antiga e pesada. O pai de Elm guardava muita coisa nos cofres de Stone. A história dos reis Rowan. Ouro.

Cartas da Providência.

O Rei Pastor dissera haver três Cartas da Donzela no castelo. Uma delas, Elm tinha certeza, estava ali, na coleção do pai.

Assim como todos os recônditos frios e escuros de Stone, aos olhos de Elm o cofre parecia morto. Sombras o perseguiam, com lembranças e ecos. Um calafrio o percorreu, os antigos machucados dos dedos ardendo como se recentes.

— A coleção do meu pai deve estar por aqui — disse ele, e o espaço amplo rebateu sua voz de volta, um eco fino e distorcido.

O chão estava apinhado de coisas, e mal iluminado. Ione topou com um baú de madeira e tropeçou, praguejando. Quando Elm ofereceu a mão para ajudá-la, ela a olhou com irritação. Estava escuro demais para identificar se ela enrubescera. Mas quando Elm a puxou para perto, entrelaçando seus dedos, ele mesmo corou.

O rei guardava as Cartas em uma caixa tão antiga quanto o castelo. Fria, de ferro e trancada. Existiam apenas três chaves. Uma era do pai. A outra, de Aldys Beech, o tesoureiro. E Elm, o segundo herdeiro, um chaveiro relutante, detinha a terceira.

Ele entregou a tocha a Ione e remexeu no molho de chaves. Ao encontrar a correta, girou a fechadura. O trinco se abriu devagar, firme, com um rangido.

As Cartas da Providência aguardavam ali dentro com uma aparência tão inocente que nem parecia que tantos homens as cobiçavam, a ponto de brigar e roubar por elas. Mas nem todas estavam ali. As Foices estavam com os Rowan. A Foice de Hauth, no quarto dele, com a Carta do Pesadelo. Os Cavalos Pretos ficavam com os Corcéis.

E, claro, o Baralho estaria sempre incompleto sem os Amieiros Gêmeos.

— Se Hauth foi esperto na hora de esconder sua Donzela, então ele obrigou você a deixá-la em um lugar que não acessaria sozinha. Alguma coisa aqui lhe é familiar?

Ione olhou ao redor do cofre.

— Não.

— Vou pegar o Profeta — disse Elm, olhando para a caixa repleta de Cartas. — Tem uma Carta da Donzela aqui também. Se for a sua e eu tocá-la...

— A magia cessará.

— É isso que você quer?

Ione não disse nada. Ela pôs a mão na caixa e, quando tirou uma Carta da Donzela cor-de-rosa, prendeu a respiração, o gesto nítido para Elm. Ele sentiu uma pontada angustiante no peito ao vê-la fechar os olhos, como se preparada para algo horrível. Ela deu um, dois, três toquezinhos na Carta. Fez-se silêncio absoluto.

E Ione Hawthorn continuou exatamente igual. Insuportavelmente bela. Intocável.

Era a Carta da Donzela errada.

Elm sentiu um nó no estômago. Ione não disse nada. Se ficou decepcionada, não demonstrou. Simplesmente devolveu a Donzela para ele e, impassível, observou enquanto ele guardava a Carta na caixa.

Elm pegou as cartas do Profeta e do Espelho e as guardou no bolso.

— Bem, era improvável.

Ela não pareceu ouvi-lo.

— Suas mãos estão tremendo.

— Estou com frio — grunhiu ele, fechando e trancando a caixa. — E odeio este lugar.

— Tem algum lugar de Stone que você não odeie?

— Não. — E então: — A biblioteca, talvez.

Desta vez, foi Ione quem lhe ofereceu a mão.

— Deixe-me adivinhar — disse Elm. — Quando você se livrar da Donzela, e os *sentimentos* todos voltarem, você teme sentir muita culpa por não ter se apiedado do príncipe podre e trêmulo.

— Pelo amor das árvores, como você é chato — disse ela, apertando a mão de Elm com tanta força que conteve o tremor. — Agora me ensine a chegar à biblioteca.

***

Ione arregalou os olhos quando passaram pela porta dupla em arco. Então ela ergueu o queixo e dirigiu o olhar cor de mel para as prateleiras imensas, os pilares de calcário e o teto abobadado e alto. Elm sentia algo que não conseguia identificar ante o fato de ela tê-lo levado ali para *ele* se sentir melhor.

Ione não tinha a obrigação de fazê-lo sentir coisa alguma — não quando ela mesma mantinha todo o afeto trancado a sete chaves. Porém, uma desconfiança que Elm já vinha nutrindo agora virava certeza.

Certas coisas, nem a magia era capaz de apagar.

A biblioteca não estava vazia. Porém, a mesa comprida de mogno diante da lareira estava. A pena e o caderno de Elm continuavam caídos no chão, desde sua última vez ali, dois dias antes. Ele os catou e se instalou em uma cadeira, de costas para o fogo. Ione sentou-se ao lado dele.

Elm abriu o caderno. Não tinha o que desenhar, mas precisava se distrair, pelo menos até a tremedeira tensa e sufocante nas mãos, nos pés e no peito ficar mais tolerável.

Ele correu a pena em traços longos e amplos no papel, apertando com força excessiva, marcando várias páginas.

— Desculpe. Eu às vezes fico assim — disse ele, fazendo uma careta para as próprias mãos. — Aqui em Stone.

A silhueta de Ione era um espectro diáfano na visão periférica dele. Ela passou a mão no caderno dele, o dedo na borda rasgada devido a todas as páginas arrancadas.

— Deve ser difícil estar aqui sem seus primos. Ser forçado a ocupar o lugar do seu irmão como herdeiro.

Elm se virou para ela de repente.

— Como você sabe disso?

— Você ocupou o lugar de Hauth na sala do trono. Sentou-se na cadeira dele no salão. Achei que fosse óbvio.

— O rei ainda não anunciou — disse Elm, afastando o cabelo do rosto. — Está esperando.

— Pelo quê?

Que eu escolha uma esposa.

Como ele não respondeu, Ione deu de ombros em um gesto imparcial.

— Imaginei que ele fosse coroar você. Até pensei em perguntar sobre isso no porão, mas...

Mas no porão nada saíra como o planejado.

Elm tensionou a mandíbula. A ansiedade do cofre se esvaía, substituída por outra inquietação. Ele se debruçou na mesa e apoiou o rosto na mão.

— Falando nisso, Hawthorn. Se eu... Se foi desconfortável para você... — disse, e pigarreou. — Se prefere fingir que nada aconteceu, eu entendo.

— O que faz você pensar que foi desconfortável para mim?

A gargalhada de Elm veio carregada de certa tensão.

— Dizer que você saiu às pressas seria um eufemismo. Você praticamente fugiu.

Ione abaixou o olhar para o caderno. Ela pegou a pena de Elm e a passou com leveza no papel. Uma mecha de cabelo loiro escapuliu de trás de sua orelha.

— Você ficaria chocado, príncipe, se eu dissesse que, caso não tivéssemos sido interrompidos, eu teria ficado lá?

— Com que objetivo?

A pena parou no papel, e Elm foi recompensado com um rubor quase invisível. Um tom rosado que subiu do frufru horroroso da gola do vestido até a mandíbula, instalando-se enfim no rosto, deixando os lábios dela ainda mais rosados. Incutiu um efeito maravilhoso, e horrível, na imaginação dele. Elm se perguntou onde mais ela seria rosadinha daquele jeito.

— Quer que eu diga todas as coisas que poderíamos ter feito? — perguntou ela.

— Quero.

— Em detalhes sórdidos?

— Sem dúvida.

Ione passou a ponta da pena no meio do lábio e o encarou, bem nos olhos.

— Implore.

Elm flexionou as mãos. Inspirou fundo...

O cantinho da boca de Ione tremeu. Ela estava brincando com ele, e a culpa era dele mesmo. Ele tinha dito a ela para fazê-lo. E ela, assim como o próprio Elm, começara a avaliar as reações dele a ela como se aquilo fosse um experimento científico, ou um jogo cruel.

Um palavrão escapou da boca de Elm. Ele passou a mão pelo cabelo desgrenhado.

— É muita sorte sua não estarmos a sós.

Como se convocados pelas palavras, passos ressoaram por ali. Alguém pigarreou e uma cadeira foi puxada do outro lado da mesa. Quando Elm se virou, flagrou-se cara a cara com Baldwyn.

O valete do rei trazia um livro de registros enorme, o qual largou na mesa com um baque descuidado. Ele fitou Elm por cima dos óculos.

— Príncipe Renelm — cumprimentou, e virou os olhinhos castanhos para Ione. — Srta. Hawthorn.

Elm rangeu os dentes.

— O que você quer, Baldwyn?

O valete abriu o fecho de couro do caderno.

— Seu pai preparou alguns documentos fundamentais, Sua Alteza — disse, e pegou uma pena e tinta. — Necessito de seu tempo e sua assinatura.

— Para quê?

— Para o lado burocrático da coisa, nas suas próprias palavras — disse Baldwyn, mergulhando a pena na tinta.

Elm olhou o caderno, a pilha de pergaminho constrita na encadernação. Até de cabeça para baixo dava para ler.

Renelm Rowan. Sua Segunda Realeza. Mantenedor da lei. Herdeiro de Blunder.

Elm passou a mão no rosto.

— Que rápido.

— Na verdade, senhor, os documentos ficaram prontos ontem. Mas fui informado de que o senhor estava a passeio, vadiando pelo Castelo Yew.

— O Herdeiro Vadio... gostei. Pode acrescentar ao título.

Baldwyn o olhou.

— Humor — declarou, com a voz seca de desprezo. — Que diferença em relação ao seu irmão.

A cadeira ao lado de Elm foi empurrada para trás, e Ione se levantou.

— Deixarei vocês...

Elm agarrou a saia dela, firme.

— Não tão rápido, Hawthorn.

Ione se virou para ele, forçando a vista.

— Vou atrapalhar.

— Pode ficar bem aqui. Precisamos de uma testemunha, não é, Baldwyn?

— Exatamente. Já pedi...

— Perfeito. Ofereço a srta. Hawthorn.

Elm puxou com força o vestido de Ione. Ela se largou na cadeira com um baque, e seus olhos cor de mel arderam, mas esfriaram dali a um segundo.

Baldwyn folheou o pergaminho e virou o caderno de registros para Elm e Ione. Ele olhou de relance para trás, flagrando o escrivão que esperava na entrada da biblioteca.

— Não precisa mais, Hamish — avisou ao sujeito. — Convocamos nova testemunha.

O escrivão assentiu e se afastou. Na saída, teve de abrir caminho entre um grupo de quatro mulheres, nenhuma das quais lhe deu licença para passar. Elas conversavam aos cochichos atrás de mãos enluvadas, todas de olho em Elm.

— Pelo amor das árvores — resmungou ele, incomodado com a vigilância.

Antes que ele lhes desse as costas, porém, uma das mulheres chamou sua atenção. Não se lembrava do nome dela. Yvette Laburnum, era isso? O pai dela era um enxerido, mas as terras dele produziam mais vinho para Blunder do que todos os outros vinhedos juntos, então era tolerado.

Yvette tinha cabelo castanho cacheado e usava um vestido azul brilhante. Porém, não era o tom forte da roupa que chamara a atenção de Elm.

Era a qualidade surreal e etérea de seu rosto. Ela era perfeita demais — a pele reluzindo, impecável, o rosto tão simétrico que quase incomodava. Tanta beleza que mal parecia verdade.

Porque não era mesmo.

Ao lado dele, Ione se esticou. Ela também observava Yvette. Elm passou a mão por baixo da mesa para encostar de leve na perna de Ione, em reconhecimento à coisa — à magia — que se juntara a eles na biblioteca.

Outra Carta da Donzela.

O Rei Pastor dissera haver três Cartas cor-de-rosa no castelo. Uma Donzela estava bem guardada no cofre do pai dele. Outra, ao que parecia, pertencia a Yvette Laburnum.

Menos duas. Faltava uma.

A tarde se arrastou enquanto Elm cuidava dos documentos do rei. Seus dedos ficaram manchados de tinta de tanto assinar seu nome, cada *Renelm* menos formal do que o anterior.

Durante o tempo todo, Ione ficou sentada ali, com o olhar distraído. Mais de uma vez, por baixo da mesa, Elm beliscou a perna dela, puxou a saia em busca de um sinal de vida. Então os olhos dela brilhavam por um momento, o canto da boca tremia, mas, afora isso, nada mais.

Quando a formalidade finalmente acabou e Elm foi nomeado herdeiro do trono de Blunder, o único rito foi fechar o caderno de registros de Baldwyn. Ele fez uma reverência.

— Nos vemos daqui a uma hora no banquete, senhor.

Ione e Elm se demoraram à mesa.

— Qual é a sensação de saber que a coroa será sua?

— A mesma de cair do cavalo.

Elm tirou do bolso as três Cartas da Providência, a sua e as duas que pegara no cofre, ansioso para mudar de assunto da realeza. Ele alinhou as Carta na mesa: Foice, Espelho, Profeta.

Ione olhou para as Cartas.

— Por que pegou o Espelho?

— Se o Profeta não ajudar a encontrar sua Donzela, a próxima opção é vasculhar sua memória com um Pesadelo — disse ele, se ajeitando. — E eu não tenho a menor intenção de entrar tranquilamente no quarto de Hauth e pedir emprestado.

— Então você vai roubá-la?

Elm olhou para os lábios dela. Imaginou-se cochichando todo tipo de coisa junto àquela boca — imaginou-se dizendo para Ione Hawthorn que ficava mais à vontade como bandoleiro do que como príncipe Rowan.

— Acho que dou conta — disse, e empurrou a Carta do Profeta para ela. — Já usou uma dessas?

Ela fez que sim, observando a imagem na Carta — um velho obscurecido por um capuz cinza.

— Minha mãe tem uma dessas.

Tinha, pensou Elm, com uma pontada na barriga.

— As visões do futuro nem sempre são literais.

— Eu sei.

Ione tocou o Profeta três vezes e fechou os olhos.

Ela ficou imóvel, exceto pelo subir e descer do peito. Um minuto depois, abriu os olhos de repente e, com os dedos rígidos, tocou o Profeta até se livrar da magia. Se Elm não estivesse habituado a estudar seu rosto, talvez sequer teria notado a ruga suave entre as sobrancelhas.

— Viu sua Donzela?

— Não sei. Eu... — disse ela, mordiscando o lábio. — Não sei *o que* eu vi.

— Conte.

— Eu estava em um prado. Tinha neve no chão, na frente de uma saleta de pedra. A família Yew estava lá, com um menino frágil no colo — disse ela, baixando a voz. — Você também estava lá, príncipe. Assim como meu pai e o tio Erik.

Elm congelou.

— O menino era Emory?

— Sim. Um homem alto que nunca vi me protegia com uma espada. Ele tinha olhos amarelos, como os que Elspeth tem agora. Ele pegou minha mão, abriu meus dedos. Na minha palma estavam três Cartas. A Donzela, a Foice...

Ela ergueu os olhos cor de mel.

— E os Amieiros Gêmeos — concluiu.

CAPÍTULO TRINTA E UM
RAVYN

Eles danaram a correr pelo bosque, o crepúsculo vindo logo atrás. Acima, os corvos grasnavam, as asas obscurecendo os espaços entre as copas das árvores. Ravyn se lembrou do que Hesis dissera da magia. *Eu enxergo pelos olhos dos corvos.*

Jespyr olhou para o céu.

— Primeiro lobos, agora, corvos. Adoraria não ser perseguida por esse bosque maldito.

O Pesadelo os conduzia. Ele interrompeu o ritmo para bater a espada três vezes na terra, e aí encostou a mão em um choupo nodoso. Fechou o os olhos. Cochichou.

Ali, de olhos fechados, poderia até ser Elspeth. Ravyn sentiu um nó nas entranhas.

— O que você está fazendo?

— Pedindo passagem.

Um silêncio absoluto tomou o bosque. Nenhuma brisa os tocou, nenhuma folha crepitou sob os passos. A bruma os abraçou, sal, ardência e um frio tão profundo que fazia Ravyn lembrar das masmorras de Stone.

Então, um a um, os galhos do choupo começaram a se virar. Tortos, eles se dobravam, mas nunca quebravam.

Todos apontaram para o leste.

Quando o Pesadelo abriu os olhos amarelos, estavam embaçados.

— Estamos quase lá.

A bruma ficou mais densa, e o céu, escuro. A espada do Pesadelo brilhava à luz fraca enquanto ele os conduzia pelos espinheiros e pela mata baixa. Não havia trilha, mas seus passos eram firmes, decididos.

Uma dor pulsava pelo rosto de Ravyn, irradiando do nariz, que tinha voltado a sangrar. Quando pingou sangue em sua boca, ele tossiu — cuspiu.

O Pesadelo se virou.

— Estou bem — disse Ravyn, seco. — Continue.

O chão começou a descer, inclinado, rumo a um vale estreito onde a bruma era tão densa e o céu tão escuro que Ravyn mal enxergava um palmo além. Um baque soou atrás dele, seguido de uma série de palavrões. Ravyn flagrou Petyr embolado em corniso, e o libertou pela gola, com um puxão firme.

— Precisamos parar — disse Petyr —, senão vamos acabar torcendo o tornozelo nessa mata cerrada. — Ele fez uma careta. — Seu nariz está um desastre, rapaz.

— Essa viagem toda está um desastre — resmungou Jespyr, mas uma olhadela para Ravyn a fez parar bruscamente. — Ele está certo. É melhor pararmos por hoje.

— Aqui — veio a voz manhosa do Pesadelo mais adiante.

Quando o encontraram no fundo do vale, ele estava parado, imóvel, na beira de outro bosque.

As árvores diante dele não estavam meramente próximas. Elas formavam uma *muralha*. Assim como o lago, a mata se estendia para além do horizonte. Eram centenas — milhares — de árvores, todas entrelaçadas.

O coração de Ravyn acelerou. Ele avançou um passo e encostou a mão calejada num tronco torto.

— São amieiros.

A voz do Pesadelo escorregou entre os dentes.

— O segundo começa na entrada do mato, e mesmo querendo voltar, é aqui seu ultimato. Quem aqui penetra, falta cuidado, atenção, reverência, por inteiro. O inferno nem se compara...

"Ao bosque do amieiro."

O vento sussurrou entre as árvores e trouxe o cheiro forte de sal.

— A Carta dos Amieiros Gêmeos — começou Jespyr, olhando com desconfiança para a fileira sem fim de árvores — está aí dentro?

— Está.

— Como entramos?

— Deixemos isso para amanhã. Por enquanto... — disse o Pesadelo, e deu meia-volta, se voltando para o caminho que tinham tomado. — Choupo — murmurou.

Os choupos começaram a se mexer no vale. Reviraram a terra, sacudiram o solo. Petyr perdeu o equilíbrio e caiu, e Jespyr se segurou em Ravyn antes que acabasse também de boca na terra.

O Pesadelo começou a girar a espada com gestos baixos e circulares, e os choupos imitaram os movimentos. Quando as árvores acabaram de se rearrumar, estavam em círculo ao redor do bando.

O Pesadelo bateu mais três vezes com a espada, e as árvores pararam, tão unidas que nem uma criança passaria pelo intervalo entre os troncos.

— Aqui devemos estar protegidos de qualquer bicho — disse o Pesadelo, e se virou até apontar a ponta da espada para o rosto de Ravyn. — Sente-se, Ravyn Yew. Vou consertar seu bico quebrado.

Ravyn apoiou as costas largas no tronco de um choupo. Não gostou da sensação. Lembrava demais o poste em que fora amarrado naquele forte, onde perdera toda a compostura.

Onde matara Gorse.

Petyr se abaixou ao lado dele, grunhindo.

— Wik... — suspirou, com a voz irregular. — Ele quebrou meu nariz quando a gente era moleque. Doeu pra cacete.

— Estou bem.

A risada do Pesadelo soou a poucos passos dali. Ele derramou água do cantil de Petyr nas mãos para limpar a sujeira.

Jespyr se agachou do lado oposto do círculo de choupos, e todos desviaram o rosto para ela poder se aliviar atrás de um arbusto. Quando acabou, ela se levantou e passou a mão no rosto, fazendo uma careta.

— Acho que aquelas vagabundas também quebraram alguma coisa na minha cara.

Estava muito escuro para enxergá-la direito. A lua era apenas uma mancha pálida no céu noturno, envolta em bruma. Ainda assim, o inchaço na bochecha esquerda de Jespyr era inconfundível.

Ravyn não notara durante a briga no pátio. A magia de Otho, aquela fumaça terrível, maculara sua visão. Ele só conseguia enxergar fúria e ódio.

A culpa o agarrou pelo pescoço. Ele revirou o bolso e forçou a vista na penumbra para identificar a Carta cor-de-rosa.

— Aqui — disse, oferecendo a Carta da Donzela para o Pesadelo. — Dê para ela.

O Pesadelo inflou as narinas, olhando para a Donzela.

— Não posso encostar nisto.

Ravyn levantou as sobrancelhas.

— Acredite, eu adoraria se pudesse tocá-las. Se eu fosse capaz de pegar os Amieiros Gêmeos sozinho, teria me poupado da chateação de viajar com vocês. Mas ainda estou no corpo de Elspeth. Se eu tocar qualquer Carta... ela absorverá o objeto que paguei para forjá-la.

Jespyr o contornou e pegou a Donzela da mão de Ravyn.

— O que você pagou por esta, Rei Pastor?

— Seu cabelo, que com a faca tosou — respondeu Petyr, e fez-se um momento de silêncio. — O que foi? Não é como se eu nunca tivesse lido *O velho livro*.

Ravyn tocou o próprio nariz. Fez uma careta.

— Nem sabia que você era alfabetizado.

Petyr deu uma cotovelada nas costelas doloridas dele.

— Pode rir à vontade. Sabemos muito bem que esta linda Cartinha cor-de-rosa não vai fazer nada para curar *você*.

Jespyr tocou três vezes na Donzela. Fechou os olhos. Soltou um suspiro demorado.

— Pelas árvores — falou, com reverência na voz. — Como é bom não sentir dor. — Ela encostou a mão na face recuperada e tocou três vezes a Carta outra vez. — Se Elspeth tivesse encontrado esta Carta em vez do Pesadelo, todos esses anos atrás, ela teria absorvido... seu cabelo?

— Sim — respondeu o Pesadelo. — Eu tinha o cabelo comprido. Escuro. — Ele olhou para a cabeça de Ravyn. — Igual ao seu. Talvez entupisse a garganta dela. Enroscasse no coração. Formasse um ninho nos pulmões.

Jespyr sentou-se ao lado de Ravyn.

— Bem quando eu acho que você está ficando tolerável, você inventa de abrir a boca.

O Pesadelo chegou mais perto, a passos silenciosos. Ele avultava diante deles. Estalou a língua nos dentes e agarrou o nariz de Ravyn.

O som de moagem que se sucedeu foi horrível, e a dor atravessou a máscara que era o rosto de Ravyn.

— *Caralho de árvores.*

— Como eu desconfiava — disse o Pesadelo, indiferente. — Quebrou, com certeza.

Ravyn jogou a cabeça para trás.

— E você lá é Clínico?

— Não sou. Mas já consertei muitos narizes... inclusive o meu.

— Espero que a pessoa que quebrou seu nariz tenha se divertido.

— Não tenho dúvida disso — disse o Pesadelo, a voz levada pela bruma. — Brutus Rowan tinha muita previsão quando o assunto era dor.

Todos ficaram imóveis.

Devagar, Jespyr se esticou para a frente.

— Você conhecia ele bem? O primeiro rei Rowan?

— Deixa isso para lá — disse Petyr. — O que queremos saber é aquilo que todo mundo passou quinhentos anos tentando adivinhar. Foi ele quem matou você?

O Pesadelo não respondeu. Firmou a boca em uma linha reta, os olhos voltados para as árvores. Estava com aquela expressão distante de quando conversava com Elspeth.

Ravyn rangeu os dentes.

— E então?

Os olhos amarelos se voltaram para ele.

— Sim. Eu o conhecia bem — disse o Pesadelo, e se curvou diante de Ravyn. — Vai doer. É melhor você se distrair.

— Como espera que eu me distraia?

— Ponha a mão no bolso.

Ravyn franziu a testa, e o Pesadelo suspirou.

— E depois diz que não é burro — resmungou. — A Carta do Pesadelo, Ravyn Yew. Este é o maior convite que você receberá para entrar na minha cabeça.

Com os dentes rangendo, Ravyn meteu a mão no bolso — arrancou o Espelho e o Cavalo Preto de Gorse.

Sentiu o estômago revirar. Quando pegou a Carta do Pesadelo, suas mãos estavam tremendo.

Três toques. Sal. E então... *Ravyn.*

Ele fechou os olhos. *Elspeth.*

Você... Um som agudo, irritado, percorreu a mente de Ravyn. *Fico tentando pegar sua mão.*

Ravyn se engasgou com o nó em sua garganta. *Queria que fosse possível.*

Estão tremendo. Suas mãos.

Eu sei. Estão tremendo desde que...

O Pesadelo esticou os braços e pegou o nariz do Ravyn usando as duas mãos. Mais um som terrível, de cartilagem e osso sendo moídos, e Ravyn começou a se debater. Jespyr e Petyr seguraram os braços dele, um de cada lado.

— Fique quieto, alazão — resmungou Jespyr.

Fique quieto, Ravyn.

A dor o invadiu. Ele contorceu o rosto e fechou os olhos com ainda mais força, tentando esconder o incômodo. Mas não dava... desta vez, não.

Não me olhe, Elspeth.

Ravyn.

Ele sacudiu a cabeça; falava com Elspeth — consigo — com a voz entrecortada.

— Não quero que ninguém me veja assim.

Jespyr continha a mão esquerda dele, e Petyr, a direita. E Elspeth — a voz dela o envolvia inteiro. Mil pétalas de rosas caindo em cima dele. *Você não corre perigo de me perder mais, de perder sua irmã, de perder seus amigos. Não há fraqueza na dor, Ravyn.*

A pressão cresceu atrás dos olhos dele.

— O que eu fiz naquele pátio... O que eu disse...

Jespyr segurava o braço dele, contendo os tremores.

— Eu sei. Foi um horror. O que eu disse também. Perdão.

Mais um lampejo de dor fulminante, e o Pesadelo enfim soltou o nariz de Ravyn.

— Deixe bem erguido.

Ravyn encostou a cabeça no choupo. O Pesadelo se curvou diante dele.

— Não entendeu? — murmurou. — Depois disso, não há mais fachada, não há mais fingimento. A morte exige ser sentida. Não foi apenas Gorse quem morreu hoje naquele pátio. — O olhar amarelo vasculhou as partes mais sombrias de Ravyn. — Morreu também o capitão dos Corcéis.

***

Era tarde. Ravyn, Jespyr e o Pesadelo ainda estavam acordados — mal e porcamente. Petyr roncava, enroscado num canto.

O nariz de Ravyn doía um pouquinho menos. Ele estava tentando mantê-lo erguido, olhando para os troncos longos dos choupos, todos rumo ao céu como braços elevados em busca da lua.

Jespyr estava com a Carta do Pesadelo. Ela conversava com Elspeth, que no momento ostentava a aparência mais relaxada que Ravyn via nos últimos dias. Quando acabou, ela passou o dedo devagar pela borda da Carta e a devolveu para Ravyn.

Ele a tocou.

Você está cansado, murmurou Elspeth, a voz cobrindo a mente dele como um manto. *Estarei aqui quando você acordar. Descanse.*

Não quero descansar, Elspeth. As pálpebras dele pesavam. *Só quero você.*

Eu sei. Ela parou um segundo. *Seu nariz ainda está muito elegante. Sem dúvida seu traço mais bonito.*

O cantinho da boca de Ravyn tremeu. *Acha mesmo?*

Boa noite, Ravyn.

Boa noite, srta. Spindle.

Ele deu três toques na Carta do Pesadelo e a guardou no bolso.

— Aí está — disse Jespyr, bocejando. — Um indício daquele sorriso esquivo.

— Nem sei do que você está falando.

Ela cutucou o ombro dele.

— Teimoso até o fim.

— Alguém precisa dissipar seu otimismo.

— É para isso que tenho Elm. Mas você... você não é nada pessimista, irmão — disse ela, sorrindo. — E isso acaba com você.

O Pesadelo olhou para eles dois. Com a voz sedosa e lenta, falou:

— Eu também tive uma irmã, menos de dois anos mais nova do que eu. Meu pai dizia que éramos como galhos da árvore que dava nosso nome. Retorcidos e intrépidos, eu e Ayris.

Ele se afastou antes de Ravyn perguntar mais, e se retirou para o lado oposto do círculo de choupos.

— Ele me assusta — disse Jespyr, se aconchegando. — Passo a maior parte do tempo torcendo para que não me dirija esses olhos amarelos. Ele parece tão sinistro, tão desumano, mas aí...

— Mas aí ele nos lembra de quem foi um dia — murmurou Ravyn —, antes de virar o monstro.

Eles se apoiaram de costas, um no outro, e ergueram os olhos para o céu. Costumavam sentar daquele jeito quando crianças, como Corcéis na patrulha, como bandoleiros no bosque.

— Não vejo estrela nenhuma — disse Jespyr.

— É bruma demais — disse Ravyn, fechando as pálpebras. — Não sei o que se encontra do outro lado desses amieiros, Jes. Quando entrarmos, não saia de perto de mim.

Quando ele pegou no sono, foi com a voz da irmã ao ouvido.

— Estou sempre com você.

CAPÍTULO TRINTA E DOIS
ELM

Era apenas o terceiro banquete, e o charme cortês de Elm estava se esgotando. Porém, o pai estava no estrado, se afogando em rabugice e vinho, e Elm preferiria dançar até os pés sangrarem a ficar mais um momento sequer na cadeira de Hauth.

O tema da noite eram as Cartas da Providência. Elm achava falta de inspiração da parte de Baldwyn basear o tema em algo que já ocupava tanto das conversas fúteis da corte.

As fantasias eram... previsíveis. Cafonas.

A maioria das mulheres usava vestidos cor-de-rosa e rosas no cabelo, evocando a Donzela. Outras vestiam violeta, representando a Carta do Espelho, e andavam com espelhinhos de prata na mão. Os homens usavam turquesa, para o Cálice; o que vinha a calhar, já que bebiam todos em abundância das taças.

Havia algumas túnicas brancas adornadas com golas de plumas, representando a Águia Branca, a Carta da coragem. Uma alma ousada prendera arames nas costas do gibão e os envolvera de hera para representar o Portão de Ferro. Outro enchera a túnica dourada com tecido a mais, dando à barriga uma forma oval e protuberante. O Ovo Dourado.

Apenas o rei usava o vermelho da Foice, e ninguém se arrumara de preto, representando o Cavalo Preto. Esse direito era reservado aos Corcéis.

Elm estava de preto mesmo assim.

A orquestra tinha crescido, com mais três violinos, e tocava mais alto agora que o jantar acabara e começara a dança. O vinho fluiu a ponto de ficar evidente no rosto de todos, manchando bochechas, lábios e dentes.

Era útil ser alto pois, apesar do volume da multidão, Elm enxergava facilmente todos os cantos do salão, em busca daquele cabelo loiro distinto. Ione não dançava com ninguém na pista, nem estava sentada à mesa alguma. Elm estava prestes a soltar a mão de sua parceira de dança e ir procurar pelo jardim quando notou um círculo de mulheres de pé junto à parede dos fundos.

Elas estavam envolvidas em algum jogo com uma Carta do Poço. Das seis, quatro usavam fantasias cor-de-rosa de Carta da Donzela, e uma, violeta, do Espelho. A última, de cabelo loiro amarrado em um coque na nuca, estava de costas para Elm. Usava um vestido cor de vinho. Os dedos estavam pintados de preto até os nós, para representar garras.

A única fantasia de Carta do Pesadelo no salão.

A dança acabou e Elm percebeu que não escutara uma palavra de sua parceira. Ele então se despediu com uma reverência e atravessou a turba a passos rápidos. Quando o círculo de mulheres notou sua aproximação, deixou de lado a brincadeira com o Poço e todas voltaram o olhar apenas para ele — exceto por Ione. Ela demorou para se virar. Quando enfim se dignou ao movimento, Elm viu que ela pintara as pálpebras de amarelo — a cor dos olhos do monstro na Carta do Pesadelo.

— Príncipe — disse ela, com o olhar, o rosto, a boca, todos indecifráveis. — Que surpresa você não usar o vermelho da Foice.

— Digo o mesmo para você por não estar usando algo minimamente rosa.

— Não há nada de errado com rosa — disse ela, passeando o olhar maquiado pela túnica e pelo gibão de seda de Elm, todos pretos. — Você, seu esnobe terrível, parece um bandoleiro rico.

— Acredito que ele esteja de preto por causa do Cavalo Preto, Ione — cochichou uma das mulheres atrás dela.

Elm e Ione responderam ao mesmo tempo.

— Não está...

— Não estou.

Ione sorriu sutilmente. Elm coçou o pescoço e também sorriu.

— E você? — perguntou ele, apontando para a roupa dela.

— É uma fantasia bem monstruosa.

Ione olhou para o vestido cor de vinho.

— Foi presente do seu pai. Ele também mandou pintar minhas mãos e meu rosto.

O sorriso de Elm vacilou. Assim como as outras roupas que recebera desde a volta a Stone, o vestido de Ione não cabia bem nela, e seu corpo ficava perdido no excesso de pano. A única parte apertada era a renda abaixo do queixo. Ele estava começando a achar que não era coincidência as golas todas se assemelharem a uma coleira.

Uma coisa era Ione escolher a fantasia. Outra era saber que o pai vinha tramando para castigá-la...

Ele sentiu o calor queimar sua garganta.

— Imagino que o rei quisesse me lembrar de que estou aqui apenas devido à Carta do Pesadelo que meu pai pagou a ele — disse Ione, e levantou a mão, curvando os dedos pintados como se fossem mesmo garras. — Ou talvez desejasse apenas me chamar de monstro.

As mulheres atrás de Ione se aproximaram.

— Nada disso, Ione. O rei Rowan demonstrou um cuidado especial por você ao planejar sua fantasia.

— É verdade — disse outra. — Os Rowan foram muito atenciosos.

— Deve ser muito difícil — opinou uma terceira — ver as coisas com leveza, Ione, enquanto o príncipe Hauth está acamado e doente.

Ione nem pestanejou.

— É mesmo difícil — disse, e se virou para Elm. — Acredito que jogos no jardim já se iniciaram, príncipe. Poderia me acompanhar até lá?

Eles se entreolharam.

— É claro.

Sem desviar o olhar dela, Elm levou a mão de Ione ao peito e a pressionou no tecido macio do gibão. Então, usando de um pouco de força, esfregou os dedos dela pelo abdome para limpar a tinta preta da pele. Fez o mesmo com a outra mão, a roupa preta absorvendo a mancha.

— Eu a levo aonde quiser, srta. Hawthorn — acrescentou.

Eles deixaram para trás o círculo de mulheres, ainda de mãos dadas. Quando chegaram às portas douradas do jardim, Elm soltou, mais brusco do que pretendia:

— Você não é um monstro.

— Não sou nada até recuperar minha Carta da Donzela.

O ar noturno tocou a testa quente de Elm.

— Falando nisso — disse ele, olhando para o labirinto dos jardins. — Qual parte do jardim você estava tentando revistar antes de Linden interrompê-la?

— O labirinto das rosas. Há estátuas ali com pedra velha e rachada.

Eles seguiram a trilha, passando por cortesãos que brincavam com Cartas de Águias Brancas, Poços e Cálices. Passaram por apaixonados escondidos atrás das sebes e das árvores. Passaram por arbustos e pela mata escura, até restar apenas Elm, Ione, o jardim e a bruma.

— Está com seu amuleto? — perguntou Ione.

Elm sacudiu a mão, a pulseira de crina de cavalo arranhando a pele.

— E você?

Ela esticou a gola e tirou de baixo o dente de cavalo na correntinha.

Elm pegou uma tocha do suporte e os conduziu pelo labirinto composto de roseiras cuidadosamente podadas, todas sem flor. Eles vasculharam todas as estátuas, todas as rachaduras. Nada.

Ione ficou quieta, o único som entre eles era o eco distante de cortesãos e do gongo do castelo que ressoava pelo jardim — nove toques. A cada descoberta de estátua sem a Carta da Donzela escondida, a paciência de Elm reduzia um pouco mais. Quando o gongo marcou dez horas, ele estava tremendo de inquietação.

— Você está com raiva de mim?

Ione ergueu o olhar para ele, devagar.

— Não. Por que você acharia isso?

— Não encontramos sua Carta.

— A culpa não é sua. Não foi *você* que escondeu.

— Não, mas... você parece... — tateou ele, e engoliu em seco. — Eu não me dou bem com silêncio. Tendo a pensar demais.

— O que o incomoda é Stone, príncipe? Ou sou eu?

— Você não me incomoda, Hawthorn — disse ele, mordendo a bochecha. — Pelo menos, não do mesmo jeito que o castelo.

Era difícil olhar para ela. Sob a dor que existia entre eles havia uma meada fina e frágil. Um fio que Ione passara pelo olho da agulha e afundara no peito de Elm, atravessando os tijolos e os espinhos, embora ela sequer percebesse. Era desconfortável fingir que ela não estava atada a ele, que não se tornara vital para ele ajudar a encontrar a Carta da Donzela. Que ele não sentia dor toda vez que estava com ela. Era um desconforto tão terrível e maravilhoso.

E então Elm fez o que sempre fazia quando estava desconfortável. Afundou a mão no bolso e tirou a Foice.

— Por que você quis esta Carta? — perguntou. — Quando combinamos nosso joguinho com o Cálice, e você cismou de achar que eu não me lembraria de você...?

Ione tateou as rachaduras de uma estátua ali perto.

— Eu queria ver se conseguiria forçar minha mente a se lembrar de onde escondi a Donzela.

— Posso tentar. Não garanto que vá funcionar...

— Não. Não quero que ninguém use a Foice em mim. Nem você, príncipe.

Elm hesitou um momento. Fez uma careta. *Caralho, Hauth.* E pôs a Carta na mão de Ione.

— Então pode fazer você mesma.

Ela inclinou a cabeça para o lado, fechando os dedos ao redor da Foice.

— Da última vez que peguei essa Carta, você me disse muita coisa.

Elm puxou um fio do cabelo dela que caíra do coque.

— Porque você roubou a Carta do meu bolso.

— É verdade — disse Ione, girando a Carta entre os dedos. — Foi quase... gostoso poder mandar os bandoleiros fazerem o que eu quisesse.

— E a dor por usar demais? Como foi?

A Foice parou.

— Um horror. Não sei como você aguenta.

— Estou acostumado — disse Elm, e chutou uma pedrinha na trilha. — Fui profundamente educado na dor.

Ione recuou um passo. Franziu a testa para ele.

— Você não deveria ser tão leviano em relação às coisas que aconteceram com você, príncipe.

— O que prefere que eu faça? Que eu queime o castelo inteiro, com todo mundo dentro?

— Seria um bom começo.

Elm riu bruscamente.

— Pelo amor das árvores, Hawthorn. Que rainha você seria.

Não era intenção dele dizer aquilo. E, graciosa, Ione não respondeu. Seus olhos apenas brilharam por um momento, e ela voltou à Foice em suas mãos. Prendeu a respiração, bateu três vezes na Carta e fechou os olhos.

Elm ficou imóvel. Quando os olhos cor de mel voltaram a se abrir, não havia emoção neles.

— Não — disse ela, e devolveu a Carta. — Lembro só da mesma coisa. Da pedra quebrada.

Eles saíram do labirinto das roseiras para o pomar de sorveiras. Tinha bruma para todo lado, o sal fazia os sentidos de Elm arderem. Ela se acumulava, densa, em um laguinho na beira do pomar. No centro do lago ficava uma ilha minúscula e, nela, uma estátua. A pedra ali era velha, rachada. Porém, o homem esculpido em mármore era inconfundível.

Brutus Rowan. O primeiro rei Rowan.

Elm já havia jogado pedras na estátua quando era menino. Não gostava do rosto de Brutus. Era bonito, com um sorriso esculpido. Porém, sob o sorriso, perdurava uma ameaça fria. O peito de Brutus era largo, empinado em dominância. As sobrancelhas estavam abaixadas, o olhar fixado em algo que só ele via, como um caçador atento à presa. Fazia Elm se lembrar de seu pai, de Hauth.

Ele olhou para o laguinho.

— Lembra-se de ter nadado no Equinócio?

— Não. Mas meu vestido acabou tão destruído que não é impossível.

— Se eu quisesse tornar uma Carta da Donzela inalcançável — disse Elm, apontando a estátua —, talvez mandasse alguém nadar um pouco para escondê-la.

Ela levantou as sobrancelhas.

— Ali?

Elm já estava tirando as botas.

— Não vamos deixar pedra sobre pedra, Hawthorn.

Ele tirou o gibão, a túnica e a camisa de seda também. Quando notou que Ione observava a pele nua de suas costas, sorriu.

— Perdão — disse, apontando as roupas largas. — Eu devia ter perguntado se você queria ajudar.

Ele mergulhou no lago. A água era fria, grudenta de alga. Elm fechou os olhos e tomou impulso com os pés, alcançando a ilha em dez braçadas.

Não tinha espaço para ficar de pé, pois a ilha não era muito maior do que a base da estátua. Elm se apoiou no braço de mármore de Brutus Rowan e se ergueu da água, a bruma se espalhando ao redor.

— E aí? — chamou Ione.

Ele revistou as rachaduras da estátua. Algumas eram finas, outras, mais quebradas. Havia uma fissura no peito de Brutus Rowan, funda e larga o bastante para Elm passar o dedo. Porém, não havia nada no espaço, apenas pedra fria. Nenhum sinal da borda de veludo de uma Carta da Providência.

— Nada.

Ele tirou o dedo dali, fechou o punho e deu um soco no peito ridículo de mármore de Brutus Rowan.

A estátua rangeu. A fissura no peito de Brutus se abriu, descendo pelas pernas, até uma rachadura grande se transformar em centenas delas.

— Merda.

As pernas de mármore de Brutus Rowan quebraram no tornozelo e a estátua tombou no lago, carregando Elm. Ele caiu na água, foi afundado brevemente pelo peso do mármore, prendeu a respiração... e a seguir voltou a nadar. Quando bateu as costas na margem gramada, saiu rapidamente, inspirou fundo...

E a bruma o invadiu.

O gosto era de salmoura e podridão. E invadiu os pulmões de Elm, o corpo todo, a mente. Ele ficou rígido no chão, arregalando os olhos ao tatear o pulso, em busca do toque familiar da crina de cavalo...

O amuleto se fora. Perdido no lago.

— Príncipe?

Elm tossiu. Quando tentou falar, a voz foi sufocada por outra. Vinha da bruma, soando próxima e distante, como uma tempestade. *Elm*, chamou. *Elm, podre e perecido. Negligenciado, e agora escolhido. Eu o vejo, herdeiro dos reis. Sempre o vi.*

Ione estava ao lado dele na grama, com as mãos em seus ombros.

— O que houve?

Uma compulsão tão forte quanto a da Foice estava apunhalando Elm, mandando-o se levantar, correr bruma adentro. Ele rangeu os dentes para se controlar, a boca seca de sal.

— Amuleto — conseguiu dizer.

Ione arrebentou a corrente do colar com um puxão. A mão de Elm agarrava a grama. Ione então a puxou para si, prendendo o amuleto entre as duas palmas.

Quando Elm inspirou de novo, sofregamente, veio sem bruma. Quando inspirou mais uma vez, a podridão e a salmoura abandonaram seu corpo. Ele relaxou os músculos e olhou para Ione.

Cabelo loiro escapava do coque, balançando no mesmo ritmo rápido da respiração dela, que fitava o rosto de Elm.

— Príncipe Renelm. Seria uma terrível *falta* de esperteza morrer em busca da minha Carta da Donzela.

Elm apertou a mão dela.

— Não me chame assim — disse ele, tremendo. — É Elm. Só Elm.

— É o privilégio que ganho depois de salvar sua vida duas vezes?

Ele se levantou da grama, se aproximando o bastante para focar o ponto do rosto dela onde costumava haver sardas antigamente.

— Obrigado — disse ele, e desceu o olhar para os lábios dela. — Fico devendo.

A respiração de Ione acelerou.

— Você está me ajudando a encontrar a Carta. Considere isso um equilíbrio.

Eles então partiram, de mãos dadas, com o amuleto de Ione entre ambos, até saírem da bruma e voltarem pelo portão dourado do jardim. Elm tinha outro amuleto de crina no quarto, e obviamente precisava trocar de roupa antes de prosseguir a busca. Estava amarrando um gibão limpo quando a porta do quarto foi escancarada.

Filick Willow estava parado ali, de olhos arregalados.

— Ah, pelo amor de... Filick. Já não falamos de *bater*?

Tinha sangue na túnica do Clínico.

— Alteza — disse ele, e olhou para Ione, sentada na cama de Elm. — Srta. Hawthorn. Os dois devem me acompanhar.

Elm ficou tenso.

— O que aconteceu?

Pavor. Havia tanto pavor nos olhos do Clínico.

— O grão-príncipe Hauth. Ele despertou.

CAPÍTULO TRINTA E TRÊS
ELSPETH

O Pesadelo observava Ravyn e Jespyr pegarem no sono.
Eles estarão protegidos lá?, perguntei. *No bosque do amieiro?*
Não.
Então você precisa protegê-los.
Ele se agachou e, devagar, sentou-se no chão. Puxou a espada para o colo. *Não me saí muito bem na proteção daqueles que amo.*
Quando ele adormeceu, eu vaguei pelas sombras de sua mente, e as lembranças me encontraram logo.

Sentei-me na pedra da câmara que eu mesmo construí e olhei para cima. O teto que projetei quando ainda era um rapaz estava desgastado. Lá fora, os teixos balançavam, agitados pela brisa fria outonal. Nenhum raio de sol passava pelos galhos.
Havia apenas bruma cinzenta.
— Pai?
Virei o olhar para a janela. Ayris estava ali, de mãos dadas com Tilly. O calor habitual de minha irmã estava contido, seus olhos amarelos, duros. Porém, quando falou com minha filha, foi com a voz suave.
— Pode falar, Tilly. Peça para ele.
Tilly enroscou um dedo na ponta da trança escura. Abriu um sorriso tímido.
— Podemos balançar no teixo, que nem você prometeu?

Olhei para ela, indiferente. Depois de fabricar a Carta do Pesadelo — de trocar minha alma por veludo —, era mais fácil dizer *não* aos meus filhos.

— Agora não, meu bem — respondi, com a voz sedosa. — Ainda tenho que trabalhar.

O sorriso dela murchou.

— Está bem.

Ela soltou a mão de Ayris, levantou a barra da saia, suspirou e acrescentou:

— Vou esperar na campina, caso você mude de ideia.

Quando olhou para mim, Ayris, minha irmã solar, estava gelada.

— Seu trabalho o tornou um desconhecido — declarou, e correu atrás de Tilly.

No momento seguinte, o coro das árvores começou a tilintar na minha cabeça.

A Alma lhe deu onze Cartas, Taxus. E ainda pede mais?

— Esta bruma — falei, a palavra vibrando na língua — faz meu povo se perder. Atrai gente para o bosque. Sua magia não é uma bênção; é uma maldição.

Magia é assim, murmuraram as árvores.

— Quero outra Carta. Para dissipar a bruma.

A Alma não lhe dará uma Carta para desfazer justamente o que ela criou para chamar as pessoas de volta ao seu bosque.

— Então quero curar a febre e a infecção que ela causa. Vocês me disseram que, com as devidas negociações, chegaria um dia em que eu poderia curá-la.

Ainda não chegou o dia, Rei Pastor.

Eu rangi os dentes.

— Cansei desses seus enigmas, árvores. Já que não vão me dar respostas — falei, franzindo as sobrancelhas —, quero falar com a Alma propriamente dita. Deem-me uma Carta para tal.

A demora foi ensurdecedora. *Está bem*, sussurraram. *Mas ela não disse o preço.*

— Não me importa. Pago qualquer coisa.

Qualquer coisa?

— Qualquer coisa.

O sal inundou a câmara, mais forte do que eu jamais o sentira. Minha visão oscilou e eu caí. Bati a cabeça na terra com um baque brutal, e onze Cartas da Providência caíram do meu bolso e se espalharam ao meu redor.

Quando despertei, uma décima segunda Carta esperava na pedra. Verde-floresta, com duas árvores ilustradas — uma clara, a outra escura. O texto acima delas dizia *Os Amieiros Gêmeos*.

Toquei a carta três vezes. Esperei. Nada. Um palavrão se formou em minha boca. Toquei a Carta da Donzela para curar minha mão...

Mas a Carta não funcionou.

Senti um aperto na garganta. Bati no Espelho, tentei ficar invisível. Nada.

O Poço não me revelou inimigos, o Portão de Ferro não me deu serenidade. Berrei até perder a voz e fiquei dando os três toques nas Cartas até os dedos doerem. Ainda assim, não consegui utilizá-las.

Desabei ao pé da rocha, cercado pelas cores brilhantes das Cartas. Eu tinha encontrado um método para falar com a Alma do Bosque. Eu sangrara, negociara e me curvara por doze Cartas da Providência.

E não conseguia mais usar nenhuma.

As páginas da memória passaram mais rápido.

Um arauto leu um decreto real, advertindo Blunder a evitar a bruma.

De repente uma mulher, gritando de dor, com veias da cor da tinta. Ela conseguira passar pelos guardas do castelo e invadira a sala do trono para implorar por uma audiência com meus

Clínicos. Meu capitão da guarda, Brutus Rowan, batera três vezes na Foice e a obrigara a partir.

— Blunder corre um perigo grave — disse ele, na privacidade da biblioteca. — Essa bruma é uma praga, e só faz se espalhar.

Eu estava sentado a uma mesa larga, cercado de pilhas de pergaminho e tinta, debruçado em um caderno, escrevendo sem parar. Com a outra mão, virava a Carta dos Amieiros Gêmeos entre os dedos.

— Já falei mil vezes — retruquei, sem nem olhá-lo. — Darei um jeito de dissipar a bruma.

— Muita gente já se perdeu lá dentro. As rotas mercantis foram interrompidas. Ninguém mais pede a febre... é a Alma que a outorga à *força* — respondeu ele, com uma pausa. — Vi meras crianças com magia forte o suficiente para preocupar meus homens.

— E isso o assusta, Brutus? Magia ilimitada?

Ele não disse nada.

— Minhas ordens não mudaram. Recuem. Nem você, nem seus pôneis devem prender ou ferir ninguém que pegar a febre na bruma.

— Corcéis, não pôneis — retrucou Brutus, com a voz dura de ferro. — Foi você mesmo quem lhes deu o nome.

Folheei meu caderno e encontrei uma página no meio.

— *A Guarda Real não usa timbre. O Cavalo Preto é seu emblema, seu dever, seu credo. Com ele, defendem as leis de Blunder. São as sombras em toda sala; os olhos às suas costas; os passos pelas ruas. A Guarda Real não usa timbre* — li, e fechei o caderno, voltando o olhar para Brutus. — Não há menção alguma a Corcel. Acredito que tenha sido você, capitão, e não eu, quem tomou as rédeas desse nome ridículo.

Brutus flexionou a mandíbula.

— Não estou no clima para rir, Taxus.

— Melhor assim. Já esqueci o som da risada mesmo.

— Não havia motivo para rir quando chegou a bruma. Nem quando você trocou tudo de si pelas Cartas.

Olhei para a luz vermelha no bolso dele.

— Você se beneficiou dessas minhas trocas, não foi? Fez seu nome implacável no fio da Foice.

Ele empalideceu.

— Sim, Brutus. Sei o que você anda fazendo pelas minhas costas. Posso até não conseguir mais invadir sua mente com a Carta do Pesadelo, mas escuto de tudo. Aparentemente, você sente prazer em usar a Carta vermelha contra criminosos. Em encontrar novos modos de castigá-los. Chegou até a mandá-los para essa bruma que diz tão enfaticamente odiar.

— Talvez, se passasse tanto tempo governando quanto passa rabiscando sobre magia nesta porcaria de caderno — retrucou ele —, não haveria criminosos para castigar. Ademais, você me deu aval para proteger o reino.

Quando minha voz escapuliu, foi mais suave do que antes:

— E quando você for manchado pelo vermelho, familiarizado demais com a dor, dependente demais da Foice para soltá-la? Quem será, Brutus, que protegerá Blunder de você? — questionei, e levei a mão ao punho da espada no cinto. — Não me importa que você seja casado com minha irmã. Se matar outra alma com minha Foice, eu não apenas a tomarei de você. Eu a arrancarei de suas mãos mortas. Agora, saia.

O vermelho tingiu seus olhos verdes. Com uma reverência seca, ele saiu da biblioteca.

Quando a porta se fechou, eu suspirei.

— Não adianta se esconder, Bennett. Estou vendo suas Cartas.

Um menino apareceu do nada, girando uma Carta do Espelho entre os dedos. Ele era jovem, não devia passar dos treze anos. Tinha a pele marrom, o cabelo escuro e despenteado. Quando inclinou a cabeça para o lado, em um movimento que lembrava o de um pássaro, a luz refletiu em seus olhos cinzentos e nos ângulos proeminentes do rosto.

— Sei que parte de você concorda com Brutus, pai. Que a bruma é perigosa — disse Bennett, passando o dedo pela borda do Espelho. — Por que não fazer as pazes com ele?

Voltei a fazer minhas anotações.

— E dar à sua tia Ayris a satisfação de nos reconectar? Melhor não.

— Todo mundo tem medo de pegar a febre. De degenerar.

— Nem todos que pegam a febre degeneram. Eu nunca degenerei — falei, e ergui o olhar. — Você também não.

Bennett sorriu.

— Não? Tem Cartas que não consigo mais usar — disse, e tirou do bolso uma segunda Carta, o Pesadelo, violeta e vinho misturados entre os dedos. — Um dia também não conseguirei usar estas.

— Ainda assim, você tem uma magia incrível. Poderia destruir o trabalho da minha vida inteira em um dia em que estivesse especialmente vingativo.

— Que é bastante comum da minha parte — disse ele, e hesitou. — As crianças estão com saudade, especialmente Tilly. Venha jantar. Só hoje.

Abanei a mão para dispensá-lo, impaciente.

Bennett andou até minha mesa. Olhou bem o meu rosto. Suspirou.

— Você está conosco, mas nunca está aqui de verdade, está, pai?

A memória se esvaiu.

Na lembrança seguinte, eu saía às pressas do castelo, guardando alguns mantimentos em uma bolsa — pão e queijo.

Saí para a campina, passei pela câmara de pedra, a caminho do bosque.

— Vai a algum lugar, irmão?

Levei a mão ao punho da espada e repuxei a boca, tenso.

— Ayris.

— É mais fácil seguir você sem sua Carta do Espelho — disse ela, sorrindo. — Aonde está indo?

Eu poderia muito bem mentir, para variar. Porém, enganar minha irmã exigia muito esforço. Eu precisava preservar minha força para qualquer que fosse o acordo à minha espera.

— Falar com a Alma do Bosque. Aprender sobre a bruma, e pedir para ela retirá-la.

O sorriso de Ayris sumiu.

— Sozinho?

— É melhor assim.

Ela revirou os olhos, endireitou os ombros e se aproximou.

— Sei que você está exausto. Desamparado. Vejo no seu rosto. Deixe-me acompanhá-lo ao bosque.

— Brutus ficará com raiva.

Ela ignorou a menção ao marido e voltou para mim os olhos amarelos e cansados.

— Como é que o pai nos chamava? Quando desaparecíamos entre as árvores quando crianças?

— Retorcidos — disse, curvando o canto da boca. — Intrépidos.

— Faz muito tempo que não é assim. Há doze versões suas, irmão, uma mais distante do que a outra.

Notei a tristeza em sua voz, mas ela mal me comoveu. Após perder a alma para o Pesadelo, eu me sentia como na ocasião em que, por tolice, usara a Donzela por tempo excessivo. Frio, sem sequer perceber o coração batendo no peito. Distante.

Ainda assim, Ayris era meu sol. Mesmo no bosque, frio e cinzento de bruma, sua presença era luz, era calor. Eu queria a companhia dela, pois certas coisas nem a magia é capaz de apagar.

— Está bem — falei. — Desde que tome cuidado com a bruma.

Ela sorriu.

A memória se dissipou.

Quando voltou, eu e Ayris estávamos lado a lado, diante de uma muralha de amieiros.

Vozes ecoavam ao meu redor.

O bosque que o aguarda se esconde além do tempo. Um monte a escalar, um lugar de acordo sem alento. Entre árvores antigas, onde a bruma atravessa o osso, a Alma esconde, como um dragão protege o poço. Não há estrada no bosque, a saída nunca lhe ocorreu. Adentre a bruma, que o caminho já percorreu.

Ayris e eu adentramos o bosque do amieiro e a bruma mirou minha irmã. Invadiu seu nariz, sua boca. Ela arfou, respirou fundo...

E o calor do sol se apagou.

CAPÍTULO TRINTA E QUATRO
ELM

A vontade de vomitar era sufocante.
Elm travou tanto a mandíbula que teve medo de quebrar os dentes. Ele enfiou a mão no bolso e passou um dedo na Foice, implorando para que os trancos violentos de seu estômago se acalmassem. Imaginou que cavalgava por uma campina, livre, leve e solto. *Calma*, pensou. *Calma. Tranquilo. Devagar.*

Filick os conduziu à porta esculpida com um alazão empinando. Ninguém dizia uma só palavra. Filick entrou no quarto, mas Elm se demorou à porta. Desde menino, não entrava nos aposentos de Hauth.

Ione mudou de posição ao lado dele. A voz dela era gelo.

— Não quero vê-lo.

Elm fechou os olhos por um momento.

— Não precisa entrar.

— E você?

Ele não tinha resposta. Queria empunhar a saia dela e mantê-la ao seu lado, como fizera na biblioteca. Tudo estava perdendo o foco, ficando embaçado. Ele soltou um suspiro profundo e trêmulo, e sua voz soou estranha aos próprios ouvidos.

— Vai ficar tudo bem.

Ele entrou.

O quarto de Hauth estava quente demais, iluminado por dezenas de velas, com a lareira acesa. Nem o cheiro das ervas e dos bálsamos dos Clínicos disfarçava o fedor pútrido de feridas abertas. De sangue.

Elm cobriu a boca com a mão e abriu espaço entre dois Clínicos até se posicionar encostado na parede onde havia mais sombra. Filick andou até o meio do quarto, onde Royce Linden e dois outros Clínicos cercavam uma grande cama com dossel.

O corpo na cama gemeu.

Nada devagar, nada tranquilo. Calma é o caralho. Hauth estava acordado.

— Alguma melhora? — perguntou Filick, arregaçando as mangas ensanguentadas.

— Um pouco menos de sangue na saliva — respondeu outro Clínico.

A voz de Linden soou brusca:

— É boa notícia, não é?

Filick confirmou com um gesto seco.

— Ele disse alguma coisa?

— Nada ainda.

Um estrondo tremendo sacudiu o quarto. Várias velas se apagaram, e o rei entrou pisando duro, de olhos vermelhos e arregalados, boquiaberto, cheirando a vinho.

— Filho — vociferou ele. — Como está meu filho?

Bêbado. O rei estava muito bêbado. Elm se encolheu ainda mais nas sombras.

— Vivo e despertando, senhor — disse Filick. — Ele ainda não abriu os olhos.

O rei avançou a passos largos, abrindo caminho à força até a cama. Quando passou por Elm, estendeu a mão brusca. Um teste de obediência.

— Venha, Renelm.

A visão de Elm ficou embaçada. Por um breve segundo delicioso, ele cogitou desobedecer. Sairia pela porta, desceria a escada e continuaria a andar. Ele já o fizera uma vez, com Ravyn.

Mas ao pensar no primo, uma pedra pareceu pesar o estômago de Elm. Pelo amor das árvores, o que ele não daria para ver Ravyn adentrar por aquela porta, todo facas e belos ângulos, e simplesmente arrasar quem sequer olhasse torto para ele. Todo mundo tinha medo de Ravyn. Até o rei, embora não admitisse.

E Elm... dele, ninguém sentia medo. Da Foice, talvez, mas dele, não. Ele era uma árvore podre por dentro, e Ravyn, os cipós intocáveis e impenetráveis que lhe davam sustentação.

O rei entrou em foco, trêmulo. Bem como o quarto à luz de velas a seu redor. O corpo na cama. Elm prendeu a respiração, deu um passo hesitante...

Ione entrou no quarto. Ela passou o olhar frio pelo cômodo, pelos Clínicos, pelo rei. Quando encontrou Elm, sua expressão se suavizou minimamente. Ela mantinha o corpo rígido, mas mexeu os ombros em um gesto ínfimo. Ela viera. Ao quarto de Hauth.

Por ele.

Os fragmentos do coração apodrecido de Elm se reorganizaram. Ele avançou, mais firme. Mais forte. Tão alto que, ao chegar à cama no centro do quarto, olhava de cima até para o pai.

Ione parou ao lado dele. Roçou os dedos nos dele.

Ficaram os dois no pé da cama, encarando-a juntos. A boca de Hauth era de um cinza pálido, tão tensa e fechada que parecia costurada. As bochechas e o pescoço estavam estraçalhados por arranhões compridos, feios, feitos por garras, parecidos com aqueles da noite em que a Carta do Portão de Ferro de Wayland Pine fora roubada. Porém piores — mais fundos. As pálpebras estavam arrebentadas, cheias de hematomas, e o crânio envolto em ataduras grossas e ensanguentadas.

O rei se curvou ao lado da cama, apertando o edredom com as mãos ásperas.

— E minha Carta do Pesadelo? — soltou ele, rangendo os dentes. — Conseguiram falar com ele usando a carta?

Filick abanou a cabeça em negativa.

— Devemos tentar de novo — disse Linden. — Cadê a Carta?

— Ali, senhor — ofereceu um Clínico, e apontou um baú extenso de mogno ao pé da cama.

Todos se viraram para Ione, a mais próxima do trinco.

— Pegue — comandou o rei.

O olhar de Ione se manteve intacto. Ela levantou a tampa pesada do baú. O cheiro de couro e cobre invadiu o nariz de Elm, trazendo a náusea de volta. Ele tensionou a mandíbula e olhou para o baú, vendo Ione afastar ataduras e tônicos em busca da Carta.

Ela afastou um cinto, e ali apareceu: a Carta do Pesadelo. Aquela que seu pai trocara no Equinócio por um lugar para ela no estrado do rei. A Carta que a amarrara a Hauth.

Ione olhou para a Carta. Apesar do calor no quarto, seu rosto se mantinha inteiramente frio.

— Você lá é burra, mulher? — perguntou Linden. — A Carta do Pesadelo. Agora.

— Ela está pegando, babaca.

Linden olhou para Elm.

— Ela nem deveria estar aqui. Foi a prima *dela* quem fez isso. Não faltam celas vazias nas masmorras, mas ela se pavoneia pelo castelo tal qual uma meretriz, fazendo de gato e sapato o irmão do noivo...

— Ninguém pediu sua opinião, Corcel — disse Elm, já com a Foice na mão, prontamente em riste. — Cale a boca.

Linden calou-se a contragosto e um ruído baixo e esganiçado escapou de sua garganta.

Ione fechou o baú e estendeu a Carta do Pesadelo, a qual segurava pela borda de veludo com as pontinhas dos dedos, como se fosse um bicho morto.

O rei arrancou a carta da mão dela. Bateu três vezes.

Fez-se tanto silêncio que Elm escutava os gritos dentro de si. O rei rangeu os dentes e bateu mais três vezes no Pesadelo antes de jogá-lo no chão. Derrota.

Elm soltou um suspiro audível. Onde quer que estivesse Hauth, o pai estava bêbado ou distraído demais para alcançá-lo.

As pálpebras de Hauth tremularam. Quando se abriram, os olhos estavam vermelhos.

A voz do rei falhou. Ele tocou o braço de Hauth.

— Filho?

Linden se curvou. Tentou falar, mas não conseguiu, e dirigiu um olhar venenoso para Elm.

— Príncipe Hauth? — chamou Filick. — Está ouvindo?

Hauth não disse nada. Uma veia pulsou na testa machucada, e as narinas se abriram. A respiração dele foi ficando mais ruidosa, mais ofegante. Saliva com sangue escorreu do canto da boca. Filick limpou a boca de Hauth e cobriu a testa dele com um emplastro.

Hauth se debateu por um momento, mas logo parou. Parecia prestes a fechar aqueles olhos verde-avermelhados horrendos, mas, de repente, os arregalou, focado em algo à sua cabeceira.

Ione.

Ninguém disse nada. E então, como se carecesse de toda sua energia para tal, Hauth desviou o olhar de Ione. Então revirou os olhos, que desapareceram sob as pálpebras machucadas.

Ele não voltou a abri-los.

— Então você já assinou? Meu testamento que o coroa como herdeiro?

Elm e o rei estavam a sós no corredor diante da porta de Hauth. Os Clínicos e Linden ainda estavam lá dentro. Ione saíra correndo tão rápido que Elm mal tivera a oportunidade de chamá-la de volta.

A voz do rei soou mais dura:

— Perguntei se já assinou o testamento.

Elm pôs a mão no bolso e tocou três vezes a Foice, liberando Linden de seu controle. Ao fazê-lo, passou os dedos pela segunda Carta no bolso — aquela que pegara do chão do quarto de Hauth quando ninguém estivera prestando atenção.

— Já. Baldwyn guardou na sala dele.

O rei soltou um suspiro lento. Relaxou os ombros.

— Que bom.

As mãos dele estavam tremendo. Por causa da bebida, mas também...

Elm desviou o olhar.

— Seu filho — conseguiu dizer, bile subindo pela garganta. — Está pior do que eu imaginei. Os danos que sofreu.

— *Meu filho* — disse o rei, e encontrou o rosto de Elm com o olhar verde e embaçado. — Nem no leito de morte você é capaz de chamá-lo de irmão?

— Ele nunca soube assumir o papel.

O rei balançou a cabeça. Apertou um olho com a palma.

— Seu rancor é uma marca em você, Renelm. Livre-se disso.

— Se há marcas em mim, é porque *seu filho* as causou.

Ele virou as costas para ir embora, mas a voz do rei o deteve.

— Já escolheu uma esposa?

Elm ficou paralisado.

— Há um contrato.

— Com quem?

— Você logo ficará sabendo.

O rei forçou a vista.

— Quem é, Renelm?

Como Elm não disse nada, o rei flexionou as mãos. Tirou a Foice do bolso...

Mas Elm foi mais ágil. No terceiro toque de sua própria Foice, disse:

— Você não vai usar esta Carta comigo. Não me fará de brinquedo como ele fez.

A mão do rei parou no bolso. Foi bom ver surpresa, e depois medo, passarem por aquele rosto envelhecido.

— Você se acha especial... acha que a dor que Hauth causou em você foi pessoal. Mas não foi — disse ele, com a voz rouca. — O que aconteceu com você acontece com os príncipes Rowan há séculos. Para usar a Foice, é preciso entender a *dor*. Quando você tiver um filho, ele aprenderá a mesma coisa.

— Isso nunca vai acontecer — disse Elm, e deu meia-volta, libertando o pai do controle da Carta vermelha. — Você receberá meu contrato de casamento antes do último banquete.

Elm ouviu os berros do pai, mas já estava na escada, muito longe dali. Então saiu do castelo e foi até o estábulo. Os cavalariços não estavam ali, então ele pegou o próprio cavalo e montou sem sela, disparando pelo pátio a galope. Com três toques da Foice, os guardas baixaram a ponte levadiça, e ele se viu livre de Stone, envolto nos braços gelados do ar noturno. Mal sentia frio. Estava cavalgando, rápido, livre, mais vigoroso, como não fazia há tempos.

Estava liberando toda aquela raiva que guardava dentro de si. Berrava para a noite e a noite respondia, o eco se estendendo pelas árvores e pelos vales, um grito de guerra. Eram berros por aquele menino, pequeno e violentado, que precisava ser salvo. Berros pelo próprio desamparo, pela corda que amarrara no próprio pescoço, atando-o à Foice, a Ravyn. Lágrimas se puseram a cair e ele deixou o vento levá-las embora. Continuou a berrar até perder a voz, até um céu estrelado dançar diante de seu rosto.

E então algo se soltou.

Elm não acreditava que a Alma do Bosque se ocupava com as vidas fugazes dos homens. Porém, caso se ocupasse, ele poderia jurar que ela havia mapeado seu futuro nos anéis retorcidos das árvores. Que planejara cada fracasso, cada temor, para chegar àquele momento. Ele precisava que Ravyn o deixasse para trás. Precisava enfrentar o trono, o pai, o Rowan que era — sozinho.

O berro diminuiu até virar uma exclamação juvenil, e aí ele riu, praguejou e rugiu noite adentro, o mundo livre de monstros.

Restavam apenas ele, a noite e a estrada, que o acolheu e o enroscou nas sombras, até conduzi-lo à casa coberta de hera com janelas escuras, cujo cheiro lhe era tão familiar quanto seu próprio nome.

Flores e árvores de magnólia. Prados gramados na primeira chuva do verão. Inebriante, doce, saudoso. O Paço Spindle.

A casa de Ione.

Horas depois, quando voltou a Stone, logo antes do amanhecer, Elm vinha carregado.

Não precisava bater à porta. Afinal, tinha a chave. Porém, bateu mesmo assim.

Ione estava de camisola, o cabelo loiro embaraçado devido à noite de sono. Ela arregalou os olhos ao vê-lo: os braços cheios de pertences, o cabelo bagunçado pelo vento. Antes que ela conseguisse abrir a boca, Elm lhe entregou a pilha de coisas que trazia.

Ione olhou para baixo.

— Vestidos?

— Venha comigo ao próximo banquete — disse Elm, as palavras num jorro. — Estou com a Carta do Pesadelo. Vamos encontrar sua Donzela. Depois disso, eu a levarei aonde você quiser. — Ele ficou engasgado. — Por favor. Me acompanhe ao banquete.

Ela o fitou com olhos indecifráveis e a resposta foi quase inaudível:

— Está bem.

Elm sorriu, incontido.

— Que bom — disse, e olhou os vestidos. — São os seus, do Paço Spindle. Não precisa mais usar nenhuma daquelas abominações que meu pai mandou. Talvez, assim, você se sinta um pouco melhor.

Ele não se permitiu ficar ali. Voltou para o corredor.

— Um pouco mais parecida com a Ione de verdade.

CAPÍTULO TRINTA E CINCO
RAVYN

Ravyn e Jespyr ainda estavam encostados quando uma sombra passou por eles. Ravyn abriu os olhos, embaçados pela luz fraca da aurora.

— O que foi?

O Pesadelo os olhava de cima com a expressão indecifrável.

— Chegou a hora.

Três batidas da espada em um tronco de choupo e as árvores se mexeram. Ravyn puxou Jespyr para afastá-la das raízes agitadas, e Petyr acordou já gritando, escapando aos tropeços dos galhos, que se dissipavam do círculo que o Pesadelo formara à noite. Quando as árvores estavam devidamente redistribuídas pelo vale, o Pesadelo bateu mais três vezes com a espada no chão e as deteve.

O bando se virou. Encarou o bosque do amieiro.

A mata não fazia som algum. Nenhuma ave voava entre as copas, e nenhum vento abalava os galhos. Era um silêncio ancestral, que os subjugava. À espreita. À espera.

Eles conseguiram comer um desjejum parco e beberam um pouco de água, o tempo todo falando pouco e envoltos em apreensão. O tremor incômodo nas mãos de Ravyn estava voltando aos poucos. Quando acabou de comer, ele se levantou e parou no limite do bosque.

Os outros se juntaram a ele.

— As árvores estão apertadas demais — disse Petyr. — Como vamos entrar?

Jespyr olhou para o Pesadelo.

— Você não tem como afastar elas com sua espada?

— Estas árvores, não. É a mata da Alma. Obedece apenas a ela.

Ele ergueu a espada e passou um dedo pálido no fio da lâmina, abrindo a pele. O dedo ficou vermelho e o Pesadelo o encostou na casca do amieiro mais próximo.

Um vento frio e ardente começou a soprar, lançando sal no nariz e olhos de Ravyn. Ele pestanejou para afastá-lo, então pestanejou de novo.

A mancha de sangue no amieiro fora substituída por um buraco. Não era uma toca de esquilo, nem um nó oco, mas um buraco profundo e acidentado. Como se alguém tivesse enfiado garras na árvore até arrancar um naco.

O buraco o encarou, à espera.

Ravyn avançou e olhou ali dentro. A princípio, não viu nada naquele breu todo. O cheiro corrosivo de sal ocupava o espaço inteiro. Por trás dele, perdurava outro odor. Era desagradável. Fétido, podre. E do fundo das trevas do bosque do amieiro...

Um lampejo de olhos prateados.

Ravyn recuou de um pulo, trombando em Jespyr.

— O que foi isso?

— Eu falei — murmurou o Pesadelo. — Este bosque é da Alma. — Ele meneou a cabeça para o buraco na árvore. — Ela só abrirá a entrada mediante pagamento.

O Pesadelo sempre fora pálido. *Elspeth* era pálida. Porém, havia um calor sempre presente nas bochechas dela, na boca, na ponta do nariz. No momento, entretanto, ele se fora. O Pesadelo estava cinzento, de uma palidez doentia. Implacável, aos quinhentos anos...

O medo tomando o rosto todo dele.

Ravyn sentiu os pelos de sua nuca se arrepiarem.

— Qual é o pagamento?

— O bosque do amieiro é volúvel, inconstante, violento... como a infecção. Terá mudado mil vezes desde que estive aqui. Precisamos de um guia para atravessá-lo — disse ele, e se virou, concentrando o olhar amarelo em Petyr e Jespyr. — O preço é um amuleto.

Ravyn sentiu o ar lhe escapar, abrindo caminho em meio a suas costelas doloridas. Enfiou a mão na túnica e tirou do bolso o amuleto de reserva — a cabeça de víbora.

— Dê este aqui.

O Pesadelo não olhou.

— Precisamos de um *guia* — repetiu, desta vez se dirigindo apenas a Jespyr, com a voz suave. — Lembra-se, umas semanas atrás, quando você derrubou o amuleto na Floresta Sombria? Quando a bruma distorceu seus pensamentos? Para onde você estava correndo?

A lividez de Jespyr ficara amarelada. Ela cerrou o punho, deixando escapar um fio fino. Ravyn sabia o que ela segurava. Um dente de cão amarrado em uma corda. O amuleto dela.

— Mal me lembro — conseguiu dizer. — Só sei que havia uma voz na bruma. Como uma tempestade, chamando por mim.

— Era a Alma do Bosque, trazendo você para cá — murmurou o Pesadelo. — É para cá que vêm as pessoas perdidas na bruma. — Ele inspirou fundo. — Não estão sentindo?

Como se respondendo a suas palavras, o vento ficou mais forte. Trouxe sal...

E podridão.

Bile subiu à boca de Ravyn.

— Não. Se Jespyr ou Petyr abrirem mão dos amuletos, a bruma vai infectá-los. Ou *matá-los*.

O Pesadelo confirmou, devagar, sem piscar.

— Não — insistiu Ravyn. — Há de ter outro caminho.

— Não há.

— Mas você já entrou nesse bosque!

— Já.

A cabeça de Ravyn se apagou. Ele se lembrou de quando estava perto do porão em Stone, na manhã que dera início à jornada. No momento, ele não sabia o que o monstro queria dizer, mas, de repente, a clareza foi absoluta.

Precisaremos de pelo menos um de sobra.

Ele sentiu frio, e em seguida um calor abrasador.

— Você sabia que isso aconteceria.

O silêncio do Pesadelo serviu de confirmação.

— Não tem nada a dizer? Nenhuma riminha esperta? — insistiu Ravyn, e empurrou o Pesadelo contra a árvore, empunhando a gola da capa. — Você é o Rei Pastor, pelo amor das árvores! Dê outro jeito!

O Pesadelo poderia matá-lo com um mero gesto dos dedos. E por um momento, arreganhando os dentes, ele pareceu prestes a fazê-lo.

— *Tinha* outro jeito. O Corcel. Ele poderia ter entregado o amuleto. Mas ele morreu. A bruma não tem efeito em mim, nem em você — retrucou ele, e empurrou Ravyn com uma força incrível antes de voltar o olhar para Jespyr e Petyr. — Tem que ser um deles.

Petyr arregalou os olhos castanhos, a cor se esvaindo do rosto.

— E se nos recusarmos?

— Não recuperaremos a Carta dos Amieiros Gêmeos. Não reuniremos o Baralho no Solstício. E o jovem Emory Yew morrerá, sem dúvida.

Jespyr se encolheu ao ouvir o nome do irmão. Ela olhou para o amuleto.

— Eu vou.

— De jeito nenhum — disse Ravyn, sem saber se sussurrava ou gritava. — Há de ter outro...

— Dizer que há outro jeito não faz outro jeito surgir — sibilou o Pesadelo.

Petyr se virou para Jespyr. Engoliu em seco, com dificuldade.

— Devo... devo ser eu, princesa. Você é importante demais.

— Não sou mais importante do que você — disse Jespyr, o esforço contorcendo seu rosto. — Vamos jogar sua moeda da sorte. É equilíbrio. É justo.

Com a mão trêmula, Petyr tirou a moeda do bolso. Entregou para Ravyn, e o olhou demoradamente.

— Cara.

— Coroa — murmurou Jespyr.

A moeda na mão de Ravyn era pequena. Ele a encarou, a construção da vida toda desmoronando ao seu redor. Era um mero pedacinho de cobre.

Mas poderia custar uma vida.

— "Estou disposto a pagar o preço que ela pedir" — murmurou o Pesadelo ao pé do ouvido dele. — Foi isso que você disse quando falei de recuperar a Carta dos Amieiros Gêmeos.

— Se você acha que eu me referia à minha própria irmã...

— Eu também disse isso. Que pagaria o que a Alma quisesse pelos Amieiros Gêmeos. E paguei. Uma vez, na câmara, quando ela me privou da capacidade de usar as Cartas que forjara com partes de mim... e de novo aqui, na margem do bosque. Eu paguei. Todos devemos pagar.

Petyr firmou os pés. Fechou os olhos.

— Vamos lá, moleque. Jogue logo.

Ravyn continuou inerte como uma estátua.

— Jogue, Ravyn — disse Jespyr, rangendo os dentes.

Ele nem se mexeu.

— Jes...

— Jogue. A. Moeda — insistiu, e olhou nos olhos dele. — Por Emory.

Ravyn sentiu um aperto na garganta. Girou o pulso, soltou a moeda. O cobre rodopiou no ar, refletindo a luz cinzenta.

Ninguém pestanejou. Ninguém sequer respirou. Quando a moeda caiu na palma de Ravyn, parecia mais pesada. Ele olhou e fechou os dedos antes que mais alguém visse.

— Cara.

Petyr soltou um suspiro trêmulo, e o Pesadelo também.

Jespyr não se mexeu. Ela franziu as sobrancelhas e fixou o olhar em Ravyn.

— É mentira.

— Não é.

— É, sim. Sempre sei quando você mente — disse Jespyr, e a convicção endureceu os traços em seu rosto quando ela avançou até a parede de árvores. — Desta vez, eu gostaria que você não estivesse mentindo. Não é só você que faria de tudo por Emory.

Ela pegou o amuleto e, antes que Ravyn pudesse impedi-la...

Jogou o objeto no buraco do amieiro.

O bosque gemeu em resposta. O vento se ergueu em uma torrente, a bruma soprando entre os galhos. Então as árvores começaram a se mexer, abrindo uma trilha estreita na fileira impenetrável de amieiros.

Abrindo-se para Jespyr.

A bruma era tão densa que Ravyn mal enxergava a irmã. Jespyr inspirou fundo e a bruma invadiu-lhe a boca. Ela tossiu e olhou de volta para ele.

— Vem comigo, irmão?

Algo se despedaçou dentro de Ravyn.

— Vou logo atrás de você.

A luz se apagou em seus olhos castanhos. Jespyr se virou para a trilha estreita entre as árvores...

E correu para dentro do bosque do amieiro.

CAPÍTULO TRINTA E SEIS
ELM

Elm mantinha a mão bem no alto das costas de Farrah Pine. Era sua quinta dança da noite. Cinco danças, e Ione ainda não aparecera no salão.

O tema desta noite eram as estações do ano, e a corte estava dividida em fantasias de Equinócios e Solstícios — verões e invernos, primaveras e outonos. As colunas do salão estavam decoradas com ramos de azevinho e guirlandas trançadas. Sorvas vermelho-sangue pendiam das arcadas. Cera vermelha pendia das arandelas e candelabros. Os sinos decorativos eram arrancados das paredes pelos cortesãos bêbados, e suas notas tilintavam pelo salão, a dissonância brigando contra as vozes e os instrumentos da orquestra do rei.

Era uma ostentação que Elm nunca suportaria se não estivesse à espera de Ione. Ele tinha batido à porta do quarto dela, mas não a encontrara. Procurara por ela no salão, mas fora carregado pela maré de cortesãos.

Quando a dança finalmente acabou em um crescendo amplo, o gongo soou as nove horas. Elm soltou a mão de Farrah, agradeceu com uma reverência e abriu caminho à força.

Mãos o agarraram pelo gibão preto, interrompendo o movimento.

Alyx Laburnum, acompanhado dos dois irmãos Laburnum mais novos, que Elm mal conhecia, empurraram um cálice para ele. Estavam todos com folhas de outono no cabelo.

— Alteza — disse Alyx, o rosto relaxado de bebedeira. — Sempre um prazer encontrá-lo.

Conversar com um Laburnum era o oposto de prazer, na opinião de Elm.

— Alyx — murmurou ele no cálice. — Está se divertindo?

— Menos que minha irmã — disse Alyx, tomando um gole demorado da própria taça. — Você e Yvette formam um belo par na pista.

O sorriso de Elm não chegou aos olhos. Ele não pronunciara uma palavra para Yvette Laburnum durante a dança. Ele endireitou os ombros até Alyx soltar suas costas.

— Ela não para de falar de você desde que chegamos — disse um dos irmãos mais novos e idiotas. — Não que ela saiba calar a boca...

No meio da frase, o olhar do menino posou para além das costas de Elm. Os irmãos fizeram o mesmo, de queixo caído. Quando Elm se virou, Ione estava sob a arcada, emoldurada pela luz de velas, seda e guirlandas vastas. Ela era a primavera em pessoa, uma deusa do Equinócio.

O cabelo estava repartido de lado, com algumas mechas presas atrás da orelha. O resto fora enrolado atrás da cabeça, com uma presilha de pérolas. Mangas transparentes e delicadas acariciavam os traços macios dos braços. O decote do vestido descia em um V profundo e arrasador, revelando a linha comprida e atraente entre os seios. O corpete caía nela como luva, beijando a cintura e seguindo pelo quadril, onde encontrava uma saia esvoaçante, rosa-lavanda.

Ione olhou ao redor do salão, passando por Elm, antes de voltar abruptamente. Ela deu um sorrisinho. Então empunhou a saia e se curvou em reverência, expondo ainda mais daquele decote arrasador.

Elm passou a mão no pescoço, botou o cálice de volta na mão de Alyx e seguiu direto para ela.

Ela o aguardou entre as colunas. Quando Elm ofereceu a mão, ela aceitou, e aquilo que existia entre eles — o fio, a dor inquieta — começou a pulsar.

— Você está atrasada — disse ele, brincando com o punho da manga do vestido.

— Eu sei. Eu estava nas masmorras.

Elm ergueu o rosto.

— Por quê?

— Fui ver meu pai — disse ela, e desviou o olhar. — Ele está vivo. Congelando, igual ao tio Erik, mas vivo. Perguntei se ele me vira com Hauth no Equinócio, se sabia onde estaria minha Carta da Donzela. Ele não sabia. Porém, me viu dançar com Hauth naquela noite. Sabia que eu estava bêbada demais para ser deixada sozinha com um homem, mas não fez nada — contou, com o olhar embaçado, desfocado. — Não deveria me surpreender, agora que sei o que ele fez com Elspeth, pois seu medo de ofender um Rowan era maior do que seu desejo de proteger a própria filha.

Elm levou a mão dela à boca. Murmurou em seus dedos:

— Sinto muito, Hawthorn.

O olhar dela retomou o foco.

— Tem gente olhando.

Tinha mesmo. Quando Elm olhou para trás, metade do salão estava com aquela expressão treinada de quem observava sem observar, escutava sem escutar.

Ele nem tentou apaziguá-los com um sorriso. Estava cansado do teatro.

— Que olhem — disse ele, encostando a mão de Ione no peito. — Dance comigo, Hawthorn.

— Você não deveria estar seduzindo as filhas de Blunder?

— É o que pretendo fazer. Com uma em especial — disse Elm, e baixou a voz. — Dance comigo, por favor?

Ela manteve o olhar resguardado.

— Está bem.

A música tinha um ritmo tranquilo. Quando entraram na fileira da pista, Elm passou a outra mão pela cintura de Ione até parar na lombar, para guiá-la no compasso da dança.

— Ponha a mão no bolso da minha túnica — cochichou ele ao pé do ouvido dela. — Do lado esquerdo.

Um rubor suave passou pelas bochechas dela, que afundou a mão na túnica dele e, ao tirar a Carta do Pesadelo, soltou um murmúrio.

— Ladrão.

— Mais do que você imagina.

Quando Elm a girou, a saia de Ione roçou em sua perna.

— Não vão dar falta dela no quarto de Hauth?

— Provavelmente. Mas duvido que alguém vá bater na minha porta por isso. Sou o *herdeiro*. A lista de gente disposta a me repreender vai diminuindo.

Ione segurou a Carta entre o polegar e o indicador.

— Esses olhos amarelos... — comentou, e encostou a Carta no peito de Elm. — Use. Entre na minha cabeça. Veja se encontra a Donzela.

Ele rodopiou com ela, tombando-a em seu braço.

— Com assim? Aqui?

— Por que não?

— A Carta do Pesadelo exige concentração. E com você assim, neste vestido...

— Como você sabe o que ela exige, se seu pai só arranjou um Pesadelo no Equinócio?

Um sorriso tímido repuxou o canto da boca de Elm. Ele girou a carta entre os dedos ágeis e, em um passe de mágica, a fez sumir dentro da roupa.

— São duas Cartas do Pesadelo, não são?

Por um momento fugaz, um lampejo de alguma coisa — que não chegava a ser carinho, mas quase — tocou o olhar astuto de Ione.

— Quanto mais tempo passo com você, príncipe, menos pareço conhecê-lo.

— Não é isso o que eu quero — disse Elm, e a afastou em uma pirueta antes de trazê-la de volta junto ao peito. — Quero que você me conheça muito bem, Ione Hawthorn. O que é... — acrescentou antes de abaixá-la no braço outra vez, curvando-se sobre ela para falar com a boca em seu pescoço — uma sensação bem apavorante, para ser sincero.

As maçãs do rosto de Ione ficaram mais arredondadas. Elm achou que talvez ela fosse sorrir de verdade. Prendeu o fôlego, em expectativa. Porém, ela logo pestanejou e o rosto voltou à inexpressividade perfeita e pétrea. Indecifrável, inalcançável.

Ele estava de saco cheio da Carta da Donzela.

A música acabou num acorde empolgante, e logo Elm a conduziu para longe dali, afastando-se da festa, para o outro lado das colunas. Olhou de um lado a outro; Stone estava apinhada de cortesãos. Até nos jardins, até na escada.

Ele poderia levá-la ao quarto, ou de volta ao porão. Algum lugar mais íntimo. Porém, por um motivo que ele ainda não estava pronto para contar, Elm queria que eles fossem vistos juntos — que as pessoas se habituassem ao herdeiro de Blunder um pouquinho perto demais de Ione Hawthorn.

Ele virou o bolso para tirar a Foice. Bateu três vezes na Carta vermelha e se concentrou na orquestra. *Mais alto.*

A música subiu, os instrumentos soando com maior fervor.

— Para ninguém nos escutar.

Ione se recostou na coluna, o ar outonal que entrava pela porta do jardim sacolejando sua saia.

— Vai doer — disse ela, baixando o olhar para a Carta do Pesadelo — quando você entrar na minha mente?

— Não. Eu não traria a Carta se doesse.

Ela fechou os olhos.

— Então pode entrar.

Elm bateu três vezes na Carta do Pesadelo e afundou na maré de sal. Tinha usado a Carta de Ravyn apenas vez ou outra, mas era semelhante à experiência da Foice de expulsar a magia, mandá-la a outra pessoa. Ele não teve dificuldade de se concentrar em Ione.

E então ele derramou o sal nela. Quando falou, foi de boca fechada. *Hawthorn.*

Ela deu um pulo.

— Devo...

Fechou a boca de repente. *Devo pensar no Equinócio?*

Sim.

Ione inspirou fundo. Expirou. E então Elm não estava mais olhando para ela, mas para seus pensamentos. Suas memórias.

Ele era Ione, e Ione estava na sala do trono, olhando para o estrado. O rei estava sentado no trono. À direita dele, alto, largo e inteiro, se encontrava Hauth.

— Você prestou um imenso serviço a seu reino, Tyrn — disse o rei, com um cálice vazio na mão esquerda e a Carta do Pesadelo na direita. — Esta Carta passou muitos anos perdida. Diga seu preço, e o pagarei.

Alguém segurou o braço de Ione. Ela olhou para o pai, mas ele fitava apenas o rei, de olhos arregalados de entusiasmo. Ele a puxou para mais perto do estrado.

— Esta é minha filha, Ione. Ela é agradável — disse Tyrn, puxando ela para a frente e a empurrando para avançar. — E está solteira.

A postura de Hauth ficou rígida. Ele olhou para o pai, mas o rei acariciava a Carta do Pesadelo de tal modo que a resposta estava nítida. Hauth fechou a cara.

— Ela não é lá essa beleza toda, né?

Ione ficou tensa.

— Há soluções para isso — murmurou o rei, e ergueu o rosto, dirigindo-se a Tyrn como se Ione nem estivesse ali. — Eu redigirei o contrato pessoalmente.

A memória de Ione avançou em um borrão. Luzes estouravam em seus olhos, os ouvidos zumbiam com o ruído de aplausos estrondosos. Ela olhava para o salão, onde estavam todos de pé, comemorando.

— Sente-se — disse Hauth, ao pé do ouvido dela. — Deixem que todos deem uma boa olhada em sua futura rainha.

Elm sentiu o coração de Ione acelerar. As maçãs do rosto se arredondaram em um sorriso.

— Devo dizer alguma coisa?

— Não.

— Mas eu gostaria.

O olhar verde de Hauth se deteve em seu rosto. Ele parecia confuso, a expressão entre atração e repulsa. Encostou a mão no ombro de Ione e a empurrou, forçando-a a sentar.

— Não precisa dizer nada.

Vinho foi servido. Ione bebeu e cumprimentou os cortesãos que vinham parabenizá-los, em fila no estrado. A cada pessoa com quem ela falava — a cada sorriso, gargalhada ou murmúrio —, a atração no olhar de Hauth ia se dissipando.

Era estranho, para Elm, enxergar pelos olhos de uma pessoa bêbada, estando ele inteiramente sóbrio. A taça de Ione foi servida pela oitava vez, e sua visão foi perdendo o foco. Ela olhava para o salão, oscilando na cadeira, fitando uma silhueta sentada à mesa.

Elm. Ela estava olhando para Elm.

Ele estava falando com Jespyr, o rosto assombrado por uma expressão especialmente amarga.

— Seu irmão usa muito preto — disse Ione, alto demais. — Para um príncipe.

— É uma mania antiga de Renelm — resmungou Hauth, bebendo do cálice.

— Para que fim?

Hauth a encarou, bem nos olhos. Abriu um sorrisinho.

— Para esconder o sangue que eu fazia escorrer dele.

Ione ficou boquiaberta.

Hauth riu.

— Pelo amor das árvores, ele está ótimo — disse, o sorrisinho virando um esgar de desdém. — Você sabe muito bem... já que passou a noite olhando para ele. Pode arrancar da cara esse jeitinho espantado — declarou ele, empurrando o vinho para ela. — É insuportável.

A visão de Ione acelerou de novo, e agora ela estava no jardim, dançando com Hauth. Ele a segurava sem firmeza, com uma indiferença distinta no rosto. Ele a soltou em um giro e Ione caiu.

— Totalmente bêbada — disse Hauth, às gargalhadas, quando ela trombou em uma rodinha de homens.

Eles a levantaram, mãos demais apalpando seu corpo com avidez. Ione se encolheu e acabou de volta nos braços de Hauth. Ele disse algo ao seu ouvido que, na memória de Ione, foi pouco mais de um som abafado. Ela tentou recuar, mas ele a agarrou e começou a arrastá-la em meio à multidão.

De repente tudo escureceu, esfriou. A visão de Ione estava embaçada, tão zonza que Elm estava ficando enjoado. O sal invadiu seu nariz e ela tossiu — a sensação distinta da Foice.

— Ponha ali — veio o eco da voz de Hauth.

Ione passou a mão por uma parede — a superfície rachada de pedra longa, pálida e suja de cinzas...

Volte, murmurou Elm em sua mente. *Mostre essa parte de novo.*

O túnel borrado da visão de Ione mudou. De novo, ela arrastando os dedos nas cinzas, pressionando uma pedra pálida e rachada.

Confusa devido à bebedeira, Ione achava estar tocando uma parede. Porém, as cinzas sem dúvida eram de uma lareira. E a pedra clara com a rachadura larga, recortada...

Elm perdeu o fôlego. *Eu sei onde está sua Carta da Donzela.* Ele ergueu o dedo para bater na Carta do Pesadelo, mas a voz de Ione o interrompeu.

Espere, disse ela, em pensamento. *Quero mostrar o restante.*

A lembrança seguinte era nítida, sem nada da bebedeira. Ela estava de pé no quarto de Hauth, a luz da manhã adentrando a janela.

Ela estava chorando.

— Por favor. Não me sinto bem. Preciso da Donzela de volta.

Hauth a ignorou.

A visão de Ione piscou de novo, e ela estava no pátio do Castelo Yew. Elspeth estava ao seu lado, e Elm também, os três vendo Ravyn e Hauth lutarem na frente dos Corcéis. Quando Ravyn pisou na mão de Hauth e o grão-príncipe urrou, Ione sorriu. Mas o esforço foi demais.

Depois, ela falou com Hauth.

— Não sei por que você está tão determinado a trancar meus sentimentos. Não é como se estivéssemos destinados a passar tanto tempo assim juntos — disse ela, rangendo os dentes. — Se eu prometer usar a Donzela quando estivermos na corte, você me dirá onde está?

A pele de Hauth estava pálida de dor.

— Não.

— Então peço que me libere deste noivado.

Ele soltou uma gargalhada.

— E sujeite meu pai às fofocas da corte? Ele nos sentenciaria à chibata.

Ione deu meia-volta e parou à porta. Sua voz estava mais seca do que quando falara no Equinócio.

— Então é isso que prefere? Uma rainha sem coração?

Os olhos verdes de Hauth continham apenas desprezo. Ele bateu na Foice.

— Vá embora.

O cômodo se transformou em outro. Um quarto de paredes escuras e vento assobiando pelas janelas.

Paço Spindle.

Havia sangue nos sapatos de Hauth, pois ele pisara no vômito escuro de Elspeth, derramado no jogo com o Cálice. Ele andava em círculos pelo quarto, as veias do pescoço saltadas, e dois frascos de vinho vazios rolavam pelo chão.

— Sua prima — gritou — está *infectada*, não está?

A voz de Ione soou fria:

— Não.

Ele deu um tapa espalmado no rosto dela e pegou um chumaço de seu cabelo loiro.

— Diga a verdade, Ione.

Ela não se mexeu, não recuou.

— Elspeth não está infectada.

O rosto dele foi ficando mais vermelho.

— Já é uma desgraça que meus próprios primos estejam contaminados por essa praga. Mas agora a prima de minha futura esposa... já é demais.

Ele arrastou Ione pelos cabelos até a janela, que escancarou.

— Você terá o que deseja, meu bem — disse ele, e a empurrou pelo parapeito. — Está livre do nosso noivado.

Ione tentou segurá-lo. Berrou. Mas com um empurrão brutal...

Ela caiu.

O corpo de Elm tremeu inteiro, e ele desabou com Ione da torre alta do Paço Spindle. Escutou o estalido doentio do crânio estourando no tijolo. Quando Ione olhou para o próprio corpo, ossos contundentes, manchados de vermelho, tinham rasgado a roupa.

O sangue latejava nos ouvidos de Elm. Ele bateu na Carta do Pesadelo, destrambelhado. Quando abriu os olhos, Ione o fitava. Ele acariciou o rosto dela, encostou a testa na dela. Quando falou, sua voz veio trêmula:

— Ninguém a ajudou?

— Era tarde. Ninguém me viu cair. E doía demais gritar, cochichar, até. Fiquei ali caída. Esperando a morte.

Ela dizia tudo sem nenhuma emoção. Como se a entediasse pensar naquele que quase fora o fim de sua vida.

— Vi a lua atravessar o céu. Meu sangue estancou e meus ossos se endireitaram, estalando ao se encaixar. A dor de cabeça diminuiu, e então... não senti mais nada. Nem desespero, nem medo. Foi só então que entendi plenamente o que a Donzela fizera comigo. Saí do Paço Spindle e passei a noite em um beco no centro. Pensei em fugir. Entrar nas profundezas da bruma e apenas desaparecer.

Ela suspirou.

— Mas não podia ir embora sem minha Carta. Por isso, fui até o Paço Hawthorn, lavei o sangue do cabelo e esperei minha família. Não queria voltar para Stone e enfrentar Hauth sozinha. Minha família nunca voltou — disse ela, e afastou da testa de Elm uma mecha solta do cabelo castanho-avermelhado. — Mas você, príncipe Renelm, apareceu.

A dor atingiu as têmporas de Elm. Ele sentiu algo quente escorrer pelo nariz.

Ione tensionou os olhos. Passou a mão sob o nariz dele. Quando a afastou, estava suja de sangue.

Por causa da música alta em seus ouvidos, Elm tinha se esquecido de que ainda estava usando a Foice.

Ione pôs a mão no bolso dele e, quando roçou os dedos na Carta, a conexão de Elm foi rompida. A dor cessou.

— Às vezes — murmurou ela, secando o sangue na saia —, acho que as coisas seriam infinitamente melhores se as Cartas da Providência simplesmente não existissem.

Elm soltou um suspiro trêmulo.

— Você seria uma rainha perfeita.

Ela riu disso. Não foi uma risada sincera, mas uma gargalhada fria, insensível.

— Só não uma rainha Rowan.

— Como assim?

— Elspeth — disse ela, direta. — Eu nunca poderia usar a coroa que mandaria matar Elspeth, ou qualquer outra pessoa infectada. Nem mesmo agora, quando não sinto mais nada. Era por isso que eu queria ser rainha, para começo de conversa. Para ter poder de verdade. Para *mudar* as coisas — falou, com aquela mesma risada desdenhosa. — Que tolice a minha.

Elm pestanejou. E ficou tão insuportavelmente óbvio o que precisava fazer. Ele pegou a mão de Ione, entrelaçando os dedos, e a conduziu pelo corredor, para longe da música que atravessava as colunas. Pela primeira vez desde que, parado na ponte levadiça, vira Ravyn partir, Elm sentia-se leve. Como se alguém tivesse arrebentado um buraco nas muralhas antigas de Stone e deixado o dia entrar.

Quando eles chegaram à porta alta e reforçada da sala do trono, ele fez sinal para os sentinelas.

A porta dupla se abriu com um estrondo assustador. Elm puxou Ione para dentro.

— Não deixem mais ninguém entrar — ordenou aos sentinelas.

As lareiras estavam apagadas. A sala, escura. Estavam a sós naquele lugar frio e insensível. A sós, apenas ela, ele...

E o trono.

A voz de Ione passou pelos ouvidos de Elm.

— O que estamos fazendo aqui, príncipe?

Ele olhou para o trono. Aquele monstro antigo, esculpido em sorveira.

— Elm — lembrou ele. — Me chame de Elm.

— O que estamos fazendo aqui, Elm?

Batizando. Recuperando. Formando um novo rei. Talvez uma nova rainha também.

— Mudando as coisas.

Cinzas. Uma rachadura larga e recortada na pedra clara.

Elm e Ione pararam no lado leste da sala do trono, diante da bocarra aberta da lareira apagada.

— Olhe aí dentro — disse Elm, sob as sombras baixas de coisas horríveis. — Tem uma pedra clara que dá para levantar.

Ione se agachou. Quando os dedos passaram nas cinzas, ela perdeu o fôlego. Tensionou os músculos dos ombros, e um ruído arranhado preencheu a sala do trono. Ela afastou a pedra clara e revelou um espaço escuro e esculpido. Dentro dele estavam duas coisas: um conjunto de armas — uma corrente, um chicote e uma clava curta e dura — e...

Uma Carta da Donzela.

Ione afastou as armas. Os elos de ferro da corrente tilintaram e Elm cerrou os punhos. Ela pegou a Carta da Donzela, que guardou no corpete do vestido, e empurrou a pedra para o lugar.

Quando se virou, sua expressão não revelava nada — nenhuma alegria por aquilo que tanto desejava estar de volta em suas mãos.

— Para que são as armas?

— Para educar usando a dor.

Ela olhou para o rosto de Elm, e enfim para suas mãos, cerradas. Pegou uma delas e a levou à boca, encostando os lábios.

— Obrigada.

A voz dele soou rouca.

— Não me agradeça ainda. Temos uma última coisa a fazer aqui.

Elm a levou ao trono. Passou os dedos de leve pelos braços da cadeira. Devagar, ele se acomodou no assento sombrio.

Ione o observou.

— Está se preparando para o futuro?

— Mais do que você imagina — disse ele, e se inclinou para a frente, cruzando as mãos. — Tenho uma proposta, srta. Hawthorn. Um último acordo entre nós.

— Que formalidade — disse ela, apoiando um dos ombros no trono. — O que estamos negociando, Elm?

Ele gostava até demais de ouvir seu nome na voz dela.

— Esta cadeira horrível. E você nela, comigo.

Ione franziu a testa, olhando dele para o trono.

— Você ainda pode ser rainha de Blunder, Hawthorn. Se assim o desejar.

A voz dela soou contundente como uma agulha.

— Do que você está falando?

— De contratos de casamento — disse Elm, ansioso para tocá-la. — Um dever real para o qual meu pai, tão bruto, nunca levou muito jeito. O último que ele próprio redigiu, e mal, se me permite dizer, foi assinado no Equinócio. Uma Carta do Pesadelo em troca de um casamento.

— Com Hauth. Um contrato que me uniu a Hauth.

Elm sorriu.

— Ao *herdeiro*.

Ele notara, assim que o lera, que o pai não se esforçara na redação do contrato. A letra do rei era um garrancho só. Era a primeira vez que Elm agradecia à Alma pelo fato de o pai ser um beberrão. Ele pegara as chaves de Baldwyn, buscara o contrato e o lera três vezes seguidas. *Por este contrato, destinada a desposar o herdeiro do torno de Blunder*, seguido do nome de Ione e da assinatura do rei.

E não havia como apagá-lo, agora que o documento estava bem escondido no Castelo Yew. Portanto, Ione Hawthorn, se assim quisesse, ainda podia ser rainha, casar-se com um Rowan. Desta vez, porém, não seria o príncipe brutal.

E, sim, o podre.

— Rainha — disse Elm. — Encontraremos sua mãe e seus irmãos, libertaremos seu tio e seu pai, se assim você quiser. Você pode ser a regente que deveria ser. Que queria ser.

A expressão de Ione era indecifrável.

— O rei nunca permitirá o casamento. Minha família é traidora. *Infectada*.

— A dele também — retrucou Elm. — Meu pai sempre manteve a infecção por perto, enquanto ela era conveniente. Ravyn, Emory... os próprios sobrinhos, infectados. — Elm fez um muxoxo. — Há muitas coisas que o rei não quer expor. Se ele deseja continuar a escondê-las, não me desafiará.

Ione deu a volta no trono. Elm abriu as pernas e ela parou entre seus joelhos.

— E se eu não tivesse salvado sua vida? — murmurou ela, e o olhou de cima. — Você é tão honrado a ponto de casar-se comigo, uma desconhecida que demonstrou apenas frieza, só porque seu pai se esqueceu de umas palavrinhas em um contrato?

Ele olhou devagar para a boca de Ione.

— Que caridosa, dizendo que sou honrado.

— E é mesmo.

— E você está longe de ser uma desconhecida.

— Você não me conhece de verdade.

Elm abaixou a voz.

— Sei que há um calor em você que nem a Donzela é capaz de aprisionar. Alguém que não sente *nada* não faria tamanho esforço para recuperar seus sentimentos. Sei também que você ama Elspeth, e não é a despeito da infecção. Você simplesmente a ama. — Ele passou o dedo pelo lábio de Ione. — Acho que, por trás da Donzela, você ama muitas coisas, Ione Hawthorn. Até este reino miserável.

Quando ela suspirou, Elm se inclinou e roçou o nariz no queixo dela, cochichou ao pé do ouvido:

— Eu gostaria de conhecê-la de verdade. Quando você estiver pronta.

Ione ficou parada, sem dizer nada. O silêncio também invadiu Elm, abalando sua firmeza.

— Não exigirei nada de você — disse ele, enfim. — Quando se libertar da Donzela e constatar que ainda não gosta de mim, não precisaremos…

— Você acha que não gosto de você?

Ele perdeu o fôlego. Olhou nos olhos dela.

— E gosta?

Era impossível ler a expressão de Ione. Porém, naquele momento, Elm tinha certeza de que ela estava vivenciando um debate dentro de si. Talvez estivesse lutando contra a frieza da Donzela. Ou talvez — apenas talvez — fosse a mesma coisa contra a qual ele lutava.

Esperança. Delicada e frágil.

Ione abaixou a cabeça, roçou a boca na de Elm.

— Eu gostaria de tentar.

Elm sentiu um aperto no peito.

— Eu seria seu rei, mas sempre seu criado. Nunca seu guarda — disse ele, e arqueou as costas, passou os dedos pelo queixo dela até incitá-la a entreabrir os lábios. — Pense bem, Hawthorn.

Quando ela falou, foi com a voz resfolegante.

— Não quero pensar agora, Elm.

Ele afundou a mão nos cabelos dela e tirou a presilha. Ondas amarelo-douradas caíram pelas costas. Elm enroscou a mão naquelas mechas como se fossem ataduras.

— Então não pense.

Ele a beijou, sem teatro. Ione suspirou em sua boca, e Elm a puxou para seu colo, mais uma vez maravilhado com a maneira como ela preenchia suas mãos. Os joelhos dela o prenderam no lugar e, quando ela empinou o quadril, encostando sua maciez na rigidez dele, Elm afundou ainda mais no trono.

— Você fica muito bem neste trono — disse ela, olhando para ele por trás dos cílios, o cantinho da boca tremendo. — Embaixo de mim.

Elm puxou os cabelos delas, expondo o pescoço, e arrastou a boca por aquela coluna cálida, inspirando fundo.

— A ideia é essa — murmurou ele na pele macia.

Ione fez mais pressão em cima dele. Rebolou no colo dele. Os espasmos musculares foram generalizados.

— *Ione*.

— É isso que você quer? — perguntou ela, arfando como ele. — Eu? Aqui?

Elm precisou de todo o autocontrole frágil para recuar. Seu corpo implorava para penetrá-la, chegava até a doer. Porém, ele não podia. Não com a parte dela que mais desejava ainda trancada a sete chaves. Ele balançou a cabeça.

— Quando eu me deitar com você, Ione, quero que você *sinta*.

Um rubor brotou do decote enlouquecedor do vestido de Ione e subiu pelo pescoço até o rosto. A expressão dela, contudo, continuava vazia.

— Eu quero conhecê-la de verdade — repetiu Elm, e a beijou devagar, delicado. — Quero conhecê-la desde que a vi, tantos anos atrás, cavalgando pelo bosque com lama até os tornozelos.

Ione recuou. O que quer que tivesse visto no rosto de Elm a fez arregalar os olhos. Ela se endireitou, pegou a mão dele, entrelaçou os dedos.

— Venha comigo.

Ela os conduziu para fora da sala do torno. A corte do rei continuava no salão, bebendo e dançando, sem saber que o novo grão-príncipe, meros momentos antes, teria se humilhado com prazer naquele trono.

Ione o levou escadaria acima. Quando chegaram ao quarto dela, fechou a porta e a trancou, então empurrou Elm contra a madeira. Ela o beijou uma vez, com força, e recuou.

— Vai doer — disse ela — quando a Donzela me liberar. Quando todos os sentimentos que não senti voltarem em uma onda. Tem certeza de que quer ver isso?

O momento paralisou Elm. Até a respiração estava fraca. Ione afundou a mão no corpete. Quando a ergueu, trazia a Donzela entre os dedos.

— Quer?

Ele conseguiu pronunciar apenas duas palavras:

— Por favor.

Sem desviar o olhar, Ione encostou um dedo na Carta da Donzela. Com três toques, ela finalmente se libertou da magia.

DUAS COROAS RETORCIDAS **307**

CAPÍTULO TRINTA E SETE
ELSPETH

Assim que Petyr tentou entrar no bosque, as árvores o impediram. Parecia que a Alma do Bosque não deixaria ninguém entrar em seu covil sem já estar infectado.

Mesmo assim, ele ainda tentou.

— Eu espero... — chamou.

As árvores se fecharam com um baque, deixando-o para fora — e Ravyn, Jespyr, eu e o Pesadelo *dentro*.

Mais adiante, a risada de Jespyr cortou a bruma.

— Por aqui.

O Pesadelo sempre soubera que, para adentrar o bosque do amieiro, alguém teria de se perder na bruma. A irmã dele o fizera um dia. Ele sabia que aquilo aconteceria...

E não dissera nada. Eu não tinha garras, nem dentes afiados, mas tinha raiva suficiente para transformar aquele recanto escuro que compartilhávamos em uma cacofonia violenta de fúria. Urrar até arrancar dele um tremor, e então urrei mais ainda.

Já basta, Elspeth!, rosnou ele, disparando atrás de Jespyr através de espinheiros tão afiados que rasgavam as mangas da capa. Ele protegia o rosto com os braços, e os espinhos os cortavam, marcando a pele de vermelho.

Eu não sentia dor, nem dó das marcas causadas nele, e só continuava a gritar, cada vez mais alto. *Ravyn está movendo céus e a terra para encontrar a Carta dos Amieiros Gêmeos, para salvar Emory. Se ele perder a irmã também, você vai quebrá-lo.*

Os Yew, assim como os teixos, não quebram, veio a resposta ameaçadora do Pesadelo. *Eles se dobram.*

Olhei para o bosque pela minha janelinha. Era distintamente dia ainda. Porém, a mata era tão fechada, e a bruma, tão sufocante, que parecia a noite mais escura.

O bosque era vivo — e voraz. Árvores e raízes avançavam em velocidade apavorante, agarrando Ravyn e o Pesadelo. Puxavam cabelos, pele e roupas como se quisessem arrancar uma provinha dos invasores que ousavam penetrar seu refúgio assustador.

Pior, o bosque do amieiro falava, e não era apenas nos pensamentos do Pesadelo. Pelo jeito como ele levava sustos, arregalando os olhos cinzentos, dava para ver que Ravyn também escutava as árvores.

Suas vozes lembravam um enxame de vespas.

Tenha cuidado com o verde, e se atente à planta. Cuidado com o canto do bosque na sua manga. Escapará da trilha, em bênção, fúria e armadilha. Cuidado com o canto do bosque na sua manga.

Mais adiante, os passos de Jespyr aceleraram, praticamente em disparada. Ela desatou a correr por galhos, espinhos e cipós da grossura do braço. A gargalhada dela revoava pelo ar denso, sobrenatural, ao mesmo tempo calma e frenética.

— Estão ouvindo a Alma? Ela chama meu nome. Me chama para casa.

Ravyn tropeçou e se curvou, arfando.

— Continue — chiou o Pesadelo, e o puxou pelo capuz. — Se a perdermos, também nos perderemos.

Eles correram sem folga, perseguidos pelo bosque do amieiro.

Folhas farfalharam atrás deles. O Pesadelo virou o rosto, bufou pelo nariz. Parecia que não eram só as árvores que queriam o preço em carne. Animais com omoplatas duras e olhos de prata vinham se esgueirando. Lobos, gatos-do-mato. Lá no alto, aves de rapina costuravam entre as árvores, primeiro afastadas e, de repente, perto demais.

Um falcão mergulhou, guinchando ao atacar o Pesadelo com garras cortantes.

Ele agitou a espada no ar. Veio outro guincho terrível antes de choverem plumas e sangue.

Ali perto, uma árvore de galhos finos e folhas vermelho-carmim fustigou o rosto de Ravyn. Mil vozes dissonantes ricocheteavam pelo ar salgado. *Atenção com a bruma, ela não vai dissipar. A Alma ainda caça, eternamente a vagar. Não entre no mato. Tenha reverência e cuidado. A alma ainda caça, eternamente a vagar.*

Ravyn recuou, limpando o sangue do rosto. Então se esquivou, evitando por pouco um galho que vinha acertar seu pescoço, porém não conseguiu fugir do próximo. O galho afiado pegou a mão dele e rasgou a pele dos dedos.

Não se foge do sal, declarou o bosque do amieiro. *A magia está em todo lugar — eterna. Para a Alma do Bosque, cumpridora do equilíbrio, nossas vidas são meras borboletas — fugazes.*

Mais adiante, o frenesi erigiu na voz de Jespyr:

— As vozes das árvores são espertas. Não são, Rei Pastor? Foram elas quem disseram as palavras que você registrou em seu precioso livro. Elas quem o alertaram sobre a magia. Elas, que você ignorou.

A visão do Pesadelo se ampliou e aí se estreitou imediatamente. O tempo se desfez, a memória se apertando ao meu redor como uma forca, até não ser mais Jespyr quem me guiava pelo bosque...

E, sim, Ayris.

— Venha, irmão — riu ela, com a voz horrível e errada, os braços cobertos por linhas de tinta escura. — A Alma do Bosque nos aguarda. Recomeços, novos fins! — Ela se virou com os olhos amarelos e frios, como se não me reconhecesse mais. — Mas não é gratuita a barganha.

Um animal rosnou, partindo a memória.

À esquerda!, gritei.

Presas e hálito quente, podre. O Pesadelo praguejou, desviando quando um lobo saltou. Ele derrubou o animal com a espada. Porém, uma segunda fera aguardava do outro lado, tão perto que eu enxergava a baba branca em sua mandíbula. Ele atacou e teria pego e arrancado o braço do Pesadelo...

Se uma adaga de punho de marfim não tivesse voado e acertado a fera bem no olho prateado e arregalado.

O lobo tombou, e Ravyn apareceu ao nosso lado, puxando de volta a adaga. Ele dirigiu ao Pesadelo um breve olhar de desgosto antes de voltar correndo para a trilha aberta pelos passos erráticos de Jespyr.

O pedido de desculpas que você deve a ele é incalculável, falei, furiosa. *Ele acabou de salvar sua vida.* NOSSA *vida.*

Uma humilhação da qual nenhum de nós deve tentar se recuperar.

A gargalhada de Jespyr estava distante. Soava não só da frente, mas de baixo. Em um momento, eu soube o motivo. Em menos de dez passos, a floresta se abriu em um vale profundo e acidentado.

Um punhado de terra voou quando Ravyn parou e derrapou de repente. Ele cambaleou por um momento na borda da ribanceira. O Pesadelo, que o seguia de perto, trombou nas costas dele.

— Seu imbecil maldito.

Eles tropeçaram, vacilaram — caíram.

A visão do Pesadelo começou a falhar, embolando o corpo no de Ravyn enquanto rolavam por raízes e pedras até o vale. Chegaram juntos ao fundo com uma torrente de palavrões, acertando algo quebradiço.

Quebradiço... e branco. O Pesadelo se tensionou. Quando se ajoelhou e olhou ao redor, segurei a vontade de gritar.

Sob a camada de bruma, o vale era um campo de corpos.

Alguns eram esqueletos. Outros estavam parcialmente decompostos. Terra, carne, osso. O cheiro atravessava até o sal do ar. Penetrava o nariz do Pesadelo, pútrido — podre e decadente. O cheiro da morte.

Toda alma que já se perdera na bruma fora parar ali, para morrer. Para apodrecer.

Ravyn engoliu um grito e esmagou um crânio com o joelho ao se levantar, abrupto. Ele arregalou os olhos e vomitou o já escasso desjejum.

Eu enxergava pouca coisa através do olhar embaçado do Pesadelo. Ainda assim, discerni o que nos aguardava do outro lado do vale. Uma colina alta. Jespyr estava nela, subindo a encosta de quatro, tal qual uma aranha, soltando palavras emboladas e gritos guturais.

Não a perca, instei.

Ele não se mexeu, imagens de Ayris passando pela memória.

Pesadelo. Inspirei fundo. Pronunciei as palavras que ele me dissera tantas vezes, quando me parecera impossível prosseguir. *Levante-se. Você precisa se levantar.*

Ele soltou um sopro de fogo e se desdobrou do chão, diante da colina assombrosa.

— Foco no caminho, Yew — murmurou. — Estamos quase lá.

A inclinação da colina era traiçoeira e íngreme. O Pesadelo deixou que Ravyn fosse na frente, embora eu notasse, pelos dentes rangendo, que o ritmo não era suficiente para o seu gosto. Ainda assim, ele manteve os braços tensos o caminho inteiro, como se preparado para segurar Ravyn, caso ele caísse.

Ele não caiu. Dedos calejados pegaram a terra com firmeza, e Ravyn foi se impulsionando, metro a metro, pela colina alta e monstruosa. Quando a encosta chegou a um topo plano, ele desabou na grama. Estava com as mãos dilaceradas, molhadas de sangue. Feridas inchadas decoravam tudo o que eu via da pele. Ele arfava. Só o ato de ficar ali deitado, respirando, parecia sugar tudo o que restava de suas forças.

Minha voz saiu em frangalhos. *Ajude ele.*

O Pesadelo parou acima de Ravyn como uma sombra. Devagar, ele se ajoelhou.

— Olhe para mim.

O olhar de Ravyn parecia distante e ao mesmo tempo próximo. Invadiu minha janela.

— O reino de qualquer rei é repleto de fardos. Decisões pesadas que afetam séculos a fio. Mas é preciso decidir — sussurrou o Pesadelo, como o vento entre as árvores. — Você é forte, Ravyn Yew. Eu soube disso desde que o vi pela primeira vez. E precisa continuar a ser forte... — disse, se virando para o topo da colina. — Para o que vem depois.

A coroa da colina era de bruma e rocha. No centro estavam duas árvores, de raízes entrelaçadas como serpentes. Altas, com galhos compridos e esticados, uma das árvores era pálida, branca feito osso. A outra era preta, como se chamuscada.

Eu as reconheci como se as tivesse desenhado na minha pele. A mesma imagem ornava a capa do *Velho livro dos amieiros*. Duas árvores, costuradas na raiz. Uma clara, a outra escura.

Os amieiros gêmeos.

Jespyr estava deitada entre as árvores, de barriga para cima e olhos fechados.

Ravyn se desvencilhou do chão e correu até se agachar ao lado da irmã, rasgando as mangas da roupa dela. Rios compridos de tinta escura subiam pelo braço de Jespyr. Uma dose de magia se instalando na nova hospedeira.

A infecção.

Ravyn soltou um palavrão e vasculhou em busca do outro amuleto. Pôs a cabeça de víbora na mão de Jespyr e fechou seus dedos ao redor do objeto. Prendeu a respiração, à espera.

Ela sequer se mexeu.

A voz dele falhou.

— E a Donzela?

O Pesadelo parou atrás dele.

— Para isto, não. Nenhuma Carta pode impedir a infecção, nem curar a degeneração.

Ainda, veio uma voz áspera e trêmula do alto.

A colina sacudiu, derrubando Ravyn. Ele caiu e os amieiros começaram a enroscar suas raízes ao redor dele, até pegá-lo pelos punhos, pelos tornozelos, e prendê-lo no chão.

O que estão fazendo com ele?, gritei na cabeça do Pesadelo.

Ele não respondeu. Estava olhando fixamente para o corpo inerte de Jespyr.

As árvores se curvaram sobre Ravyn. Não tinham olhos, nem boca, nem rosto. Ainda assim, falavam. *Quem é este?*, veio a voz rouca do amieiro escuro.

Mais aguda, mais dissonante, respondeu o amieiro claro: *Prove o sangue dele.*

As raízes apertavam os pulsos de Ravyn. Quando o sangue começou a pingar dos cortes das mãos, a colina estremeceu. *Yew*, disseram as árvores em uníssono.

O amieiro claro chegou mais perto de Ravyn. *O teixo dos Yew é esperto, e suas raízes, oculta. Ele se dobra e não quebra, e os segredos sepulta.*

Veja além dos galhos torcidos, respondeu o amieiro escuro, *cave a terra sedimentar. O que busca é a Carta — ou é no trono sentar?*

As mãos do Pesadelo estavam rígidas, como garras, paradas ao lado do corpo.

— Responda — disse ele a Ravyn.

Ravyn respirava com dificuldade, arfando.

— Busco a Carta dos Amieiros Gêmeos para reunir o Baralho.

Para dissipar a bruma, disse o amieiro escuro.

Para curar a infecção, completou o outro.

Ravyn confirmou.

Então deve pedir à própria Alma.

As raízes soltaram os braços de Ravyn, e outro tremor estrondoso sacudiu a colina. Os amieiros estremeceram. Devagar, começaram a se afastar, arrastando também as raízes. Pararam um pouco distanciados.

Olhei para o espaço entre os dois. Pestanejei uma, duas vezes. Eu não estava olhando para as árvores do outro lado da colina. Estava olhando por um *portal*. Um caminho para outro lugar, entre os amieiros.

Uma orla clara e comprida.

Ravyn se levantou.

— É aí que está a Carta dos Amieiros Gêmeos?

É onde a Alma do Bosque falará com você.

Ravyn se ajoelhou e puxou o braço de Jespyr.

As raízes do amieiro pularam por cima dela e a prenderam no chão. *Ela fica conosco. Se não nos alimentar ao apodrecer, nós a alimentaremos de magia.*

A voz de Ravyn tremeu de ódio.

— É por isso que tanta gente vem parar aqui quando a Alma as captura na bruma. Para *alimentar* vocês?

O amieiro escuro estendeu um galho. *Para alimentar. E nutrir. O que consumimos, devolvemos à bruma. O que vocês chamam de infecção, declaramos ser um dom.* O galho acariciou a testa de Ravyn. *Eu imaginaria que, de todo mundo, você entenderia.*

Ravyn se encolheu.

— Minha magia não é dom nenhum. Mal serve de alguma coisa.

A árvore recuou. E, embora não tivesse rosto, tive certeza de que olhou feio para o Pesadelo. *Parece que você ainda tem muito a aprender. Agora siga. A Alma não aguardará para sempre.*

Ravyn olhou para a orla pálida entre as árvores. Embora não estivesse mais preso por raízes, não deu um passo sequer.

Em frente, sempre em frente, zombou o amieiro claro. *Não é esse seu credo, Ravyn Yew?*

Ravyn franziu a testa. Ele olhou para a irmã e para o Pesadelo — para mim.

— Não vou a lugar algum sem eles.

Então sua jornada foi à toa.

O Pesadelo chiou. Seus pensamentos me envolveram em sombras. Quinhentos anos em vão, Jespyr transformando-se em Ayris, deitada, inerte, entre os amieiros gêmeos.

E eu entendi, mais do que jamais compreendera, como ele se tornara um monstro.

Sua vida fora uma negociação sem fim. Ele cedera seu tempo, sua atenção, seu amor, em troca de magia. Ele a empunhara com enorme autoridade. Mas fora a *magia* que roubara seu reino, sua família, seu corpo, sua alma.

Era o equilíbrio, mas não era justo. E ele acabara repleto de agonia, entalhado até restar apenas algo afiado — um dente, uma garra.

Sei no que você está pensando, falei.

Sabe?

É a mesma coisa que pensa há séculos, não é? Que essa dor talvez nunca tivesse ocorrido se, simplesmente, você brincasse no bosque com Ayris quando menino, sem nunca pedir bênçãos à Alma. Você nunca teria ganhado a espada. Sangrado na pedra. Poderia ter abraçado seus filhos com o mesmo carinho que dedicara às Cartas.

Abaixei a voz. *Pois, se fizesse isso, nunca existira Carta alguma. E nada disso teria acontecido.*

Ele riu, um som amargo. *E agora você sabe que tudo de horrível que aconteceu em Blunder nasceu muito antes de eu dar uma Foice a Brutus Rowan. Aconteceu porque, quinhentos anos atrás, um menino usou uma coroa, recebeu todas as abundâncias do mundo, mas pediu sempre* MAIS.

Adiante, os amieiros se agitaram. Foram se aproximando. O portal que levava à orla pálida, à Carta dos Amieiros Gêmeos, começava a se fechar.

A voz de Ravyn soou tensa.

— Por favor. Eu conversarei com a Alma, pagarei qualquer preço — disse, e pegou o braço de Jespyr, tentando soltá-la da gaiola de raízes. — Mas minha irmã, não.

As árvores não obedeceram, fechando ainda mais o espaço.

Há um motivo para você estar aqui de novo, eu disse ao Pesadelo, com urgência na voz. *Você pode ter perdido uma irmã para* a magia, mas não deve fadar Ravyn ao mesmo destino. Você é o Rei Pastor, o autor de tudo o que já conheci. *Escreveu a história de Blunder, Aemmory Percyval Taxus. Agora a reescreva.*

Os amieiros estavam se fechando, a orla desaparecendo, nossa única oportunidade de encontrar a Carta dos Amieiros Gêmeos *sumindo*.

Ravyn puxava as raízes com as mãos ensanguentadas, mas não conseguia soltar Jespyr. Ele se virou para o Pesadelo e gritou uma súplica destruída:

— Me ajude.

Nossa visão compartilhada avançou de solavanco. E, embora eu não tivesse controle sobre o corpo, poderia jurar que fui eu quem apertou a espada do Pesadelo.

Ele passou a lâmina na mão, abriu um corte fino na palma e correu até os amieiro gêmeos. Quando espalmou a mão sangrenta no amieiro pálido, a colina não estremeceu apenas; foi um verdadeiro terremoto.

As árvores falaram em uníssono, as vozes em harmonia miserável e dissonante. *Taxus.*

O Pesadelo fixou o olhar nos amieiros, dirigiu-se a eles com uma malícia tão ancestral que encheu minha mente de enxofre.

— Há menos círculos que atravessam o tempo. Muitos eventos espelhados, muitos bosques que nos conduzem inevitavelmente ao mesmo lugar. Muito do que aconteceu há quinhentos anos voltou a ocorrer — disse ele, e franziu a testa. — Mas isto, não. Vocês não farão dele o monstro que fizeram de mim, ao forçá-lo a abandonar a irmã. Soltem Jespyr Yew, ou arrancarei suas raízes desta terra.

Os amieiros ficaram rígidos, as raízes sinuosas e os galhos retorcidos detidos numa imobilidade assustadora. Enfim, tão abruptamente que não tive tempo para gritar, pegaram Ravyn e o arrancaram de perto de Jespyr. Ele urrou, se debateu, mas foi arremessado sem hesitação pelo portal que levava à orla. As árvores voltaram aqueles galhos cruéis contra o Pesadelo.

Mas a espada dele as encontrou primeiro.

Ele atacou as raízes, libertando Jespyr com precisão furiosa. As colinas tremeram, a abertura entre os amieiros tão estreita quanto a porta do meu quarto no Paço Spindle.

Continue, insisti.

Ele colheu o corpo inerte de Jespyr do chão e a pendurou no ombro. Os dois passaram a ser atacados por golpes incessantes dos galhos se sacudindo. Ravyn esticou o braço no espaço entre os amieiros, agora tão estreito que ele não tinha mais como sair.

— Peguem minha mão.

O Pesadelo aceitou. Quando Ravyn o puxou, o portal se fechou com um baque. As árvores da colina sumiram. Restava apenas uma orla pálida, acompanhada pelo som de ondas.

E pelo cheiro sufocante de sal.

CAPÍTULO TRINTA E OITO
ELM

No terceiro toque da Carta cor-de-rosa, a Ione Hawthorn impecável — irreal e inalcançável — desapareceu. No lugar dela, surgiu a *verdadeira* Ione.

Sardas. A primeira coisa que Elm viu foram as sardas. Elas ficavam concentradas no topo do nariz, de onde se espalhavam para as bochechas, a testa e o queixo, até restar apenas uma ou outra na curva da boca. Havia um vinco vertical no centro do lábio inferior, e ruguinhas nos cantos da boca e dos olhos.

Linhas de expressão, lembrou ele. *Porque esta Ione sorri.*

A pele agora tinha textura, e uns pontos com leve irritação ao redor do nariz. Olheiras em meia-lua marcavam os olhos. Os cílios voltaram a ser um pouco loiros, e retornou também o diastema nos dentes da frente. O cabelo que caía na testa não descia mais com tanta elegância surreal. Tinha nós, cachos rebeldes. Desordem e imperfeição. Ela parecia muito... humana, como a garota que ele vira cavalgar pelo bosque.

Nem se usasse todas as páginas de todos os livros que já lera, de todas as bibliotecas que percorrera, de todos os cadernos que rabiscara, Elm seria capaz de medir — definir ou descrever — como ela era linda.

— Aí está você.

A frieza e a indiferença nos olhos cor de mel de Ione se foram, as cores vibrantes da terra, do fogo e da floresta inteiramente libertas.

Um sonzinho fraco, fraturado, escapou dela. Ela veio até ele, mas em menos de dois passos seus joelhos cederam, e Elm a segurou, abraçando-a enquanto desciam ao chão.

Tremendo inteira, com os olhos bem, bem fechados, Ione abriu a boca junto ao peito dele. O grito primeiro foi silencioso, e, então, tão alto que encheu os ouvidos de Elm. Lágrimas danaram a escorrer, a respiração em soluços sufocados, os pulmões implorando por ar, constantemente negado pelo uivo incessante.

Ione suportara um casamento arranjado com Hauth, um brutamontes que a embebedara e usara a Foice para controlá-la — que trancara o coração dela com três toques indiferentes. E que a arrastara até o precipício daquela janela no Paço Spindle e a arremessara para matá-la. Ela terminara empoçada no próprio sangue, encarando a lua e pensando que seria a última vez que veria o céu noturno.

Elm ficava arrasado só de pensar que ela suportara aquilo tudo sozinha. Que seu oponente implacável, a Carta da Donzela, a curara a tal ponto de poupá-la de sentir um pouco que fosse do acontecido daquela noite.

Até então.

Elm encostou o rosto no ombro dela e murmurou o único consolo no qual conseguia pensar:

— Sinto muito, sinto muito.

Ela afundou os dedos na túnica dele. Então empurrou, forçando-o a se afastar. Quando Ione o encarou, havia tanta dor nos olhos cor de mel que Elm achou que fosse morrer.

Ela recuou ainda mais.

— Me dê um momento.

— Ione.

Ela se encolheu, abraçando os joelhos.

— Vá embora, príncipe.

Príncipe. Como o irmão dele. Elm passou a mão pelos olhos e, antes de sair, disse:

— Sinto muito, Ione.

Passou então o dedo pela Carta do Pesadelo. Quando chegou ao quarto de Hauth, nem se deu ao trabalho de bater à porta.

Era tarde. Um único Clínico estava de plantão, no canto do quarto, arrumando tinturas e frascos. Ele deu um pulo quando Elm entrou. Já a outra figura ali, sentada à cabeceira de Hauth, não se assustava tão fácil.

Linden viu quando Elm adentrou, a testa franzida em uma carranca profunda.

— O que você quer aqui?

Elm nem olhou para Hauth. Não adiantava quebrar o que já estava quebrado. Porém, uma fúria antiga, familiar, agora emergia em sua garganta, por cada segundo vivido na memória de Ione. Ele não queria simplesmente sair quebrando coisas.

Ele queria o que o Rei Pastor tivera. O privilégio de pegar nas mãos a vida de Hauth Rowan e vê-la entregue.

Elm abriu com força o baú aos pés da cama e jogou a Carta do Pesadelo lá dentro.

— Ele não vale a pena — disse, para Linden, para si, nem sabia. — Não vale mais um momento de seu tempo sequer.

Ele voltou à porta de Ione, colou as costas nela e foi escorregando dramaticamente até o chão, e ficou lá, escutando enquanto ela chorava do outro lado da madeira. Ele se forçou a escutar. A sentir.

Afundou a mão no bolso da túnica, em busca do consolo da borda de veludo. Pegou a Foice e a examinou, virando a carta entre os dedos. Vermelha, a Carta dos Rowan. A salvadora dele. A mania dele. Será que ele sequer sabia quem era sem a Carta? E seu pai? E Hauth?

Os soluços de Ione atravessavam a parede. Elm fechou os olhos e voltou a se recostar na porta na madeira, seus ombros tremendo enquanto suas lágrimas caíam também.

***

A porta se abriu e Elm caiu para trás, batendo a cabeça no chão.
Ione olhou para ele. Com força surpreendente, ela o levantou, fechou a porta e o levou à cama.
Elm deitou-se de lado, virado para a parede, esvaziado. Ele sentiu o colchão afundar e de repente dois braços o envolveram. Ione encostou o corpo nas costas dele, derretendo ao seu redor. Elm fechou os olhos, e as lágrimas que ele pensou estarem esgotadas voltaram a arder.
— Você me odeia, Hawthorn?
Ela apertou o abraço.
— Não, Elm. Eu não o odeio por nada.
Eles pegaram no sono. Quando Elm acordou, horas depois, a manhã clara brilhando na janela, Ione ainda o abraçava. Ele memorizou o mapa dos braços em seu peito, contornos perfeitos, ela a pena e ele, o papel.
A voz dela tremulou ao seu ouvido.
— Está acordado?
Ele se virou. A luz da manhã beijava o cabelo dela, a orelha, os pontos salientes do rosto. Os olhos estavam inchados de tanto chorar.
Elm acariciou a bochecha dela.
— Ione.
Ela o puxou até ficarem grudados, colando a boca na curva do pescoço dele. Por muito tempo, não fizeram nada além de respirar, tão próximos que as inspirações e expirações mantinham um só ritmo, lento e regular.
— Quando você me viu cavalgar? — perguntou ela, a voz um reverberar suave em sua pele. — Com lama nos tornozelos?
Elm passou os dedos pelos cabelos de Ione, em carícias amorosas e demoradas.
— Eu tinha dezesseis anos, dezessete, talvez, e estava com Jespyr na patrulha da estrada. Deveríamos estar de olho em

bandoleiros, mas estávamos jogando baralho. Passou um cavalo. Mais rápido do que a maioria. Você nem nos viu. Estava rindo, uma gargalhada meio assobiada — contou ele, massageando a nuca de Ione. — Eu gostei da sua gargalhada. Do seu cabelo.

Ione ficou um bom tempo em silêncio. Elm achou que talvez ela tivesse pegado no sono outra vez. Até que:

— Eu achava você lindo. Um babaca lindo e insuportável.

Uma gargalhada ressoou no peito dele.

— Quando eu era menina, imaginava você como um personagem de livro... Nenhum príncipe tinha o direito de ser bonito daquele jeito fora das páginas. Mas você não tinha o charme de um príncipe de história. E deixou abundantemente claro que apenas os Yew eram dignos de seu tempo — disse ela, puxando a manga da túnica dele. — As roupas pretas não eram exatamente muito simpáticas. Na época, eu não sabia que Hauth estava... agredindo você.

Elm engoliu em seco.

— Eu fui grosseiro com você?

— Para isso, teria que falar comigo.

— Eu não era de falar muito. Mas eu vi você... gostei de você — disse ele, colado em sua pele. — Você parecia tão leve. Tão feliz, tão livre, estonteante. Eu morria de inveja.

— Você gostava de mim... por inveja?

Ele a apertou mais.

— Sou todo estragado, Ione. Estou aprendendo aos poucos.

Outra pausa.

— No Dia da Feira, quando Hauth mandou aqueles pobres coitados para a bruma, você o enfrentou. Você o desafiou, na frente de todos. E eu vi você demonstrar ali a mesma raiva e desprezo que eu mesma estava começando a entender — disse ela, com a voz mais branda, em tom de confissão. — *Eu invejei você.*

Ela engoliu em seco.

DUAS COROAS RETORCIDAS

— Tem tanto de mim que ainda não compartilhei com você. O que Hauth fez... todas as emoções que ele roubou de mim. Estou amarga de fúria.

— Então fique furiosa, Ione — disse ele, beijando a testa dela. — A raiva cai bem em você.

Ela fez um barulhinho de aprovação ao ouvir as palavras que ela mesma lhe dissera.

— Eu digo coisas venenosas quando fico magoada. Guardo rancor. E os bandoleiros... não me arrependo por nada do que fiz com eles. Nem um pouco. Foi assustador e horrível, e eu faria tudo de novo, sem sequer pensar, só para proteger você — disse ela, inspirando fundo, trêmula. — Penso em como seria fácil fazer coisas horrorosas sob uma boa motivação.

— Eu também.

— Eu gostava da ideia de ser rainha um dia. E estava gostando de como a Donzela abafava as coisas, fazia parar de sentir arrependimento, preocupação e medo. Era como deter o poder — disse ela, e levantou o queixo até quase encostar a boca na dele. — Talvez você também gostasse daquela minha versão.

— Gosto de finalmente decifrar sua expressão, e de você ter escolhido mostrá-la para mim. Pode me contar todas as suas verdades terríveis, Ione. Eu não vou a lugar nenhum.

Elm se endireitou, desperto, faminto. E, pela primeira vez na memória, ficou feliz pelo dia ainda estar apenas começando.

— Você ainda gosta de montar a cavalo?

Eles se vestiram rapidamente. Desta vez, Elm fez questão de providenciar sapatos e uma capa para Ione.

Protegidos contra a bruma com os amuletos, eles buscaram o cavalo de Elm no estábulo, e também um palafrém castanho para Ione. Quando Elm a colocou na sela, mais uma vez se perguntou se a Alma do Bosque interferia na vida das pessoas.

Se ela sentira dó dele naquele dia em que fora com os Corcéis ao Paço Hawthorn. Se percebera toda a podridão dentro de Elm e dera a ele, o príncipe estragado, aquele momento com Ione para controlar suas trevas.

Eles saíram pelo pátio, cruzaram a ponte. O vento soprava o cabelo de Ione para trás como mil fitas chamativas, e Elm soltou um suspiro. Ele sempre sentia-se limpo, de alma lavada, ao sair de Stone.

O outono estava em vias de ir embora, o gelo demorando a derreter. Dali a pouco, não derreteria mais. Eles seguiram pela estrada por mais ou menos meio quilômetro, até que, tão rápido que Ione precisou puxar a rédea bruscamente, Elm virou o cavalo para o oeste, descendo uma ribanceira. Quando chegaram ao fundo, ele pegou a trilha que já aprendera de cor. E, na planície gramada, incitou o cavalo.

Eles galoparam pelo campo aberto, afastando a bruma com tamanha velocidade.

Ione também atiçou seu cavalo e alcançou Elm, cavalgando lado a lado. Ela estava de olhos arregalados, os cabelos loiros uma tempestade. Bem quando Elm começou a temer que a velocidade estivesse exagerada, ela jogou a cabeça para trás, sem a menor pompa...

E gargalhou.

O som atravessou seu corpo até atingir Elm, derrubando seu último tijolo, sua última cerca farpada. O rosto de Ione estava inteiramente aberto, sem o menor toque de gelo ou restrição. Os olhos estavam apertados, o nariz sardento, retorcido, a fenda entre os dentes exposta pelo sorriso. Elm a admirou, a aprendeu de cor, orando para chegar a um caderno de desenhos antes que as linhas daquele sorriso sumissem de sua memória.

Ele duvidava que sumiriam um dia.

Ela provavelmente sentira o olhar dele, porque, quando se ajeitou na sela, o encarou, cheia de expectativa.

Elm estendeu o braço e pegou as rédeas dela. Era impossível beijar a cavalo, mas ele se esticou, encostou a boca na dela e o fez mesmo assim.

Ione puxou as rédeas. Quando os cavalos pararam, Elm desmontou e a pegou pela cintura. Ela desceu da sela para o abraço dele, colando a boca na dele com força.

— Obrigada por isso, Elm — murmurou ela no beijo. — Por tudo.

Ele nunca se acostumaria a ouvi-la dizer seu nome. Inebriante, doce, ávido.

Eles chegaram a um arvoredo antes de se largar na grama, atrapalhados com as roupas. O sal ardia no ar. Elm manteve o amuleto bem amarrado no pulso, e Ione tinha o dela pendurado no pescoço pela corrente agora remendada.

Eles rolaram pela grama, no enlace do abraço. Elm a pressionou no chão e encaixou o joelho entre suas pernas, abrindo-as com o movimento e murmurando palavras de adoração colado à boca de Ione, palavras como *quente* e *divina* e *caralho, nem consigo respirar quando você me olha assim, Ione*.

Ela passou a mão por baixo da blusa dele e pelas costas, acariciando os músculos esguios da coluna e dos ombros, os lugares onde ele apanhara quando menino. Quando tirou a túnica, ela passeou o olhar pelo peito nu de Elm, estudando seu desenho. Afundou os dedos no cabelo castanho-avermelhado e desgrenhado. Falou com a voz baixa, transbordando de fascínio.

— Você é lindo.

— Não. Essa palavra é apenas sua.

Elm se esticou para trás e a puxou para o colo, como fizera no trono. Porém, ali não havia sombra de sorveira para cobri-los. Havia apenas ar fresco, bruma. As rolinhas arrulhando. Uma brisa fina chegava em ondas e envolvia Elm, farfalhando o cabelo solto da testa de Ione na cara dele. Era tudo suave, leve.

Delicado.

Elm encontrou o nó no fim do corpete dela. Não haveria faca ali. Nenhum tecido rasgado. Ele se demorou com dedos lentos para desatar a amarração.

Ione não o apressou. Estava ocupada demais memorizando seu rosto, passando os dedos pela pele. Buscando, avaliando. Quando o corpete caiu, arrastando o vestido e a deixando nua da cintura para cima, ela ainda estava com o olhar cor de mel fixado nele.

— Esse seu jeito de me olhar — disse ele, segurando o queixo dela — me apavora.

— Por quê? — perguntou ela, descendo a mão pelo pescoço dele, pelo peito, pela linha entre os músculos abdominais. — Ninguém nunca amou você antes, Elm?

— Assim, não. — Mais perto. Ele precisava chegar ainda mais perto. — Nunca houve nada assim — acrescentou.

Elm se deitou de costas na capa. Tirou a meia-calça de Ione, e então ela montou nele, a luz cercando seu cabelo loiro. Ele se deleitou com o calor dela, com a perfeição daquele peso sobre seu corpo, com a delícia quando ela o libertou do tecido da calça.

Ela arregalou os olhos. Abaixou a mão e o avaliou outra vez.

— *Elm*.

Ele chiou entre os dentes e encostou o dedo no lábio de Ione.

— Cuidado com o que diz. Vai acabar comigo rápido demais com essa sua boca — disse ele, e a puxou para baixo, a beijou devagar. — Quero que isso dure bastante, Ione.

Ela se apoiou no peito dele e, quando começaram, foi de uma lentidão insuportável. Elm ficou observando o rosto dela, atento à dor, pronto para parar se visse qualquer sinal de angústia. Porém, Ione se encaixou nele devagar, ajeitando o quadril para um lado, para o outro, até encontrar seu conforto, que também virou o conforto dele. Então ela baixou centímetro por centímetro. Toda memória de prazer que Elm já vivera se fraturou ali, substituída pelo momento. Por ela.

Ele segurou o quadril dela. Quando arqueou as costas, Ione perdeu o fôlego. E ele parou.

— Isso... Você...

— Você não vai me machucar. Não haverá dor alguma entre nós — disse ela, passando o dedo pelo lábio dele, e, quando Elm deu uma mordidinha, ela sorriu. — A não ser que a gente queira.

— Teremos tempo para todo tipo de sordidez, srta. Hawthorn. Por enquanto, só... — disse ele, baixando a voz. — Só continue a me olhar assim.

Quando Elm começou a se movimentar dentro dela, não conseguiu pensar em mais nada. Não conseguiu se concentrar em mais nada. Os cabelos loiros cascateavam por todo lado e o rosto de Ione estava corado, tão vulnerável, os olhos cor de mel voltados para ele, que ele sentiu um aperto no peito.

A lentidão não durou. Havia desejo demais, novidade demais entre os dois. Elm roçou o dedo no sexo dela, afundando a mão na bunda e no quadril para movimentar-se com ela, dividido entre saborear o momento e o desejo insaciável por mais e mais.

Ele se levantou um pouco, segurando-a pela nuca.

— O que você está sentindo, Ione?

Como um farfalhar de asas, ela suspirou.

— *Tudo*.

Elm a penetrou com mais força, roçando os lábios pelo queixo dela, pelo pescoço.

— Eu sou seu. Mesmo que você não queira ser rainha... eu sou seu.

As pálpebras de Ione tremularam, e ela acelerou o ritmo. Elm apalpou seus seios, encontrando o palpitar do coração com a boca, que esvoaçava como as asas de um beija-flor. Ela tombou para trás, em cima das roupas, e o puxou consigo, enroscando as pernas na cintura dele. A respiração dela foi ficando mais rápida, mais ofegante, até cessar de vez, e ela se retesou inteira ao redor dele.

Elm a encarou, inebriado. Ione franziu a testa, ainda olhando para ele. Abriu a boca, soltou um grito agudo...

Pressão, tanta pressão, que Elm sentiu os músculos todos enrijecerem antes de relaxarem profundamente. Ele então deixou a cabeça cair no seio dela. Arreganhou os dentes, deixou escapar um palavrão...

E viu estrelas.

Ione o abraçou. Quando pararam de arfar, trocaram beijos lentos, extenuados de prazer. Aquele momento com ela foi tão perfeito, tão arrasador, que Elm contou tudo.

Da infância, da morte da mãe, dos horrores que se seguiram. De odiar Hauth e o pai. De querer morrer até os Yew o acolherem. Ele contou sobre o dia em que se tornou Corcel. Da infecção de Emory e da degeneração lenta. Das Cartas da Providência, e do plano do rei de derramar o sangue de Emory para reunir o Baralho.

De Elspeth. Da magia dela. Da voz — do Rei Pastor — que ela carregava em si.

Dos Amieiros Gêmeos, que Ravyn e Jespyr partiram para encontrar. E de Elm, o novo herdeiro, que faria tudo em seu poder para lutar por eles quando voltassem.

Enquanto ele falava, Ione ficou quieta, apertando cada vez mais o abraço. Quando ele terminou, ela encostou a mão em seu peito, na altura do coração.

— Então é assim que você anda ocupando seu tempo.

— Seria mentira dizer que não estou exausto disso tudo.

— Achar que daria para reunir o Baralho inteiro bem debaixo do nariz do rei, inclusive uma Carta perdida há quinhentos anos, é a ideia mais arrogante, mais *Elm*, que já ouvi.

Ele riu, enroscando uma mecha de cabelo dela em um dedo.

— Não fui o único idealizador.

— E minha mãe, meus irmãos? As meninas Spindle? Achei que você saberia onde eles estariam. Mas quando perguntei, mesmo com o Cálice...

— Era importante que eu não soubesse. Assim, nem um Cálice poderia me obrigar a contar o paradeiro deles.

Ela arregalou os olhos.

— Foi *você* quem ajudou na fuga?

A Foice nunca estava muito longe. Elm a encontrou no bolso da capa e a girou entre os dedos, virando de um lado para o outro até a carta ficar meio desfocada.

— Jespyr alertou sua mãe e seu irmão, e eu mandei as Spindle fugirem. Tentei salvar você também. Eu não fazia ideia de que você estava no Paço Hawthorn. Nem imaginava o que Hauth fizera.

Lágrimas empoçaram os olhos de Ione.

— Por quê?

Elm sentou-se e tomou o rosto dela nas duas mãos.

— Porque eu não acredito nessas coisas, Ione. Em nada disso. Quinhentos anos de regência Rowan... não é nada para mim. É melhor largar os amuletos e deixar a Alma nos consumir do que viver em um lugar que castiga as pessoas por causa da magia que elas nem escolheram. Prefiro que Stone arda em chamas a ver uma mulher e seus filhos morrerem por esconder uma sobrinha infectada — disse, secando as lágrimas dela. — Sua família um dia estará segura. Eu vou mudar as coisas. Serei o pior rei Rowan dos últimos quinhentos anos. — Ele curvou a boca. — Talvez eu até me divirta.

As lágrimas de Ione cessaram. Ela o olhava do mesmo modo que fizera ao chamá-lo de lindo. Abraçou o pescoço dele, encontrando seu corpo.

— Então deixa eu me divertir com você — murmurou grudada aos lábios dele.

A Foice caiu ao chão, totalmente esquecida.

***

Eles decidiram anunciar o casamento naquela noite mesmo — afundar uma estaca no coração da ostentação e do teatro, acabar de uma vez com os banquetes.

Já tinha passado muito do meio-dia quando voltaram a Stone. Nas profundezas do castelo, dobrava um sino. Ione ergueu o olhar para as torres altas que avultavam.

— O que foi isso?

Elm entregou as rédeas ao cavalariço e pegou a mão dela.

— Não sei.

Baldwyn não estava disponível para ele perguntar. Nem Filick. Elm sentiu um tranco no peito. Imaginou que, talvez, Ravyn tivesse voltado mais cedo.

De mãos dadas com Ione, subiu a escadaria até o corredor real e entrou no quarto. Uma sombra se ergueu no canto do cômodo. Quem o aguardava não era Ravyn.

Era Hauth.

PARTE III

Dobrar

CAPÍTULO TRINTA E NOVE
ELSPETH

A praia da Alma do Bosque era muito parecida com aquela que eu ocupava na cabeça do Pesadelo. Um espaço infinito e indistinto. Esta orla, entretanto, era clara. O céu, as ondas em movimento, a areia fina — tudo de um cinza desbotado e sem vida.

Ravyn sentou-se na areia, com Jespyr no colo. Ele não conseguia se comunicar com ela, nem com a voz, nem com a Carta do Pesadelo. Por mais que a sacudisse, por mais que a chamasse, ela não despertava.

Não sei quanto tempo passamos sentados naquela praia, esperando a Alma do Bosque. O Pesadelo roía uma unha, observando os irmãos Yew de soslaio.

A voz de Ravyn soou rouca:

— Quanto tempo esperamos?

— A Alma tem seu próprio tempo.

Dezenas de cortes de galhos e espinhos marcavam o rosto de Ravyn. Ele parecia exausto. Quando encostou um dedo calejado no pescoço da irmã, um som de dor lhe escapou da boca.

— O coração dela está desacelerando. A febre vai matá-la.

Faça alguma coisa, implorei de minha saleta sombria. *Não o deixe perder a esperança.*

— Sua família transborda magia — respondeu o Pesadelo, mais áspero do que deveria. — Ela vai sobreviver.

Ravyn fechou os olhos com força, não disse nada.

— Você não veio até aqui só para se entregar ao desespero.

Ravyn não respondeu. Mas outra voz soou.

Veio do mar, grave e ampla. Preencheu minha salinha escura, ecoando perto e longe.

— O rei de Blunder — declarou — volta para negociar.

Quando a água se abriu, saiu dela uma criatura com garras, orelhas pontudas e olhos de prata. E eu soube, no fundo da tinta preta das minhas veias, quem era.

A Alma do Bosque.

— Seja bem-vindo de volta, Rei Pastor. Sejam bem-vindos, Ravyn e Jespyr Yew.

Seus olhos irreais encontraram minha janela. Ela sorriu.

— Seja bem-vinda, Elspeth Spindle.

CAPÍTULO QUARENTA
ELM

Um lampejo vermelho.

— Não se mexam — veio a voz de Hauth. — Nem falem nada.

O sal ardeu nos sentidos de Elm. Sua mente travou de repente, prendendo os músculos junto. Ele estava paralisado, de mãos dadas com Ione, a outra mão no fundo do bolso.

Hauth estava de pé diante deles. Alto, ameaçador e impecável. As cicatrizes — hematomas e cortes — tinham desaparecido, e a pele não tinha marca alguma. Ele usava uma túnica dourada e um gibão carmim-escuro, o peito estufado ao encarar Elm. Trazia um par de adagas presas ao cinto.

Ele parecia mais jovem. Porém, só porque as rugas de expressão profundas na testa tinham sido alisadas. Hauth baixou o rosto, virando o olhar verde para as mãos unidas de Elm e Ione.

— Não deveria me surpreender — disse ele, com o tom tranquilo. — Você sempre foi um pirralho metido mesmo.

Da última vez que Elm vira o irmão, Hauth estava caído em uma poça da própria baba. Nenhum cataplasma, nenhum remédio, nenhuma magia no mundo poderia tê-lo curado desse jeito.

Com uma exceção.

Hauth sentou-se devagar no baú de roupas de Elm.

— Estou enxergando seus pensamentos agitados Renelm. Tentando entender tudo nessa cabecinha ardilosa — disse, e olhou para Ione. — Ela contou para você? Daquela noite no Paço Spindle? Do que fiz com ela?

A raiva encheu a garganta de Elm. Ele tentou abrir a boca, mas o maxilar estava travado.

Hauth passeou o olhar pelo corpo de Ione.

— Que diferença, meu bem, para aquela casca vazia de mulher largada ensanguentada sob a minha janela no Paço Spindle. Quando abri os olhos duas noites atrás e a vi tão inteira, tão perfeita, entendi. Mesmo sem entender mais nada, isto eu entendi — disse ele, as palavras deslizando entre os dentes. — A Carta da Donzela curou você, Ione.

A mão de Ione na de Elm estava fria, úmida de suor.

— Quando meu pai pegou a Carta do Pesadelo e entrou em meus pensamentos, tentei avisar. Mas o otário estava bêbado demais, desconcentrado. Ele não me escutou — explicou Hauth, e um toque de satisfação tomou seu rosto. — Mas no dia seguinte, Linden me ouviu.

A porta se abriu atrás dele. E Linden apareceu. Seu rosto estava limpo, e a pele, lisa — as cicatrizes tinham sumido.

— Pegue a Foice dele — disse Hauth, apontando para Elm.

Mãos grosseiras reviraram os bolsos de Elm. Linden o olhou com desdém. Pegou a Foice. E, para completar, meteu um soco na boca de seu estômago.

Elm perdeu todo o fôlego de um sopro só e a náusea o invadiu. Porém, ele não conseguiu nem se encolher. A coleira da Foice que o prendia ali era bem apertada.

O pânico antigo, que Elm enterrara atrás das muralhas, retornou. Saiu de seu peito à força, subindo pela garganta, pela boca, implorando para urrar. Ele voltara a ser apenas um menino, preso à Foice do irmão.

À espera da dor.

Hauth estendeu a mão e Linden entregou a Foice de Elm.

— Quando você devolveu a Carta do Pesadelo ontem, Linden a usou. Ele me encontrou. E juntou as peças que meu pai foi incapaz de decifrar.

— "Donzela" — disse Linden, olhando com raiva para Elm, e depois para Ione. — Foi isso que eu o ouvi dizer. Sem parar. "Carta da Donzela". E depois, "Ione".

Linden parou diante de Elm e o olhou de cima a baixo, com malícia explícita.

— Hauth me disse, um tempo atrás, onde incitou a srta. Hawthorn a guardar a Carta. Quando fui à sala do torno, porém, a Carta não estava na lareira. Achei que talvez ela a tivesse recuperado. Fui vasculhar o quarto dela. A porta estava trancada — disse ele, e puxou o cinto. — Mas a sua, príncipe Renelm, não estava.

Um baque de ferro ressoou. Linden pegou o molho de chaves — o chaveiro de Elm — e o balançou na frente dele.

— Você deveria levar seu dever mais a sério, príncipe. Levei menos de cinco minutos para abrir a porta dela e encontrar a Donzela. Foi só tocar três vezes que... — disse, e passou a mão no rosto, na pele antes rasgada. — Minhas cicatrizes sumiram. Fui curado.

Elm precisava fazer alguma coisa. Senão, talvez ele e Ione jamais escapassem daquele quarto. Mas ele não conseguia. Nem. Se. Mexer. Caralho.

Um sorrisinho repuxou o canto da boca de Hauth.

— Sem Ravyn, você deixa de ser todo fortão, né, irmãozinho? — perguntou, e avançou um passo até agarrar Elm pelo pescoço. — Onde eles estão? Ravyn e Jespyr? Me conte.

Outra onda de sal invadiu Elm. A mandíbula dele doía. Quando abriu a boca, sorveu o veneno, a Foice do irmão lhe arrancando a verdade.

— Foram atrás dos Amieiros Gêmeos.

— Onde?

— Não sei.

Hauth arrancou as chaves da mão de Linden e bateu na cara de Elm com elas.

— Quando eles vão voltar?

— Não sei.

Outra pancada.

Ione vocalizou um ruído.

— O que foi, Renelm? — perguntou Hauth, com mais uma pancada. — Não tem nenhuma gracinha a dizer?

A boca de Elm se encheu de sangue. Ele cuspiu, pintando de vermelho a bota de Hauth.

— Você pode até estar curado, mas seu tempo está marcado, *irmão*. Sei quem você despertou quando esmagou a cabeça de Elspeth Spindle na parede — disse, olhando no fundo dos olhos verde Rowan de Hauth. — E nem uma Carta da Donzela vai salvá-lo quando ele voltar.

O medo lampejou pelo rosto bruto de Hauth, que apertou os dedos no molho de chaves. Elm inspirou fundo, preparando-se para mais um soco.

Não veio.

Hauth pôs a mão no bolso.

— Linden — disse, mantendo o olhar em Elm. — Devolva a Carta da Donzela para Ione.

Linden franziu a testa, mas obedeceu. Quando encostou na Donzela, liberando a magia de Hauth, as rugas cruéis e familiares voltaram ao rosto do irmão de Elm.

Linden pôs a Carta cor-de-rosa na mão de Ione.

— Toque nela — ordenou Hauth.

A Foice não deixou Elm virar o rosto — ele enxergava Ione apenas pelo canto do olho. Escutou o batuque suave do dedo dela na Carta da Donzela. *Toque, toque, toque.*

— Melhor.

Hauth se afastou de Elm, andando com lentidão ameaçadora até parar diante de Ione.

Ele sacou uma adaga do cinto.

Elm sentiu um aperto nas entranhas.

— O que você está fazendo?

— Um experimento.

Ele não deu a Ione nem a capacidade de falar. Hauth apenas abaixou a cabeça para ela, em uma reverência zombeteira, e disse:

— Tentemos outra vez, noivinha.

Ele ergueu a adaga.

E apunhalou o peito de Ione.

O ar a abandonou em um sopro longo e sôfrego. A mão de Ione soltou a de Elm e ela caiu onde ele não a enxergava, não a alcançava.

O mundo escureceu. O grito acumulado de Elm se libertou. Linden bateu na cara dele, mas ele não parou de gritar. A luz estourava detrás de seus olhos, os músculos todos esgotados na luta tentando combater o controle da Carta vermelha.

No fim, foi a mão brutal de Hauth que virou na cara de Elm.

— Vejamos o efeito da Carta cor-de-rosa contra um ataque mortal.

O sangue era abundante. Vermelho como a sorva, como a Foice. Vermelho no vestido, na pele e no cabelo de Ione, vermelho no chão do quarto de Elm.

Ela sobrevivera à queda do Paço Spindle. A Donzela a mantivera viva. Ela sobreviveria de novo. *Precisava* sobreviver agora.

Mas o sangue... era do coração. Escuro. Todo. O tipo de sangue que Elm via ao caçar, quando queria assegurar que o cervo tivesse uma morte limpa e rápida.

A luz nos olhos cor de mel foi diminuindo. Ione entreabriu a boca, lágrimas escorrendo, o medo esboçado no rosto. Elm entendeu. Foi assim quando Hauth a arremessara da janela. Quando ela teve certeza de que morreria. Desta vez, porém, Ione não olhava para a lua indiferentemente, aguardando que o silêncio eterno a levasse.

Estava olhando para ele.

As mãos dela, pálidas, tinham a cor da neve. Subiram à adaga no peito, roçando o punho. A boca, de um cinza doentio, se mexeu, mas não saiu palavra alguma.

— Deixe ela falar — gritou Elm, implorou.

A gargalhada de Hauth cortou o quarto.

— Acho que não.

Ione não desviou o olhar de Elm, mantendo-o preso naqueles poços cor de mel. Ela arrancou a adaga do peito e a largou no chão. Fechou os olhos.

E ficou inerte.

Vinte segundos.

Quarenta.

Um minuto.

Hauth fez um muxoxo indiferente e olhou para a Donzela na mão de Ione.

— Parece que há limites à Carta cor-de-rosa, afinal.

Dois minutos, e Ione seguia inerte. Elm gritava tão alto que o irmão se encolheu. Hauth então o empurrou, derrubando-o, lhe deu um chute, e fez outra careta.

Uma gota de sangue escorreu do nariz de Hauth. Ele arrancou a Foice do bolso e bateu na Carta.

— Fique aí — disse a Elm —, ou vai se arrepender.

Quando o sal finalmente abandonou os sentidos de Elm, ele nem deu atenção para o que Hauth e Linden conversavam. Não estava nem aí. Ele se arrastou pelo sangue, usando todas as forças para sustentar o último fio de esperança que ainda continha em si.

Ele aninhou a cabeça de Ione nas mãos. Ela estava tão pálida, sem o menor sinal de rubor.

— Hawthorn?

Nada.

Encostou a testa na dela.

— Ione, por favor.

Como ela não se mexeu, Elm fechou os olhos, rangeu os dentes. Esforço nenhum seria capaz de conter as lágrimas que passaram queimando a pele.

Então, como um farfalhar de asas...

— Elm.

Ele levantou a cabeça.

Ione estava se mexendo. Um dedo só. Depois a mão, a qual levou à ferida no peito. Então o peito se inflou em uma inspiração profunda e desesperada. As pálpebras dela tremularam, se abriram, e Elm viu seus olhos.

Mel — calor e vida.

Ele a abraçou e a puxou para o peito. Quando um soluço finalmente abriu caminho e lhe escapou, ele se perguntou, amargo, se fora ela quem quase morrera ou ele próprio.

Como nuvens venenosas, Hauth e Linden assomavam acima deles.

— Incrível — comentou Linden. — Uma facada no peito e, ainda assim, a Donzela a manteve viva.

A voz de Hauth soou lenta. Maravilhada. Voraz.

— Invencibilidade.

Sombras se acumularam em Elm. Não fazia diferença estar desarmado, nu sem a Foice. Ele ainda olhou para o rosto do irmão e, sem um pingo de dúvida, declarou:

— *Eu vou te matar por isso.*

A porta se abriu com um baque.

Filick Willow surgiu na entrada, com os livros e os cães, e admirou o cômodo com os olhos arregalados. Hauth e Linden, de pé acima de Elm e Ione. Sangue no chão. Olhou para o rosto de Elm, e acompanhou os hematomas recentes, os olhos marejados.

— Perdão, príncipe — disse. — Eu deveria ter batido mais alto.

Elm teve vontade de beijar o chão. Ele apontou para Ione em seus braços.

— Leve ela — disse, a voz falhando. — Ajude ela.

Quando Filick adentrou o quarto, Hauth se empertigou.

— Você não é necessário, Clínico.

Os cães rosnaram. Filick os conteve com a mão firme.

— Príncipe Hauth. Sua Alteza... não estava no quarto. Tocamos o sino.

— Escutei — disse Hauth, remexendo a Carta da Foice com os dedos grossos. — Mas, como dá para ver, ninguém me tirou do meu leito. Estou ótimo. Pode ir embora.

Filick não se mexeu. Estava olhando para Ione.

— Ela perdeu muito sangue.

— Eu sei.

Passos pesados ecoaram no corredor. Alguém vinha correndo, até que o rei apareceu, empurrando Filick e pisoteando no sangue de Ione a caminho de Hauth. Quando abraçou o filho mais velho, sua voz saiu fraturada.

— Meu menino. Você está vivo.

Elm olhou para o peito de Ione. Ela ainda cobria a ferida.

— Me mostre — murmurou.

Ela hesitou, apertando o peito com tanta força que as unhas deixavam marcas. Devagar, ela afastou a mão.

A ferida estava diminuindo, já da metade do tamanho da faca que a infligira. A Donzela, na outra mão de Ione, a curava.

Elm ergueu os olhos para o teto e, com tudo de si, agradeceu ao Rei Pastor por sua Carta da Donzela, tão terrível e tão maravilhosa.

Ione roçou a mão na manga da roupa dele.

— Achei que tivesse passado pelo véu. Eu estava cavalgando no bosque, com lama até os tornozelos — disse, e um sorrisinho agraciou sua boca pálida. — Com você.

Elm afundou a cara no pescoço dela.

— Um dia. Mas, primeiro, quero cem anos ao seu lado.

Acima deles, a voz do rei veio em ondas:

— Como? — perguntou, esganiçado, levando a mão calejada ao rosto de Hauth.

A voz de Hauth soou calma. Ele deu um tapinha no ombro do pai.

— Soube que você tem organizado banquetes. Declare que o de hoje será em minha homenagem, e eu lhe contarei tudo.

CAPÍTULO QUARENTA E UM
RAVYN

O terceiro e último acordo é em um lugar sem tempo. Um lugar de tristeza, sangue, crime e tormento. Espada alguma o salva, máscara alguma o esconde. Com os Amieiros você voltará...
Mas nunca sairá de lá.

Ravyn escutou ossos estalando. A Alma do Bosque ajeitou os ombros afiados, fustigou o ar com a cauda e afundou as garras na areia. As orelhas dela eram grandes e pontudas e, ao sorrir, dentes curtos e afiados, que mais lembravam presas, ficaram visíveis detrás dos lábios.

Ela não era humana, nem fera, mas algo entre as duas coisas, como o monstro retratado na Carta do Pesadelo — porém, seus olhos eram prateados. Ela os concentrou em Ravyn, sem pestanejar. Então virou as garras pontudas para o próprio tronco...

E as enfiou na barriga.

Sangue prateado escorreu por sua pelagem e caiu na areia. O mar o lambeu, voraz.

Ravyn encarou a cena, de olhos arregalados de pavor.

A Alma soltou um suspiro e o sangramento parou. Ela revirou a própria barriga, como se o sangue tivesse soltado algo no fundo de si. Quando puxou a mão, ensopada de prata, trazia algo nas garras. Um objeto pequeno, retangular, com a borda verde-esmeralda.

A décima segunda Carta da Providência. Os Amieiros Gêmeos.

A Alma abriu as garras.

— Ela quer que você use — disse o Pesadelo, atrás de Ravyn.

Ravyn pousou Jespyr na areia, ainda inerte, e se levantou com esforço.

— O que acontecerá quando eu tocá-la?

— Um encontro mental.

— Como a Carta do Pesadelo?

— Não sei dizer. Nunca usei os Amieiros Gêmeos.

— E se eu usá-la em excesso?

O Pesadelo abaixou a voz.

— Perderá qualquer noção de tempo.

Ravyn encontrou os olhos da Alma. Prateados, estáticos, sem pupilas. Ele estremeceu e esticou a mão para pegar a borda aveludada da Carta dos Amieiros Gêmeos. Porém, quando tentou puxá-la, a Alma fechou as garras na mão dele com toda a força.

Ravyn urrou. Quando voltou a fitar os olhos prateados e sombrios outra vez, entendeu. Ela não oferecera a Carta para ele pegar — apenas para usar.

Ainda havia uma barganha pendente.

Ravyn soltou a borda de veludo.

— Não vou roubar.

Ela retraiu as garras, deixando a pele de Ravyn marcada de vermelho. Quando ele se aproximou da mão dela outra vez, foi com um dedo só, trêmulo. Hesitou antes de encostar na Carta da Providência perdida havia quinhentos anos. Fechou os olhos, respirou fundo o sal, e tocou nos Amieiros Gêmeos.

Uma.

Duas.

— Pondere bem as palavras que usar com ela — advertiu o Pesadelo. — Podem ser suas últimas.

Três vezes.

O vento soprou a orla salgada do mar. Fustigou o rosto de Ravyn e o cegou. A Alma voltou a falar em sua voz vasta e tempestuosa:

— Eu o observei na bruma, Ravyn Yew. Provei seu sangue. Arranquei sua armadura pétrea — disse, olhando dele para o Pesadelo. — Você viajou ao coração de meu bosque, conduzido pelo cajado do Rei Pastor como um cordeiro ao abate.

Ravyn rangeu os dentes.

— Não sou cordeiro nenhum.

Ela o fitou com os olhos de prata, que o conheciam tão bem.

— E ainda assim está disposto a morrer como se fosse, no Solstício.

Atrás deles, o Pesadelo soltou um sibilo agudo.

— Como assim?

Quando Ravyn se voltou para os olhos amarelos do Pesadelo, soube, de algum modo, que também olhava para Elspeth.

— Você deve saber — disse — que eu nunca permitiria que o Rei derramasse o sangue dela para reunir o Baralho.

O Pesadelo ficou um bom tempo parado. E, então, tão suave que poderia se confundir com as ondas na praia, disse:

— Você sangraria no lugar de Elspeth? No *meu* lugar?

Ravyn se empertigou e falou com convicção suficiente para atravessar todos os quinhentos anos do Pesadelo.

— Sim.

Ele se virou para a Alma do Bosque.

— Sangue é o preço pela união do Baralho. Para dissipar a bruma e curar a infecção. É o *seu* preço. E o pagarei com prazer. Morrerei com prazer. Tenho morrido pouco a pouco desde que Emory adoeceu — declarou, com um nó na garganta. — Morri dez vezes mais desde que Elspeth desapareceu. E agora sua bruma tomou minha irmã. Então não me fale de preços, Alma. — Ele olhou para a Carta dos Amieiros Gêmeos nas garras dela. — Sairei daqui com esta Carta. Ou não sairei nunca mais.

Ela arreganhou a boca ao redor dos dentes afiados. Inspirou fundo e o som da água na orla sumiu, como se tivesse sugado para si.

Fez-se silêncio.

A Alma sustentou Ravyn em seu olhar imóvel, e aí saltou, agarrando a mão dele. Com força incrível, ela o puxou da margem para o mar congelante. Ravyn conseguiu olhar apenas brevemente para o Pesadelo e Jespyr antes de a Alma afundá-lo na água, cobrindo-o com a maré salgada.

Quando Ravyn abriu os olhos, não estava debaixo d'água — sequer estava molhado. Estava de pé em um campo nevado. Jespyr e o Pesadelo não estavam mais ali. Era só ele, sozinho, com a Alma do Bosque.

Aves piavam no céu. Não era o grasnido dos corvos, mas o canto dos pássaros canoros. A melodia doce das cotovias. Asas revoavam acima do prado nevado. Quando Ravyn ergueu o rosto, perdeu o fôlego.

Nitidamente, era inverno. Porém, ele nunca vira o céu tão azul, a luz, tão forte — inteiramente livre de bruma. A beleza lhe roubou o fôlego.

— Onde estamos?

— Oitocentos anos no passado — veio a voz dissonante da Alma.

— Por quê?

Ela soltou a mão dele e avançou pela neve.

— A magia não tem muito interesse no tempo. Caminho pelos séculos como se fossem meu jardim — disse, olhando para Ravyn, para trás. — A vida humana é curta. Vocês não são árvores, estoicos e inflexíveis, mas borboletas. Delicados, fugazes. Inconsequentes.

Ravyn abanou a cabeça. Cordeiro, borboleta. No *Velho livro dos amieiros*, o Rei Pastor dizia que a Alma do Bosque não tinha família, rival, amizade sequer. Ele poderia ter poupado tinta e a chamado pelo que ela era de verdade. Uma escrota.

Ela abanou o rabo, como se soubesse o que ele pensava. Abriu as garras. Ao lado dos Amieiros Gêmeos, outras onze Cartas da Providência surgiram em sua mão. Elas flutuaram na frente de Ravyn, suspensas, girando com os movimentos lentos do dedo d'Alma.

— As Cartas. A bruma. O sangue — disse. — Estão todas entrelaçadas em um equilíbrio delicado, como uma teia de seda.

— E você é a aranha.

Ela sorriu.

— O Rei Pastor era esperto, criativo. Nenhuma alma comum conseguiria compor um Baralho tão variado, elaborado. Ele não conhecia amor ou virtude maior do que o desejo por estas Cartas — disse e, ao estalar os dedos, as Cartas voltaram correndo para as garras. — Você é igual, Ravyn Yew?

Pondere bem as palavras que usar com ela. Podem ser suas últimas.

Ravyn respirou fundo.

— Sou um ladrão. Um mentiroso. A maioria das pessoas acharia que me falta virtude.

— E amor?

O peito de Ravyn apertou. Se fechasse os olhos, sabia o que veria. O rosto dos pais, curvados enquanto liam em silêncio diante da lareira da biblioteca. Elm, Jespyr e Emory, cavalgando pela estrada. Elspeth, sentada diante dele à mesa do Castelo Yew, o rosto ruborizado, sorrindo por trás de uma xícara de chá.

— Ainda existe algum amor em mim.

Com outro estalar de dedos, o Baralho sumiu, deixando apenas os Amieiros Gêmeos nas garras da Alma.

— Então farei uma oferta. Deixe esta Carta comigo, e salvarei aqueles que você ama. Seus irmãos estarão livres de infecção. Elspeth Spindle será libertada do Rei Pastor, mente e corpo — disse, arando a neve com a garra. — E o príncipe Rowan será salvo de seu destino desastroso e quase certo.

Aves ainda piavam, o sol ainda brilhava no rosto de Ravyn. Porém, ele não sentia nada além de frio, e o único som que o alcançava era o tremor de seu coração instável.

— De que destino Elm deve ser salvo? — A Alma não fez nada além de fitá-lo pelos olhos prateados. — Devo saber com que tipo de cláusula estou concordando.

Silêncio foi a resposta derradeira.

O tremor sempre presente nas mãos de Ravyn piorou. Quando falou, as palavras saíram constritas:

— Então minha única opção é salvá-los eu mesmo, no Solstício. *Com* a Carta dos Amieiros Gêmeos.

A pelagem escura e os olhos arregalados e implacáveis dificultavam discernir emoção no rosto da Alma do Bosque. Porém, pelo tremor momentâneo das orelhas, do rabo, Ravyn teve certeza de que ela ficou decepcionada com a resposta.

— Você já falou de mim certa vez — murmurou. — Estava andando pela Floresta Sombria, a caminho de roubar a Carta do Portão de Ferro de Wayland Pine. Conduzia o bando, mas olhava sempre para trás. Para Elspeth Spindle.

Ravyn comprimiu a boca.

— Eu me lembro.

— Você disse: "A magia oscila, como uma maré de águas salgadas. Acredito que a Alma seja a lua que comanda as marés. Ela nos puxa, mas também nos liberta. Não é boa nem ruim. É a magia... o equilíbrio. Eterna."

O vento acelerou na campina. A voz da Alma ficou mais alta.

— Eu gostaria que Blunder inteira acreditasse na mesma coisa. Assim, Ravyn Yew, minha segunda oferta é o trono.

Como Ravyn não disse nada, um rosnado tocou de leve a voz dela.

— Você tem o necessário para ser um grande rei. É comedido, cauteloso. Atento ao equilíbrio. Não precisa voltar a Stone e se curvar para seu tio, não precisa mais mentir, roubar, nem fingir. Encontre sua virtude, siga as próprias regras — disse, apontando a Carta entre as garras. — Deixe os Amieiros Gêmeos comigo e eu o tornarei rei de Blunder no lugar de Quercus Rowan.

— Você não tem poder para isso.

Ela estava a alguns passos dele, até que, de repente — perto demais. Os olhos prateados preencheram todo o campo de visão de Ravyn, as garras dela apertando seu peito.

— Você está bem aqui, séculos no passado, e ousa vir me falar de poder? — perguntou ela, o cheiro de sal por todo lado. — O Rei Pastor nasceu com febre porque assim *eu* decidi. Os filhos dele receberam magia de *mim*. Brutus Rowan ocupou o trono porque *eu* não interferi. Reis e monstros podem ser construídos, e borboletas, esmagadas. Tudo o que você conhece, fui eu que criei. Eu sou Blunder, sua infecção, suas árvores, sua bruma. Eu *transbordo* magia.

— E ainda assim você negocia com um mentiroso e um ladrão — disse Ravyn, se esticando para a frente e deixando as pontas das garras apertarem mais seu peito. — Você é eterna. E é mágica. Mas sei, tão bem quanto você, que a magia é o paradoxo mais antigo. Quanto mais poder lhe dá, mais lhe enfraquece. Foi o Rei Pastor quem me ensinou.

Um som baixo e rouco ecoou pela garganta dela. A Alma recuou.

— Então você está determinado a ignorar minha generosidade e tirar de mim a Carta dos Amieiros Gêmeos?

— Não tenho ambição de ocupar o trono.

A voz dela soou mordaz.

— O tempo me é precioso, Alma. Diga seu preço para os Amieiros Gêmeos. Quero voltar para casa.

Ela semicerrou os olhos prateados e passou a língua escura pelas pontas dos dentes.

— Então me responda o seguinte — disse, suspirando. — O pássaro escuro tem três cabeças. Bandoleiro, Corcel, e ainda outra. Uma da idade, do berço. Diga, Ravyn Yew, após sua longa caminhada em meu bosque... finalmente sabe seu nome?

Uma lembrança voltou a Ravyn. Ele já ouvira aquelas palavras. Emory as murmurara em Stone.

— É esse meu preço — continuou a Alma, um sorriso repuxando a boca. — Minha barganha, meu custo. Se responder corretamente, lhe darei a última Carta da Providência. Caso contrário, ela permanecerá aqui — disse, e cerrou as garras ao redor dos Amieiros Gêmeos. — Seu nome, Ravyn Yew. Diga seu nome.

O enigma galopou pela mente de Ravyn, deixando um rastro de pavor. Era como sentar-se para jogar uma partida de xadrez com Elm. Ele já estava derrotado só de já estar ali.

— Você me ofereceu duas coisas — disse ele, devagar. — Recusei ambas. Por meu comedimento, e em nome do equilíbrio, peço duas dicas.

— Direi o que eu disse ao Rei Pastor quando ele me visitou, muito tempo atrás — iniciou ela e, com o vento mais forte, a voz cresceu também. — As doze se atraem quando se estende o escuro, quando encurtam os dias e o poder da Alma é puro. Convocam o Baralho, e o Baralho as leva. Se nos juntarem, elas dizem, afastaremos a treva. Na árvore que batiza o Rei, com sangue preto de sal, as doze, se juntas, curarão todo o mal. Iluminarão a bruma do mar à montanha. Recomeços, novos fins...

— Mas não é gratuita a barganha — concluiu Ravyn.

— No solstício — disse a Alma, com o olhar prateado implacável —, o Baralho das Cartas é reunido sob a árvore que dá nome ao rei. Essa árvore não é uma sorveira. É *esta* sua primeira dica.

As palavras ressoaram nos ouvidos de Ravyn, desarmônicas. Ele tamborilou os dedos no punho de marfim no cinto.

— E a segunda?

— Essa, não direi — respondeu a Alma, com um sorriso cheio de dentes. — Mostrarei.

O mundo girou. Quando Ravyn se endireitou, ainda estavam na campina, cercados de neve. Porém, desta vez, parados à sombra de teixos.

No limite do terreno estava uma câmara de pedra, marcada por uma janela sombria.

Ravyn olhou ao redor, em busca das torres do Castelo Yew no horizonte. Não estavam ali. Outro castelo se erguia diante dele.

Um castelo que ele vira apenas em ruína.

— Que época do passado é esta?

— Há quinhentos anos. Não seremos vistos, nem ouvidos — disse a Alma do Bosque, e apontou uma garra nodosa para o castelo. — Vamos entrar?

O castelo estava agitado. Músicos afinavam as cordas dos instrumentos. Criados desciam corredores e subiam escadas às pressas, carregados de travessas de prata com comida, e crianças de cabelo escuro abriam caminho entre eles, roubando pedaços de pão doce e frutas temperadas. Azevinho e visgo decoravam todas as portas. Cordas de veludo vermelhas, verdes e amarelas pendiam dos braços de ferro dos lustres.

Solstício, percebeu Ravyn.

Cinco longas mesas dividiam o salão, com bancos cheios de cortesãos que riam e bebiam. Não havia estrado no fundo da sala, e sim um trono. Antigo, composto de galhos grossos entrelaçados.

Nele estava um homem.

Ele não se distraía com a festa que o cercava. Não falava com ninguém, de rosto abaixado para um livro aberto em seu colo. *O velho livro dos amieiros.*

Havia rugas em sua pele marrom-clara, no rosto angular, na boca tesa. Ele tinha um nariz grande e adunco. Ao erguer o rosto, Ravyn vislumbrou seus olhos.

Amarelos.

— Aquele é...

— O Rei Pastor, em carne e osso — sussurrou a Alma.

A Coroa em sua cabeça estava emaranhada no cabelo escuro e ondulado. Uma tiara dourada de galhos nodosos retorcidos e folhas.

Ravyn já vira aquela coroa. Ficava na câmara de pedra na campina, quinhentos anos no futuro.

Ele manteve o olhar no Rei Pastor. Parecia um sonho, ver o rosto por trás da voz. Dos sussurros manhosos, dos chiados e rosnados irritantes. Eram os ornamentos de um monstro. Mas aquele — aquele era um homem, sem dúvida.

Havia algo estranhamente familiar no rosto dele. Porém, antes de Ravyn identificar o que era...

Fumaça encheu o ar.

Vinha de todas as portas, escura e sufocante. Cortesãos pularam dos bancos e gritos inundaram o salão em meio aos atropelos para fugir. Guardas saíam de seus postos para guiar homens, mulheres e crianças desesperados na saída do castelo. *O velho livro dos amieiros* caiu do colo do Rei Pastor. Ele se levantou...

Mas uma mão enluvada o deteve.

Um homem apareceu de trás do trono. Tinha o corpo largo, o rosto angular, rugas fundas na testa. Na outra mão, segurava duas Cartas da Providência. O Cavalo Preto e a Foice.

Havia sangue em seu lábio, pingando devagar da narina esquerda. Porém, eram seus olhos que chamavam a atenção de Ravyn. Verdes, como os do tio. De Hauth e de Elm.

Brutus Rowan.

Ele guardou a Carta no bolso, se debruçou no trono e pronunciou para o rei palavras que Ravyn não escutou. Então puxou uma adaga do cinto...

E a mergulhou nas costelas do Rei Pastor.

Homens de capa preta apareceram da fumaça, os olhos desfocados e fixos em Brutus Rowan.

— Encontrem a filha dele — comandou. — Não a deixem curá-lo. E me tragam as outras crianças.

O Rei Pastor se debateu. Deu uma cabeçada no queixo de Brutus, e gritos altos e feios encheram o salão.

Ravyn começou a tossir por causa da fumaça, coçou os olhos. Quando os abriu, o Rei Pastor e Brutus Rowan tinham sumido.

— Venha — disse a Alma do Bosque, pegando a mão dele.
— Já está acabando.
Ela o levou para fora do castelo. Era noite. O céu estava preto, a lua crescente escondida pela fumaça. Chamas douradas lambiam as torres do castelo, os últimos cortesãos fugindo aos gritos.
O corpo inteiro de Ravyn se retesou quando a Alma do Bosque o conduziu pelo prado. Ele sabia aonde iam. Já seguira aquele caminho milhares de vezes. Para a câmara do Rei Pastor.
E seu túmulo.
— Não sei se aguento.
Ela abanou o rabo no ar esfumaçado.
— Quer que eu pare?
Figuras passavam correndo por eles, apressadas pela neve. Era o Rei Pastor, seguido por quatro meninos. Tilly estava no colo dele. Ravyn notou, pelo pescoço e pelos membros amolecidos, pelos olhos abertos e vidrados, que ela estava morta.
Eles deixaram um rastro de sangue na neve, correndo para a câmara de pedra.
As mãos de Ravyn tremeram.
— Vão morrer todos, não vão?
A voz da Alma do Bosque não tinha amor, nem ódio — nem compaixão.
— Vão.
Quando o Rei Pastor e as crianças chegaram à câmara de pedra, desaparecendo janela adentro, a Alma incentivou Ravyn a avançar.
— Entre lá.
A câmara estava escura. Porém, as labaredas do castelo em chamas bruxuleavam na janela, revelando uma silhueta no canto da sala. Um homem.
Brutus Rowan. À espera.
Ele vestira uma capa. Dourada, com a insígnia da sorveira bordada. Com um golpe ágil e brutal, arrancou a espada da mão do Rei Pastor e a chutou para longe dali.

— Agora as árvores não vão salvá-lo.

O Rei Pastor deixou Tilly no chão e se posicionou entre Brutus e as crianças.

— Eu não sabia que a Alma levaria Ayris. Não pretendia que ela morresse.

— Não acredito. Você é um mentiroso, meu amigo. A magia o transformou em um miserável desalmado, o transtornou até torná-lo irreconhecível — disse, e apontou a espada para o peito do Rei Pastor. — Você não está mais em condições de governar.

— E você pretende roubar meu trono? Matar meus filhos?

Brutus contraiu o queixo.

— Vai doer em mim. Perder sua amizade doeu em mim. Perder Ayris *doeu*. Mas o que foi que você me disse uma vez? — perguntou, apertando o punho da espada. — Comandar a Foice é comandar a dor. Comparado a isso, o que é comandar um reino?

Homens invadiram a câmara. Onze — cada um com uma Carta do Cavalo Preto.

— Diga onde posso encontrar a Carta dos Amieiros Gêmeos — disse Brutus, falando mais alto com o respaldo dos homens. — Farei o que você não fez, e dissiparei a bruma.

O Rei Pastor levou a mão ao ponto em que levara o corte. Quando a afastou, estava ensanguentada. Ele vacilou, uma gargalhada lhe escapando.

— Não.

Como um caçador, Brutus avançou devagar. Como o Rei Pastor não cedeu, Brutus o pegou pelo pescoço e o arremessou na pedra.

E afundou a espada em seu peito.

As crianças gritaram, mas o Rei Pastor resignou-se a soltar um chiado longo e baixo. Desabou da pedra no solo, a coroa caindo da cabeça. Estendeu a mão sangrenta para os filhos.

— Encontrarei vocês do outro lado do véu — murmurou.

Então voltou o olhar para Brutus. Amarelo, cruel...

Infinito.

— Pois nem na morte morrerei. Sou o pastor da sombra. O demônio da ilusão. O fantasma do pavor. O pesadelo da escuridão.

Caído no solo, ao sopé da pedra, ele sangrou indefinidamente e não se mexeu mais.

Brutus o olhava de cima, arreganhando os dentes, lágrimas escorrendo. Quando as secou, foi com o olhar frio. Tocou três vezes na Foice.

— Matem eles — disse para os homens atrás de si.

Ravyn pulou nele, mas o atravessou.

— Espere — veio a voz tempestuosa da Alma. — Veja.

Quando os gritos encheram o ar, Brutus se jogou da janela da câmara. O castelo em chamas diante deles era um inferno laranja e preto.

Havia um menino no prado, emoldurado por fogo e fumaça.

Ele lembrava o pai. Cabelo escuro, alto, anguloso. Um nariz distinto, que se assemelhava a um bico. A única diferença estava nos olhos. Não eram amarelos...

Eram cinzentos.

— Traidor — veio a voz rosnada, e ele desembainhou a espada. — Vou matar você pelo que fez.

— Não vai — disse Brutus, estendendo a Carta vermelha entre eles. — Você virá até mim, Bennett. E, assim como seu pai, vai sentir minha espada em suas entranhas.

O menino empalideceu, mas não se mexeu.

A voz de Brutus ficou mais alta.

— Venha.

Bennett inclinou a cabeça para o lado. Olhou para a Foice.

— Não.

Brutus começou a urrar. Então avançou. Os dois lutaram e, com três golpes, o homem muito maior derrubou a espada do garoto. Ergueu a própria arma para um golpe final.

Bennett diminuiu a distância entre eles e arrancou a Foice da mão de Brutus. Então, como se fosse mesmo apenas papel e veludo, pegou a Carta vermelha indomável, sorriu para Brutus...

E rasgou a Foice.

Brutus arregalou os olhos. Recuou um passo, cambaleando, e voltou a erguer a espada. Porém, antes que a arma encontrasse Bennett, o menino pôs a mão no bolso. Tirou uma Carta do Espelho…

Desapareceu.

O mundo girou.

Agora Ravyn e a Alma estavam em uma rua suja, no centro. Viam Bennett, encapuzado, mendigando comida. Viram também quando ele se juntou a um grupo de bandoleiros na estrada para assaltar uma caravana. Viram Corcéis perseguirem as ruas, decorarem postes de Blunder inteira com cartazes com retratos grosseiros de Bennett.

Bennett, agora um homem de meia-idade, abraçava uma mulher de cabelo preto ondulado e olhos castanhos. Sob árvores altas e retorcidas recitava, com ela, votos de casamento.

A visão acabou onde começara: no prado.

Os teixos que cercavam a câmara de pedra do Rei Pastor eram altos. Eles, assim como a câmara que protegiam, eram os únicos sobreviventes ilesos do incêndio. Bennett caminhou pelas ruínas, curvado pela idade. Ele entrou na câmara e sangrou na pedra.

Abriu-se a fenda e ele largou ali as Cartas do Pesadelo e do Espelho.

— Cuidado, pai — murmurou. — Atenção. Reverência.

E desapareceu.

Ravyn e a Alma do Bosque acabaram a sós novamente no prado, com neve a seus pés.

Pela primeira vez desde que o Rei Pastor se apossara do corpo de Elspeth, as mãos de Ravyn não tremiam. Ele estava perfeitamente imóvel, absorvendo aqueles quinhentos anos.

— Aquele menino — murmurou. — Bennett. A Foice. Ele a destruiu?

— Quatro Cartas da Foice foram feitas — respondeu a Alma. — Porém, ninguém viu os Rowan usarem mais de três.

— Mas as Cartas da Providência são eternas. A magia não esgota. Elas não ficam gastas com o tempo. Elas são *indestrutíveis*. Foi o que o Rei Pastor declarou.

— E ele, como você, certamente é mentiroso. — O vento sussurrou entre os galhos. — Acabou seu tempo, Ravyn Yew — disse a Alma. — Preciso da sua resposta agora. Diga: qual é o seu nome?

Ele sentiu a garganta apertar. Passou os olhos pelo prado, pela copa das árvores. Árvores nas quais ele, Jespyr e Emory tinham balançado quando crianças.

Como Tilly, à espera do pai.

O sopro saiu da boca de Ravyn no ar frio. Vivia tão preocupado com avançar, sempre em frente, que não se permitia olhar para trás. Porém, o passado lhe fora revelado. Fora expressado para ele. Fora deitado a seus pés.

Os galhos esculpidos na coroa do Rei Pastor, no punho da espada. A lâmina chacoalhada no ar, rearrumando o bosque. Um nome, murmurado no tronco nodoso de um teixo.

Um nome antigo, para uma árvore antiga e retorcida.

O rosto do Rei Pastor. Os olhos cinzentos do filho, Bennett.

A Foice não funcionara com Bennett. Como não funcionava com Ravyn.

Não tenho nada em comum com você.

Mas é claro que tem. Mais até do que imagina.

Ravyn sustentou o olhar prateado da Alma do Bosque. Quando finalmente pronunciou as palavras, soube, de corpo e alma, que eram verdadeiras.

— Taxus. Meu nome é Taxus.

CAPÍTULO QUARENTA E DOIS
ELM

De todas as pessoas no salão, o monstro era o mais agradável de se admirar.

Hauth sentara na cadeira que era sua por direito, vestido em um gibão dourado com barra de pelo de raposa branca. Brincava com o amuleto de crina no pulso, sem sorrir, mas sua gargalhada ecoava ao acolher os elogios dos cortesãos. Não mencionou a Carta da Donzela que recuperara de Ione, não atribuiu sua recuperação repentina a nada além da própria saúde. Porém, era inegável que ele a usava. O rosto estava perfeito demais, as feições, regulares demais.

Ele ergueu o cálice pela quinta vez, em um brinde fingido à resistência e à saúde dos Rowan, e bebeu.

O tempo inteiro, manteve Elm controlado pela Foice.

Ninguém deu atenção para Elm, largado no canto no estrado. Com a volta de Hauth, ele era desinteressante para a corte de Blunder, e os hematomas em seu rosto eram apenas mais um motivo para não fazerem questão de olhá-lo.

Hauth estava sentado ao lado do rei de olhos vermelhos, e Ione na cadeira de costume, de seu outro lado. Linden vagava ali por perto, de braços cruzados às costas, o rosto recém-sarado tomado de satisfação.

O sangue de Elm martelava a cabeça. Ele não escutava o que Hauth contava ao rei em voz baixa. Porém, pelo olhar arregalado de Sua Majestade, o arroubo era nítido. Talvez obra da magia inimaginável da Carta cor-de-rosa.

Elm não os olhou por muito tempo. Seu olhar pertencia a Ione. Ela estava de novo em um daqueles vestidos cinzentos horrorosos. Desta vez, fora Hauth quem a obrigara a vesti-lo. Ele não lhe dera tempo para limpar o sangue da facada, e aquele vestido era o único cujo colarinho alto escondia a mancha vermelha na pele.

Ione estava rígida na cadeira, os olhos cor de mel enevoados pelo comando que Hauth dera com a Foice. Provavelmente para ela ficar quieta e sentada. Ninguém queria saber dela, de sua palidez — nem questionava por que o cabelo loiro amarrado na nuca estava sujo de sangue. Assim como Elm, Ione mal estava sendo notada.

Quando a fila de visitantes ao estrado diminuiu, Hauth pegou o cálice e se levantou. A voz de Baldwyn ribombou pelo salão:

— Sua Segunda Realeza, Hauth Rowan, grão-príncipe, herdeiro de Blunder, Corcel e mantenedor da lei.

O eco de cadeiras sendo arrastadas encheu o ambiente, e a corte inteira se levantou, de olhar fixo no príncipe Rowan perfeito.

O sorriso de Hauth não chegou aos olhos.

— Como seu grão-príncipe e Corcel, meus dias são ocupados pelo dever. É meu orgulho dizer que protejo Blunder da infecção. Faço valer as leis de meu pai, seu comando — disse, encostando a mão no espaldar da cadeira de Ione. — Aceitei até me casar, para que meu pai acrescentasse a fugidia Carta do Pesadelo à sua coleção. Para que, um dia, ele fosse o rei Rowan a finalmente reunir o Baralho e dissipar a bruma.

Hauth passou um dedo pelo pescoço de Ione. Pareceu um gesto de carinho, mas Elm viu o que era de fato.

Uma ameaça.

— Mas fui ferido — continuou Hauth. — Gravemente. Só fui me dar conta de como minha vida era plena ao chegar perto de perdê-la. — Ele se virou para o rei, que observava o filho com concentração cativa. — E, agora que estou curado, há coisas além do dever e da honra que não desejo nunca mais negligenciar — continuou, apoiando a mão no ombro do pai. — Por exemplo, os vínculos familiares.

Um murmúrio lisonjeiro percorreu o salão.

— Fico feliz — disse Hauth, algo mais sombrio escondido nas notas graves da voz — em saber como vocês aceitaram meu irmão em minha ausência. — Ele olhou de relance para Elm. Quando o filete de sangue surgiu em sua narina, ele o secou antes que fosse notado. — Venha cá, Renelm. Encha nossas taças. Beba conosco.

O sal queimou Elm outra vez. Linden foi até ele e empurrou em suas mãos uma taça e um jarro de vinho. Elm tentou olhar para Ione, mas a Foice o mantinha rígido, compelido a avançar, a marchar até o centro do estrado.

Hauth pegou a própria taça e olhou para a do rei, que estava vazia.

— Encha.

Elm inclinou o vinho e o líquido fluiu para a taça do pai. Hauth sorriu.

— À família — declarou, erguendo o cálice.

O salão respondeu:

— À família.

Elm não bebeu, incapaz de fazer qualquer coisa além de respirar, imóvel. Quando o rei virou a taça até a última gota, o sorriso de Hauth aumentou. Ele deu as costas ao salão, voltando-se para Elm e para o rei.

— Falando em família — disse, em voz baixa, para que apenas eles o ouvissem —, eu soube que Ravyn e seu bando devem voltar logo. Assim como a mulher que me atacou. — Ele olhou bem para o rei. — Uma mulher que deveria estar morta. Ou apodrecendo em uma cela.

O rei Rowan se endireitou na cadeira, um rubor pintando o pescoço.

— Elspeth Spindle tem conhecimentos ancestrais. Preciso dela para encontrar os Amieiros Gêmeos.

— Conhecimentos bem ancestrais mesmo — murmurou Hauth na beira da taça. — Você é um bruto e um beberrão, pai. Mas nunca imaginei que fosse tolo.

O rubor do rei subiu ao rosto. A voz dele foi um rosnado, um alerta:

— Hauth.

Ele continuou em voz baixa, se inclinando.

— A vida toda se preocupou com a Carta dos Amieiros Gêmeos, com a dissipação da bruma, com a cura da infecção. Sendo que, na verdade, é a bruma, a infecção, que alimentam o trono. As pessoas *temem* a bruma. Temem os Clínicos e os Corcéis que batem em suas portas para arrancar a infecção pela raiz. Ninguém desafia um Rowan há quinhentos anos por *medo*. E agora você deu a Ravyn Yew um meio de desfazer isso tudo. Pior ainda, seu querido capitão infectado vai voltar com algo além da Carta dos Amieiros Gêmeos — disse Hauth, repuxando a boca em uma linha fina. — Ele vai voltar com o maldito Rei Pastor.

A tosse do rei foi alta, esganiçada.

— E será você, *irmão* — disse Elm, rangendo os dentes —, aquele que terá de encará-los quando voltarem.

— É por isso que você está aqui, Renelm. Você e Ione Hawthorn. Nunca fiz questão de nenhum dos dois, mas servirão de barganha mesmo assim — disse Hauth, e riu baixinho. — Tomara que as chamas de seu romance nascente não se apaguem nas masmorras.

O cálice do rei tombou no estrado. Ele começou a sufocar, levando os dedos grossos e brutos ao pescoço. Estava vermelho, de pele manchada. Olhos injetados. Tentou puxar a manga de Hauth, as palavras molhadas e emboladas.

— S… socorro..

— O que houve?

Elm olhou para o frasco que Linden empurrara para ele, para o cálice vazio do rei — esvaziado do vinho que *ele mesmo* servira. Então olhou para Hauth.

— O que você fez?

Cabeças se viravam para eles. Alguns cortesãos se levantam no banco, enquanto outros ficaram paralisados, a atenção no estrado.

Hauth inspirou fundo.

— Ignorem o rei — murmurou.

O rei Rowan começou a tossir. Os olhos estavam saltados, e a baba na boca roxa estava espumando. Ninguém fez nada para ajudá-lo. Nem os criados, nem os Corcéis — nem Baldwyn, nem as damas e os cavalheiros de Blunder que tinham corrido para Stone para aproveitar o banquete. A opinião que tinham dele, de seu legado Rowan, tinha feito dele o rei que era. E agora que ele engasgava, morria diante deles...

Sequer lhe dispensavam uma olhadela que fosse. Todos compelidos pela Foice de Hauth a lhe negar atenção.

Hauth ficou olhando o pai sufocar com indiferença fria, o nariz escorrendo sangue.

Elm gritou:

— Não faça isso!

— Não fui eu — disse Hauth, apontando o vinho na mão de Elm — quem envenenou o rei.

Elm olhou para o pai, para aquele homem insensível, mesquinho, e sentiu um dó terrível e devastador. Sangue pingava da boca do rei, o homem imenso como um urso atravessando o véu.

Porém, mesmo perseguido pelos cães da morte, o urso tinha dentes. O rei se jogou para a frente, derrubando Hauth no chão. Com dedos grossos, puxou a túnica dourada e arrancou dele a Carta da Foice, que jogou no chão.

O sal invadiu os sentidos de Elm. Ele deixou o vinho cair.

Hauth se debatia sob o peso do rei, chutando e socando, tentando se soltar. Quercus Rowan ergueu os olhos uma última vez. A mão inchada tateou a roupa. Ele arrancou um objeto do gibão. Vermelho como a sorva, como vinho envenenado. A Carta da Foice do rei.

Ele a empurrou para Elm.

— Tome.

Então revirou os olhos e deu um último suspiro trêmulo antes de cair, imóvel. A coroa dourada de galhos retorcidos de sorveira escorregou da testa.

O rei de Blunder estava morto.

Todos despertaram do transe de uma só vez. Gritos encheram o salão, uma maré ruidosa. Livres da Foice de Hauth, metade dos cortesãos começaram a se atropelar para sair do salão, enquanto a outra metade se empurrava para enxergar melhor o rei. Corcéis saltaram das sombras, pegos no tumulto em seu trajeto urgente rumo ao estrado.

Hauth gritou em meio à algazarra, ainda tentando se soltar do peso do pai.

— Prendam o príncipe Renelm! Ele usou a Foice conosco! Ele envenenou o rei!

Mais gritos. Olhares de medo se voltaram para Elm.

Passos retumbaram atrás dele. Com dedos trêmulos, ele bateu três vezes na Foice do pai e fechou os olhos. As esculturas de gelo aguardavam nas sombras. Ele lançou uma onda de sal, como fizera na sala do trono. Gelo. Pedra. Imobilidade. Silêncio.

— Parem — disse, focado em todos no salão, nos guardas, nos cortesãos, nos Corcéis.

Todos.

Parem.

Quando abriu os olhos, o salão estava imóvel. Centenas de pessoas paralisadas.

Uma dor fina como uma agulha se iniciou no fundinho de sua mente.

Ele encontrou Linden, arrancou do bolso do Corcel sua Foice roubada e então o jogou no chão. Ione ainda estava à mesa, paralisada, a meio caminho de se levantar. Elm correu até ela, encostou a testa em seu ombro e sussurrou:

— Venha comigo.

O pátio estava vazio. Até os cavalariços, os guardas na torre, estavam congelados. Elm encontrou seu cavalo.

— Você sabe montar sem sela?

Ione confirmou. Então ela passou a mão sob o nariz dele e, ao afastá-la, estava suja de sangue.

Eles galoparam noite afora. E, a cada casco batendo na estrada, a Foice arrastava uma faca pela mente de Elm. A visão dele estava turva, as mãos tremendo na crina do cavalo.

— Já estamos longe — disse Ione. — Solte a Foice, Elm.

— Os Corcéis vão chegar. Precisamos levá-la para mais longe.

Porém, um gemido agudo soou na cabeça dele, a dor atravessando-o a ponto de cegá-lo.

Ele tomou fôlego, tombou e desabou do cavalo.

Lascas de cascalho atingiam o rosto de Elm, caído na estrada. O cavalo relinchou, e de repente Ione apareceu junto a ele, ajoelhada.

Elm tocou o pescoço dela, conferindo se ela ainda estava com o amuleto.

— Não vá pelas estradas principais — conseguiu dizer. — Encontre os outros. Ravyn. Jespyr. O Rei Pastor. Se não conseguir, atenha-se à bruma, se esconda. — Ele continuava segurando a Foice do pai. Mas tinha a outra — a própria, que recuperara de Linden —, e a estendeu para Ione.

— Se alguém olhar torto para você, use isto.

Ione não se mexeu.

— Você não vem comigo?

A cada inspiração, a dor cortava a mente de Elm como vidro.

— Hauth precisa ter com quem negociar quando Ravyn voltar. E não posso permitir que seja você — disse ele, com a voz mais dura. — Desta vez, não vou fugir dele.

Ele entrelaçou os dedos aos de Ione e pôs a Foice na mão dela.

— Queria que tivéssemos aqueles cem anos, Hawthorn. Queria que você fosse rainha.

— Não me interessa ser rainha — disse ela, e o puxou para um abraço, dando-lhe um beijo trêmulo na boca. — Você não é Hauth, nem o menino que ele atormentou. Não seria nada esperto morrer só para se provar digno. Por favor, Elm. Venha comigo.

O beijo dela tinha gosto de lágrima. Elm se perdeu na sensação. Então recuou.

— Suba no cavalo e vá embora, Ione.

Quando os olhos cor de mel dela embaçaram sob o comando da Foice, Elm precisou de todas as forças para não desviar o olhar. Ione subiu na montaria e acelerou, o cabelo reluzindo ao luar, uma linda fita amarela ao vento. Ela gritou, chamando o nome dele, transformando em frangalhos o que ainda restava do coração apodrecido de Elm.

Vá, ordenou ele. *Não olhe para trás.*

Ela tentou resistir. Fez força para olhar. Os olhos de Elm queimavam com as lágrimas.

— Nos vemos no bosque — murmurou ele. — Com lama nos pés.

O filete de sangue começou a escorrer do nariz dele, pingando na boca. Ele sentou-se na estrada e tolerou a dor, como sempre. Vinte minutos depois, finalmente tocou a Foice do pai.

Quando os Corcéis o encontraram, Elm estava olhando para a lua, brilhante e indiferente, que abria caminho no céu.

CAPÍTULO QUARENTA E TRÊS
ELSPETH

O Pesadelo estava na orla, em silêncio. Ravyn não tinha voltado. E Jespyr — a escuridão em suas veias havia cessado. Porém, seus olhos permaneciam fechados, e a respiração, lenta. Dificultosa.

O Pesadelo a olhou. Então se curvou e se abaixou à areia devagar, para tomá-la no colo como se fosse uma criança. Olhou o rosto dela, o sussurro pouco mais alto do que as ondas na orla.

— Quando eu a olho, não sei se ela me lembra mais de Ayris ou de Tilly.

Assim como a coroa dourada que um dia ele ostentara, o tempo era um círculo fechado. Ravyn, Jespyr — Taxus, Ayris. Quinhentos anos não eram nada naquela praia pálida e infinita.

Eu já sabia a resposta. Mesmo assim, perguntei. *Sua irmã morreu no bosque do amieiro?*

Morreu. A voz dele saiu baixa, transbordando arrependimento. *Tentei carregar o corpo dela de volta para casa. Na metade do caminho, o cansaço foi demais. Queria preservar minhas forças, lembrar de tudo que a Alma e as árvores tinham me dito para reunir o Baralho e fazer um amuleto. Eu...*

Ele calou-se por um bom tempo. *Eu deixei Ayris em um arvoredo tranquilo. Fui embora.*

O que Brutus Rowan fez quando você voltou sem a esposa dele?

Quebrou meu nariz. Esperou três meses.

E aí matou você e seus filhos.

Sim.

Eu não sabia o que dizer a ele, agora que finalmente absorvera seus segredos todos. Ele sempre fora o guardião da magia — do conhecimento — e eu, sua tutelada destituída, ávida pelas migalhas que ele pudesse compartilhar.

Porém, a maré sempre vira, e a verdade sempre vem à tona. Ele próprio me dissera aquilo. Eu não tinha como abraçá-lo. Mas encostei minha consciência no muro de nossa cabeça compartilhada e murmurei: *Sem enigmas, amigo. O que você realmente deseja?*

Continuar a reescrever a história, disse ele. *Roubei onze anos seus, Elspeth Spindle. Quando partir, pretendo deixar uma Blunder melhor do que aquela que construí como rei.*

Revirei meu nome na boca. *Elspeth Spindle. Não sei quem é essa sem você.*

Você aprenderá. Você se conhecerá — sem mim — muito em breve.

Eu não sabia por que, depois de tantos anos desejando que ele partisse, aquelas palavras me causaram tristeza. *Quando?*

Depois de reunir o Baralho, no Solstício.

O Baralho não será unido pelo sangue de Ravyn, falei. *Ele não morrerá sangrando nas suas Cartas. Eu não permitirei, Pesadelo.*

Nem eu.

Então qual sangue unirá o Baralho?

Eu tenho um plano.

Vasculhei as sombras de sua mente e não encontrei nada. Meras imagens, todas embaçadas. O rosto de Ravyn. De Elm. E, mais nítido do que os dois, de Brutus Rowan.

E então?, questionei. *Não quer me explicar?*

Ele estalou a língua nos dentes em um ritmo regular e familiar. *Sinto um conforto estranho por, mesmo com nossas mentes assim entrelaçadas, eu precisar explicar tudo para você incansavelmente, Elspeth.*

Talvez, se não falasse em meias-verdades e intimações, eu não IMPORTUNASSE você assim.

Você me importunaria de qualquer jeito.

Suspirei. *Eu desgosto muito de você.*

Mas confia em mim?

E eu lá tenho opção?

Ele disse a mesma coisa que me dissera no meu quarto no Paço Spindle, pouco antes de ocupar minha mente. *Minha querida, você sempre teve opção.*

O silêncio inundou a praia.

O Pesadelo notou e cobriu Jespyr com a mão protetora. O vento apertou e a maré recuou.

Quando uma onda alta subiu, Ravyn estava junto. Ele rompeu a superfície da água e nadou até a orla, o peito subindo e descendo com a respiração agitada.

O mar pesava nele, as roupas ensopadas. Quando afastou o cabelo molhado da testa e pisou na praia, seus olhos cinzentos brilhavam. Ele parecia mais alto do que antes. Menos cansado. O lugar aonde ele fora, o que ele vira, lhe dera novas forças.

O Pesadelo o encontrou na beira da água.

— E então?

Ravyn se ergueu diante dele, de ombros largos.

— Jespyr...

— Está viva. E a Carta dos Amieiros Gêmeos?

Ravyn estendeu a mão. Apareceu uma luz verde-brilhante, emanando entre os dedos calejados.

Soltei uma exclamação. *Ele conseguiu.*

A voz do Pesadelo soou grave.

— Sua barganha?

— Custou apenas meu nome.

— Seu nome?

— Você já sabe — disse Ravyn, encarando os olhos do Pesadelo. — Afinal, é o seu também.

A sala escura que eu ocupava ficou totalmente silenciosa.

Ravyn pigarreou e baixou a voz, como se tivesse multiplicado o esforço para soar mais brando.

— Você poderia ter me contado que as Cartas do Espelho e do Pesadelo no meu bolso eram do seu filho, *Taxus*.

Pelo visto ele não tinha me contado todos os seus segredos. *Pesadelo*, falei, em um sussurro cruel. *O que ele quer dizer?*

A voz dele raleou que nem fumaça na chaminé. Forçando a vista, ele olhou para Ravyn.

— Ao que parece, você é menos burro do que eu imaginava.

— E você é tão horrível quanto sempre foi.

O Pesadelo soltou uma risadinha.

— É, bem, levei mais tempo do que gostaria para reconhecê-lo. Imagino que tenha sido Bennett a revisar nosso sobrenome. Mas a magia, e a degeneração, é herdada na linhagem sanguínea. Sua incapacidade de usar as Cartas... isso, *sim*, eu reconheci — disse ele, e afeto tomou sua mente. — E também o nariz.

O passado e o presente se evidenciavam diante dos meus olhos. Sempre houvera algo de terrivelmente familiar em Bennett, perdido nas trevas das lembranças do Rei Pastor. Bennett, aquele que me fitara com olhos cinzentos, e não amarelos. Bennett, que, na biblioteca do pai, inclinara a cabeça com ares de ave, segurando nos dedos as mesmas Cartas que andavam no bolso de Ravyn. De repente, eu vi, e a verdade me pegou pelo pescoço.

Bennett. Ele lembrava Emory — lembrava Ravyn.

As famílias de Blunder sempre assumiram o nome das árvores, cochichei. *Mas nunca ouvi falar de uma árvore chamada Taxus.*

Porque é um nome antigo, veio a resposta manhosa, *para uma árvore antiga e retorcida.*

Como o último verso de um poema, a verdade se encaixou. *Um teixo. Como Yew.*

Ravyn vasculhou o olhar do Pesadelo.

— Elspeth sabe?

— Acabou de saber.

— Por que você não contou?

— Você teria acreditado, sabendo que sou um monstro mentiroso?

A hesitação de Ravyn bastou como resposta.

— A Alma me mostrou sua morte — disse ele, com um suspiro. — Posso imaginar o que você queira de mim, Taxus. Mas não sou o pássaro sombrio da sua vingança. Não serei outro capitão a roubar o trono. Reunirei o Baralho, mas nunca serei rei de Blunder.

Observei Ravyn, pesando as palavras dele, que por si só já era um homem de pouca manifestação verbal.

— Nossa caminhada no bosque — respondeu o Pesadelo — não foi apenas pela Carta dos Amieiros Gêmeos, Ravyn Yew. Havia quinhentos anos de verdade a desvelar. E agora você e Elspeth sabem... — A gargalhada aguda dele ecoou pela água. — E mesmo assim não entendem — continuou. — Minha vingança não é mera espada. É uma balança. É *equilíbrio*. Recuperarei o trono de Blunder. Mas não para você — disse, endireitando a coluna, e fixou o olhar implacável em Ravyn. — Para Elm.

Ravyn apertou os olhos ao ouvir o nome do primo, a emoção os cobrindo como verniz.

— A Foice que criei foi usada para crimes impronunciáveis. Crianças infectadas foram caçadas, mortas. Clínicos viraram assassinos. *O velho livro dos amieiros* foi pervertido pelos Rowan para justificar seus caprichos. O legado de Blunder é a *dor*. Ela penetra o rei há séculos e continuaria a fazê-lo se sua família, meus legítimos herdeiros, recuperasse o trono à força. A instabilidade seria terrível. Eu e você somos o acerto de contas de Blunder, Ravyn Yew. Não a paz.

A voz dele suavizou, como se pusesse uma criança para dormir com uma história.

— Tive quinhentos anos para imaginar minha vingança. Hauth Rowan a provou naquela noite no Paço Spindle. Mas a poesia é tão criteriosa quanto a violência. E não seria poético desmantelar os Rowan por dentro? Pegar esse legado de dor e ver um de seus próprios pisoteá-lo? Abrir caminho para um príncipe que nunca usou a Foice para a violência? Seu primo Elm fez mais do que eu e Brutus Rowan jamais fizemos. Ele enfrentou a dor e se recusou a deixar que ela o tornasse um monstro.

O ar ficou rarefeito. Antes que eu ou Ravyn pudéssemos falar, um trovão ressoou.

O céu ficou preto como tinta, e a Alma do Bosque voltou. Ela andou sobre a água até a orla, arreganhando os dentes.

— Você é esperto, Rei Pastor — disse, e voltou o olhar de prata para Ravyn: — E você também. Mas se desejam reescrever a história e reunir o Baralho, livrar Blunder da minha febre, da minha *bruma*, devem agir depressa. — Quando olhou para a Carta dos Amieiros Gêmeos na mão de Ravyn, o esgar de desdém se contorceu em um sorriso. — Você já está usando esta Carta da Providência há tempo demais.

Os cantos da minha sala escura giraram. O rosto de Ravyn descorou. Atrapalhado, ele bateu na Carta.

As costuras do mundo arrebentaram, a praia pálida começou a tremer até se desfazer nas trevas. O Pesadelo, em um pulo, pegou Jespyr no colo.

E começou a cair.

Ele bateu a cabeça em alguma coisa dura. Quando o mundo entrou em foco, olhei pelos olhos do Pesadelo e vi os galhos de duas árvores pendendo acima dele. Um claro e outro escuro.

Tínhamos voltado ao bosque do amieiro. Porém, desta vez...

Tinha neve no chão.

CAPÍTULO QUARENTA E QUATRO
RAVYN

Os nós da coluna de Ravyn colidiram contra as raízes. Ele chiou e cuspiu um palavrão, a vista ficando embaçada. Quando entrou em foco, os amieiros gêmeos se erguiam à sua frente. Ele se virou, apoiado nas costelas machucadas, e procurou Jespyr na colina.

Ela estava caída a vários passos dali, aprisionada no abraço do Pesadelo.

— Está tudo bem?

O Pesadelo não respondeu. Ele estava arrastando a ponta da bota no chão, em uma camada fresca de neve branca e fina. Foi só então que Ravyn percebeu o frio. Muito mais frio do que quando tinham entrado no bosque do amieiro.

O Pesadelo deixou Jespyr no chão e puxou a espada. Passou a palma na lâmina. Quando o corte sangrou, ele esfregou o sangue nos dois amieiros.

— Que dia é hoje?

O dia da noite mais longa, veio a resposta horrenda e dissonante.

O olhar amarelo do Pesadelo atingiu Ravyn em cheio.

— Por quanto tempo você usou a Carta dos Amieiros Gêmeos?
— Não sei.

Ravyn olhou para o céu e flocos caíram em seu rosto. Era noite, mas não dava para identificar o horário. Ele se levantou com a voz aguda de pânico.

— Não é... *não pode ser* o Solstício.

Mais do que jamais foi, disse o amieiro claro.

Menos a cada momento que passa, completou o outro.

Ravyn ficou enjoado.

— Quanto tempo passamos naquela orla?

Vinte e quatro voltas do sol. Volte correndo para sua câmara, Taxus, disse o amieiro escuro. *Você tem até meia-noite para reunir o Baralho.*

O Pesadelo rangeu os dentes. Com um tremor desembestado, pegou Jespyr, a jogou no ombro e disparou colina abaixo.

Ravyn foi atrás deles.

A descida foi incontida. Ele tropeçou duas vezes na encosta rochosa e se equilibrou com esforço dolorido. Quando chegou ao vale lá embaixo, a bruma transbordava de ossos e corpos.

Adiante, sempre em frente.

Saindo do vale podre, entrando no bosque voraz. Árvores os estapeavam com seus ramos e espinhos, ávidos por seu bocado, a canção do bosque um clamor discordante de vento, gritando em meio aos galhos. Animais vigiavam e perseguiam. Eles iam saltando raízes, apontando a espada para aves de rapina. O Pesadelo carregava Jespyr no colo enquanto Ravyn os protegia, recebendo o grosso dos ataques que conseguiam acertá-lo.

Fazia muito tempo que Ravyn não comia, mas não estava com fome. Séculos lhe foram dados, ele caminhara pelo tempo com a Alma do Bosque. E, depois de voltar, tinha um único desejo.

Correr contra o relógio.

O bosque continuava a caçá-los noite adentro. Então, como uma vela na sala mais sombria, uma luz brilhou adiante. O Pesadelo também a notou, e apertou o passo. A luz vinha de um espaço entre as árvores. Chamava Ravyn com a mesma força com que a bruma chamara Jespyr no bosque do amieiro.

A aurora.

Nada é seguro, declararam as árvores atrás deles, *nem de graça vem. Magia é amor, mas é ódio também. Cobra sua taxa. Se perde, se acha. Magia é amor, mas é...*

— Misericórdia — falou o Pesadelo, e escarrou nas raízes.
— Calem a boca.

Eles saíram do bosque do amieiro e adentraram a luz descorada e cinzenta. Ao olhar para trás, Ravyn viu que o espaço entre as árvores se fechara. Ele respirou fundo o ar enfim livre da podridão. Lavou seus pulmões, tão puro que o fez tossir. Eles estavam no arvoredo de choupo onde tinham dormido na véspera. No entanto, não fora na véspera. Fazia quase *um mês.*

Foi então que Ravyn se lembrou de Petyr.

Olhou para a esquerda, para a direita. Chamou pelo amigo.
— Petyr. Petyr!
— Ele não teria esperado tanto tempo — arfou o Pesadelo, ainda abraçando Jespyr com força. — Um homem inteligente, o que seria dar a ele crédito demais, teria voltado ao castelo Yew — disse, e disparou para o oeste. — E devemos fazer o mesmo. Logo.

Ravyn sentiu um frio no estômago.
— As Cartas — ofegou. — Mesmo se chegarmos ao castelo Yew antes da meia-noite, não temos como reunir o Baralho. Eu... eu não estou com todas as Cartas.

O Pesadelo parou tão abruptamente que Jespyr caiu. Ele a aparou antes que ela batesse a cabeça no chão. Ela gemeu, as pálpebras tremulando.

Ravyn cambaleou e encostou a mão na testa quente da irmã.
— Jes?

Olhos castanhos e embaçados se abriram. Jespyr esticou a mão para Ravyn, passando os dedos pelo rosto dele, pelo nariz inchado.

— O que aconteceu?

Ravyn sentiu um incômodo bem onde ela tocou. Uma dor aguda e abrasadora tomou seu rosto. Ele recuou.

— Explicarei daqui a pouco. Mas temos que voltar para casa.

— Para casa — disse Jespyr, fechando os olhos outra vez, e encostou a cabeça no peito do Pesadelo. — Diga ao Rei Pastor que... ele precisa de um banho.

Ela desmaiou e o Pesadelo voltou a pendurá-la no ombro. Quando olhou para trás, para Ravyn, arregalou os olhos amarelos.

Por instinto, Ravyn tocou o ponto que o Pesadelo olhava. O nariz.

— Como assim, não está com as Cartas? — questionou o Pesadelo.

Ravyn não parava de mexer no rosto, em busca de machucados. Não sentia nada — nenhum inchaço, nenhuma dor, apenas um formigamento leve onde Jespyr o tocara.

— O Baralho está dividido entre as Cartas escondidas na pedra na sua câmara e as do meu bolso. Temos todas, menos a Foice, que está com...

— O principezinho — disse o Pesadelo, sibilando tal qual uma serpente. — Então temos que encontrá-lo. É a nossa única chance. Emory não sobreviverá por mais um Solstício.

— Eu sei muito bem disso — comentou Ravyn, e se aproximou de Jespyr. — Deixe que eu...

— *Não* — rosnou ele. — Eu vou carregá-la.

Corvos grasnaram no alto. Ravyn e o Pesadelo seguiram para o oeste. Encontraram um riacho e beberam em abundância, só para no fim Ravyn regurgitar a maior parte da água ao correrem por um vale.

O Pesadelo segurava Jespyr com força. Mesmo ao falar com as árvores, ao pedir o caminho, não a soltava. Não a abandonava.

A aurora virou dia, então entardecer. A trilha não era fácil. Vez ou outra, nem trilha existia, apenas pedras, espinhos e arbustos densos.

Ravyn tropeçou, ofegante.

— Preciso... parar.

O Pesadelo avançou, respirando com dificuldade.

— Elspeth disse que se você não se levantar, ela nunca mais vai beijá-lo.

— Ela... não... disse... isso.

— Levante, Ravyn — ecoou a voz manhosa do Pesadelo no bosque. — *Levante*.

Ravyn se levantou, empenhado, e o seguiu. Ele nunca tinha feito tanto esforço, nem em uma década de treinamento. Nem quando seus oponentes estavam armados com Cavalos Pretos e ele tinha apenas a própria força. Ele nunca precisara tanto seguir... em... frente.

A mata baixa sumiu e, de repente, as botas dele ficaram pesadas de lama. Ravyn ergueu o olhar.

O lago.

A noite caíra, sombras fazendo pressão na superfície sobrenaturalmente quieta. Na última travessia, o lago estava num tom claro de prata. No momento, tinha a cor da tinta mais preta.

Ravyn parou ao lado do Pesadelo, na beira lamacenta da água, e pôs a mão no bolso. Tocou o veludo de cinco Cartas da Providência: Cavalo Preto, Donzela, Espelho, Pesadelo, Amieiros Gêmeos. Se ele se afogasse, as Cartas se perderiam nas profundezas do lago.

— Haverá monstros na água?

— Não. Essa barganha já foi paga.

O Pesadelo apertou Jespyr. Entrou no lago até os joelhos.

— Rápido — insistiu.

A água inundou as botas de Ravyn. Porém, antes que eles pudessem mergulhar...

O sal lhe invadiu o nariz, só para recuar um instante depois. Ravyn conhecia a sensação. Alguém tentara usar uma Carta da Providência à qual ele era imune.

Ele levou a mão à adaga. Em um momento, escutou: o som trovejante de um cavalo a galope.

Vinha da trilha atrás deles, montado por duas pessoas. O cavalo, branco com manchas cinzas, Ravyn reconheceu na hora. Era o cavalo de Elm.

O primeiro cavaleiro desmontou com um palavrão retumbante antes de o animal sequer parar.

— *Puta que pariu*, onde é que vocês se meteram?

Petyr veio correndo até Ravyn à toda velocidade.

— Nunca fiquei tão feliz de ver essa sua cara feia.

Ele expirou de alívio, o abraço do amigo esmagando seu peito.

— Digo o mesmo — conseguiu falar Ravyn.

Ele olhou para além de Petyr e arregalou os olhos.

Ione Hawthorn usava um vestido cinza esfarrapado, e estava parada ao lado do cavalo de Elm. Ela estava arfando, olhando de Ravyn para Jespyr e para o Pesadelo, se demorando neste último.

— Elspeth?

— Está comigo — disse o Pesadelo, revirando os olhos. — E fez um escarcéu de entusiasmo ao vê-la, menina amarela.

Petyr recuou.

— O que aconteceu? Jes está bem?

Ele se aproximou do Pesadelo aos tropeços e tentou pegar Jespyr.

— *Eu* estou carregando ela...

— Vai se ferrar, seu velhote — disse Petyr e, em uma manobra impressionante, tomou Jespyr nos braços. — Ainda está aqui, princesa? Quer segurar a minha moeda da sorte?

Ela se remexeu no colo dele. Fez uma careta. Entreabriu os olhos castanhos.

— Você está fedendo ainda mais do que ele.

Petyr soltou uma gargalhada.

— Por algum motivo, não tenho sentido vontade de entrar em águas desconhecidas — disse, e olhou para Ravyn. — Faz um tempão que vocês sumiram. — Ele apontou para Ione, formando rugas no rosto abatido. — Aconteceu muita coisa.

Ravyn ainda estava olhando para o cavalo. A cada respiração, o pavor retorcia mais seu estômago.

— Cadê o Elm?

A expressão de Ione desabou. Ravyn esqueceu a exaustão.

— *Cadê ele?*

Ione abriu a mão. Nas dobras da palma estava uma Carta da Foice.

— Está em Stone — disse, e voltou os olhos cor de mel para Ravyn, carregados de fúria. — Com Hauth.

Acontecera semanas antes.

Hauth, curado pela Carta da Donzela.

O rei, assassinado.

Elm, acusado e supostamente mantido vivo para Hauth trocá-lo pelos Amieiros Gêmeos. Mas a condição em que estava sendo mantido...

Ravyn só podia supor.

Cerrando os dedos, a mente dele foi para um lugar tão sombrio e terrível que ele precisou desviar o rosto enquanto Ione explicava o que tinha acontecido. Tudo o que escutava era *Elm. Elm estava sozinho, em Stone.*

Com Hauth.

A pele de Ione estava toda vermelha, o rosto marcado pelas lágrimas e pela ira. Ela contou que Elm a forçara a fugir e ficara para enfrentar o irmão. Ela cavalgara até o castelo Yew, esmurrara a porta de madrugada e implorara para saber aonde Ravyn, Jespyr e o Rei Pastor tinham ido.

Fenir se preparara para ir com ela ao bosque, mas Ione não se dera ao trabalho de esperá-lo.

— Disparei pelo bosque atrás do castelo Yew igual a uma flecha... e me perdi imediatamente — disse, olhando para o lago. — Cavalguei a noite toda, e a manhã também, chamando por alguém. Não tinha ninguém aqui. Até que encontrei uma trilha. Parecia que as árvores... tinham trocado de lugar — falou, franzindo a testa. — Sei que parece esquisito.

— Não parece, não — disse Ravyn, incitando-a a continuar.

— Cavalguei até o lago e atravessei. O cavalo se assustou e correu pela água, como se estivesse com medo dela. Chegamos ao outro lado, mas eu não fazia ideia de qual direção tomar. Me perdi de novo. Desta vez, foi por dias. — Um sorriso leve tocou seus lábios. — Quando os corvos me encontraram, achei que fossem me comer. Ou que eu fosse tentar comê-los, de tanta fome. Porém, menos de uma hora depois, mulheres usando máscaras de osso saíram das árvores — disse ela, com os olhos marejados. — Minha mãe e meus irmãos estavam com elas.

— Ela me encontrou dois dias depois — concluiu Petyr. — Eu tinha voltado para... — disse, perdendo a voz. — Para enterrar Wik. Estava vagando, esperando vocês saírem do bosque. E agora que saíram... — falou, engolindo em seco. — Sabem que dia é hoje?

— Solstício — respondeu o Pesadelo, e inclinou a cabeça para o lado, olhando para a Foice na mão de Ione. — Fico muito feliz por você estar aqui, menina amarela. Pois agora temos as doze Cartas.

— Ainda não — lembrou Ravyn. — Seis aguardam na câmara. Precisamos voltar antes da meia-noite... e então reunir o Baralho.

Ele retesou a mandíbula e não disse as palavras que assombravam sua língua. *Com meu sangue*.

O olhar astuto do Pesadelo percorreu seu rosto. Eles se encararam, dois mentirosos se debatendo com a verdade.

— Falando nisso, e no principezinho... tenho um plano. Mas o tempo...

— É curto — disse Ravyn, olhando para o lago. — Falaremos do plano. Mas, primeiro, precisamos nadar.

Eles puseram Jespyr no cavalo de Elm e mergulharam na água. Estava muito mais gelada do que da última vez. O Pesadelo avançou e Ione foi segurando a cara do cavalo, falando ao pé do ouvido dele a fim de guiá-lo pela água, o ar saindo em nuvens da boca. Petyr estava pálido tal qual a morte em pessoa, resmungando baixinho que nunca mais sairia de casa.

Ravyn foi o último a nadar. Nem a fúria ardente pelo que acontecera com Elm estava sendo capaz de aquecê-lo contra o gelo da água.

Nenhum monstro do lago viera capturá-lo. Ravyn só precisava lutar contra o cansaço dos próprios músculos. Perto da metade do trajeto, sentiu uma câimbra na perna esquerda. Compensou com a direita e prosseguiu. Porém, quase na borda, a perna direita também travou. Ravyn afundou na escuridão, um rastro de bolhas escapando da boca.

Não. Ele fora e voltara do inferno. Encontrara uma Carta da Providência de quinhentos anos. Destruíra partes de si para chegar lá. Não ia se afogar no Solstício, a meros quilômetros de casa.

Por tanto tempo, ele fingira ser forte — mas, no momento, não era fingimento. Com braçadas vigorosas, Ravyn irrompeu da água e inspirou fundo. As pernas se puseram a chutar a lama escorregadia e ele se arrastou até a margem, arfando com dificuldade até o tambor de guerra em seu peito se aquietar em uma marcha ritmada.

Era noite. Nenhuma luz marcava o caminho de casa. Porém, Ravyn adentrara o bosque como Corcel, como bandoleiro. Estava acostumado a viajar no escuro. Com os pés trêmulos, seguiu com os outros pela floresta.

O bosque estava exatamente como o Pesadelo o deixara: fendido. A trilha se abriu para eles, envolta em bruma.

Quando o luar atravessou os limites da mata, Ravyn soltou um suspiro vacilante. Logo ali, no horizonte, não eram árvores; eram as torres do castelo Yew.

De casa.

Ele se adiantou aos outros, saiu do bosque para o prado...

E sentiu cheiro de fumaça.

O pesadelo o puxou para trás e lhe cobriu a boca com a mão. Levantou um dedo, em sinal para todos pararem.

Mais adiante, bem do outro lado das árvores, soaram vozes na campina. Uma era mais alta do que as outras, ecoando com nitidez rija, ao mesmo tempo fria e bruta. Ravyn suou frio e, então, ardeu em chamas. Ele conhecia aquela voz.

Era de seu primo Hauth.

Um sorriso assombrava o timbre sedoso do Pesadelo.

— Que poético. Eu nem saberia pedir por um Solstício melhor — disse ele, e encostou a boca na orelha de Ravyn. — Agora, seu passarinho idiota, quer escutar meu plano?

CAPÍTULO QUARENTA E CINCO
ELM

Elm não estava sozinho no subterrâneo congelado de Stone. Erik Spindle e Tyrn Hawthorn estavam lá com ele. Separados por barras de ferro, eram os únicos três prisioneiros na ala.

As tochas ao redor das celas tinham sido abandonadas, ou esquecidas. Estava tão escuro que a mente de Elm já estava lhe pregando peças. Formas destacadas dançavam diante de seus olhos e vozes ecoavam em seus ouvidos. Soavam como crianças, chorando. Tal como ele mesmo quando menino, chorando.

Toda a pele dele, todo folículo, era como um dente podre, um nervo exposto. Ele sentia frio de um jeito que parecia fisicamente impossível.

Por dias, ninguém passou por ali. Nem Hauth, nem um Corcel, sequer um guarda além daquele que levava água e pão podre, e até mesmo este ia em ritmo tão errante que Elm não tinha nenhuma medida consistente de tempo.

Ele achava que Hauth iria aparecer, que haveria algum acerto de contas entre os dois. Que eles iriam se enfrentar, olho verde com olho verde, e apenas um sairia vivo.

Porém, na noite da morte do rei, Elm se vira tão arrasado, tão desesperado para salvar Ione de Stone, que usara a Foice por tempo demais. E assim perdera-se na agonia, e a dor fizera algo inédito com ele.

A dor o fizera de bobo.

Ele deveria ter ido com ela, fugido também. Deveria ter sido mais esperto. Homens espertos não morriam congelados por orgulho, por acreditarem-se capazes de corrigir erros antigos. Certamente não morriam acreditando que o irmão mais velho — que fora sempre um brutamontes — cederia à luta justa de repente.

Homens espertos pavimentavam as condições da própria morte. E, se tivessem atenção, cuidado *e* reverência, talvez morressem em paz.

Ele, aparentemente, não tinha nada daquilo.

Um tônico e uma coberta foram passados entre as barras.

— Fique firme — murmurou Filick Willow. — Ravyn virá salvá-lo.

Elm dançava no limite da consciência.

— Desta vez, não.

No nono — talvez décimo — dia de cativeiro, ecos soaram pelo corredor. Erik inclinou a cabeça, com a voz enferrujada devido à falta de uso.

— Eles estão vindo, príncipe. Não se renda.

Os Corcéis não eram gentis. Quando terminaram o espancamento, alguém forçou à mão de Elm um cálice grosseiro. O vinho era amargo e acumulou em todos os cantos mais secos da boca.

Linden, na frente dele, tocou a Carta do Cálice.

— Aonde Ravyn e Jespyr foram para recuperar os Amieiros Gêmeos?

Elm não tinha resposta.

— Não sei.

Horas depois, quando o espancamento acabou, Linden voltou com mais vinho e tocou mais três vezes o Cálice.

— Cadê Ione Hawthorn?

Elm fechou os olhos.

— Não sei.

Outra Carta se juntou ao Cálice. Elm reconheceu a Foice imediatamente. Sentiu um tato frio em seu queixo. Então encarou os olhos verdes.

O rosto de Hauth, esculpido pela magia da Donzela, era lindamente profano.

— Você teve a chance de fugir com ela, mas não fugiu. Por quê?

A cabeça de Elm pendeu. Sangue pingou da boca no chão das masmorras.

— Você nunca se importou com ela. Se quiser negociar com Ravyn, eu basto como refém — disse, e riu, então tossiu. — E eu queria ficar aqui para matar você.

Em qualquer outra ocasião, o irmão teria respondido com uma gargalhada própria e depois um soco. Porém, Hauth estava inexpressivo, praticamente desinteressado, mascarado pela frieza dos efeitos colaterais da Donzela.

— Você está certo. Nunca me importei com ela. Ainda assim, eu a caçarei. Recuperarei a Foice que ela carrega. Desta vez, nenhuma Donzela a salvará. Tudo o que você fez foi dar mais tempo a ela... e tornar-se um traidor ainda maior.

Elm cuspiu sangue no chão.

— Eu tenho traído você há anos — disse ele, rangendo os dentes. — Eu estava na estrada no dia que seu rosto foi cortado. Fui bandoleiro, roubei o Portão de Ferro de Wayland Pine. Ajudei a reunir o Baralho bem debaixo do seu nariz. — Ele inspirou devagar, áspero. — E faria tudo de novo, apenas para vê-lo se acovardar.

Hauth apertou o pescoço de Elm.

— Não estou me acovardando agora. E quanto a me matar, irmão... — disse, os olhos verdes frígidos. — Você não pode. *Nada* pode.

Ele largou Elm no chão e saiu da cela, seguido pelos Corcéis.

As trevas levaram Elm dali.

***

— Você estava na estrada quando o Portão de Ferro de Wayland Pine foi roubado?

Elm se sobressaltou. Ele não se lembrava de ter pegado no sono, nem sabia quanto tempo dormira. Havia bandejas de comida no chão. Três, intocadas.

Erik Spindle o observava por entre as barras da cela.

— Eu... — disse Elm, e fez uma careta, pois até falar doía.

— Eu estava lá. Na verdade, você quase me atravessou com a espada. — Ele passou um dedo pelo corte no lábio. — Sua filha também estava lá.

O vapor subia em sua visão periférica. A voz de Erik Spindle soou rouca.

— Elspeth? Por quê?

— Ela nos ajudou a reunir o Baralho. Queria curar a degeneração de Emory, e também a própria. Ela me salvou da sua espada — disse ele, e soltou um suspiro fraco. — E eu retribuí o favor com desconfiança e desdém.

Alguém tossiu na cela ao lado. Um som fraco, trêmulo. Tyrn.

— Mi... minha Ione. Ela escapou? Está bem?

— Não sei — disse Elm, e apoiou o rosto nas mãos. — Reze para ela perdoá-lo por ter trocado aquela Carta do Pesadelo por um casamento com Hauth. Porque eu não o perdoarei nunca.

Desacordado, Elm sonhou em amarelo.

Grama de verão e um vestido de musselina entre os dedos. Cabelo caído no rosto, um suspiro, como asas farfalhando, ao pé do ouvido. Não havia bruma, nem sal, nem vermelho Rowan. Era tudo lento, macio. Delicado.

Porém, o frio era inescapável. Ele despertou com o som dos próprios dentes trincando, calafrios sacudindo o corpo.

— Você não deveria dormir tanto — veio a voz de Erik. — Levante. Mexa o corpo.

Uma gargalhada desvairada subiu pela garganta de Elm. Ele olhou para os dedos congelados, que estavam todos pretos. Alguns até os nós.

— Perdão, capitão... Acho que não estou no clima para treinar.

Erik se agachou do outro lado das barras que compartilhavam, finalmente perto o suficiente para ser mais do que uma silhueta vaga. Estava pálido, com a pele queimada de frio e manchada de hematomas antigos. A barba tinha crescido e as roupas estavam esfarrapadas, ensanguentadas. Quando falou, foi solene:

— A mãe de Elspeth foi infectada — disse. — Ela tentou esconder de mim. Degenerou, sofreu terrivelmente, tudo em silêncio. Só porque eu era capitão dos Corcéis. Iris sabia que, se usassem um Cálice comigo, seu segredo levaria à minha morte. Então ela não disse nada. E eu... — continuou, passando a mão no rosto. — Eu não fiz nada. Ela morreu. E quando Elspeth também pegou a infecção...

A árvore imensa que era aquele homem rachou, a expressão firme finalmente abrindo espaço para a dor.

— Eu comecei a me odiar. A odiar meus Corcéis e as leis que defendíamos. No fundo do coração, eu era um traidor — disse ele, inspirando, trêmulo. — Quando o rapaz dos Yew tomou meu lugar e eu fui liberado do cargo, achei que o ódio ficaria mais brando. Não aconteceu. E Ravyn Yew... era tão forte quanto eu. Tão frio e implacável quanto eu. Eu sabia que, enquanto homens como ele e eu fôssemos capitães, Blunder jamais mudaria.

A voz dele ficou mais suave.

— Mas aí eu o vi no Dia da Feira. Abraçando minha filha como eu um dia abraçara Iris. Ele não era o mesmo homem que ocupara meu lugar como capitão — disse Erik, abanando a cabeça. — Porque aquele capitão dos Corcéis não é um homem, é apenas uma máscara. Uma demonstração do poder dos Rowan.

E sempre haverá coisas mais fortes neste mundo do que o poder dos Rowan.

Elm fechou os olhos.

— Por que você está me dizendo isso tudo?

— Eu nunca disse nada disso em voz alta. Queria ver que gosto teria, para ser sincero.

— E aí?

— É amargo.

O canto da boca inchada de Elm se ergueu.

— Não se preocupe, capitão. Daqui a pouco, levarei suas confissões para o túmulo.

Veio um som de tosse da outra cela.

— Não aguento essa gororoba que dão para a gente comer — lamentou-se Tyrn Hawthorn.

Erik andava em círculos, dando chutes de vez em quando para manter os pés vivos.

— Então morra de inanição.

O prato de comida de Tyrn ricocheteou das barras, um dobre feio que ecoou pelas masmorras.

— Você me acha fraco.

— Sei que você é fraco — respondeu Erik.

— Ficaria surpreso ao saber que eu já matei um homem?

Elm levantou as sobrancelhas. Já tinha tentado andar em círculos, mas depois de uma hora ficara sonolento.

— Um pouco.

A voz de Tyrn ficou mais fina.

— Ele era bandoleiro. Foi por acaso que viajamos ao mesmo tempo pela estrada. Quando vi o veludo cor de vinho da Carta do Pesadelo aparecendo em sua manga, nem pensei... apenas o atravessei com a espada e roubei a Carta.

Ele tossiu de novo, rouco.

— Pensei nele enquanto tramava um jeito de fazer a Carta favorecer minha família. Porém, mesmo quando consegui, quando Ione noivou com o grão-príncipe, não senti prazer algum, só o medo de perder tudo que eu havia ganhado. Eu traí Elspeth por medo de... — disse, a voz vacilando. — Bem, se Ione não virasse rainha, eu teria me tornado um assassino a troco de nada.

Erik parou de andar.

— Então você está certo — disse Tyrn. — Sou fraco. Minha esposa e meus filhos sabem disso. Todos sabem. Sou fraco, e sujei minhas mãos de sangue.

Elm ia e vinha, perto e longe.

— Bem-vindo ao clube.

O tilintar de uma espada na grade da cela arrancou Elm de seus devaneios. A porta foi escancarada. As mãos dele foram amarradas às costas e, junto a Erik Spindle e Tyrn Hawthorn, Elm foi arrastado das masmorras pela escadaria comprida e sinuosa, em meio a um mar de capas pretas. Ele reconhecia vagamente os homens cujos dedos afundavam em sua pele. Corcéis. Não apenas aqueles com quem treinara, mas também outros, mais velhos.

Os socos que acertavam a barriga de Erik foram uma confirmação.

— Traidor — cuspiam nele.

Erik não disse nada. Imóvel, inabalável. Até Tyrn teve a decência de não gritar quando um Corcel meteu a cara dele na porta do castelo.

A luz cinzenta da manhã fez Elm se encolher, os olhos demorando a entrar em foco. Quando se acostumou, viu que tinha neve no chão.

Corcéis, velhos e novos, estavam montados no pátio, à espera.

Na liderança, alto, largo e belo, Hauth usava a coroa do pai e um gibão azul-escuro com uma sorveira dourada bordada no peito. Ele girava a Foice entre os dedos, analisando os prisioneiros do alto. Quando o olhar verde se deteve em Elm, ele fez um gesto com a cabeça.

— Sua tristeza está chegando ao fim, irmão. O bandoleiro encontra o carrasco. Mas primeiro... que tal uma viagem ao centro?

Ele foi amarrado a um cavalo tal como uma corça recém-abatida. Elm via apenas o chão, a trilha exatamente abaixo das patas do animal.

Estava quase tudo sob neve.

Ele sentia cada rachadura, cada hematoma na pele, crescer ao longo da viagem para o centro da cidade. Quando a estrada de terra acabou, e o estalido de ferradura no paralelepípedo chegou aos seus ouvidos, ele soube que estavam na rua do Mercado.

Tentou forçar as amarras, tentou olhar para cima. Tinha fitas vermelhas e douradas penduradas nas portas e postes.

— Que dia é hoje?

Linden cavalgava ao lado dele. Ele esticou a mão e bateu a clava na nuca de Elm. A voz dele foi puro desdém:

— Solstício.

A visão de Elm se fechou, um calor grudento escorrendo pelos cabelos.

Quando ele voltou a si, os cavalos tinham parado. Mãos ásperas o desamarraram, o puxaram da sela e o puseram sobre as pernas fracas, sobre os pés congelados e ardentes.

As torres altas do castelo Yew avultavam adiante.

A porta do castelo estava aberta, e não trancada, como Jon Thistle costumava deixar. Quando os Corcéis arrastaram Elm, Erik e Tyrn lá para dentro, o ar estava frio. Mofado.

O nó no estômago de Elm subiu até a garganta. Alguma coisa estava horrivelmente errada ali.

O castelo Yew estava abandonado — as lareiras sem uso, o terreno sem criado algum, as portas e janelas escancaradas apesar do frio.

— Dê uma última olhada, Renelm — disse Hauth. — À meia-noite, este lugar velho e bizarro servirá de pira para o Solstício.

Eles andaram pela casa e saíram pela porta leste para o jardim, pisoteando arbustos e espinheiros até chegarem ao prado das ruínas.

Havia Corcéis ali — seis outros, à espera. Morette, Fenir e Jon Thistle estavam com eles. Emory também. Ao ver Elm, eles perderam o fôlego, e lágrimas embaçaram os olhos verdes de Morette.

O alívio de Elm ao vê-los durou apenas o tempo necessário para analisar melhor sua aparência. Estavam machucados, pálidos, tremendo. Não usavam capas para se proteger do frio. Emory cambaleava, sustentado pelos braços dos pais.

Havia um corte em sua mão esquerda. Comprido, fundo, pingando vermelho na neve.

Elm engasgou.

— O que você fez?

Hauth desfilava diante da fileira de Corcéis.

— Nossos tios, com um pouco de persuasão dos meus homens, da minha Foice e do meu Cálice, é claro, me informaram que foi aqui que Ravyn, Jespyr e sua amiga Elspeth Spindle adentraram o bosque em busca da Carta dos Amieiros Gêmeos — disse ele, e um sorriso insensível lhe tocou a boca. — Eles me contaram uma história fascinante sobre uma pedra escondida em uma câmara trás do castelo.

Ele pôs a mão no bolso e tirou seis Cartas da Providência. Um Profeta. Um Poço. Um Portão de Ferro. Um Ovo Dourado. Uma Águia Branca. Um Cálice.

Elm olhou para o corte na palma de Elm.

Hauth fez um muxoxo.

— Eu já falei, Renelm. Não tenho o menor interesse em reunir o Baralho. A bruma, a infecção, são elas que mantêm Blunder pequena. Assustada. E gente assustada é mais fácil de se controlar. A coleçãozinha de Ravyn, todas as suas mentiras e roubos, serviu apenas para adornar os cofres de Stone com mais Cartas da Providência.

Erik Spindle praguejou e cuspiu sangue na neve.

Hauth o ignorou. Ele mantinha o olhar fixo nas árvores, perto da câmara de pedra.

— Ravyn está demorando. Meus homens vigiam esse bosque há semanas. Ainda assim, nada de ele voltar. Ele tem até a meia-noite para dar utilidade àquela Carta dos Amieiros Gêmeos.

Elm se perguntara, lá nas masmorras congeladas, por que o irmão ainda não tinha ido buscá-lo, nem Erik, nem Tyrn. Finalmente, ele sabia.

— Somos sua isca.

Ele estava tremendo. Tinha passado um mês com frio. Porém, de repente, um incêndio ardeu em seu peito, subindo pela garganta.

— Você nos trocaria pelos Amieiros Gêmeos? — perguntou.

— Claro que não. Vocês são traidores. Morrerão *todos* hoje — disse Hauth, limpando as unhas, com um tom de tédio. — Mas Ravyn não sabe disso, né?

O dia deu lugar à noite.

Elm contou quinze Corcéis ao todo, incluindo Hauth — o que significava que nem todos portavam Cavalos Pretos. Observou a movimentação deles, notando aqueles que foram alistados durante seu período nas masmorras. Eles andavam em passos quietos pela neve, recolhendo folhas, espinhos e galhos, os quais espalhavam em quatro piras ao redor do prado.

Quando fez-se escuro absoluto, eles acenderam as piras, a luz refletindo chamas amarelas e alaranjadas. Ninguém disse nada, todos de olhar fixo nas árvores, à espera de Ravyn.

Enfim, suave como um pássaro, a voz de Emory cortou o silêncio.

— Você não vencerá.

Hauth parou de andar. Então se deteve diante de Morette e Fenir, que tentavam proteger Emory atrás do corpo.

— O que foi isso? — perguntou Hauth, levando a mão à orelha em zombaria. — Nem escutei o que disse por trás desse som irritante do seu último suspiro de vida, Emory.

Elm fez força contra as amarras, sentiu sangue na língua.

Emory se afastou para o lado. Então, mais rápido do que se esperaria de um menino moribundo, deu um pulo. Agarrou o pulso de Hauth. Revirou os olhos e, quando falou, foi com a voz estranha, sebosa.

— Você não vencerá — repetiu. — Pois nada é seguro, nem de graça vem. A dívida segue todo homem, mesmo os que rogam amém. Quando voltar o Pastor, um dia novo trarei. Morte aos Rowan — declarou, e os olhos cinza entraram em foco, fixos em Elm. — Vida longa ao rei.

Hauth se desvencilhou da mão de Emory. Por mais neutra que estivesse sua expressão, sua pele ficara branca que nem papel. Ele então ergueu o punho e acertou o rosto de Emory com um soco.

O menino caiu na neve e não levantou.

Morette gritou. Fenir avançou para pegar o filho, mas o Corcel à esquerda torceu o braço dele para trás. Elm continuava a fazer força contra as amarras, mas só sentia as cordas cortarem seu pulso.

— Hauth — disse, meio em ameaça, meio em súplica. — Não faça isso. Ele é só um menino.

Hauth encarou Emory. Não havia nada em seus olhos verdes.

— Movimento, Alteza — alertou um Corcel, apontando a espada para as árvores do outro lado da campina. — Ali... logo adiante.

Hauth voltou o olhar para lá. A coluna ficou paralisada, prisioneiros e Corcéis prendendo o fôlego enquanto observavam a mata.

De início, não houve nada além do sussurro do vento. Até que, tão quieta e etérea que poderia ser a Alma do Bosque em pessoa...

Ione Hawthorn surgiu no prado.

Ela usava o mesmo vestido cinza de quando fugira de Stone, imundo e encharcado. Seu rosto estava vermelho de frio, e o cabelo, amarrado em uma trança grosseira nas costas. Elm bebeu a imagem, o êxtase virando pânico quando olhou para a mão de Ione.

Três Cartas da Providência em sua palma. A Donzela, a Foice, e uma terceira. Era verde-floresta e retratava duas árvores — uma clara e uma escura —, entrelaçadas nas raízes e nos galhos.

A Carta dos Amieiros Gêmeos.

Ione passeou o olhar cor de mel pela multidão, por Hauth e sua roda de Corcéis, pela família Yew, pelo tio e pelo pai. Quando o olhar colidiu com o de Elm, seu peito inflou, sua expressão se suavizou.

Até que ela analisou o rosto dele. Os danos que lhe foram infligidos. Ione se tensionou, o rubor do rosto descorando. Quando se virou para Hauth, os olhos cor de mel estavam em chamas.

Hauth avançou e ofereceu a ela uma reverência seca e zombeteira.

— Você sempre levou jeito para surpresas desagradáveis, Ione — disse, e apontou os Amieiros Gêmeos. — Onde arranjou isto? Foi Ravyn quem deu?

Ela não disse nada.

Hauth deu outro passo.

— Cadê ele?

Elm precisava que ela olhasse para ele. Precisava que ela soubesse que não podia acabar daquele jeito.

— Ione — disse, com a voz em frangalhos. — Vá. Por favor... vá.

Ela não se mexeu um milímetro sequer, exceto para firmar os pés na neve.

Hauth continuava a avançar, olhando para Ione como se ela fosse um animal ferido no bosque.

— Vai usar esta Foice contra mim, noivinha? Contra meus homens *todos*? — perguntou, fazendo um muxoxo. — Fique à vontade. Mas fique avisada que é melhor ter talento suficiente para nos comandar todos de uma só vez. Porque senão, bem... Você se lembra do que aconteceu no quarto do meu irmão.

Atrás de Elm, Linden gargalhou.

— Se me contar onde Ravyn está, vai ser indolor. Mas se lutar... — disse Hauth, e tirou a Foice do bolso. — Então matarei você devagar. Sendo assim, Ione, lute, por favor. Você sempre tentou lutar.

Tyrn Hawthorn soltou um soluço horrível.

— Vá, Ione!

Ela não lhe deu ouvidos. Encarou o homem com quem teria se casado, o rosto um livro aberto de ódio.

— Quer me ver morrer, Hauth?

Ele aproximou o dedo da Foice.

— Seria o único prazer que você me ofereceria.

O dedo de Ione foi mais rápido. Ela tocou a Donzela uma, duas, três vezes.

— Então me mate. Se puder.

Uma faca cantou pelo ar.

Hauth se curvou, praguejando. O sangue escorreu de sua mão, a faca atravessando a palma. A Foice caiu e, levada pelo vento, esvoaçou na neve.

Elm sentiu gosto de sal. Não era o suor, as lágrimas ou o sangue que escorriam do rosto para a boca, mas outro tipo de sabor. Mais ancestral.

Então ele escutou. Aquilo que aguardava em cada curva, procurava em cada pausa.

A voz de Ravyn.

Elm.

Ele surgiu do nada, diante de Ione, uma ave de rapina sombria e vingativa. Hauth arregalou os olhos e recuou um passo, pois o único homem que ele jamais temera se encontrava bem ali à sua frente — e o mirava.

E Ravyn Yew, o pétreo capitão dos Corcéis, sorriu. Empunhou a espada, olhando de Hauth para Elm. *Você está um horror.*

Doía demais sorrir de volta. *Ainda sou mais bonito do que você.* A respiração de Elm vacilou. *Hauth pegou as Cartas da câmara. Estão no bolso dele.*

Vou recuperá-las. Ravyn ergueu a espada e a apontou para a fileira de Corcéis.

— Não sou mais seu capitão — disse ele. — Meu assunto é com seu novo rei e o Baralho de Cartas. Se desejarem viver, saiam daqui. Já.

Hauth se endireitou. Arrancou a faca cravada em sua mão. A Carta da Donzela que usava, onde quer que estivesse, já o estava curando.

— Que declaração ousada para um homem, e uma puta, contra a guarda real — disse, e apontou as árvores com a cabeça. — Imagino que tenham matado Gorse. Cadê os bandoleiros, Jespyr e aquela *coisa* com quem vocês viajaram?

— Por perto — respondeu Ravyn. — Muito perto. À espera. À espreita.

— Traidor — gritou um Corcel.

— Bastardo infectado — cuspiu outro.

Com um clamor, empunharam as espadas e as apontaram para Ravyn.

Hauth olhou para a fileira, com a voz iluminada pela arrogância.

— Parece que eles escolheram. Entregue os Amieiros Gêmeos, primo. Ou veja sua família morrer.

Ravyn olhou para os pais — para Emory na neve —, tensionando a mandíbula.

Não ceda, gritou Elm em pensamento. *Não. Ceda. Porra.*

O olhar cinzento de Ravyn o encontrou. *Siga Ione para o bosque*, disse ele. *Encontre ela, e depois venha me ver na câmara de pedra. Vamos acabar com isso, Elm. Com tudo isto.*

O sal abandonou os sentidos de Elm. Ravyn tocou o ombro de Ione e avançou, invisível.

Ione deu meia-volta e correu para o bosque.

— Matem os prisioneiros — comandou Hauth para os Corcéis, e se jogou na neve, em busca da Foice caída. — E tragam os Amieiros Gêmeos para mim.

Facas encontraram o pescoço da família Yew. Elm sentiu uma lâmina sob o queixo, cortando logo abaixo da orelha. Fechou os olhos. E então um gemido grave, um rangido...

E a terra começou a tremer.

A neve começou a cair das copas, o mundo um redemoinho branco. O gemido terrível vinha do bosque. Alguma *coisa* vinha do bosque.

Eram as árvores, percebeu Elm. As árvores estavam se mexendo.

Raízes rasgavam a terra, galhos fustigavam o ar. Contorcidos, os teixos invadiam a campina de todos os lados, atacando, agarrando, os Corcéis.

A primeira árvore a fazer contato atravessou as ruínas, derrubando pilares antigos de arenito. Com os galhos, ela capturou dois Corcéis e os afastou de Emory e de seus pais. Com um estalido nauseante, o teixo esmagou os homens sob suas raízes.

Quando a terra voltou a tremer, Elm perdeu o equilíbrio. Então trombou com Erik e Tyrn, os três se embolando juntos. Quando ergueu o rosto, a campina era um caos de árvores e neve, iluminada pela luz ameaçadora das piras. Os Corcéis eram um borrão de trevas, vários correndo pela algazarra.

Correndo atrás de Ione.

CAPÍTULO QUARENTA E SEIS
RAVYN

Ravyn e Jespyr eram bem treinados. Intrépidos e retorcidos, como os galhos da árvore que lhes dava o nome, já tinham aprendido como se manter firmes sempre que o Rei Pastor comandava o bosque.

Quando a terra começou a tremer e os Corcéis mais próximos dos pais deles tropeçaram, Jespyr saltou das sombras. Ela ainda estava fraca demais para usar a espada, mesmo com o auxílio de Petyr e de um Cavalo Preto. Mas já as facas... para estas, sim, tinha força. Dois Corcéis caíram sob o fio de suas punhaladas. Quando um terceiro se reergueu e a atacou, Jespyr se esquivou, e a espada roçou logo abaixo do queixo dela.

Petyr irrompeu das sombras e derrubou o agressor. O Corcel caiu na neve, e um teixo logo o pegou, arrastando-o dali com um estalido de dar nos nervos.

O último Corcel, que não correra atrás de Ione, era Allyn Moss. Ele ficara de espada em riste atrás de Jon Thistle. Porém, quando as árvores agitadas o derrubaram, Moss não se reergueu, o olhar invadido de medo.

Ravyn surgiu do nada e se ajoelhou por cima dele, pegando-o pelo pescoço.

— Não quero matar você — disse, o rosto de Gorse voltando à memória. — Mas matarei se necessário.

O Corcel tremeu. Ele tirou do bolso o Cavalo Preto e o jogou na neve em sinal de rendição.

Ravyn recuou, sentindo o tremor tão familiar nas mãos.
— Vá.
Moss fugiu noite afora. Quando Ravyn olhou de volta para a campina, foi bem a tempo de ver Ione sumir entre as árvores atrás da câmara de pedra. Corcéis — oito deles, até onde dava para contar — resolveram ir atrás dela. Elm, Erik Spindle e Tyrn Hawthorn os seguiram, aos tropeços.

Tudo de acordo com o plano.

Hauth ainda estava no cerne do prado, ocupado com os teixos. Eles o cercavam, o fustigavam. Hauth derrubou vários dos galhos a espadadas, se esquivou e tentou escapar entre os troncos, mas as árvores não paravam de se dobrar, de se contorcer. Guiadas pela espada do Pesadelo, eram capazes de contê-lo facilmente, de mantê-lo distraído para não conseguir pegar a Foice...

Até Ravyn estar pronto para enfrentá-lo.

Mas primeiro, a família. Ravyn correu até eles e passou uma faca pelas cordas que amarravam Thistle e os pais. Jespyr estava na neve, pegando Emory no colo. Ela suspirou, trêmula.

— Ele ainda está respirando.

— Levem ele para o castelo — ordenou Ravyn, entregando o Cavalo Preto de Moss para Petyr, e acariciou a mão no rosto da mãe. — Protejam ele.

— Podemos ajudar — disse Thistle, pegando uma espada que algum Corcel derrubara.

— Está tudo sob controle. Entrem.

Fenir encontrou outra espada na neve.

— Vocês vão precisar de mais mãos...

Ravyn bufou.

— Se vocês não entrarem nesse castelo logo, vou falar para o Rei Pastor, e aí estas árvores malditas vão *arrastar* vocês para lá. Jespyr precisa descansar — disse, e olhou para Emory. — E ele também. Começamos isso por ele, e está quase acabando. Então, por favor, finjam que não foi de vocês que herdei essa teimosia toda e entrem. No. Castelo. Já.

Eles o encararam, boquiabertos.

— Nunca ouvi você falar tanto assim — resmungou Morette.

— Melhor obedecer antes que ele continue tagarelando — disse Jespyr, com uma piscadela.

O rosto dela, porém, estava abatido, os ombros murchos de exaustão. Ela vacilou brevemente e Thistle a segurou.

Fenir forçou a vista ao olhar para Ravyn.

— Até daqui a pouco?

— Até daqui a pouco.

Eles então saíram, carregando Emory. Petyr avançou.

— Vou escoltá-los, já volto — disse, com um sorriso torto. — Ou vai me passar um sermão também?

— Provável.

Eles se despediram com um aperto de mãos, e Petyr correu atrás da família de Ravyn e de Thistle, se enredando entre a bruma e deixando para trás o rastro de neve.

Ravyn se virou e analisou a campina. Estava mais escuro. Vários dos teixos tinham atingido as piras com suas raízes, espalhando as chamas e abafando a luz. Porém, Ravyn ainda enxergava tudo o que lhe era necessário.

Hauth, enjaulado pelos teixos, no coração do prado.

Ele avançou, atento ao bosque. Não o enxergava, mas sabia que o Pesadelo estava ali, guiando as árvores com a espada. À espera. À espreita.

Ravyn pôs a mão no bolso e pegou a Carta cor de vinho. *Elspeth?*

Ela respondeu imediatamente. *Ravyn. Sua família está bem?*

Está. Ione e os Corcéis estão indo encontrar vocês.

Que bom, veio o timbre meloso do Pesadelo. *O principezinho?*

Vai logo atrás. Que horas são?

As árvores declaram que temos meia hora até meia-noite.

Elspeth voltou. Ela soltou um barulhinho. *Ravyn?*

Mesmo ali, tenso de cansaço, a voz dela o apaziguava, como uma compressa morna nos olhos. *Pois não, Elspeth?*

Não morra.

Não morrerei.

Porque, se morrer, e nunca tivermos o tempo que nos é devido, eu o odiarei, Ravyn Yew. Eu o amarei e odiarei para sempre.

Ele sorriu marotamente. *Vai acabar à meia-noite, Elspeth. Depois disso, pode me amar à vontade.*

O Pesadelo fez um som de nojo. *Não que eu queira interromper esse momento apaixonado, mas o tempo urge. Tem certeza de que não quer ajuda das árvores, passarinho tonto?*

Eu dou conta de Hauth.

Que bom. Traga ele, e as Cartas, para minha câmara. A gargalhada do Pesadelo soou leve como fumaça. *Use o método que for necessário.*

Ravyn levou as mãos ao punho de marfim da adaga. *Pode deixar.*

Os três teixos que cercavam Hauth se aquietaram. Ele então saiu do meio das árvores, com a expressão inescrutável, exceto pelas veias furiosas saltando do pescoço e da testa. Seus olhos miravam o solo, procurando na neve a Foice ainda perdida.

Vai, é sua hora, murmurou o Pesadelo.

Ravyn inspirou fundo. E, como nunca chegara a dizer quando começara a senti-lo, e nem nunca mais depois de ela desaparecer dentro do Rei Pastor, ele falou com a mente de Elspeth Spindle uma última vez. *Eu também te amo, Elspeth.*

E então saiu correndo.

Ravyn trombou com Hauth bem quando o primo pegou a Foice. Eles rolaram pela neve feito cães numa rinha. Quando Hauth se equilibrou, meteu a Carta vermelha no bolso e rasgou o ar com a adaga. Ravyn se desvencilhou, mas não foi suficiente. Houve um som de rasgado, a lâmina cortando o couro e arrancando um filete de sangue do tronco de Ravyn.

Hauth soltou uma exclamação triunfante.

— Ravyn Yew, o intocável, sangra finalmente.

Ravyn se virou, apoiado na ponta dos pés. Pôs a mão no bolso, pegou a Carta do Espelho. Desapareceu.

Hauth rangeu os dentes.

— Covarde!

Se achava que eu jogaria limpo depois de tudo o que você fez, disse Ravyn na cabeça do primo, *você é um otário.*

Hauth empalideceu e trocou a adaga pela espada.

— Uma Carta do Pesadelo? Roubou na estrada também, bandoleiro?

Ravyn riu, a passos leves. *Desta vez, não. Esta Carta, eu herdei.* Ele ressurgiu na frente de Hauth e lhe meteu um soco no queixo. Hauth caiu no chão com um baque e rolou para o lado, escapando da bota de Ravyn. Ele era veloz — com o Cavalo Preto, seus movimentos eram um borrão.

Veloz, porém previsível. Hauth rasgou o ar com a espada. Antes que pudesse mirar outro ataque, Ravyn diminuiu a distância entre eles. Pegou o braço em movimento de Hauth e o torceu para trás.

Hauth grunhiu e largou a espada.

Ravyn encostou a adaga no pescoço do primo.

— Isto acaba hoje. Eu, você e o Baralho.

Os olhos verdes e frios gelaram ainda mais.

— Senão o quê? Qualquer dano que você me cause será desfeito pela Donzela. Eu apunhalei o coração de Ione Hawthorn e a vi sangrar até não poder mais... e ela ainda sobreviveu. Escondi minha Carta da Donzela nas profundezas do cofre de Stone, Ravyn. Você não pode me matar.

Hauth avançou, pressionando o pescoço na adaga de Ravyn até cortar a pele. O sangue escorreu da ferida, mas Hauth sequer vacilou — ele atropelou Ravyn com a força de um cavalo furioso.

Ravyn arrastava os pés pela neve enquanto Hauth o socava sem parar, uma e outra vez, impulsionado pela força implacável do Cavalo Preto. As costelas de Ravyn absorviam o ataque. Elas só iam se dobrando, dobrando...

Até que se quebraram.

Ele gemeu, pegou Hauth pelo pescoço e o arremessou na neve. Encurralando o primo no chão, Ravyn o arrasou com uma década de rancor. Ele acumulara a raiva, orando para chegar o dia de liberá-la. E assim ele bateu e bateu em Hauth, sempre de punho fechado. Um soco por matar o rei. Dois por contar a Orithe Willow da infecção de Ravyn quando menino. Três por fazer o mesmo quando Emory adoeceu. Quatro pela linhagem dos Rowan e pela violência hedionda que Brutus Rowan comandara. Dez por Elm.

E, pelo que Hauth fizera com Elspeth, Ravyn pegou a adaga de punho de marfim e a enfiou nas entranhas do primo.

Hauth tossiu, o rosto marcado por uma dor breve. Ele era um desastre de sangue e cuspe, mas seus olhos continuavam frios.

— Você virá comigo para a câmara — rosnou Ravyn. — Inteiro ou despedaçado.

— Diz o homem que sequer consegue usar a Foice — disse Hauth, e cuspiu no rosto dele. — Quer me controlar, Ravyn? Pois *me obrigue*.

Com os dedos ardendo, quebrados e latejando, Ravyn meteu as mãos no gibão do primo. Sentiu veludo e puxou com força.

Todas as Cartas que Hauth roubara da câmara se espalharam e caíram na neve. Ovo Dourado. Profeta. Águia Branca. Portão de Ferro. Poço. Cálice.

Ravyn as ignorou. Procurava apenas a Foice de Hauth. Ele segurou a Carta vermelho-sangue entre as mãos.

Mas as Cartas da Providência são eternas, dissera ele à Alma do Bosque. *A magia não esgota. Elas não ficam gastas com o tempo. Elas são indestrutíveis. Foi o que o Rei Pastor declarou.*

E ele, como você, certamente é mentiroso.

— Posso até não consegui usar a Foice — disse Ravyn —, mas consigo destruí-la.

Ele inspirou fundo, rangeu os dentes...

E rasgou ao meio a temível Carta vermelha.

Hauth ficou boquiaberto frente aos pedaços vermelhos flutuando no ar. A Foice caiu no chão, reduzida a mero papel e veludo.

Um sorriso nasceu no rosto de Ravyn. Ele gargalhou, o triunfo tomando as veias.

Até a dor penetrar seu tronco.

A gargalhada esmoreceu. Quando olhou para baixo, uma adaga cerimonial estava enfiada entre suas costelas. Ele estranhou a facilidade com que a lâmina entrou na pele até o punho. Como se ele também fosse mero papel — frágil como as asas de uma borboleta.

Estranhou ainda mais que a ferida fosse no mesmo ponto que Brutus Rowan esfaqueara o Rei Pastor, quinhentos anos antes.

O sangue escorreu pela neve. Ravyn se encolheu. Caiu.

Hauth o empurrou e se levantou. Seus machucados já sarando. Então se curvou, revirando os bolsos de Ravyn. Tirou dali as Cartas dele: o Pesadelo e o Espelho. Deu um sorriso, então recolheu as outras Cartas da Providência, espalhadas pela neve como cacos de vitral.

— Que pena que a Donzela não funciona com você, primo.

Quando Hauth se ergueu acima de Ravyn, estava outra vez incólume. Brutal, perfeito. Um verdadeiro rei Rowan.

— Sempre tive esperança de ser eu a matá-lo — declarou, e então bateu três vezes no Espelho de Ravyn.

E desapareceu.

CAPÍTULO QUARENTA E SETE
ELSPETH

Eu não enxergava Ione, mas as Cartas dela brilhavam nas trevas do bosque. Luzes rosa, vermelha e verde-folha emanavam de minha prima, então eu sabia que ela havia saído do prado e tomado o caminho das árvores, indo buscar o cavalo de Elm onde o deixara. Eu sabia que ela estava montada. Que vinha naquela direção, bem como o pesadelo planejara.

Ele se agachou no chão e virou a cabeça de um lado a outro, estalando as juntas do pescoço. Segurando a espada com a mão frouxa, tinha parado de mexer as árvores depois de falarmos com Ravyn. Sua tarefa, autoimposta, era a mesma que passara séculos treinando.

Ele esperou.

Esperou enquanto Ione e Ravyn confrontavam Hauth. Esperou Jespyr e Petyr se esgueirarem discretamente pelas sombras. Mesmo ao guiar as árvores pela campina, continuava esperando. Esperando.

Pela chegada dos Corcéis.

Eu, porém, não tinha o mesmo treino na arte da imobilidade. Minha mente batia em um ritmo regular, não um sino, mas um cântico. *Meia-noite. Meia-noite. Meia-noite.*

Quieta, ralhou o Pesadelo. *Sinto sua preocupação até nos meus dentes.*

Não tem jeito. Soltei um suspiro demorado, que não me acalmou em nada. *Vocês têm tão pouco tempo.*

Foi então que os ouvi. Passos. Vários pares, todos correndo.

Ione cavalgava ruidosamente, costurando pelo bosque. Os Corcéis atrás dela eram muito mais discretos, mais difíceis de se localizar. Mas não impossíveis.

O Pesadelo apertou a espada e a bateu na terra, a árvore que lhe nomeava escapando da boca sibilante.

— Taxus.

Rei Pastor, veio o coro em resposta.

— Quantos Corcéis há no bosque?

Chegam os Cavalos Pretos, em um grupo de oito. Convergem na Donzela, em encalço afoito. Guie o bosque à vontade, aos círculos, atenção. Para caçar a guarda real, derrube todos no chão.

O Pesadelo se empertigou. Com veias escuras de magia, balançou a espada no ar. O bosque tremeu e voltou a se mexer. Terra, bruma e neve embaçavam a vista, então ele fechou os olhos, satisfeito com os ruídos da mata.

Eu escutei com ele. Ouvi o rangido das árvores, o retumbar de raízes se espalhando até os Corcéis. Ouvi o casco do cavalo de Ione. E, mais alto, ecoaram as vozes dos homens.

Os Corcéis estavam gritando. Berrando.

O Pesadelo abriu os olhos e Ione passou a galope. O cavalo relinchou, desviando das árvores em movimento. Ione manteve-se bem na montaria, virando o animal em círculos amplos pela mata. A cada volta, arrancava mais Corcéis das sombras, e o Pesadelo, com gestos da espada, os derrubava com o movimento das árvores.

Quando restavam apenas quatro Corcéis, Ione virou o cavalo e disparou outra vez na direção do Pesadelo. Um Corcel vinha tão perto que a ponta da espada cortou vários fios de cabelo da cauda do cavalo. Ele sacou uma faca e a arremessou em Ione. Porém, com um gesto da espada, o Pesadelo mandou as árvores derrubarem a faca do ar — e o Corcel também.

Ione cavalgou até se postar ao lado dele, então desmontou, apressada. Pôs a mão no bolso e pegou a luz vermelha ali dentro.

— Parem — mandou, arfando. — Parem, Corcéis.

Mais alto, Ione, falei na escuridão.

— Mais alto — ecoou o Pesadelo.

Ione fechou os olhos com força. Ao comandar a Foice pela terceira vez, sua voz mudou para um trovão mais alto do que o relinchar do cavalo ou o rumor dos Corcéis a caminho — mais alto até do que o próprio bosque.

— *Parem!*

O sal se alastrou por tudo. Chegou até a mim, embora a Foice não tivesse efeito no Pesadelo. Quando olhei pela janela, três Corcéis estavam parados, a poucos passos dali, detidos e imóveis.

A escuridão emanava de suas Cartas do Cavalo Preto. Sem se mexer, os Corcéis encaravam minha prima, com nojo inconfundível nos olhos.

Ione parou ao lado do Pesadelo. Então analisou os Corcéis, observando a estatura congelada e os olhares de ódio. Com a Foice e o comando trovejante, ela os dobrara à sua vontade.

Porém, bastou um sussurro fino como agulha para destruí-los. Ione se virou para o Pesadelo e olhou a espada.

— Pode ir.

A alegria dele inundou nossa treva compartilhada. Quando a espada do Pesadelo cantou pelo ar, os teixos responderam ao chamado. Com um impacto tão forte que escutei apenas um estalo terrível, os Corcéis foram derrubados e esmagados pelas raízes na neve, até não restar nada.

Soltei um suspiro trêmulo, e Ione fez uma careta. Uma gota de sangue pingou do nariz. Ela pôs a mão no bolso e soltou o poder da Foice.

— Foram todos?

O Pesadelo fechou os olhos, prestando atenção à mata.

— Bess... Ela viu isso tudo? Deve ter sido um horror.

O Pesadelo a ignorou e pigarreou para falar de novo com as árvores.

— Pode dizer para ela que peço desculpas pelo Equinócio? — perguntou Ione, coçando o rosto. — Fico enjoada só de pensar que brigamos justamente por causa do desgraçado do Hauth Rowan...

— Sabe, menina amarela, você sempre foi minha predileta. Mas se não ficar quieta e me deixar *escutar*, vou mandar as árvores amordaçarem você com um galho.

Ione hesitou, e eu dei um tapa no escuro. *Você vai morrer se for educado?*

Eu já morri. Mas vou, sim. Sem dúvida. Ele abriu um pouco os olhos. Deu uma olhadela em Ione.

— Elspeth está me dando bronca.

De início hesitante, e depois totalmente incerimonioso, um sorriso tomou a boca de minha prima. Ela não tinha como ver, claro, mas retribuí com um sorriso também. *Ah, dê um abraço nela.*

Largue de ser grotesca.

Um momento depois, o Pesadelo endireitou as costas. Então levou um dedo à boca, advertindo Ione a manter silêncio. Vozes soavam no bosque. Homens, gritando.

— Puta que pariu, Tyrn — xingou uma voz retumbante. — Pare de covardia. São só árvores.

Sobressaltei-me na cabeça do Pesadelo. *É a voz do meu pai.*

Veio uma resposta, arrogante e irônica.

— Só árvores? Qual foi a última vez que aquele matinho magrelo do seu quintal se soltou e enroscou galhos no seu pescoço, Spindle?

Meu sorriso se expandiu. Elm.

A terceira voz era do meu tio.

— Pelo menos o bosque não parece estar com raiva da gente, já é algu... ah, pelo amor da Alma, lá vem outro — disse ele, e uma tosse úmida ecoou pelas árvores. — Não aguento mais ver Corcéis mortos.

— Hum — disse Elm. — Eu discordo plenamente.

O Pesadelo revirou os olhos. Então bateu a espada no chão. O bosque se aquietou, a terra e a neve assentando.

Três silhuetas apareceram aos tropeços, como embarcações na tempestade. Navios naufragados, a julgar pelo estado deles. Estavam curvados, de mãos amarradas às costas. A pele estava sangrando, roxa, preta de necrose. Os três mancavam, sem exceção.

Ione perdeu o fôlego. Correu para a frente.

Deixe de ser tímido, briguei. *Vá cumprimentá-los.*

Quando Elm, meu pai e meu tio viram o Pesadelo e Ione a caminho, ficaram boquiabertos.

Primeiro, Tyrn avançou, aos tropeços. De mãos amarradas, conseguia encostar apenas o peito largo em Ione e no Pesadelo. Ele cheirava a suor, a sujeira e imundície.

— Ione — soluçou. — Elspeth. Me perdoem.

O Pesadelo chiou e se desvencilhou.

— Me largue, seu lixo traidor.

Pelo menos desamarre ele.

Resmungando, ele emprestou a espada para Ione, a mente tomada de desagrado. *Se eu tentar, posso acabar esfaqueando ele.*

Ione cortou as amarras do pai dela, e depois do meu. Erik Spindle tinha mais compostura do que Tyrn, por isso não tentou abraçar o Pesadelo. Todavia, fitou seus olhos amarelos.

— O que aconteceu com você, Elspeth?

— Explico depois — disse Elm, sem fôlego, enquanto Ione cortava suas amarras. Quando soltou as mãos, balançou os braços e olhou para minha prima, um rubor subindo pela pele machucada.

— Oi, Hawthorn.

O Pesadelo pegou a espada de volta e estalou os dedos na cara de Elm.

— Foco aqui, principezinho. O tempo está acabando. Cure tudo com a Donzela, e depois teremos que seguir para a câmara de pedra. Quantos Corcéis caídos vocês contaram no bosque?

Elm desviou o olhar de Ione.

— Que foi?

O Pesadelo rangeu os molares.

— Quantos...

— Quatro — disse meu pai. — Passamos por quatro Corcéis mortos.

Ione encontrou o olhar do Pesadelo, com a expressão assustada. Eu sabia no que ela estava pensando. Oito Corcéis a perseguiram ao bosque. Quatro estavam mortos no chão da mata, e três esmagados pelas árvores atrás de nós. Eram sete. Sete tinham caído.

Então o oitavo...

Ali!, berrei.

Ele estava a passos de distância, caminhando discretamente, armado com um arco. Mesmo de trás das sombras que emanavam do Cavalo Preto, eu o reconheci. Era o Corcel que me perseguira pela bruma no Dia da Feira, aquele cujo rosto o Pesadelo dilacerara. Royce Linden.

O Pesadelo bateu a espada no chão. Porém, antes que pudesse comandar as árvores, a flecha de Linden voou. Raspou o braço de Elm antes de afundar no músculo do ombro de Ione.

Ela cambaleou para trás.

O Pesadelo pulou ao mesmo tempo que Elm. Linden girou, soltou outra flecha. O Pesadelo a aparou no ar e continuou a correr. Linden largou o arco e sacou duas facas. Porém, os passos do Pesadelo eram tão ágeis, tão treinados e furiosos, que, quando chegou a Linden — corpo e lâminas em colisão —, sua força implacável derrubou o Corcel para trás.

Linden bateu a cabeça nas raízes. Então ergueu o rosto, inundado de ódio. O Pesadelo inspirou fundo, preparou a espada...

— Me dê isto aí — disse Elm, e arrancou a espada das mãos dele. Com o cabelo castanho-avermelhado na frente dos olhos, posicionou a arma sobre o peito de Linden e falou entre os dentes: — Você já conhece o discurso, filho da puta. Tenha cuidado. Tenha atenção. Tenha reverência.

Fechei os olhos. Quando os abri, um golpe fatal fora desferido no peito de Linden. Sangue jorrava no chão da floresta. O Corcel fechou os olhos, arfando por um mero momento antes de o sono eterno convocá-lo pelo véu.

Elm o olhou por mais um segundo antes de virar as costas. Então devolveu a espada ao Pesadelo e teve o bom senso de demonstrar contrição.

— Eu estava cumprindo uma promessa.

Quando ele e o Pesadelo voltaram a Ione, a flecha do ombro dela estava no chão, a ferida já curada. Com a Carta da Donzela na mão, ela bateu o pé, fitando Elm com os olhos cor de mel.

— Foi um certo exagero.

Ele soltou uma gargalhada entrecortada, e avançou para ela. Pegou o rosto de Ione com as duas mãos e se curvou, encostando a boca na dela e a beijando com fervor.

— Desculpe. Eu deveria ter ido com você. Não sou nada esperto. Desculpa, desculpa.

Eu e o Pesadelo ficamos olhando. *Pelo visto perdemos algo bem importante*, comentei.

Felizmente.

Meu tio e meu pai desviaram os olhos, vermelhos. Quando Ione conseguiu se soltar de Elm, um pouco atordoada, passou a Donzela para ele. Elm tocou a Carta e soltou um suspiro de alívio quando as feridas — os cortes, os hematomas e as partes pretas de pele necrosada — sararam até não deixar rastro.

Meu pai e meu tio fizeram o mesmo. Senti meu próprio alívio ao vê-los recuperados. Porém, o cântico em minha mente voltou, mais alto do que antes. *Meia-noite. Meia-noite. Meia-noite.* Pigarreei e falei com o Pesadelo. *Obrigada. Eles estão vivos por sua causa. E agora...*

Temos que pegar as Cartas e encontrar Ravyn na câmara. Porém, bem quando pronunciou aquelas palavras, ele tensionou os ombros. O Pesadelo olhou para o bosque e eu vi o que ele pressentia. Uma luz piscando na nossa visão compartilhada. Uma revoada de cor.

Havia Cartas da Providência no bosque. Contudo, elas não estavam indo em direção à câmara de pedra, e, sim, no sentido oposto. E rápido.

Gritei no vazio. *Ravyn?*

Sem resposta.

Meu coração murchou. *Tem alguma coisa errada.*

O Pesadelo pôs a mão no ombro de Ione.

— Leve a Donzela, a Foice e os Amieiros Gêmeos à câmara de pedra — disse, e olhou para Elm. — Ainda tenho planos para você.

Ele saiu correndo. Não no sentido das luzes, mas do castelo Yew. *Mais rápido*, gritei em meio ao tambor de seu peito. *Corra mais rápido.*

Ele disparou pelo bosque até chegar ao prado. A neve decorava a grama inteira, mas não estava branca.

Estava vermelha.

Ravyn estava de barriga para cima, uma das mãos pressionando o tronco, a pele, normalmente bronzeada, tinha o tom das cinzas. Estava de olhos abertos, vidrados, e respirava em um ritmo acelerado, irregular.

Sangue. Na neve, nas roupas, no rosto e nas mãos. Tanto sangue.

O Pesadelo soltou um rosnado bestial. E eu vi o que ele estava olhando. A empunhadura de uma adaga — enfiada nas costelas de Ravyn.

Gritei.

O Pesadelo caiu de joelhos ao lado de Ravyn.

— *Não* — disse, segurando a mão trêmula dele. — Não arranque a faca. Está estancando o sangue.

Ravyn pestanejou, ergueu os olhos vidrados. Disse meu nome, um sussurro, só nosso.

— Elspeth.
Eu me debati nas trevas, no vazio, tentando alcançá-lo. Minha consciência oscilava tanto que o Pesadelo começou a tremer.
— Hauth Rowan? — veio a pergunta virulenta.
Ravyn conseguiu assentir.
— Meu Espelho, as Cartas, ele...
— Vou encontrá-lo.
Ravyn fez uma careta, tentando se concentrar.
— Elspeth — repetiu. — Diga para Elspeth não me odiar.
Algo se fraturou na sala escura que eu ocupava.
As mãos do Pesadelo tremeram no cabo da espada. Implacável, do alto de seus quinhentos anos, ele olhou para Ravyn, seu descendente perdido, e vociferou:
— Eu queria uma Blunder melhor para ela. Se você morrer, essa Blunder nunca existirá.
— Não pode existir até o Baralho estar reunido — grunhiu Ravyn, com sangue na boca. — Só você enxerga minhas Cartas. Encontre Hauth. Acabe com isso do jeito que gostaria, Taxus. Eu ficarei bem.
Ruídos de estalos — de ossos e dentes — encheram minha sala escura. E eu percebi que o que estava se fraturando, se despedaçando em mil cacos afiados, era eu. *Não pode acabar assim.*
O Pesadelo rangeu os dentes.
— Eu voltarei — disse ele, para mim, para Ravyn, para si.
— Quanto tempo você aguenta?
— Eu me atrasei dez minutos para voltar ao Paço Spindle — disse Ravyn, e um fio invisível repuxou o cantinho de sua boca antes de a dor roubá-lo de volta. — Me atrasarei dez minutos para atravessar o véu.
Eu não ia permitir que ele partisse. Não dava. *Não, não, não...*
Mas o Pesadelo já estava correndo. Mais rápido do que eu jamais o sentira. A espada cantava ao cortar o ar frio do Solstício. Ele desembestou pelo prado e nos arremessou no bosque.

Não demoramos para encontrar Hauth. Ele brilhava de cores, com o Baralho quase inteiro no bolso. Tinha desfeito o poder do Espelho, deixando de ser invisível. Vi suas costas largas, seus braços acelerados.

O Pesadelo parou de correr e se agachou, aproximando a espada do chão. Então a bateu três vezes na terra dura, *clique, clique, clique*. Revirou os olhos, e a escuridão apagou nossa vista compartilhada. O espaço ao meu redor cresceu, como se eu e o Pesadelo estivéssemos em expansão. Eu não o via, mas sabia que o Rei Pastor de armadura dourada estava conosco. Pois ele era o Pesadelo, e o Pesadelo era o rei, e eu era os dois.

A magia fez arder nos nossos braços, poderosa, vingativa e furiosa.

Olhamos para o bosque, identificando Hauth Rowan, e pronunciamos o nome do nosso rebanho.

— Taxus — dissemos, um chamado demorado e áspero.

A terra respondeu em um estrondo retumbante, os teixos despertos — em movimento. As raízes brotaram do chão, rasgando a mata e perseguindo Hauth.

Ele se virou para trás, arregalando os olhos. Com outro tremor clamoroso da terra, Hauth gritou e caiu. Os teixos o cercaram. Movimentamos a espada em arcos complexos pelo ar, jogando redes e mexendo galhos e raízes para detê-lo em cada momento.

As árvores pegaram Hauth pela barriga. Ele gritou, xingou, agitou a espada. Porém, os galhos o apertaram mais forte, amarrando os tornozelos e pulsos até que, prensado de costas contra um tronco nodoso, Hauth não conseguia mais se mexer.

Nós nos erguemos, eretos, Rei Pastor, Pesadelo e eu. Quando avançamos, a floresta se aquietou por nós.

— Você não deveria ter fugido no meu bosque, Hauth Rowan — sibilou o Pesadelo. — Seus Corcéis encontraram seu fim aqui. E o mesmo se dará para você.

Hauth forçou a vista e me reconheceu. Cuspiu meu nome como uma praga.

— Spindle. Ou agora usa outro título? — perguntou, e a linha fina de sua boca tremeu. — Como anda Ravyn?

A mão do Pesadelo encontrou o pescoço de Hauth, como fizera no Paço Spindle. Desta vez, porém, a sede de sangue não era só dele; era minha também.

Gritei no escuro. O Pesadelo abriu a boca e meu grito virou dele, um som horrendo de desespero, ódio e ira tão absolutos que sacudiu as árvores, abafou a arrogância no rosto de Hauth e o pintou de pavor.

E de repente não era para Hauth que olhávamos — mas para outro homem de olhos verdes e astutos. Brutus Rowan.

O Pesadelo, Taxus e eu falamos em um sussurro baixo, ameaçador:

— Houve uma época em que teixos e sorveiras, Yew e Rowan, cresciam juntos no bosque. Falavam em rimas delicadas, murmuravam histórias de equilíbrio e da Alma do Bosque. Da magia. Mas o tempo corrói como o sal. Como a podridão. E agora as raízes da sorveira vivem manchadas de sangue, e o teixo se contorceu até ficar irreconhecível. Somos monstros, nós dois.

Brutus Rowan franziu a testa. Quando pestanejei, o rosto voltou a ser de Hauth.

— É o necessário — veio a resposta ácida — para ser rei de Blunder.

O Pesadelo finalmente soltou o pescoço dele. Com um gesto da espada, as árvores que prendiam Hauth começaram a se mexer. E então elas o arrastaram pela floresta, seguindo a atração da espada do Pesadelo, que caminhava na dianteira.

As árvores chegaram ao limite do bosque. Avultaram frente à câmara de pedra que o Rei Pastor construíra para a Alma do Bosque. Então ergueram Hauth por um momento acima do telhado apodrecido...

E o largaram.

Hauth caiu com estrondo dentro da sala. Quando bateu as costas na pedra, soltou um gemido desagradável e se debateu, largado como uma oferenda no altar.

O Pesadelo entrou na câmara pela janela. *Meia-noite?*, perguntou aos teixos.

A meros minutos.

O sal inundou o ar e a bruma nos envolveu, uma onda fria prateada, a maré virando. Hauth tentava se levantar, nove Cartas da Providência caindo do seu bolso no chão da câmara, um mural de cores vívidas na sala escura. Pesadelo. Espelho. Portão de Ferro. Poço. Cálice. Águia Branca. Profeta. Ovo Dourado. Cavalo Preto.

Hauth se arrastou até a parede da câmara. A coroa caiu. Ele a pegou e a pôs de volta na cabeça, e aí tropeçou em outra coroa ali, no chão de terra. Uma tiara de galhos de teixo, em vez da sorveira.

A coroa do Rei Pastor.

O pesadelo a pegou e a deixou na pedra onde forjara as Cartas, onde seus filhos morreram — no lugar que se tornara seu túmulo. Não restava tempo, tempo algum. Ainda assim, guardando a janela da câmara e prendendo Hauth lá dentro, ele esperou.

Meia-noite, insisti. *Ravyn!*

E ele esperou.

Esperou.

Esperou.

Enfim, como seda de aranha, a voz dele se espalhou pela câmara.

— Você é o último Rowan — disse. — O fim de sua linhagem. Saiba disso antes de a Alma carregá-lo para apodrecer.

— Você está equivocado — respondeu Hauth, transbordando de desdém. As árvores tinham arrancado suas armas, então ele cerrava os punhos. — Você pode até achar fácil matar meu irmão, mas *este* Rowan vai ser difícil de derrubar, Rei Pastor.

O Pesadelo gargalhou, cruel e infinito.

— Seu tolo. Não matarei seu irmão — disse, abrindo os braços em convite, em promessa. — Vou coroá-lo.

Ele olhou para trás, de novo à espera.

— Nem Rowan, nem Yew, mas algo entre os dois. Uma árvore pálida no inverno, nem vermelha, nem dourada, nem verde depois. Preto esconde o sangue, mas lava o reino inteiro. Primeiro de seu nome, Elm, o rei do ulmeiro.

Então eu as vi. Em meio às sombras, brilharam três luzes. Vermelho, rosa e verde-floresta. O Pesadelo deu um passo para o lado, e as luzes se aproximaram.

Elm e Ione entraram na câmara, com as últimas Cartas do Baralho — Foice, Donzela e Amieiros Gêmeos —, todas na mão de Ione. Nenhum deles usava a Donzela, mas, para mim, de tão belos, chegavam a ser assustadores. Elm olhou de Hauth para o Pesadelo, semicerrando os olhos verdes.

— Sabe o que fazer? — perguntou o Pesadelo.

Elm confirmou.

O Pesadelo pegou a mão de Elm e encaixou nela o punho da espada.

— Então é seu. É todo seu.

Elm pegou a espada. Fitou os olhos do Pesadelo.

— Não vai ficar?

— Tenho que voltar — disse ele, e olhou uma última vez para as luzes brilhantes das Cartas da Providência pelas quais vivera, sangrara, morrera. — Estão me esperando.

Ele saiu da câmara.

CAPÍTULO QUARENTA E OITO
ELM

Enquanto os dois corriam até a câmara de pedra, Ione explicara a Elm o que viria a seguir. Agora Elm encarava Hauth, os dois equilibrados. Um o caçador, e o outro a raposa tão cansada de ser caçada que forjara a própria armadilha.

A espada do Rei Pastor cabia perfeitamente na mão de Elm, o punho gravado estampando os sulcos de sua pele. Fora feita para um homem alto, uma arma de maior alcance do que a espada de Corcel de Elm. Ele a estendeu, a ponta quase na pedra entre ele e o irmão.

— Esse Rei Pastor é um homem esperto — murmurou. — Estranho, mas esperto. Muito mais do que eu — disse, franzindo as sobrancelhas para Hauth. — E certamente muito mais do que você.

Hauth não disse nada, indecifrável, intocável.

Elm avançou um passo. Aprumou os ombros.

— Antes, eu não estava pronto. Mas agora estou.

— Para quê?

— Para ser rei de Blunder.

— Para mudar as coisas — disse Ione ao seu lado.

Olhos cor de esmeralda fitaram Elm e Ione. Hauth olhou de relance para as Cartas da Providência na mão de Ione, e depois para o restante delas, espalhado no chão. Uma gargalhada grave, fria, brotou de sua boca.

— Vocês acham que vão reunir o Baralho? Daqui a pouco será meia-noite... isso se já não tiver passado. Para alguém tão esperto, o Rei Pastor se esqueceu de um detalhe bem importante. Ninguém aqui está *infectado*.

Ione se abaixou e recolheu as Cartas da Providência caídas. Elm se manteve de pé acima dela, apontando a espada para o pescoço do irmão. Uma a uma, Ione foi posicionando as Cartas na pedra no centro da câmara, perto da coroa dourada.

— Por enquanto.

Quando acrescentou a Foice ao Baralho, ela tensionou o maxilar.

— Você usou esta Carta para muitas coisas terríveis, Hauth. E não foi só comigo ou com Elm — disse, encostando um dedo nela. — A primeira vez que realmente entendi quem você era, foi quando usou a Foice para mandar pessoas adentrarem a bruma sem amuleto.

Hauth rosnou.

— Qualquer história que aquele monstro contou... ele estava enganado — disse, encostando na coroa em sua cabeça. — Prefiro morrer a abrir mão disso. E será impossível, irmão, pois eu tenho a Donzela. *Eu não posso morrer.*

Ele avançou para Elm e agarrou a espada do Rei Pastor pela lâmina. O sangue danou a escorrer pelos seus dedos. E então ele esticou a outra mão, esticou e esticou, até apertar o pescoço de Elm.

Elm sentiu a força conhecida do toque bruto do irmão. Era a primeira vez na vida que não se encolhia ao senti-la. Continuou a sustentar a espada e, com a outra mão, pegou o punho de Hauth, tateando em busca da pulseira de crina que sabia estar ali. Elm olhou bem nos olhos verdes do irmão. Sorriu.

E arrancou o amuleto.

Hauth arregalou os olhos. Abriu a boca para praguejar... para gritar...

A bruma o invadiu.

Tão forte que chegava a arder, o sal se acumulando na câmara, envolvendo Hauth por inteiro. Ele começou a se sacudir, passou as mãos no rosto, na boca e no nariz, como se pudesse arrancar a bruma de dentro de si. Ele ainda era belo — a bruma não fizera nada para apagar o domínio que a Donzela tinha sobre seu corpo...

Mas a Alma agarrara seus pensamentos. Cravara seus dentes nele. Os olhos de Hauth ficaram vidrados e, depois, injetados. Ele caiu, agachado na pedra, no coração da câmara, se contorcendo, uivando e cobrindo as orelhas com as mãos, como se não quisesse escutar algo que só ele ouvia.

Quando começou a esfregar os braços, rasgando as mangas, as veias estavam da cor da tinta. A infecção o cobriu em uma maré de sal, incontida. Sombria, mágica e derradeira.

Elm recuou. Quando bateu as costas no peito de Ione, ela o abraçou. Elm ficou vendo o irmão se contorcer na bruma. Sua pena jamais esqueceria aquela imagem. Porém, ele queria assistir. Precisava se lembrar dela.

— Me ajude — murmurou para Ione.

Ela cobriu a mão dele com a dela, os dois sustentando o peso da espada do Rei Pastor. Respiraram fundo ao mesmo tempo. Então, por cima do Baralho, encostaram a ponta da espada no peito de Hauth — no mesmo lugar que ele apunhalara Ione.

E empurraram.

Ele mal pareceu perceber quando a espada atravessou seu coração. A bruma, a Donzela, a educação na dor, tinham roubado algo vital de Hauth Rowan. Quando seu sangue derramou, primeiro devagar, e então num jorro, bem sobre Baralho de Cartas da Providência, saturando o veludo antigo, Elm rangeu os dentes. Prendeu o fôlego.

Por um momento terrível, nada aconteceu. Até que, uma a uma, as Cartas da Providência foram desaparecendo.

Hauth ainda se debatia. A Donzela começava a curá-lo, a carne se fechando ao redor da espada no peito. Porém, ele seguia perdido.

— Não! — urrava. — Não, eu não vou!

Ione começou a tremer. Porém, continuava a segurar firme na espada — em Elm.

Arfando violentamente, de repente Hauth ficou paralisado, revirou os olhos até não serem mais verdes, apenas brancos, marcados por veias vermelhas.

Quando a bruma começou a se retirar da câmara, arrastou Hauth consigo. Ele arrancou o corpo da espada e passou por Elm e Ione aos tropeços — daí se jogou da janela. Sem um som, sem uma última palavra, o rei de Blunder sumiu, desapareceu, a última vítima da bruma e da armadilha voraz da Alma do Bosque.

Dele restou apenas a coroa caída, uma tiara dourada de galhos torcidos de sorveira, largada no túmulo do Rei Pastor.

Quando Elm e Ione olharam para a pedra ensanguentada no centro do cômodo, o Baralho não estava mais lá. Em seu lugar, se abrira uma fenda. Nela, restava uma única Carta da Providência, ainda desconhecida.

A voz de Ione falhou, as lágrimas escorrendo.

— Conseguimos.

O luar encheu a câmara, entrando pelo telhado desabado. Elm olhou para cima. Sentiu o coração expandir. O céu noturno invernal, livre de bruma, tinha uma cor cujo nome ele sequer conhecia. Lua, estrelas, tudo brilhava tanto que o deixava sem fôlego, o mundo que os cercava limpo de deslustre.

Ione o abraçou com força e ergueu o olhar para o céu.

— Que lindo.

Elm levou a mão de Ione à boca. Tinha certeza de que a Alma do Bosque não interferia na vida comum dos homens. Porém, naquele momento, quando, após quinhentos anos, a bruma finalmente se dissipou e ele se tornou rei, Elm olhou para o céu noturno. Abraçou Ione Hawthorn. Soube, em todas as suas partes podres e quebradas, que tudo em sua vida levara àquele instante, como se já traçado nas linhas das árvores. Um círculo torto e maravilhoso, com seu nome escrito bem no centro.

Antes de sair com Ione da câmara, ele pegou a Carta sobre a pedra e a guardou no bolso. Quando pisaram na campina, as piras já tinham acabado de queimar. Fazia silêncio, o mundo ao redor suave e imaculado.

Exceto por um rastro de sangue que levava ao castelo.

CAPÍTULO QUARENTA E NOVE
RAVYN

Onde quer que Ravyn estivesse, era barulhento demais para ser o outro lado do véu. A morte deveria ser tranquila, como pegar no sono. E aquilo...

Aquilo era agonia.

Ele se arrastara pela neve até o castelo Yew, deixando sangue no encalço. A dor no tronco queimava e, por um momento, sua visão se apagou e ele caiu desacordado. Quando abriu os olhos, mãos o tocavam, e vozes roucas chamavam de cima.

Ele foi erguido, carregado.

— Caralho, como você é pesado.

O pescoço de Ravyn balançou, a cabeça arrastada na neve, na pedra. Sentiu mãos pegando, puxando. Ravyn pestanejou, sombras dançando nos olhos.

Petyr o segurava pelos ombros e andava de ré, conduzindo os outros — Jon Thistle, Fenir e Morette — pelo castelo.

— Não morra aqui — advertiu.

A adaga de Hauth ainda estava cravada em Ravyn, brotando dele como um galho morto e venenoso. A mão dele tremia no punho.

— Deixe aí — ordenou Morette, carregando o peso das pernas.

Ravyn tentou falar, mas a mandíbula estava presa em uma gaiola de ferro, os dentes fazendo força contra a dor. As palavras saíram em um grunhido abafado.

— Bote ele na mesa — disse Fenir, arfando.

Ravyn olhou para o teto. Abobadado, com teias de aranha teimosas nos cantos. O salão do castelo Yew.

Ele só conseguia pensar que estava sangrando na mesa onde os pais tomavam café.

— Onde Filick guarda os remédios? — perguntou Morette.

— Vou buscar — disse Jon Thistle, derrubando cadeiras ao sair aos tropeços do salão.

Os irmãos de Ravyn apareceram ao seu lado. Jespyr perdeu o fôlego quando viu a ferida, e ali perdeu o tiquinho de cor que lhe restava.

— Ah, não.

Emory sentou-se à mesa, apoiou a cabeça no peito de Ravyn.

— Ainda não, Ravyn — disse, respirando devagar, irregular. — Ainda não.

Ravyn fechou os olhos, lágrimas escorrendo pelos cantinhos. Thistle voltou, a voz retumbante ecoando pelo salão.

— Tenho ataduras, suturas, bálsamos e... sabe-se lá que tipo de tintura é essa, tem um fedor terrível.

Ele largou os materiais na mesa e a reverberação do impacto disparou um choque de dor pelo tronco de Ravyn.

Jespyr soltou um palavrão, desenrolando as ataduras com as mãos trêmulas.

— O que... o que fazemos? Se tirarmos a faca...

— Ele vai sangrar rapidamente — respondeu Morette, com a voz dura.

Eles se puseram a discutir um meio de salvá-lo. E, ao passo que as vozes soavam mais altas, mais agudas de pânico, Ravyn perdia e recobrava a consciência. Queria pedir a alguém para acender a lareira. Estava congelando. Porém, doía demais falar, respirar, sequer piscar. Ele manteve o olhar fixo no teto e, a cada segundo que passava, o salão ia ficando mais frio. Mais escuro.

Sombras o envolveram, chamando seu nome.

Ravyn Yew.

Ravyn Yew.
— Ravyn Yew!
Todos pararam o que faziam. A voz chamou de novo, desta vez mais alta.
— *Ravyn Yew!*
A porta do salão foi escancarada com tamanha violência que arrebentou uma dobradiça. Por um momento, Ravyn não viu nada além de uma silhueta sombria e ameaçadora. A silhueta avançou, empurrou Fenir e se debruçou sobre Ravyn.
Olhos amarelos.
— Taxus — murmurou Ravyn.
O Pesadelo suspirou, de narinas bem abertas.
— Então ainda está vivo.
— Por pouco — veio a voz fina de Morette.
— Ele perdeu muito sangue — sussurrou Petyr.
— Ele está com frio — disse o Pesadelo, e olhou para o outro lado do salão. — Acendam a lareira.
Jespyr encostou a mão no peito de Ravyn.
— O que você vai fazer?
O Pesadelo a ignorou. Estava ocupado com uma conversa separada — consigo mesmo.
— Eu sei, Elspeth. Gritar comigo não vai ajudar.
Ele voltou a olhar para Jespyr.
— Perdeu a cabeça no bosque do amieiro, Jespyr Yew? *Acenda a lareira.*
Jespyr correu para acender.
— Você aí — chamou o Pesadelo, estalando os dedos para Jon Thistle —, corte a túnica dele.
Ele arregaçou as mangas e acrescentou:
— Vou precisar que vocês me ajudem a segurá-lo.
— Do que você precisa?
— Só a magia vai salvá-lo agora.
Morette e Fenir se entreolharam.

— Ravyn não pode usar a maioria das Cartas da Providência.
— Sei disso muito bem.
— Então que magia é essa?

O Pesadelo bateu as duas mãos na mesa, fazendo Ravyn se encolher.

— A culpa não é minha, Elspeth — resmungou baixinho —, por eu viver cercado de idiotas. — Ele se virou para Morette e Fenir. — A magia segue as famílias. Vocês têm outros dois filhos infectados, não têm?

Eles olharam para Jespyr, perto da lareira.

— Eu não... — gaguejou ela. — Não sei com que magia saí do bosque do amieiro.

— Pois vai descobrir — disse o Pesadelo.

Uma luz afastou algumas das sombras do salão. Madeira crepitou, quente. Enquanto isso, Thistle fazia o possível para não esbarrar na ferida de Ravyn enquanto cortava as roupas acima da cintura.

Ravyn deu um jeito de segurar o punho do Pesadelo. Então virou o rosto, vendo a luz do fogo refletida naqueles olhos amarelos e fantasmagóricos.

— O Baralho?

O rosto do Pesadelo era indecifrável.

— Logo saberemos.

— O fogo está aceso — disse Jespyr, da lareira. — E agora?

— Esquente as mãos. E venha cá.

Jespyr correu de volta à mesa num átimo.

— Ele está tão pálido.

— Vou arrancar a faca dele. E você, Tilly... — disse o Pesadelo, e mordeu a bochecha. — Jespyr. Ponha as mãos na ferida aberta. Vocês outros, segurem ele. Se uma besteira de nada feito um nariz quebrado deixou este rapaz um desastre, isto certamente será pior.

Jespyr ficou tensa ao lado de Ravyn.

— Você quer que eu... ponha as mãos na ferida dele?

As sombras ao redor de Ravyn iam ficando mais profundas, apesar do fogo. Ele voltava a sentir frio, a tremer. Nunca se sentira tão esgotado.

— Ouço o coração dele tropeçar — sussurrou Emory, a voz falhando. — Ele está partindo.

Ravyn soltou um grunhido baixo e se encolheu, outra onda de agonia disparando pelo corpo.

— Estou bem.

— Pelo amor das árvores, seu fingido idiota. — O Pesadelo apertou os pulsos de Jespyr e puxou as mãos dela para perto da adaga cravada em Ravyn. O pai dele e Thistle pegaram as pernas de Ravyn, e a mãe e Petyr, os ombros.

— Pronto — disse Morette.

— Pronto — ecoaram Fenir e Thistle.

O olhar do Pesadelo colidiu com o de Ravyn.

— Elspeth disse que está enjoada de você.

A voz dele soou fraca.

— Ela não disse nada disso.

— Não. Não disse mesmo — saíram as palavras da boca do Pesadelo, em um fio fino. — É hora de ser forte, Ravyn Yew. Seus dez minutos acabaram.

Ele arrancou a adaga do tronco de Ravyn e Jespyr fez pressão na ferida. Uma dor incomparável a qualquer coisa que Ravyn já sentira o invadiu.

O mundo se apagou.

Quando Ravyn acordou, não estava mais no salão, e sim no quarto, suando sob várias camadas de colchas. Ele tentou se sentar, mas um toque firme no peito o manteve deitado.

Ravyn ergueu o rosto e perdeu o fôlego, um nó subindo à garganta.

— Elm.

O primo o olhava de cima, as mechas castanhas descabeladas, um sorriso brincando no canto da boca.

— Agora quem é que está um horror?

Ravyn começou a rir, mas a dor disparou por seu corpo e cortou o som. Ele encostou a mão na lateral do tronco. Estava sem camisa, a barriga inteira envolta em camadas grossas de ataduras.

Ele se sentou rápido demais.

— Estou dormindo faz quanto tempo?

— Dois dias.

— E o Baralho... A bruma...

Elm abriu um sorriso largo. Foi até a janela do quarto de Ravyn e abriu as cortinas.

— Veja você mesmo.

Um céu azul alcançou o vidro embaçado. Ravyn perdeu o fôlego enquanto a luz do sol invadia o quarto. Ele nunca vira o mundo daquela cor. Amarelo. Caloroso. Promissor.

— É lindo, né?

Ravyn estava tonto, oco.

— Elm.

O primo ergueu o rosto.

— Perdão.

O sorriso de Elm murchou.

— Por quê?

— Eu nunca deveria ter deixado você em Stone — disse Ravyn, e engoliu o nó na garganta. — Eu sabia como você odiava estar lá, e ainda assim o abandonei.

Elm mal havia aberto a boca para responder e a porta foi escancarada. Jespyr soltou um gritinho e foi correndo até a cama de Ravyn.

— Ah, graças às árvores, achei que tivesse matado você — disse ela, e encostou na testa dele, mexeu nas ataduras. — Filick passou aqui para examiná-lo. Disse que foi um milagre você não ter morrido de hemorragia...

— Você está com o cotovelo na traqueia dele, sua tonta — disse Elm, puxando-a. — Imagine a humilhação de matá-lo depois de se gabar para todo mundo que salvou a vida dele.

— Que beleza, isso vindo de quem anda abanando aquela nova Carta da Providência na cara de todo mundo faz dois dias.

Eles então começaram a bater boca, uma melodia antiga e familiar. Ravyn mal deu ouvidos. Estava olhando para outra figura à porta. Uma silhueta empertigada, com luz nos olhos cinzentos e calor ruborizando a pele. Ravyn estendeu a mão.

— Venha cá, Emory.

Um sorriso torto repuxou a boca do menino. Ele se jogou na cama e caiu com tanta força em Ravyn que o deixou sem ar. Ravyn resmungou, bagunçando o cabelo escuro do irmão.

— Você melhorou.

— Melhorei. Três toques naquela Carta nova e olha só — disse Emory, e estendeu a mão até encostar a palma no rosto de Ravyn. — Posso encostar nas pessoas. Sem visões. Sem magia. Um nada esplêndido. Saudável pra caralho.

Jespyr fingiu choque.

— Emory. Você não pode falar assim na frente do *rei*.

Emory se levantou da cama em um pulo. Suspendeu a barra de uma saia invisível e fez uma reverência para Elm.

— Perdão, Sua Baixeza.

— É *Alteza*, seu...

Elm se calou. Ione Hawthorn passava pela porta, o cabelo loiro preso com uma fita branca, caindo pelos ombros. Ela se firmou no batente e se demorou ali.

— Que bom que melhorou, Ravyn — disse, e olhou para Jespyr, Emory e Elm. — Ignore a implicância. Eles andavam chorando por aí, só esperando você acordar.

Elm se recostou na parede ao lado de Ione e enroscou uma mecha de cabelo dela no dedo.

— "Chorando por aí" é um belo exagero.

Ela afastou a mão dele com um tapinha e seguiu caminho pelo corredor, mas não sem antes dirigir a Elm um olhar demorado que, mesmo naquela situação, Ravyn soube interpretar muito bem.

Ele esperou que ela saísse e abriu um sorriso para o primo.

— E aí, hein?

Elm mordeu o lábio inferior.

— Cala a boca.

Emory e Jespyr esconderam o riso e caíram na gargalhada quando Elm os empurrou para fora do quarto. Ele fechou a porta.

— Por mais que eu adore sua consciência culpada e dramática, Ravyn, não a desperdice comigo. Stone era meu lugar. Com Ione — disse, e se endireitou para tirar algo do bolso. — Eis a prova.

Ravyn olhou para o que ele mostrava: uma Carta da Providência jamais vista. Não tinha uma só cor, mas doze, iridescente como um vitral. Retratava um homem de olhos amarelos brilhantes, com uma coroa dourada de galhos de teixo torcidos. Acima dele, duas palavras.

O Pastor.

Os olhos de Ravyn arderam.

— Cadê ele?

— Foi buscar uma coisa em Stone. Ele já vai voltar — disse Elm, e fechou os dedos ao redor da Carta do Pastor. — Ele disse para só usarmos a carta para curar sua infecção depois que você falar com ele.

Ravyn aquiesceu. Os olhos dele começaram a pesar. Doía ficar acordado.

— Você vai ser um rei incrível, Elm. Nisto, todos concordamos. Até Taxus.

— Quem?

Ravyn fechou os olhos.

***

Quando os abriu de novo, era noite.

O luar adentrava a janela do quarto. A dor de onde Jespyr o curara já tinha passado, mas ele estava todo rígido. Ravyn sentou-se devagar, passou a mão no rosto e tossiu, a boca seca.

— Aqui — veio uma voz no canto do quarto.

Ravyn levou a mão ao cinto — que não estava usando.

— Pelo amor das árvores. Podia ter falado alguma coisa antes.

O Pesadelo entregou um copo d'água para Ravyn, que o bebeu em três goles.

— Veio fazer o que aqui?

— Esperar você acordar. Preciso mostrar uma coisa.

— O que é?

O Pesadelo hesitou, e o único som entre os dois vinha dele, aquele ranger de dentes. Enfim, devagar, ele tirou a mão de trás das costas. Nela, emoldurada em veludo vinho, estava uma Carta do Pesadelo.

Ravyn se endireitou.

O Pesadelo abaixou o pescoço, examinando a Carta em sua mão.

— As doze Cartas que uniram o Baralho desapareceram. O restante delas, espalhadas por Blunder, perduram. Esta é a única Carta do Pesadelo sobrevivente. Estava escondida em Stone, na biblioteca de Tyrn Hawthorn — disse, e passou um dedo pelo veludo, com um suspiro. — Faz muito tempo que não toco em uma Carta da Providência.

Ele fechou a mão, se virou para a porta e parou ali.

— Aceita me seguir bosque adentro uma última vez, Ravyn Yew?

Não era longe. Ravyn poderia ter feito o caminho até vendado. Quando chegaram à campina atrás do castelo Yew, a câmara do Rei Pastor estava banhada em luar. A brisa capturava e balançava os galhos dos teixos. Ravyn se perguntou se Tilly e as outras crianças estariam ali, bem do outro lado do véu, à espreita do pai. À espera, como sempre.

Ravyn precisava de ajuda para pular a janela. Ele suspirou, sibilando, e o Pesadelo ofereceu uma força e o puxou pelos braços.

Eles pararam juntos nas sombras, perto da pedra. Nela repousavam os antigos adornos de Aemmory Percyval Taxus e Brutus Rowan. Dourados, ensanguentados. Duas coroas retorcidas.

O Pesadelo olhou para o teto apodrecido e para o teixo mais acima.

— Você contará para sua família quem são de verdade? De quem são descendentes?

— Não sei.

— Talvez tema que eles se vejam de outro modo.

— Talvez.

A risada do Pesadelo foi uma vibração. Uma melodia em tom menor.

— Elspeth pensou a mesma coisa. Que ninguém gostaria dela se visse quem, e o que, ela era de verdade.

— Eu gosto — disse Ravyn, sem hesitar. — Eu gosto dela.

— Eu sei — murmurou o Pesadelo, e rangeu os dentes, como se sua sinceridade para com Ravyn lhe custasse muito. — Pensei ser o pai que ela merecia. Que a carregaria por este mundo terrível e violento. Não me saí muito bem com meus próprios filhos e, quando despertei na mente jovem dela, a primeira coisa que senti, após quinhentos anos de fúria — disse, abaixando a voz —, foi fascínio. Quieto e suave. Lembrei-me da sensação de gostar de alguém.

— Ela me causou a mesma coisa.

O Pesadelo abaixou a cabeça, curvando as costas.

— Elspeth não será curada se tocar a Carta do Pastor.

Ravyn ficou paralisado.

— Ela tem que ser.

— A décima terceira Carta vai curar quem desejar ser curado da infecção. Permanentemente, como a Donzela cura também.

Não será limitada a um usuário por vez, nem haverá efeito colateral em seu uso prolongado — disse ele, rangendo os dentes com força, as palavras escapando entre os lábios. — Mas a magia de Elspeth é... estranha. Se encostar na Carta do Pastor, ela a absorverá. Todas as barganhas, todos os preços que paguei. As doze Cartas da Providência. — Ele balançou a cabeça e concluiu: — Ela não será curada.

As palavras dele rasgaram Ravyn por dentro. Ele se encolheu, respirando com dificuldade.

Um toque frio subiu por seu ombro. Ravyn estava cansado demais para se desvencilhar.

— Por favor. Eu não paguei o bastante? Não perdi partes de mim ao segui-lo bosque adentro? Foi por *ela* — disse ele, e voltou-se para aqueles olhos amarelos e ancestrais, lágrimas ameaçando cair. — Diga a verdade. Há algum modo de eu e Elspeth nos reencontrarmos deste lado do véu?

A resposta foi um silêncio frio, ensurdecedor.

Ravyn fechou os olhos com força e rangeu os dentes até a mandíbula travar. Sentiu que estava de volta na neve, sangrando com uma adaga nas costelas.

Enfim, leve como uma brisa fresca pelos galhos do teixo, o Pesadelo respondeu:

— Um só.

Ravyn abriu os olhos. O Pesadelo estava como em seu quarto: de mão estendida, palma aberta.

E nela, a Carta do Pesadelo.

— Destrua — murmurou. — Com o fim da última Carta do Pesadelo, minha alma desaparecerá. A degeneração dela não terá ao que se agarrar. Ela voltará. E eu... — disse, perdendo a voz. — Eu descansarei enfim.

Ravyn pegou a Carta do Pesadelo, as mãos tremendo.

— Se eu destruir isto, Elspeth voltará?

— Sim.

Algo cálido ardeu no alívio de Ravyn.

— Quer dizer que eu tinha como libertá-la desde o início?
O Pesadelo sorriu.
— Sim.
— Você não... Por que... — começou, e beliscou o nariz para engolir a ira. — Você não me ajuda a não o odiar.
— Eu tinha que juntar meu Baralho. Revisitar a história, reescrevê-la. Traçar um trajeto para você e para o principezinho, lhes dar o reinado que lhes é de direito.

O rei segurou a Carta que o nomeava apenas por mais um momento antes de soltá-la na mão de Ravyn, e acrescentou:
— E eu ainda não estava pronto para me despedir de Elspeth.

Ravyn esquadrinhou o monstro de perto. Ele não precisava fingir entender a conexão deles — de Elspeth e do Rei Pastor. Sabia que era profunda. Uma magia ancestral, apavorante.
— Mas agora está?
O Pesadelo assentiu.
— Ela atravessou o inferno comigo — disse, com a voz mais fria. — É hora de libertá-la.

Ravyn não se mexeu.
O Pesadelo se virou, a boca em uma linha rígida.
— Destrua, agora.
— Não quer se despedir?
— De você, pássaro tolo?
Ravyn cruzou os braços.
— Dela, parasita.

Os olhos amarelos arderam, cruéis, infinitos. Ravyn apertou a Carta do Pesadelo e saiu da câmara, com uma careta ao pular a janela.
— Adeus, Taxus. Tenha cuidado. Tenha atenção. Tenha reverência.

Ele aguardou no prado por dez minutos.
E então rasgou a Carta do Pesadelo.

CAPÍTULO CINQUENTA
ELSPETH

Lembranças se aglomeraram ao meu redor. Cantigas, enigmas, rimas.

O que sei só eu sei. São segredos profundos. Eu os escondo há tempo, e os esconderei deste mundo.

Que criatura é ele, com essa máscara inflexível? Capitão? Bandoleiro? Ou fera ainda indescritível?

Menina amarela, simples, tão humana.

Rowan, fruto da sorveira, é vermelho, vermelho infindo.

Você é jovem, e lhe falta coragem. Eu não hesito, aos quinhentos anos de idade.

O Pesadelo, sentado na pedra da câmara, olhava para o teto apodrecido. O mesmo lugar onde Aemmory Percyval Taxus vivera, sangrara, morrera. *Cá estamos, minha querida*, murmurou para mim. *O fim de tudo. A última página da nossa história.*

Tentei procurá-lo como antes, mas era eu, não ele, presa nas sombras. Desta vez, foi ele quem me procurou. *Saiba apenas que sinto muito, Elspeth.* A presença dele era uma carícia no meu rosto. *Passei tempo demais nas trevas. E por isso também sinto muito. Pois eu a arrastei comigo.*

Valeu tudo a pena, respondi. *Para reunir o Baralho e dissipar a bruma. Para ver você corrigir os erros do passado. Eu faria tudo de novo, apenas para conhecê-lo melhor, Taxus.*

Ele não disse nada, reticente em aceitar, mesmo depois de tudo, que ele era algo além de um monstro. *Não sei como será finalmente passar pelo véu*, sussurrou ele. *Espero que seja como onze anos atrás, quando você me libertou da Carta do Pesadelo, Elspeth Spindle. Tranquilo. Suave. Fascinante.*

Será, sim. Será bem assim.

Ele relaxou a mandíbula e respirou fundo.

Vou contar uma história, murmurei. *Sempre me ajudava a dormir quando criança.*

Ele fez que sim, cruzou as mãos no colo e fechou os olhos.

Era uma vez uma garota, reverente e atenta, que se embrenhou nas sombras da mata profunda e benta. Era uma vez também um Rei, determinado a pastorear, que reinava a magia e compôs o velho exemplar. Os dois se uniram, um do outro...

Não consegui continuar.

Elspeth.

Não. Não estou pronta. Ainda não.

Chegue ao fim da história, meu bem.

Minha voz tremeu. *Os dois se uniram...*

Uniram.

Um do outro igual.

A garota, sussurrou ele, mel, óleo e seda.

O Rei...

Dissemos juntos as últimas palavras, nossas vozes ecoando, arrastadas, pelas sombras. Uma última nota. Uma despedida eterna. *E o monstro que viraram ao final.*

EPÍLOGO

Eu me submeti ao Cálice *e a verdade foi declarada para toda Blunder. Hauth Rowan cometera regicídio, interrompendo o reinado de nosso rei, Quercus Rowan, que fora enterrado sob a árvore de seu nome em Stone. No Solstício, quando a bruma se dissipou por fim, Blunder deu início a um novo dia. Nossas fronteiras estão abertas, e os reinos para além da bruma são bem-vindos em nosso lar.*

Para todos os infectados que desejarem uma cura, busquem a Carta do Pastor no castelo Yew. Para todos os desterrados, Stone não é mais uma fortaleza, e sim um refúgio. Para todos que desejam permanecer como são, batizados pela febre, abençoados pela antiga magia, estarão a salvo.

Não vejamos O velho livro dos amieiros *como lei determinante. Em vez disso, valorizemos o livro pelo que é — a intrincada história de Blunder. Um livro do tempo, escrito por um homem que conhecia a magia como o próprio nome e se dobrou ao seu fluxo.*

Mas lembrem-se: embora a bruma tenha partido, a Alma do Bosque perdura, atenta e avaliadora. Para meu reino, minha Blunder, minha terra: Tenha cuidado. Tenha atenção. Tenha reverência.

— Elm, rei do ulmeiro

Os sinos do castelo Yew soaram na manhã do Equinócio primaveril. Um dobre de júbilo.

Os lares de Blunder responderam, e o clamor dos sinos ecoou pelas ruas e pelo centro da cidade. O som fez crescer, toques altos e baixos, perto e distante. Soavam tão mais nítidos sem que a bruma os confinasse.

Coloquei o vestido vermelho da minha mãe e caminhei pelas ruínas atrás do jardim do castelo. A campina estava linda, forrada de grama. Esperei sob um teixo, pois, embora não visse mais a luz roxa de sua Carta do Espelho, sabia que Ravyn estava ali perto.

Ele surgiu ao meu lado um pouco depois.

— Estão ali — disse ele, guardando no bolso o Espelho que Elm lhe dera de presente, vindo do cofre de Stone. — Todos. Até Ayris, desta vez. Até Bennett. Todos, com ele.

Uma lágrima desceu pelo meu rosto. Ravyn a secou com um dedo calejado. Ele me puxou para o abraço que relutara em interromper desde a noite em que destruíra a Carta do Pesadelo.

— Hora de ir — murmurou no meu cabelo. — Ele vai nos matar se nos atrasarmos.

Nós nos reunimos na frente da antiga porta do Paço Spindle. Minha tia me abraçou e dançou na ponta dos pés, olhos marejados. Minhas meias-irmãs, Dimia e Nya, corriam pelos arbustos, seguidas pelos meus priminhos, Lyn e Aldrich. Minha madrasta chiou, mandando que se comportassem, mas sua voz foi abafada pela gargalhada retumbante de Jon Thistle. Meu pai, tão sério e severo, tinha contado uma piada. Quando o olhei, ele estendeu a mão e me ofereceu um ramalhete de milefólio em flor.

Eu pus o ramo no cabelo.

— É para jogar *depois* da cerimônia — disse Ravyn para Jespyr, que estava ocupada com flores também, espalhando-as na gola de Petyr e de Emory.

— Estou só dando uma arrumadinha neles — disse ela, e beliscou a bochecha do irmão. — Que gatos.

Petyr inflou o peito, orgulhoso, e Emory afastou a mão de Jespyr com um tapinha, resmungando alguma coisa sobre humilhação extrema antes de entregar a Filick Willow um lencinho do bolso.

— Árvores amadas, Filick, ainda nem começou e você já está aos prantos.

Ione usava um vestido branco, sem sapatos. Elm, o rei, não usava coroa, nem vestes adornadas, apenas uma túnica preta e simples. Eu não tinha como provar, mas era quase certo que se tratava da mesma que ele usara como bandoleiro. Desta vez, porém, a espada do Rei Pastor decorava seu cinto.

Quando a cerimônia se iniciou, Ravyn se posicionou ao lado de Elm, e eu, de Ione. Ravyn cruzou as mãos na frente do corpo, firmes, sem tremer. Quando olhou para mim, sorriu marotamente, como era tão frequente. Desta vez, contudo, o sorriso floresceu até dominar o rosto inteiro.

Thistle chorou. Minha tia chorou. Morette, Fenir, e até meu tio, que fora relegado ao fundo do grupo, longe de nós que ainda não o tínhamos perdoado pelo que me acontecera no Paço Spindle, derramaram lágrimas.

Quando Filick entregou as alianças douradas, Elm olhou nos olhos de Ione.

— Cem anos — declarou ele, como se ela fosse a única pessoa ali. — Eu a amarei por cem anos, e pela eternidade a seguir.

Ione não esperou que ele pusesse a aliança no dedo. Ela o abraçou e o beijou sem pudor, ganhando um grito alegre de Emory e muitas outras lágrimas dos outros presentes.

Quando o rei e rainha de Blunder saíram de braços dados do Paço Spindle, nós lançamos pétalas de íris amarelas no ar. Íris, pela minha mãe. E amarelo porque... bem, Elm insistira muito nisso.

Ione me puxou e me abraçou com força. Atrás dela, Elm pôs a mão na empunhadura da espada do Rei Pastor. Deu uma piscadela.

— Nada disso teria acontecido sem você, Elspeth — murmurou Ione. — E que coisa mais linda, não é?

Caminhamos juntos pela estrada.

Parecia estranhamente poético que eu um dia tivesse achado que o mundo acabaria caso minha prima Ione se casasse com o herdeiro ao trono de Blunder. Havia tanto equilíbrio em tudo o que acontecera desde o último Equinócio. Parecia que nossas vidas, traçadas em linhas compridas e separadas, tinham se curvado até se encontrarem. Curvado a ponto de nos tornarmos círculos entrelaçados. Como se destinados. Como se pastoreados.

As árvores estavam todas em flor. A floresta se encheu de nossas vozes a caminho do centro. Era a mesma estrada que, meses antes, eu percorrera com Ione no meu aniversário. O lugar onde conhecera Ravyn e Elm. Na época, eles eram bandoleiros. E eu...

Eu também tinha mudado.

As gargalhadas ecoavam pelas árvores, e a luz do sol brilhava no bosque em flor, com plantas e espinhos tão maiores agora que não mais eram cercados pela bruma. Alguém teria que podar aquilo logo, antes que a estrada fosse obstruída por tanto verde.

Na verdade, eu esperava que fosse obstruída. Minhas partes preferidas de Blunder eram as mais bravias. Eu me sentia em casa no bosque indomável.

Um galho estalou à esquerda, e eu olhei para as árvores. Depois de uma vida na bruma cinzenta, eu provavelmente demorei a entender como o sol brilhava. Porque, por um momento — um momento fugaz e maravilhoso —, pensei ter visto ele. Olhos amarelos, à espreita entre as árvores.

Mas era apenas o sol, atravessando um tronco podre.

Ravyn me aguardava na curva da estrada.

— Está pensando na última vez em que estivemos aqui? — perguntou ele, e me ofereceu a mão. — Quando você me arremessou no chão?

Eu o puxei para um abraço, subi na ponta dos pés e murmurei junto à sua boca.

— É uma das minhas lembranças prediletas.

Ele me beijou, afundando os dedos no meu cabelo.

— Das minhas também, srta. Spindle.

Ravyn não tocara a Carta do Pastor. Ele não se curara juntamente a Emory, a Jespyr e aos outros que iam ao castelo Yew. Ele usara sua magia para destruir a última Carta da Foice. E, embora tivesse confessado aquilo apenas para mim, no silêncio do nosso quarto, ele não queria a cura. A seu próprio modo, ainda estava agarrado ao que acontecera no bosque do amieiro. À sua magia, ao seu legado secreto. A Taxis.

Por isso, quando voltei a olhar para a estrada, estalando a língua nos dentes — *clique, clique, clique* —, Ravyn não se afastou de mim. Ele sabia, tão bem quanto eu, que o Pesadelo se fora. Mas Aemmory Percyval Taxus fora absorvido por mim por tanto tempo que, em algum lugar na praia escura e infinita da minha mente, ele permanecia. Pois fomos nós que traçamos os círculos. Nós que pastoreamos os outros em seu destino. Nós que reorganizamos o reino, como árvores em nosso bosque particular.

E, embora tivesse levado um tempo lento e dolorido, eu sabia quem eu era sem ele. Era mais do que a menina, o Rei e o monstro da história sombria e sinuosa de Blunder.

Eu era sua autora.

AGRADECIMENTOS

É verdade o que dizem. O segundo livro é sempre complicado. Chega a ser monstruoso, até. A dificuldade para escrever o meu não surgiu em um ataque abrupto. Veio chegando devagarzinho. Eu sabia o que queria para *Duas coroas retorcidas*, e como queria chegar lá. Mas a inevitabilidade de me despedir dessa duologia, desses personagens, depois de carregá-los em mim por tantos anos, por vezes tornou a escrita arrasadora. Este livro não teve o menor respeito pelo meu coração de manteiga. Por outro lado, me ajudou a crescer, em atenção e habilidade. Ele me ensinou a levantar a poeira e dar a volta por cima. Sempre o valorizarei por isso. E, é claro, não passei por tudo sozinha.

Para John e Owen. Amo vocês e nossa vidinha tranquila. Às vezes, nem acredito que é verdade, nem como tive essa sorte inacreditável.

Para minha família e meus amigos. Obrigada por todo o amor e apoio, e por me deixarem ficar parada só encarando a parede quando meu cérebro virava mingau por causa deste livro.

Para Whitney Ross, minha agente incrível. Obrigada por sua sabedoria e por manter meu caos contido com sua consistência e apoio incondicionais. Ainda penso naquele e-mail de quatro anos atrás, quando você me perguntou se eu tinha tempo para um telefonema e minha alma praticamente saiu do corpo. Eu não teria colega e amiga melhor para esta jornada.

Para a equipe da Orbit. Como editora — e grupo de indivíduos —, seu esforço e integridade consistentes me impressionam. Olho para minhas estantes, cheias de livros da Orbit, e morro de orgulho. Foi uma honra e um sonho trabalhar com vocês nesta duologia.

Para Brit Hvide, minha editora — minha conspiradora do Time Elm. Amei profundamente cada momento da nossa colaboração. Seus comentários sagazes e todo o seu incentivo fizeram deste livro o que ele é hoje.

Para minha amiga Katie Cassidy. Nossas conversas são tudo para mim. É gostoso demais ter com quem gritar (e chorar).

Para Sarah Garcia. Sei que você se orgulha de mim porque exibe *Uma janela sombria* no topo de todos aqueles livros de medicina importantes na sua sala. Obrigada — ainda morro de rir só de lembrar.

Por fim (mas nunca menos importante), para os leitores, resenhistas e artistas que incentivaram esta duologia. Vocês me tiraram do prumo com tanta adoração. Fico chorosa só de pensar. Obrigada. Obrigada. Obrigada. E ainda tenho muitas histórias para apresentar a vocês.

**Confira nossos lançamentos,
dicas de leitura e
novidades nas nossas redes:**

𝕏 editoraAlt
◉ editoraalt
♪ editoraalt
f editoraalt

Este livro, composto na fonte Fairfield,
foi impresso em papel Lux Cream 60g/m² na gráfica AR Fernandez.
São Paulo, Brasil, fevereiro de 2025.